हिन्द… …र

हिन्दी में कालिदास

प्रभात मिश्र

प्रलेक प्रकाशन

प्रलेक प्रकाशन

PRALEK PRAKASHAN

(an Imprint of "PRALEK PUBLISHING HOUSE PVT. LTD.")

मुख्य कार्यालय : 702, जे-50, ग्लोबल सिटी, विरार (वेस्ट), मुम्बई, महाराष्ट्र-401303

दिल्ली एनसीआर ऑफ़िस पता : 03/सी, ज्ञान खण्ड-4 इंदिरापुरम गाजियाबाद, उ.प्र.-201014

E.mail : pralek.prakashan@gmail.com

Website : www.pralekprakashan.com

दूरभाष : +91 7021263557

हिन्दी में कालिदास : प्रभात मिश्र

Hindi Mein Kalidas : Prabhat Mishra

ISBN : 978-93-5869-02-00

प्रथम प्रलेक पेपरबैक संस्करण : 2025

आवरण एवं पुस्तक सज्जा : प्रलेक स्टूडियो

(प्रलेक प्रकाशन का लोगो मिक्की पटेल की तूलिका से।)

प्रवेशिका

महाकवि कालिदास निर्विवाद रूप से संस्कृत साहित्य के सर्वोच्च मेधावी कवि हैं। भारत भर में उनकी काव्य–प्रतिभा को प्राचीन काल से ही स्वीकृति मिलती रही है। भारीतयेतर विद्वानों और कवियों ने भी कालिदास की रचनाओं की बड़ी प्रशंसा की है। कालिदास की विचार–शक्ति एवं कवित्व–शक्ति से महाकवि 'गेटे' भी बहुत अधिक प्रभावित था। संस्कृत के प्रति अगाध निष्ठा रखनेवाले विलियम जोन्स ने सर्वप्रथम कालिदास को 'शेक्सपियर' की संज्ञा दी थी। आचार्य हजारीप्रसाद द्विवेदी ने कहा है कि भारतवर्ष के ऋषियों, सन्तों, कलाकारों, राजपुरुषों और विचारकों ने जो कुछ उत्तम और महान दिया है, उसके सहस्त्रों वर्ष के इतिहास का जो कुछ सौंदर्य है, उसने मनुष्य को पशु–सुलभ धरातल से उठाकर देवत्व में प्रतिष्ठित करने की जितनी विधियों का संधान किया है उन सबको ललित–मोहन और सशक्त वाणी देने का काम कालिदास ने किया है। कालिदास की वाणी में भारतवर्ष की अपूर्व मनीषा और महान जीवन–आदर्शों को आकार मिला है और इसी आधार पर कालिदास सही अर्थों में हमारे राष्ट्रीय कवि हैं।

कालिदास के सात ग्रंथ प्रामाणिक माने गए हैं, जिनमें से तीन नाटक हैं और चार काव्य। इन तीन नाटकों के नाम हैं–मालविकाग्निमित्र, विक्रमोर्वशीय और अभिज्ञानशाकुन्तल। चार काव्य हैं–ऋतुसंहार, मेघदूत, रघुवंश और कुमारसम्भव। इन नाटकों और काव्यों में कालिदास ने भारतवर्ष की समूची साधना का निचोड़ रख दिया है। इस कारण से विभिन्न रुचि के विद्वानों ने आरम्भ से ही विभिन्न दृष्टिकोणों से इस महान कवि के साहित्य का अध्ययन किया है। इस आधार पर कहा जा सकता है कि कालिदास भारतीय साहित्य के सबसे स्थायी कवि हैं।

कालिदास के साहित्य के स्थायित्व का प्रमाण यह है कि भारतवर्ष के प्राचीन समय में विशेषकर चन्द्रगुप्त, हर्षवर्द्धन, कुमारगुप्त, समुद्रगुप्त आदि के शासन काल में कालिदास के नाटक मंचित होते रहे वहीं आधुनिक समय में भारत की विभिन्न भाषाओं के साथ ही विश्व की कई भाषाओं में कालिदास की कृतियों का लगातार अनुवाद और प्रसार हुआ है। हिन्दी में तो बहुत से कवियों, लेखकों, अनुवादकों और आलोचकों ने उनके साहित्य को अपनाया है। डॉ. रामविलास शर्मा ने इसके पीछे का कारण स्पष्ट करते हुए बताया है कि नारी के प्रति उनकी सम्मान–भावना, मातृत्व का आदर, जीवनमात्र से सहानुभूति, इस देश की प्रकृति से अगाध स्नेह, अपनी समग्र चेतना से व्यापक विश्व–जीवन का स्पन्दन सुनने की शक्ति, उनकी आत्मविभोर गेयता, भाषा पर असाधारण अधिकार और उनकी चरित्रगत नम्रता आदि ऐसी विशेषताएँ हैं कालिदास के साहित्य में जो आज भी अनुकरणीय हैं।

भारत में प्राच्यविद्यावाद विशेषकर रॉयल एशियाटिक सोसाइटी से जुड़े ब्रिटिश शोधकर्ताओं द्वारा वेद, पुराण, स्मृतियों, उपनिषदों, कालिदास और बौद्ध भिक्षुओं के साहित्य, विभिन्न लिपियों के अध्ययन, सिक्कों के संग्रह और पुरातत्त्व शास्त्र के माध्यम से भारतीय इतिहास खासकर उसके प्राचीन अतीत की खोज के सुव्यवस्थित प्रयास हुए। इन सुव्यवस्थित प्रयासों और इससे सम्बद्ध इतिहास–दृष्टि का व्यापक असर उन्नीसवीं सदी के हिन्दी, बांग्ला व मराठी नवजागरण और सुधारवादी आंदोलनों पर देखा गया है। हिन्दी नवजागरण के केन्द्र में अगर सांस्कृतिक आत्मबोध की चिंताएँ उपस्थित थीं तो यह चिंताएँ प्रायः अतीत के धार्मिक–सांस्कृतिक प्रश्नों को नए ढंग से उठाने और उनपर बहस करने के रूप में अपने को अभिव्यक्त करती थीं। परम्परा के बहाने अतीत के बारे में भी एक खास तरह की राय विकसित करने पर जोर दिया जाता था। स्वयं भारतेन्दु प्राचीन संस्कृति और प्राचीन इतिहास को भारतीय जनता के नवजागरण के लिए प्रेरक शक्ति बना देना चाहते थे। वह जनता में राष्ट्रीय गर्व जगाना चाहते थे, जिससे वह अपनी पतित दशा से असंतुष्ट होकर अपनी दशा सुधारने के लिए आगे बढ़े। उनका देशप्रेम उन्हें स्वदेश–इतिहास और पुरातत्व का अध्ययन करने के लिए प्रेरित करता था। कालिदास के साहित्य की श्रेष्ठता के साथ–साथ उपरोक्त कारणों से भी आधुनिक हिन्दी साहित्य में कालिदास की उपस्थिति मुखर दिखाई पड़ती है।

आधुनिक हिन्दी साहित्य में कालिदास से सम्बन्धित अनेक प्रकार की रचनाएँ मिलती हैं। रचनाओं का एक प्रकार तो कालिदास के साहित्य के काव्यानुवादों का है। दूसरे तरह की रचनाएँ वे हैं जिनमें कालिदास के साहित्य का अनुवाद या तो सीधे–सीधे गद्य में किया गया है अथवा उनका रूप परिवर्तित किया गया है। तीसरा प्रकार गद्य एवं पद्य की विविध विधाओं में रचे गए उन मौलिक रचनाओं का है जिनमें कालिदास का जीवन अथवा कालिदास की रचनाओं को मुख्य आधार बनाया गया है। इसके अलावा ऐसी रचनाओं की संख्या भी कम नहीं है जिनमें कालिदास की कृतियों की व्याख्या की गई है या कि टीका–भाष्य की परंपरागत पद्धति में उन्हें हिन्दी में उतारा गया है। कालिदास की कृतियों से सम्बन्धित आलोचनात्मक पुस्तकों एवं आलेखों की एक बड़ी संख्या तो है ही। इससे यह स्पष्ट है कि आधुनिक हिन्दी साहित्य में कालिदास की उपस्थिति बहुत अधिक है। इससे यह भी स्पष्ट होता है कि आधुनिक हिन्दी साहित्य की विभिन्न विधाओं के विकास के पीछे भी कालिदास की रचनाओं की एक बड़ी भूमिका रही है। कालिदास विषयक इस विपुल साहित्य की खोज–पहचान एवं उनके समीक्षात्मक अध्ययन–मूल्यांकन द्वारा आधुनिक हिन्दी मानस में कालिदास की उपस्थिति को सहज ही समझा जा सकता है।

इस पुस्तक का सम्बन्ध जहाँ एक तरफ हिन्दी साहित्य के आधुनिक काल से है वहीं दूसरी तरफ संस्कृत के कवि कालिदास के जीवन और साहित्य से। आधुनिक हिन्दी साहित्य का आरम्भ हिन्दी प्रदेश के नवजागरण से होता है और इस नवजागरण में ब्रिटिश, जर्मन एवं फ्रांसीसी प्राच्यविद्याविदों की बड़ी भारी भूमिका रही है। इन प्राच्यविद्याविदों ने भारत के मध्यकाल में प्रायः विस्मृत रहे संस्कृत साहित्य की बड़ी लगन से खोज और पहचान की। इस खोज से यह ज्ञात हो सका कि भारत का पुराना साहित्य बहुत ही महत्त्वपूर्ण है और इस प्रक्रिया से आधुनिक भारत के अग्रदूतों के मन में अपने देश और साहित्य के प्रति एक गौरव का बोध जागृत हुआ।

इसलिए यह चिंता का एक स्वाभाविक कारण है कि हिन्दी में इस महत्त्वपूर्ण विषय पर जिस गंभीरता से अध्ययन की आवश्यकता और अपेक्षा थी वह अभी तक नहीं हो सका है। भारत में इस प्रकृति का एक सम्यक् अध्ययन हुआ है 'कालिदास इन माडर्न संस्कृत लिट्रेचर' नामक पुस्तक में। इस पुस्तक को तैयार किया है संस्कृत विद्वान सत्यव्रत शास्त्री ने। इस पुस्तक में सत्यव्रत शास्त्री ने उन रचनाओं का अध्ययन किया है जिनकी

रचना या तो कालिदास की रचनाओं के पूरक के रूप में हुई है अथवा जिनमें कालिदास की रचनाओं को आत्मसात किया गया है। इस पुस्तक के सम्बन्ध में स्वयं सत्यव्रत शास्त्री ने स्वीकार किया है कि 'This class of literature has been subjected here to a very thorough treatment for the first time'.

इस पुस्तक में मेरी कोशिश यह रही है कि जिस प्रकार वैश्विक स्तर पर कालिदास के साहित्य के अनुवाद किए गए हैं, कालिदास के साहित्य की व्याख्याएँ हुई हैं और कालिदास के साहित्य पर निरन्तर नवीन दृष्टियों से आलोचनात्मक पुस्तकों का लेखन संभव हुआ है उसी प्रकार 'हिन्दी में कालिदास' विषय पर विचार कर इस अभाव को कुछ कम किया जा सके। यह पुस्तक मूलतः विश्वविद्यालय अनुदान आयोग, नई दिल्ली की वृहत् शोध परियोजना के अन्तर्गत सम्पन्न 'आधुनिक हिन्दी साहित्य में कालिदास की उपस्थिति' संज्ञक शोध का परिणाम है। इस पुस्तक के विभिन्न अध्यायों में जिन रचनाओं की चर्चा हो सकी है, मेरी जानकारी में लगभग उतनी ही संख्या ऐसी रचनाओं की और है जिनका सीधा सम्बन्ध कालिदास के जीवन और साहित्य से है।

कुछ तो सुयोग के अभाव, इस कुछ से कुछ ही अधिक समयाभाव और बहुत कुछ साधनाभाव के कारण सूची होने पर भी उन रचनाओं में से अधिकांश को मैं इस निकट होती दुनिया में भी जुटा न सका...यद्यपि यह उतना कठिन भी नहीं था, इसका संभव होना असंभव नहीं था। बहरहाल, अभी यह हिन्दी में कालिदास सम्बन्धी साहित्य का एक अधूरा–सा 'बिब्लियो' भर है। इस हेतु आवश्यक संदर्भों का यथास्थान उल्लेख किया गया है।

इस कार्य के दौरान गुरुजनों का आशीष, मित्रों का स्नेह एवं शुभेच्छुओं की सदाकांक्षा तो मिलती ही रही किन्तु सहधर्मिणी 'प्रिया' ने सचमुच कालिदास के ही शब्दों में 'गृहिणी–सचिव–सखा' सब दायित्व संभाला। बेटे प्रकर्ष और श्लोक ने लैपटॉप पर यह 'खट–खुट' करते रहने दिया, यही क्या कम है...सबका आभार...

–प्रभात मिश्र

अनुक्रम

अध्याय एक
काव्यानुवाद एवं रूपांतरण

मेघदूत-राजा लक्ष्मण सिंह

'मेघदूत' के इस हिन्दी पद्यानुवाद का प्रकाशन 1884 में हुआ था। 'मेघदूत' के पहले हिस्से 'पूर्वमेघ' की भूमिका में राजा लक्ष्मण सिंह ने लिखा है कि "उपमा अलंकार में कालिदास से बढ़कर अब तक कोई कवि भारतवर्ष में नहीं हुआ और उनके ग्रन्थों में 'मेघदूत' भी इसी अलंकार की उत्कृष्टता के कारण सराहने योग्य गिना जाता है। इस छोटे से काव्य को पढ़कर पढ़नेवाले के चित्त पर अंक–सा हो जाता है कि विधाता ने कालिदास को कितनी बड़ी कल्पनाशक्ति दी थी। मनुष्य की प्रकृति जानने और स्थान का वर्णन करने और स्वभाव का लालित्य दिखाने में यह कवि एक ही हुआ है। मेघदूत का अवलोकन करने से ये उत्तम गुण कालिदास के भली भांति दीखते हैं। उनके वाग्विलास की बड़ाई जितनी की जाय थोड़ी है। इस काव्य का प्रकरण संक्षेप में यह है कि कोई यक्ष अपने काम में असावधान हो गया। तब उसके स्वामी कुबेर ने कोप कर उसे बरस दिन के लिए देश निकाला दिया। इस शाप के वश वह अलकापुरी को छोड़ दक्षिण में रामगिरि पर्वत पर अकेला जा रहा। जब उस पहाड़ में रहते कुछ दिन बीत गये और आषाढ़ का बादल उमड़ा, उस विरही को अपनी स्त्री की बहुत सुधि आई, उसने मन में सोचा कि प्यारी के पास कुछ कुशल का सन्देसा भेजना चाहिए। बादल के सामने खड़ा हुआ इसी सोच–विचार में था कि प्रेम की अधिकता में विह्वल हो गया, बादल को ही दूत बना कर अलकापुरी का मार्ग बताने और अपना संदेसा सुनाने लगा। रामगिरि से अलका तक जो–जो नदी और पहाड़ और तीर्थ और मुख्य–मुख्य नगर और देश हैं उनका थोड़ा–थोड़ा पता देता गया है। पहले पैंसठ श्लोकों में अलका तक पहुँचाया गया है इसी का नाम 'पूर्वमेघ' है, फिर 'उत्तर मेघ' के इक्यावन

श्लोकों में अलकापुरी की शोभा और यक्षिणी की दशा वर्णन करके अपना संदेसा बतलाया गया है। निदान जब बादल से कहे हुए संदेसे का वृतान्त कुबेर के कान तक पहुँचा उसने दयालु होकर यक्ष का अपराध क्षमा कर दिया और स्त्री–पुरुष का संयोग बरस दिन बीतने के पहले ही करा दिया।

हमने हिन्दी छन्दों में यह उल्था अभी 'पूर्व मेघ' का किया है, परन्तु विचार है कि यदि अवकाश मिला तो उत्तर का भी करेंगे। एक भाषा के छन्द को दूसरी भाषा के छन्द में उल्था करना कुछ तो आप ही कठिन होता है तिस पर हमारा नियम है कि मूल से उल्था न्यूनाधिक न हो और भाव में भी कुछ विरोध न आवे। इसी से कठिनाई अधिक दीखती है। फिर भी हम आशा करते हैं कि हमारे इस तुच्छ आरम्भ को देखकर कोई हिन्दी भाषा की अल्पता का दोष न देगा किन्तु विदित होगा कि यह भाषा बड़े विस्तार की है।"

इस भूमिका से अनुवाद सम्बन्धी उनकी धारणाओं का पता तो चलता ही है, हिन्दी भाषा के विकास और विस्तार में इन अनुवादों के योगदान पर भी इससे रोशनी पड़ती है। लक्ष्मण सिंह के इस अनुवाद की सुघरता का अनुमान सहज ही इसके कुछ आरंभिक हिस्सों को देखने से लगाया जा सकता है–

कारज में उनमत्त भएँ एक जच्छ दई सब खोय बड़ाई;
जोय ते दूर रहे बरसेकलौं सौंह बड़ी निज नाथ खवाई;
जाय बस्यो गिरि राम के आस्रम रूख घनेन में गेह बनाई;
जानकी स्नानन पुन्य प्रताप भई जहं नीरन में पविताई।

बसि ताहि महीधर में बिरही कितनो एक मास बिताइ गयो;
भुजबंद गये गिर सोरन के इतनो थकि दूबर गात भयो;
फिरि लागत मास असाढ़ लख्यो घन सैल पै सोहनो आइ छयो;
झुकि कै मनहू गजराज बली गढ़ढावन खेल मचाई रह्यो।

तिहिं केतकी फूल फुलावनहार के सन्मुख दास कुबेर गयो;
उर अन्तर में अंसुआ भरिकै बड़ी बेर लौं सोचत ठाढ़ो रह्यो;
चित कण्ठ लगे सुखियानहु कौ न रहै थित देखत मेघ नयो;
फिरि बात कहा उनकी कहिये जिन मीत से दूर बसेरौ लयो।

बाद में जब 1884 में इसका दूसरा सम्पूर्ण संस्करण प्रकाशित हुआ तब उसकी भूमिका में लक्ष्मण सिंह ने लिखा कि –"सन् 1882 ई. में मेघदूत के पूर्वार्द्ध का अनुवाद हिन्दी–भाषा के छन्दों में करके मैंने प्रतिज्ञा की थी कि

यदि अवकाश मिला तो उत्तरार्द्ध का अनुवाद भी इसी भांति करके प्रकाशित कराऊँगा। दैवकृपा से वह प्रतिज्ञा पूरी हुई। अब दोनों भाग इकट्ठे छापे जाते हैं।''

भारतेन्दु मंडल के यशस्वी लेखक राधाचरण गोस्वामी ने 'मेघदूत' के इस अनुवाद की आलोचना लिखी थी। कुल तेरह दोहों में लिखी गई इस आलोचना का शीर्षक ही है 'समालोचना'। हिन्दी आलोचना के विकास में इस 'समालोचना' का महत्त्व असंदिग्ध है।

दोहा-समालोचना

धन्य–धन्य भारत वरस, सकल वरस सिरताज।
जहाँ व्यास बलमीक सम, प्रकटे कवि कुल राज।।1
कालिदास भारवि प्रभृति, उपजे याही ठौर।
ऐसे अनत न होयंगे, भये नहीं कहुँ और।।2
श्री गोवर्द्धन भट्ट हरिश्चन्द्र आदि कवि राइ।
रत्न सुभारत भूमि के, इनतें अधिक सुहाइ।।3
इनकी रचना वाहिनी सज्जन हृदय सुदेस।
सींच रही अभिनव रुचिर, तरल तरंग असेस।।4
जो भारत कवि सहज ही, कियो चित्र निर्मान।
औरन से नहिं हो सकी, प्रबल परिश्रम ठान।।5
यह सौरभ माधुर्य्य पुनि, यह लालित्य रसाल।
और कहीं नहिं पाइयो, खोजो तीनहु काल।।6
मेघदूत रचना मधुर, कालिदास कविराज।
बनी अलौकिक रसमयी, जानत विवुध समाज।।7
ता भाषा अनुवाद अब, लक्ष्मण सिंह नरेश।
कियो छन्द स्वच्छन्द ह्वै, कवि कुल कमल दिनेश।।8
जितनो आशय मूल में, जितने पद कवि उक्त।
जितनो भाव जहाँ लिखो, उतनो कियो युयुक्त।।9
उनहीं के पर्य्याय पद, उनहीं के समअर्थ।
उनहीं ते वादित कियो, लियो न और समर्थ।।10
बिन संसय कहिये यही, अति रसमय अनुवाद।
बायन रसिकन के हृदय, उपजे विविध प्रसाद।।11
देखी विरही एकविध, समझायो निजदूत।

गद्यपद्य कर तीन विध, समझायो नृप दूत।।12
को दयालु ऐसे सुनो जो विरही हितकार।
मेघदूत सा दूत सो समझायो कह बार।
अब यह आशा करत हैं भाषा वारिध चन्द।
औरहु रचना चन्द्रिका करि हरिहैं दुखद्वन्द्व।।13

कुमारसम्भवसार-महावीरप्रसाद द्विवेदी

'कुमारसम्भवसार' शीर्षक से 'कुमारसम्भवम्' के इस हिन्दी काव्यानुवाद का प्रकाशन 1902 में काशी नागरी प्रचारिणी सभा द्वारा हुआ था। पुस्तकाकार छपने से पूर्व महावीरप्रसाद द्विवेदी ने इसके हिस्से क्रमशः कलकत्ते से निकलनेवाली पत्रिका 'भारत मित्र' में छपवाए थे। इसमें कालिदास के 'कुमारसम्भव' के कुछ सर्गों के मूल भाव का काव्यानुवाद किया गया है। द्विवेदी जी ने इसकी भूमिका में लिखा है कि ''इस काव्य के प्रथम पांच ही सर्ग सर्वोत्तम हैं। इसलिए हमने उन्हीं का अनुवाद किया है। बहुत कम अवकाश मिलने के कारण तृतीय और पंचम सर्ग का ही पूरा अनुवाद करके प्रथम, द्वितीय और चतुर्थ सर्ग के अनुवाद में हमने मूल का आशय मात्र लिया है।'' तृतीय सर्ग के आरम्भ में ही एक नोट लिखकर द्विवेदी जी ने बताया है कि इस सर्ग की कथा ही मनोहर है; इसलिए, हमने इसका पूरा अनुवाद किया है।

'कुमारसम्भव' के सर्गों के सम्बन्ध में द्विवेदी जी का मत है कि ''कालिदास के काव्यों में 'कुमारसम्भव' का भी बड़ा आदर है। इसमें सब सत्रह सर्ग हैं; परन्तु पहले सात ही सर्गों के पठन–पाठन का बहुधा सब कहीं प्रचार है। अष्टम सर्ग में कवि ने शंकर और पार्वती के शृंगारिक वर्णन की पराकाष्ठा कर दी है; यहाँ तक कि अनेक स्थल अश्लीलता–दूषित हो गये हैं। शायद इसी कारण से सप्तम सर्ग तक ही इस काव्य के अनुशीलन की परिपाटी पड़ गई हो। कोई यह भी कहते हैं कि आठ ही सर्ग कालिदास के बनाये हुए हैं, शेष नौ सर्ग किसी ने उसके नाम से बनाकर जोड़ दिए हैं। इस सम्भावना का कारण वे यह बतलाते हैं कि यदि सत्रह सर्गपर्यन्त कालिदास ही की रचना होती तो इस काव्य का 'तारकवध' अथवा इसी अर्थ का द्योतक और कोई ऐसा ही नाम रक्खा जाता; 'कुमारसम्भव' न रक्खा जाता; क्योंकि कुमार के द्वारा तारक का वध वर्णन करके सत्रहवें सर्ग की समाप्ति हुई है।''

स्वाभाविक तौर पर इस काव्यानुवाद के शिल्प और इसकी भाषा पर स्वयं महावीरप्रसाद द्विवेदी के गंभीर प्रयासों से स्थापित हिन्दी की छायावाद–पूर्व काव्यभाषा का गहरा असर है। उदाहरण के तौर पर प्रथम सर्ग के इन आरम्भिक हिस्सों को देखा जा सकता है–

दिव्य दिशा उत्तर में शोभित देवात्मा का अधिकारी
भूधरपति अति पृथुल हिमालय हिममण्डित मस्तकधारी।
पूर्व और पश्चिम पयोधि के बीच बढ़ाकर तनु भारी,
महीमाप के दण्ड तुल्य है रक्खा बहु विस्मयकारी।।

रत्न और औशधी चमकती हैं जिसमें नित बहुतेरी,
नहीं न्यून उसकी शोभा को कर सकती हिम की ढेरी।
चन्द्रबिम्ब के भीतर जैसे नहीं कलंक दिखता है,
तैसे ही गुणगण–समुद्र में एक दोष छिप जाता है।।

द्विवेदी जी ने भूमिका में सप्रमाण यह स्पष्ट किया है कि कालिदास ने 'कुमारसम्भव' की कथा शिवपुराण से ली है। उनके अनुसार ऐसा करने में कवि ने कहीं–कहीं शिवपुराण के श्लोकों के पूरे चरण के चरण वैसे ही रख दिये हैं; पदयोजनाओं और भावों के ले लेने के प्रमाण तो एक सिरे से दूसरे सिरे तक सब कहीं विद्यमान हैं।

धाराधरधावन-राय देवीप्रसाद 'पूर्ण'

कालिदास रचित 'मेघदूत' का अनुवाद पूर्ण जी ने 'धाराधरधावन' नाम से ब्रजभाषा में किया था। इसका पूर्वभाग जनवरी सन् 1902 में प्रकाशित हुआ था और द्वितीय भाग उसी वर्ष मई में छपा था। उनका यह अनुवाद बहुत ही लोकप्रिय हुआ था।

इसकी भूमिका में पूर्ण जी ने लिखा है कि "दोनों एक साथ इसलिए नहीं छपवाये गये कि हमको समग्र ग्रन्थ प्रकाशित कराने के पहिले यह जानने की इच्छा थी कि प्रथम भाग पर विद्वानों की क्या सम्मति होती है।" पूर्वमेघ का अनुवाद अवन्तिका–प्रसंग तक हरिगीतिका छन्द में और शेष नरेन्द्र छन्द में किया है। द्वितीय भाग का अनुवाद सैंतीसवें श्लोक तक दण्डक छन्द में हुआ है, उसके बाद स्रगधरा में। ब्रजभाषा की प्रकृति के ही अनुरूप यह अनुवाद अत्यन्त ही सरस बन पड़ा है–

करि मद अधिक अधिकार मैं, इक जच्छ प्रभुके साप सों,
ह्वै बाम–बिरही बरस हित, महिमा रहित दुख दाप सों,

द्रुम सघन छाया राम गिरिवर धाम में निवसन गयो,
श्री जनकजा मज्जन प्रभाव पवित्रजल जहं ह्वै रह्यो।

तहं कछुक मास बिताइ अति दुख पाइ बिरह प्रचंडसौं,
गिरि गौ कनक भुजबंद जाके दूबरे भुजदंडसौं,
आसाढ़ पहिले द्योस देख्यो, सैल पै घन तेहि घनौ,
झुकि गढ़ गिरावनहार सुन्दर तुंगवर कुंजर मनौ।

अभिलाख सौं वा मेघ आगे, जच्छ ज्यौं त्यौं भौ खरौ,
बड़िबेर आँसुन बेग रोकत, सोक सागर सों भरौ,
कछु की कछू ह्वै जात है, घन जोय संयोगिन दसा,
कहं गति बियोगिन की जिन्हैं सालति मिलन की लालसा।

नियरान सावन जानि सोच्यो नारि जीवन कै लियै,
संदेस अपने छेम को यहि मेघ द्वारा भेजियै,
बनमालती के फूल नीके लै अरघ दै नेम सौं,
मुद मानि स्वागत बानि बोल्यो बारिधर प्रति प्रेम सौं।
कहं बापुरी घन धूम पावक पवन जलमय सर्वथा?
कहं चतुर धावन सों पठावन जोग प्रेमिन की कथा?
इतनिहु बिथाबस जांचना कीन्हीं जलद सों याचना,
चेतन अचेतन भेद देत भुलाय मनमथ यातना।।

शकुन्तला - मैथिली शरण गुप्त

मैथिलीशरण गुप्त का किया 'अभिज्ञानशाकुन्तलम्' का यह काव्यानुवाद उनकी ग्रन्थावली के बारहवें खण्ड में संकलित है। गुप्त जी ने शाकुन्तल के इस हिन्दी काव्यानुवाद को प्रसंगानुसार विविध उपखण्डों में विभक्त किया है। मंगलाचरण और उपक्रम के पश्चात् 'जन्म और बाल्यकाल' खण्ड में शकुन्तला के जन्म और उसके बाद की कथा कही गयी है। इसमें तपोवन, आश्रम की लतिकाओं, पशु—पक्षी आदि के साथ शकुन्तला के अतिशय लगाव के अतिरिक्त शकुन्तला के अनुपम सौन्दर्य का भी वर्णन किया गया है—

कभी घड़ों में भर भरकर वह
पौधों को जल देती थी;

कभी खगों के, कभी मृगों के
बच्चों की सुध लेती थी!
सुग्गे कभी पढ़ाती थी वह,
कभी मयूर नचाती थी;
सहचरियों के साथ छांह में
क्रीड़ा कभी रचाती थी।

इसके बाद के 'दर्शन' खण्ड में दुष्यन्त और शकुन्तला के प्रथम परिचय, परिचय से उत्पन्न प्रेम, उनका संयोग और फिर उनके बिछुड़ने का चित्रण है। फिर 'पत्र' खण्ड में प्रिय–विरह की दाह झेल रहे दुष्यन्त और शकुन्तला की पीड़ा और व्याकुलता का चित्र खींचा है और शकुन्तला द्वारा प्रिय दुष्यन्त को लिखे पत्र की चर्चा की है–

इस दुख से ही दुखित हो सखियों का मत मान,
उस मृगनयनी ने लिखा प्रेम–पत्र धर ध्यान।

इसके बाद 'अवधि' खण्ड में पत्र पाकर दुष्यन्त का आना और शकुन्तला से गंधर्व विवाह कर उसे अपने नामांकित मुद्रिका पहनाने के बाद वापस हस्तिनापुर लौट आने का प्रसंग है। इसके पश्चात 'अभिशाप' खण्ड है जिसमें महर्षि दुर्वासा द्वारा दुष्यन्त के ध्यान में खोयी शकुन्तला द्वारा अपनी उपेक्षा से रुष्ट होकर क्रोधावेग में शाप देने की घटना का वर्णन है। दुर्वासा ने उसे यह शाप दे डाला कि जिसकी चिन्ता में निमग्न हो तूने मेरी उपेक्षा की है वह तुम्हें भूल जाएगा, उसे ही तुम्हारा ध्यान न रहेगा। बाद में काफी अनुनय–विनय और क्षमायाचना के बाद दुर्वासा ने अपने शाप में किंचित संशोधन किया कि दुष्यन्त को अपनी दी हुई मुद्रिका देखते ही तुम्हारा ध्यान आ जाएगा। फिर 'विदा' खण्ड में कण्व के तपोवन से शकुन्तला की विदाई का मार्मिक वर्णन है–

शकुन्तला घर गयी, विपिन को सूना करके;
'दोनों सखियाँ फिरीं किसी विध धीरज धरके।
मोरों ने निज नृत्य, मृगों ने चरना छोड़ा;
हमगिरि ने भी वाश्प–वारि–सम झरना छोड़ा।

अगले 'त्याग' शीर्षक खण्ड में दुष्यन्त द्वारा शकुन्तला को नहीं पहचानने और उसे स्वीकार नहीं करने की घटना का वर्णन है–

याद नहीं आता है इसके साथ ब्याह का होना
हे ऋषियों ! फिर समुचित है क्या मुझे धर्म का खोना?

इसी खण्ड में शकुन्तला द्वारा सरोवर में आचमन के समय मुद्रिका के गिर जाने का भी प्रसंग है। यह मुद्रिका शकुन्तला को कालांतर में एक मीन के उदर से प्राप्त हो जाती है और फिर 'स्मृति' खण्ड में यह बताया गया है मुद्रिका देखकर दुष्यन्त को अपना प्रेम याद आ जाता है–

पाकर उसे अचानक झट जाग–से पड़े वे,
सुध आ गयी प्रिया की, व्याकुल हुए बड़े वे।
तत्क्षण शकुन्तला का वह त्याग याद आया;
गम्भीर शोक छाया अनुराग याद आया।

इसके पश्चात अपने कर्तव्य की सुधि होती है दुष्यन्त को जिसका वर्णन 'कर्तव्य' खण्ड में है। अन्तिम खण्ड है शकुन्तला और दुष्यन्त के संयोग का जिसका शीर्षक है 'मिलन'। इस खण्ड में दुष्यन्त द्वारा तपोवन में पहुँचने, तपोवन की रमणीयता और फिर सिंह से खेलने हेतु मचलते हुए एक बालक को आश्चर्य से देखने पर एक तपस्विनी से उसके शकुन्तला पुत्र होने का परिचय पाने, और फिर शकुन्तला द्वारा उसे क्षमा कर मिलन का वर्णन है–

भूल प्रिये, अपमान, मुझे था भ्रम हुआ;
किसी पापवश महामोह का क्रम हुआ;
मुझे क्षमा कर सुतनु! दया का दान कर,
हार फेंकता अन्ध भुजंगम जानकर!

पैरों पर गिर पड़े प्रिया के भूपवर,
शकुन्तला ने कहा क्षमा का रूप धर–
"उठो नाथ! वह कुछ न तुम्हारा दोष था
मुझ पर ही अज्ञात दैव का रोश था।"

मेघदूत काव्यानुवाद-केशवप्रसाद मिश्र

केशवप्रसाद मिश्र ने संस्कृत साहित्य के सर्वोत्तम का आकलन किया था और विशेष रूप से कालिदास की कृतियों के विवेचन–विश्लेषण में रूचि ली थी। उन्होंने कालिदास पर दो महत्त्वपूर्ण निबन्ध लिखे थे तथा उनके 'मेघदूत' का आचार्य महावीर प्रसाद द्विवेदी की प्रेरणा से 1923 ई. में हिन्दी में काव्यानुवाद किया था। इस अनुवाद की भूरि–भूरि प्रशंसा उस समय के विद्वानों में प्रथम पांक्तेय अनेक विद्वानों के साथ–साथ आचार्य महावीर प्रसाद द्विवेदी तथा अपने हिन्दी साहित्य के इतिहास में आचार्य रामचन्द्र शुक्ल ने भी की थी।

इस अनुवाद की विशेषता यह है कि इसमें संस्कृत के सुन्दर मुहावरों को हिन्दी में दक्षतापूर्वक, मूल के भावों को बिना किसी तरह का व्याघात पहुँचाए – उतारा गया और दोनों भाषाओं पर अनुवादक के असाधारण अधिकार के चलते संस्कृत का 'मेघदूत' हिन्दी का अपना 'मेघदूत' बनकर सामने आया। इस अनुवाद में शब्दों की मधुरता तथा भावों की प्रवणता बस देखते ही बनती है। भाषाशास्त्रज्ञता के साथ–साथ केशवजी की मधुमय सहृदयता का प्रमाण यह हिन्दी काव्यानुवाद है जिसमें 'मेघदूत' के मूल की किंचित अस्वाभाविकता को भी स्वाभाविकता की सुघराई में बदलने की विनम्र चेष्टा केशवजी ने की है। केशवजी ने इसमें 'मेघदूत' के पाठ–भेद तथा अर्थ–भेद पर भी बड़े सजग ढंग से विचार किया है। इस संदर्भ में उनके ही शब्द हैं –"कविकुलगुरू कालिदास सच्चे कवि थे। जब कभी उनकी प्रतिभा जागरित होती, उनकी सूझ रीझती; वे तुरन्त मधुरोचित पदावली की चाशनी को छन्दों के सांचे में ढाल देते और सुन्दर–सुन्दर पद्यों की मीठी–मीठी मूर्तियाँ निकल आतीं। पर कभी–कभी उन्हें भी छन्दों की परिच्छिन्नता–नाप–जोख के कारण स्वाभाविकता की सुघराई से हाथ धोना पड़ा है।"

केशवजी ने 'मेघदूत' के इस काव्यानुवाद के प्रकाशन के लिए काशीस्थ–भारत कला परिषद् को धन्यवाद देते हुए इसके प्रेरक और प्रकाशक के रूप में आचार्य महावीर प्रसाद द्विवेदी, मैथिलीशरण गुप्त तथा रायकृष्णदास का जिस तरह से स्मरण किया है, वह भी देखने योग्य है –"अब मैं हिन्दी के अप्पय दीक्षित, एकलव्य के द्रोणाचार्यवत् अपने हिन्दी के गुरू पण्डित श्री महावीर प्रसाद द्विवेदी जी का श्रद्धाभाव से स्मरण करता हूँ, जिन्होंने अपनी सत्य–प्रिय सम्मतियों से इस अनुवाद को कृतार्थ किया है। मैं नहीं निश्चय कर पाता कि अपने परमप्रिय मार्मिक सहृदय सुहृद्वर रायकृष्णदासजी को, उनकी प्रिय प्रेरणा, प्रशस्त प्रोत्साहन तथा समुचित सहायता के परिवर्त्त में धन्यवाद दूँ या क्या करूं? कविवर बाबू मैथिलीशरण गुप्त जी ने भी इस अनुवाद पर कृपा की है, अतः उनका भी मैं बड़ा कृतज्ञ हूँ।"

केशवजी के पूर्व एवं पश्चात् कालिदास के 'मेघदूत' के अनेक अनुवाद सामने आए थे पर उनके इस अनुवाद की किसी से कोई तुलना नहीं क्योंकि जिस तरह से इसके मूल को हृदयंगम करने की नैसर्गिक प्रतिभा केशवजी को प्राप्त थी, वह दूसरों को क्या प्राप्त होगी? साथ ही अनुवाद कार्य में सही और सटीक शब्दावली के प्रयोग में वे जितने सिद्धहस्त थे, उसकी जितनी

प्रशंसा की जाय, वह थोड़ी होगी। केशवजी का 'मेघदूत' का हिन्दी काव्यानुवाद 'पूर्वमेघ' तथा 'उत्तरमेघ' नामक दो खण्डों में है। 'पूर्वमेघ' में 64 श्लोक हैं और 'उत्तरमेघ' में कुल 51 श्लोक। 1923 के इसके पहले संस्करण में 'प्रस्तावना' के अन्तर्गत् 'प्रस्तुत अनुवाद' तथा 'पाठ–भेद' तथा 'अर्थ–भेद' उपशीर्षकों से अनुवादक के अपने अभिमत प्रकट हुए हैं। केशवजी के इस सुन्दर अनुवाद की उत्कृष्टता का परिचय 'मेघदूत' के इन आरंभिक हिस्सों के उनके अनुवाद को देखकर सहज ही मिल जाता है–

धनपति ने सेवा से बेसुध एक यक्ष पर कोप किया,
उसे वर्ष भर प्रिया–विरह का कारण दूभर शाप दिया।
तब निरस्त हो उसने डेरे रम्य रामगिरि पर डाले,
जो सीता–मज्जन से शुचि जल और घनी छाया वाले।।1।।

उसी शैल पर उस विरही के आठ मास रोते बीते,
कृश होने से कंचन–कंकण गिर कर हाथ हुए रीते।
अब असाढ़ आते ही उसने चोटी पर बादल देखा,
क्रीड़ा में झुक ढूह ढाहते हाथी सा उसको लेखा।।2।।

उसे देख वह उत्कंठित हो जैसे तैसे खड़ा रहा,
जी भर आया, बड़ी देर तक दीन सोच में पड़ा रहा।
जब सुहावनी घटा देखकर सुखी अनमने हो जाते,
तब आलिंगन–रसिक कभी क्या रह कर दूर चैन पाते?।।3।।

जी में जी आने पर, घन से समाचार निज भिजवाना,
प्रिया–प्राण–रक्षा का उसने एक मात्र साधन जाना।
लेकर टटके कुसुम कुटज के प्रथम उसे उपहार दिया,
फिर प्रसन्न हो प्रिय वचनों से स्वागत–शिष्टाचार किया।।4।।

धूम पवन पानी पावक का मेघ निरा संघात कहां!
चतुर सचेत जनों के द्वारा कहलाने की बात कहां।
उत्कंठा से हुआ यक्ष वह निर्विचार याचन में लीन;
जड़ हो या चेतन हो सबसे आर्त्त कामिजन बनते दीन।।5।।

ध्यातव्य है कि इसका दूसरा संशोधित संस्करण 1935 में जब आया तो इसमें 'काव्य और कवि के सम्बन्ध में दो बातें' शीर्षक से केशवजी की साहित्य दृष्टि को खोलने वाली ऐतिहासिक महत्त्व की उनकी 'मधुमती भूमिका' संलग्न हुई। इस भूमिका में उन्होंने लिखा है कि ''मधुमती भूमिका चित्त की वह विशेष अवस्था है जिसमें वितर्क की सत्ता नहीं रह जाती। शब्द, अर्थ और ज्ञान –इन तीनों की पृथक् प्रतीति वितर्क है। दूसरे शब्दों में वस्तु, वस्तु का सम्बन्ध और वस्तु के सम्बन्धी– इन तीनों के भेद का अनुभव करना ही वितर्क है।...योगी की पहुँच साधना के बल पर जिस 'मधुमती भूमिका' तक होती, प्रातिभ ज्ञान सम्पन्न सत्कवि की पहुँच स्वभावतः उस भूमिका तक हुआ करती है। साधक और कवि में अन्तर केवल यही है कि साधक यथेष्ठ काल तक 'मधुमती भूमिका' में ठहर सकता है, पर कवि अनिष्ट रजस् या तमस् के उभरते ही उससे उतर पड़ता है।...कवि के समान हृदयालु वही सहृदय इसका स्वाद भी पा सकता है, जिसका हृदय एक–एक कण के साथ बन्धुत्व के बंधन से बंधा है। वही 'मेघदूत' के पर्वतों को मधुमान् और नदियों को 'मधुक्षरन्ति सिन्धवः' के रूप में देख सकता है।. ..कालिदास की यह प्रसन्न मधुर वाणी, मन्दाक्रांता की यह झूमती चाल, देश की यह मनोहर रूप माधुरी– सबने मिलकर 'मेघदूत' में कुछ ऐसा जादू भर दिया है कि प्रत्येक सहृदय इसके असर से लोट–पोट हो जाता है। इसका पूरा अनुभव मुझे उस दिन हुआ जब 'भारत कला भवन' में 'त्वामा–लिख्य प्रणयकुपितां' वाला चित्र देखकर और पद्य सुनकर मेरे मान्य मित्र, तटस्थ तपस्वी श्रीयुत् विधुशेखर शास्त्री जी की आँखें भी छलछला आईं।''

केशवजी का 'मेघदूत' का अनुवाद देखकर उनकी संस्कृत और हिन्दी की भाषायी क्षमता, शब्द, वाक्य और मुहावरों के सम्यक् ज्ञान, सुप्रयोग तथा गहरे काव्य बोध के साथ–साथ दोनों में समानान्तर काव्य सर्जन की नैसर्गिक प्रतिभा का प्रत्यक्ष हो जाता है। (*द्रष्टव्य हिन्दी के सार्वजनिक क्षेत्र के निर्माता : आचार्य केशवप्रसाद मिश्र, सं. महेन्द्रनाथ राय, नमन प्रकाशन, नई दिल्ली, 2009*)

मेघदूत-नागार्जुन

कालिदास नागार्जुन के सर्वाधिक प्रिय कवि थे और 'मेघदूत' उनकी सबसे अधिक प्रिय पुस्तक। 1953 में नागार्जुन ने 'मेघदूत' का मुक्तछन्द में अनुवाद किया था। उसी वर्ष 'साप्ताहिक हिन्दुस्तान' के एक ही अंक में यह

रूपान्तर छपा था। 1955 में इसे ही पुस्तकाकार रूप देते हुए उन्होंने मुक्तछन्द और 'मेघदूत' को लेकर एक लम्बी भूमिका इसमें जोड़ दी और कुछ अन्य फुटनोट भी। भूमिका में ही नागार्जुन ने दो और विस्तृत अंश जोड़े हैं, पहले तो 'मेघदूत : उसकी लोकप्रियता के कारण' और फिर 'कालिदास : व्यक्ति और कृतित्व'।

भूमिका से ही यह भी स्पष्ट होता है कि नागार्जुन ने इस अनुवाद से पूर्व मेघदूत के उपलब्ध प्रायः सभी महत्त्वपूर्ण काव्यानुवाद और गद्यानुवाद देख रखा था। राजा लक्ष्मण सिंह के किए ब्रजभाषा अनुवाद के बाद ठाकुर जगमोहन सिंह, अवधवासी 'भूप' उपनाम लाला सीताराम बी.ए., राय देवीप्रसाद पूर्ण, पंडित लक्ष्मीधर वाजपेयी, सेठ कन्हैयालाल पोद्दार, पंडित केशवप्रसाद मिश्र और पंडित रामदास के अनुवादों की चर्चा नागार्जुन ने इस प्रसंग में की है। उनके अनुसार लक्ष्मणसिंह, देवीप्रसाद पूर्ण और केशवप्रसाद जी वाले रूपांतर उन्हें विशेष प्रिय रहे हैं। यह बात विशेष तौर पर ध्यान देने की है कि नागार्जुन ने यह माना है कि मेघदूत काव्य रससिद्ध होने के साथ ही साथ स्वरसिद्ध भी है। अकारण नहीं है कि कालिदास ने अपनी इस विप्रलम्भ–रस–रचना के लिए मंदाक्रांता छन्द का चुनाव किया था। हालांकि इसके हिन्दी रूपांतर में भी मंदाक्रांता के ही प्रयोग के प्रयास को नागार्जुन ठीक नहीं समझते हैं। आचार्य महावीर प्रसाद द्विवेदी आदि मनीशियों ने जहाँ लक्ष्मीधर वाजपेयी के किए मंदाक्रांता छन्द में मेघदूत के अनुवाद की बहुत प्रशंसा की थी वहीं नागार्जुन के अनुसार समासशक्ति की गुंजाइश न रहने के कारण कालिदास की एक पंक्ति का हिन्दी–रूपांतर कोई एक ही पंक्ति में हमेशा कर ले जाए, यह हो नहीं सकता। उन्होंने चुटकी ली है कि ''पच्चर ठोकते–ठोकते मर जाइएगा, फिर भी ढिलाई दूर नहीं होगी ! भाव पूरा नहीं आएगा !''।

नागार्जुन ने काफी सोच–विचार के बाद इस अनुवाद के लिए 'स्वच्छंद' छंद का चुनाव किया था। उनके अनुसार मुक्तछन्द ने गद्य की भाषा को पूर्ण कर दिया है और पद्य के संकुचित दायरे को काफी फैला दिया है। कवियों और गद्य–लेखकों को इसने एक ही आसन पर ला बिठाया है। मात्रिक बंधनों और अंत्यानुप्रासों के जटाजाल में उलझी हुई कवि–प्रतिभा को गद्य की समतल भूमि पर उतार लाने का श्रेय इसी को है। नागार्जुन ने स्वीकार किया है कि आरम्भ में कुछ–एक श्लोकों तक अनुवादक की चेतना पर निराला छाए रहे, बाद को उसने उनसे छुटकारा पा लिया। 'मेघदूत' के

इस अनुवाद से स्वयं अनुवादक–कवि नागार्जुन की विलक्षण कवित्त्व शक्ति का पता चलता है –

अपने कर्तव्य से भ्रष्ट एक यक्ष
पाकर वर्ष–भर का प्रिया–विरह–शाप
अलकापति धनेश्वर कुबेर से
दीन–हीन कृषकाय ओजरहित खिन्नमन
जाकर रहने लगा रामगिरि की वनस्थलियों में
छांह थी जहाँ की स्निग्ध, शीतल, मनभावन
जल था जहाँ का जनकलली के स्नान से पावन। (1)

वह मुझे करती है कितना अधिक प्यार–
जानता हूँ खूब, मगर, बता नहीं पाऊँगा!
सेचता हूँ मैं :
हमारे जीवन के इस प्रथम विरह में
कुछ ऐसा ही गुजर रहा होगा उस पर
समझ मत लेना–
कि वैसी भली स्त्री का पति होने से
बघारता हूँ शेखी!
नहीं नहीं मित्र, वैसी कोई बात नहीं
शीघ्र ही आनेवाला है तुम्हारी आँखों के सामने
जो कुछ भी कहा है मैंने... (96)

इतना सुनते ही खिल पड़ेगी,
मुँह उठाके ऊपर निहारने लगेगी,
मन–ही–मन करेगी सत्कार तुम्हारा,
उत्कंठित–हृदया प्रेयसी मेरी
सुनकर पवन–पुत्र से पति के सन्देश का प्रथम पद
हो उठी थी जिस प्रकार उच्छ्वसित–उन्मुख
वियोगिनी मैथिल–कन्या सीता।

इसके बाद सुनेगी आगे का सन्देश
होकर अति सावधान

तुम्हारे मुँह से मेरे मेघ, भद्रकान्त!
सखा के मुख से प्राप्त कुशल–समाचार पति का
तनिक ही कम होता साक्षात् मिलन की अपेक्षा
सुहागिनों के लेखे। (102)

अभिज्ञान शाकुन्तल-इन्दु शेखर

'अभिज्ञानशाकुन्तलम्' का यह हिन्दी अनुवाद आत्माराम एंड संस, दिल्ली द्वारा 1958 में प्रकाशित हुआ था। अनुवादक इन्दु शेखर ने अपने निवेदन में इस अनुवाद के कारणों पर प्रकाश डालते हुए लिखा है कि "यद्यपि राजा लक्ष्मणसिंह अनुवाद आज भी हिन्दी परीक्षाओं में निहित है, पर वह युग दृष्टि से पुराना पड़ गया है। राष्ट्रभाषा हिन्दी की खड़ी बोली के इस युग में ब्रजभाषा का यौवन ढलाव पर पहुँच गया है, अतएव इस रूपान्तर के लिए व्याख्या देने की आवश्यकता नहीं।"

उदयशंकर भट्ट ने इस पुस्तक की प्रस्तावना में लिखा है कि "मेरा विश्वास है कि यह अनुवाद पाठकों को महाकवि की शब्द गर्भित भावराशि का पूरा रसपान करा सकेगा।...ऐसा लगता है कि मूल और अनुवाद दोनों एकाकार हो गये हैं।"

भाषा–सौष्ठव की दृष्टि से इन्दु शेखर का अनुवाद उत्कृष्ट कोटि का है। उन्होंने शब्दों का चुनाव सुन्दर रीति से किया है और जहाँ उपयुक्त शब्द प्रचलित खड़ी बोली में उपलब्ध नहीं है वहाँ उन्होंने अपने संस्कृत भाषा ज्ञान के बल पर संस्कृत शब्द लिये हैं –

अधर पर धर अंगुली हर बार,
निशेधाक्षर कहता अभिराम
उठाया तो पर सका न चूम
झुका सुभ्रू का बदन ललाम।।

अनुवादक ने इसके आरम्भ में एक सुदीर्घ भूमिका भी लिखी है। इसमें उन्होंने कालिदास के जीवन, कृतित्व एवं उनकी रचना–शैली पर विचार किया है। उन्होंने लिखा है कि "कालिदास शब्द और अर्थ की महत्ता को समझते थे इसलिए उन्होंने ऐसी शैली को अपनाया जिससे भाषा बोझिल न हो उठे। छोटे–छोटे ललित वाक्यों से उन्होंने सृष्टि के गहनतम विषयों पर, जीवन की गहरी समस्याओं पर ऐसा प्रकाश डाला है जो हृदय, आँख और कान सभी के लिए सुखदायी है।"

इस अनुवाद की सुघरता को देखकर ऐसा जान पड़ता है कि अनुवादक ने भी इसमें बहुत–कुछ इसी राह पर चलने की कोशिश की है।

शकुन्तला नाटक- वागीश्वर विद्यालंकार

'अभिज्ञानशाकुन्तलम्' के इस हिन्दी अनुवाद का प्रकाशन राजपाल एंड संस, दिल्ली ने 1961 में किया था। वागीश्वर विद्यालंकार संस्कृत और हिन्दी के प्रखर विद्वान थे और उन्होंने बड़े परिश्रम से 'अभिज्ञानशाकुन्तलम्' के इस अनुवाद में कालिदास के मनोविज्ञान और रचना–शैली के मर्म तक पहुँचने का प्रयास किया है। विद्यालंकार का मानना था कि अनुवाद का आकार मूल से अधिक विस्तृत न हो।8 यद्यपि तत्सम शब्दों का अधिकाधिक आश्रय लेने के कारण उनका यह अनुवाद साधारण पाठकों के लिए किंचित कठिन ही प्रतीत होता है फिर भी श्रृंगार रस से सम्बन्धित अंशों तथा प्रकृति – चित्रण के भाग में अनुवादक की प्रतिभा ने कुछ अधिक न्याय किया है–

रख रख अंगुली ढक लिया निचला होंठ ललाम।
'नहीं', 'नहीं' कहती लगी वह कैसी अभिराम।
मुँह कंधे की ओर था फिर फिर जाता घूम।
कुछ ऊँचा भी कर लिया, नहीं सका पर चूम।।

शकुन्तला की मनोदशा का वर्णन विद्यालंकार ने मूल के अनुरूप ही चित्रात्मक किया है –

आगे चलती तनु, चित चंचल
भाग रहा पीछे की ओर
खिंचता है प्रतिकूल पवन से–
जैसे ध्वज–दुकूल का छोर।।

प्रकृति–चित्रण में भी अनुवादक ने अपने प्रबुद्ध रचना–कौशल का परिचय दिया है–

हरा–भरा है पद्मसरों से बीच–बीच में जो अभिराम,
जिस पर छाया तरुओं से रुक, पड़ता नहीं सूर्य का घाम,
बिछी हुई है जिसमें सुन्दर कमलरेणु–सी कोमल धूल
शुभ हो इसके लिए मार्ग यह, चले पवन भी मृदु अनुकूल।।

कालिदासकृत ऋतुसंहार - रांगेय राघव

प्रसिद्ध साहित्यकार रांगेय राघव की पुस्तक 'कालिदासकृत ऋतुसंहार' का प्रकाशन 1973 में दिल्ली के आत्माराम एंड संस द्वारा किया गया। इस

पुस्तक में कालिदासकृत संस्कृत पद्य के साथ–साथ उसके हिन्दी–अंग्रेजी अनुवादों को शामिल किया गया है। इसमें कुल सोलह मनोहारी रंगीन चित्र भी शामिल हैं। इस पुस्तक के 'प्रकाशकीय' में लिखा गया है कि ''स्वर्गीय डा. रांगेय राघव की सधी हुई लेखनी ने 'ऋतुसंहार' के एक साथ तीन अनुवाद प्रस्तुत कर दिए हैं। पहला अनुवाद हिन्दी पद्य में, दूसरा अंग्रेजी पद्य में, और तीसरा चित्रकला के माध्यम से। कहना कठिन है कि तीनों में से कौन–सा रूपांतर दूसरे से बढ़कर है। हिन्दी जगत में इस प्रकार का प्रयत्न अपने–आप में एकदम अपूर्व एवं अनूठा है।''

अनुवाद हेतु 'ऋतुसंहार' के ही चयन का औचित्य स्थापित करते हुए यहाँ कहा गया है कि बहुत कम लोग इस तथ्य से परिचित होंगे कि 'ऋतुसंहार' महाकवि कालिदास का एकमात्र गीति–काव्य है और कला की दृष्टि से वह उनकी शेष रचनाओं को पीछे छोड़ गया है। कालिदास मुख्यतया 'संयोग श्रृंगार' के कवि थे। 'ऋतुसंहार' के शड्–ऋतु वर्णन में उनकी श्रृंगार–रस–प्रतिभा अबाध व उनमुक्त होकर प्रवाहित हुई है। कारण? अनुवादक के अनुसार उनके मार्ग में न किसी प्रकार का कथा का बंधन था, न मर्यादा की अर्गला। 'मेघदूत' व 'कुमारसंभव' भी निस्संदेह श्रृंगार–रस की अनूठी काव्य–कृतियाँ हैं, पर 'मेघदूत' में 'कथा के बंधन' ने और 'कुमारसंभव' में 'मर्यादा की अर्गला' ने कवि को अप्रतिहत–गति नहीं रहने दिया। 'मेघदूत' में उन्हें अपने आपको वर्षा ऋतु के वर्णन तक सीमित रखना पड़ा, और 'कुमारसंभव' में शिव–पार्वती के प्रति पूजा–बुद्धि के कारण वे खुलकर नहीं लिख सके। 'ऋतुसंहार' में कवि के सामने ऐसी कोई बाधा नहीं थी। भिन्न–भिन्न ऋतुओं के वर्णन के ब्याज से श्रृंगार रस की तमाम बारीकियों का कवि ने सफलतापूर्वक रहस्योद्घाटन कर दिया है। श्रृंगार रस के विविध आरोहों–अवरोहों का यह एक प्रकार से दुर्लभ एलबम है।

अनुवादक ने इस काव्य–रचना के कठिन स्थलों के भी सहज–सुन्दर अनुवाद कर सकने में पर्याप्त सफलता पाई है–

स्वेद से आतुर, चपल कर वस्त्रनिजभारी हटा कर
योशिताएँ बाहुमूल सुरम्य अपने पोंछ सत्वर
गोल उन्नत गौर यौवनमय स्तनों को घेर देतीं,
पारदर्श महीन अंशुक में उन्हें है बांध लेतीं,
शांति के निश्वास ले उद्वेग ऊश्मा का हटा कर,
प्रिय आया ग्रीष्म खरतर!

मेघदूत का भोजपुरी पद्यानुवाद - मोती बी.ए.

भोजपुरी के प्रसिद्ध कवि मोतीलाल उपाध्याय जिन्हें साहित्य एवं सिनेमा की दुनिया में मोती बी.ए. के नाम से जाना जाता है, ने 1979 में 'मेघदूत' के इस भोजपुरी पद्यानुवाद का प्रकाशन कराया था। यह अनुवाद अब रामदेव शुक्ल एवं दिवाकर प्रसाद तिवारी द्वारा सम्पादित एवं नमन प्रकाशन, दिल्ली से 2011 में प्रकाशित मोती बी.ए. ग्रन्थावली के सातवें खण्ड में उपलब्ध है।

अगस्त, 1919 को उत्तर प्रदेश के देवरिया जिले में जन्मे मोती बी.ए. हिन्दी सिनेमा के कुछ अत्यन्त लोकप्रिय गीतों के रचयिता के रूप में ख्यात हैं। सामान्य तौर पर क्रांतिकारी स्वर की कविताएँ रचने वाले मोती बी.ए. ने भोजपुरी को समृद्ध करने के उद्देश्य से न केवल शेक्सपियर के सॉनेट का सॉनेट छन्द में ही भोजपुरी में अनुवाद किया बल्कि कालिदास के 'मेघदूत' को भी भोजपुरी कविता में उसी भावभूमि के साथ उतार दिया। इन्हीं कारणों से इन्हें भोजपुरी का शेक्सपियर भी कई बार कहा गया है। इनकी कविताओं पर विश्वभारती–शान्तिनिकेतन में हिन्दी प्राध्यापक रहे शैलेन्द्र कुमार त्रिपाठी की पुस्तक 'आग और अनुराग' मिलती है।

अपने इस अनुवाद की प्रेरणा के सम्बन्ध में मोती बी.ए. ने इसके आरम्भ में ही अनुवाद के प्रेरकों के प्रति कृतज्ञता ज्ञापित करते हुए एक कविता लिखी है –

"सन् एकहत्तर में कहलें महेन्दर पांडे
होखो ना 'एकर' अनुवाद
ललसा हिलोरलसि, सरधा ना पूरा भइल
बाकी रहे, अबहिन मियादि
भेसवा बदलि शिव अइलें अठहत्तरि में
आप रूप दिहलें असिरबाद
जल्दी करू, लिखि डारू, कहे लगलें हमरा से
करू ना समइया बरबाद
आइल ओनासी सात जून, दिन–गुरूवार
उगल चउसठवां सलोक
गउरा पारबती–भोलेनाथ जी के दरसन
पाइ हम भइलीं असोक

धनि रे महेन्दर पांडे, धनि शिव शंकर
दुख गइल सगरो पराइ
मोरे मितवा,
अपने से भइल उपाय
केंहू कुछू कहो अब, केंहू कुछू करो भाई,
'मेघदूत' होइहें सहाइ
मोरे मितवा
अपने से भइल उपाइ
सन् एकहत्तर में कहलें महेन्दर पांडे...''

इसके पश्चात् मोती बी. ए. ने 'महाकवि कालिदास से अरज' शीर्षक एक और कविता इसमें शामिल की है जिससे इस अनुवाद के सम्बन्ध में उनकी स्पष्ट धारणा का पता चलता है–

''यक्ष मुँहें कालीदास कहलें बदरवा से
भाषा लीहे कवनो बनाइ
मोरे मितवा,
भाषा लीहे कवनो बनाइ
जवन–जवन बाति कहलीं हं तोहसे हम
उनके त दीहे समुझाइ,
मोरे मितवा,
भाषा लीहे कवनो बनाइ...
उहाँ से हुकूम लेके हम भोजपुरिया में–
लिखलीं हं सगरो बयान,
बुद्धि होला केतना सनेसिया में जानी लें ना
हमरा न तनिको गेयान
चूक जो भइल होखे हमसे हे महाकवि,
देइ दीहऽ हमके सजाइ
सेवक तोहार हम तोहरी सरन बानी,
ईहो बाति जइह भुलाइ
यक्ष अउरी यक्षिणी के, हमरी बेयान से जो
अतमा में होखे सनताप
तनिको लेहाज मति करिह हे महाकवि
देइ दीहऽ हमके सराप

ओही रे बदरवा से हम जब पूछलीं त
इहे बाति दीहलसि बताइ
मोरे मितवा,
कि भाषा लीहे कवनो बनाइ

यक्ष मुँहें कालीदास कहलें बदरवा से
भाषा लीहे कवनो बनाइ
मोरे मितवा,
भाषा लीहे कवनो बनाइ।"

मोती बी.ए. के इस अनुवाद की विशेषता है उसका गीतात्मक होना। चूंकि मोती बी.ए. की काव्य प्रकृति गीतों विशेषकर लोकगीतों के अनुकूल पड़ती थी इसलिए यह सहज संभव हो सका। इसके साथ ही कालिदास के भावों से अतिशय निकटता भी इस अनुवाद में दिखाई पड़ती है–

रामगिरि आसरम में शापग्रस्त यक्ष एगो
तिरिया वियोग के काटत रहे दिनवा
एक वर्ष प्यारी से वियोग के सराप साईं
देले रहें ओकरा के कवनो कारनवा
सिया असनान से उमगि के बहति रहे
उज्ज्वल पवित्र नदी ओही रे ठेकनवा
गछिया–बिरिछवा की जुड़ छांहें सुसकत
संसिया में रहे ऊ जरावत परनवा।।1।।

सहत वियोग दुख जइसे–तइसे बीति गइल
बावला बिरहिया के कछुक महिनवा
ठठरी भइलि देंहि, गिरल सरकि के–
कलाई में से अपने से कनक कंगनवा
उमड़ि–घुमड़ि घन घहरात लउकल
तबले असाढ़ के पहिले–पहिल दिनवां
चढ़ि गिरि– श्रृंग पर हाथी अस हुमरत
गढ़ ढाहे आवे जइसे कवनो मकुनवां।।2।।

कालिदासकृत मेघदूत (मैथिली अनुवाद)- शशिकान्त झा

यह पुस्तक कालिदास रचित संस्कृत खण्डकाव्य 'मेघदूत' का वसन्ततिलका छन्द में मैथिली रूपान्तर है। इसका प्रकाश्द्धान 1982 में पटना स्थित मैथिली अकादमी द्वारा किया गया। रूपान्तरकार का उद्देश्य यह है कि लोकभाषाओं के विस्तार के इस युग में अनेक कारणों से मूल संस्कृत समझने वाले विद्वानों के अभाव के कारण उस साहित्य का वास्तविक भाव बचा नहीं रह पाएगा। इस हेतु संस्कृत ग्रन्थों का लोकभाषाओं में रूपान्तर करना आवश्यक है। ऐसा करने से लोकभाषा मात्र के ज्ञाता भी उन संस्कृत रचनाओं की अर्थभूमि तक पहुँच पाएँगे क्योंकि अनुवादक के अनुसार अर्थज्ञानहीन संस्कृत उच्चारण केवल वक्ता का वाक्चातुर्य ही समझा जाएगा, ठीक उसी प्रकार जिस प्रकार बांझ गाय अपने खूंटे की केवल शोभा ही बढ़ाती है।

हालांकि अनुवाद में उतनी सरलता, सहजता और सरसता नहीं आ पाई है जितनी कि कालिदास के अनुवादक से अपेक्षित था फिर भी इस अनुवाद में कालिदास के समान ही छन्द निर्वाह और भाषा मैथिली के प्रति अनुराग सहज प्रकट है। अनुवादक की यह स्वीकारोक्ति भी उनकी रचनात्मक ईमानदारी का ही परिचय देती है कि कवि के भाव को हू–ब–हू वसन्ततिलका छन्द में आबद्ध करने के प्रयास में कहीं–कहीं शब्द और भाषा में मनमाना तोड़मोड़ मैंने कर दिया है।

कर्त्तव्य पालन विहीन कुबेर शापें
पत्नी वियोग दुख नष्ट निज प्रतापें।
क्यौ यक्ष वर्ष भरि शाप–विमुक्ति हेतु
गिरि चित्रकूट पर आवि निवास कैल।1।

कान्ता–वियुक्त कृशगात ततै ओ कामी
किछु दिन बिताय जखने चढ़लै अशाढ़।
उत्खात केलिकृत टेढ़ रद प्रहार
आक्रान्त कूट घन देखल हस्तितुल्य।2।

कौतूक हेतु घन संमुख ठाढ़ भै कें
यक्षाधिराज चर यक्ष भेला सचिन्त।

ई देखि चित्र सुखियोक विकार पाबै
आलिंगनार्थि, हमरा सन के कथे की।3।

सम्प्राप्त श्रावण प्रियाकेर प्राणरक्षा
इच्छें बलाहक मुखें पठबैंत वार्ता।
प्रस्फुट चमेलि सुमनें कय पूजनो से
प्रीति प्रधान वचनें कुशलादि पूछल।4।

धूमादि योग उत्पन्न कतै तड़ित्वान्
सन्देश अर्थ कत चेतन प्राणि साध्य।
याचल विवेक परिशून्यमता ततै तें
कामार्तकें नहि विनिश्चित ज्ञान हो जें।5।

हिन्दी काव्य में कालिदासकृत मेघदूत-डॉ. विनय भरत राम

साहित्यानुरागी डॉ. विनय भरत राम के किए 'हिन्दी काव्य में कालिदासकृत मेघदूत' का प्रकाशन पहले–पहल तो वाणी प्रकाशन, नई दिल्ली ने 1995 में किया था किन्तु बाद के दिनों में इसके संस्करण यात्रा बुक्स, नई दिल्ली से प्रकाशित हुए हैं। डॉ. संसारचंद्र एवं मोहनदेव पंत शास्त्री के 'मेघदूत' के अनुवाद से प्रेरित होकर प्रस्तुत इस काव्यानुवाद के सम्बन्ध में अपने समय के यशस्वी कवि शिवमंगल सिंह 'सुमन' ने लिखा है कि *"श्री विनय भरत राम भारतीय ललित कलाओं के अनन्य उपासक हैं। मुझे लगता है कि श्री विनय के व्यक्तित्व में पलते इसी कला–संस्कार ने इन्हें महाकवि कालिदास तक पहुँचाया है। मेघदूत को पढ़कर अंतर्मन में किसी कविता का फूट पड़ना स्वयं में एक कलात्मक प्रतिक्रिया ही है। इस कलात्मक अनुभूति का परिचय अनुवाद के कलेवर में भी झांकता दीख पड़ता है।"*

डॉ. विनय भरत राम दिल्ली के एक प्रतिष्ठित उद्योगपति रहे हैं किन्तु उनकी अभिरुचि साहित्य–संगीत एवं कलाओं में बड़ी गहरी थी। व्यवसाय आदि से सम्बद्ध होते हुए भी उन्होंने अपनी अध्ययनशीलता का परिचय, अमेरिका के मिशिगन और हॉवर्ड विश्वविद्यालयों में शिक्षा और बाद में दिल्ली विश्वविद्यालय से अर्थशास्त्र में पी–एच.डी. की उपाधि प्राप्त करने से, दिया है। पूरी तरह से 'स्वान्तः सुखाय' किये गये इस अनुवाद से यह पता चलता है कि कालिदास रचित 'मेघदूत' ने विनय भरत राम की काव्य–कल्पना

को अंतस्तल तक झकझोरा है। इस सम्बन्ध में स्वयं विनय भरत राम ने कहा है कि जब मैंने सरसरे रूप से पहली बार 'मेघदूत' पढ़ा, तो मन इतना गद्गद् हो उठा कि निम्नलिखित पंक्तियाँ कविता के रूप में फूट पड़ीं –

मेघ मेरी प्रिया को तुम कुशल संदेश पहुँचा देना
यक्ष की दुखमयी व्यथा का वास्तविक रूप किन्तु छिपा लेना
कुबेर के कठोर दंड की पीड़ा अब और नहीं सही जाती
विरह में पल–भर नैनों से रोके नहीं रुकती अश्रु झरी।

उनके अनुसार यद्यपि इन पंक्तियों का किसी विशेष श्लोक से सम्बन्ध नहीं है, मगर इनसे काव्यानुवाद की चेष्टा करने और 'मेघदूत' की गहराई में उतरने का रास्ता मेरे लिए अवश्य खुल गया।

विनय भरत राम यह मानकर चले हैं कि 'मेघदूत' का ताना–बाना एक विषयभोगी यक्ष के इर्द–गिर्द बुना गया है। अपने स्वामी के शाप के परिणामस्वरूप यक्ष अपनी पत्नी से बिछुड़ चुका है। असहाय और भ्रमित भाव से विंध्य पर्वत पर खड़ा वह यक्ष आकाश में भ्रमण करते एक मेघखंड से गुहार करता है कि वह उसका प्रेमपूर्ण संदेश कैलाश स्थित अलकापुरी में रह रही उसकी विरहाकुल पत्नी तक पहुँचा दे। उनके अनुसार इस अतुलनीय काव्य का पहला भाग मानव–चेतना से गुथा बाह्य प्रकृति को समर्पित है और दूसरा, प्रकृति की सुन्दरता से घिरे मानव–मन के आनन्द और अवसाद को उकेरता है। विनय भरत राम बताते हैं कि काव्य का यह रूप कवि की उन कोमल भावनाओं का प्रदर्शन है जिनके माध्यम से वह यक्ष की पत्नी के मनोलोक एवं संदेश की व्याख्या करता है। ऐसे में केवल मेघ–घटाएँ ही उसे यह आश्वासन दे सकेंगी कि उसका प्रिय जीवित है तथा वह उसकी दीर्घायु की प्रेमपूर्ण कामना करता है।

अनुवाद की सरसता और काव्यत्मकता इसकी पंक्तियों से उभर–उभर आती है–

ओ सुहागिन! तुम्हारे मन में बसे
पति का मैं लाया हूँ संदेश
अपने पास आए मुझे तुम
जानो उसका प्रिय मित्र मेघ
गंभीर मधुर गर्जन से मैं
विरहीगणों को करता हूँ प्रेरित
जो शीघ्र घर लौट अबलाओं की

वेणियाँ खोलने को रहते लालायित।

यह सुनते ही वह मुख उठा
करेगी तुम्हारा अति सम्मान
धड़कते दिल से, उत्सुक हो
हर बात पर देगी पूरा ध्यान
जैसे सीता ने हनुमान को था
अशोक वाटिका में निहारा
स्त्री को पति का समाचार, लगता है
प्रत्यक्ष भेंट से कुछ ही कम प्यारा।

कालिदास : मेघदूतम्-रामावतार तिवारी

रामावतार तिवारी ने 'मेघदूत' का सम्पर्ण छन्दोबद्ध हिन्दी अनुवाद किया है। इसका एक अंश 'समकालीन भारतीय साहित्य' के जुलाई–अगस्त, 1996 के अंक में प्रकाशित हुआ है–

पूर्व मेघ

प्रिया विरह संतप्त यक्ष कोई कर्त्तव्य प्रमत्त
वर्ष भोग्य भर्ताभिशाप कृत नैसर्गिक महिमा संन्यस्त
विरचित कर आवास लगा रहने वैदेही स्नान पुण्यजल
स्निग्ध छांह तरू लसित रामगिरि के आश्रम पर।।

अबला विप्रयुक्त उस कामी ने अपने कुछ मास बिता कर
कनक वलय वंचित प्रकोष्ठ हो उस पर्वत पर
चोटी का आलिंगन करते प्रथम दिवस आषाढ़ मेघ को
वप्रकेलि करते अपूर्व सुंदर गज जैसा दिखते देखा।।

कौतुहल पैदा करते उस बादल सम्मुख स्थित हो कर
चिर निमग्न हो गया आँसुओं को रोके कुबेर का अनुचर
मेघ देख कर हो जाता है सुखी पुरुष भी विकृत चित्त का
गले लगा लेने को आतुर दूरप्रिया का कहना ही क्या।।

श्रावण निकट प्रिया को जीवित रहने का अवलम्ब प्राप्त हो
बादल से निज कुशल क्षेम संदेश भेजने का अभिलाशी
सद्यः खिले कुटज कुसुमों से पूजापूर्वक उसे अर्घ्य दे
प्रीति प्रमुख वचनों से सादर उसका स्वागत करते बोला।।

धूम ज्योति जल पवन सम्मिश्रण कहाँ यह मेघ
कहाँ ज्ञान सम्पन्न चतुरजन योग्य कुशल संदेश विषय वह
अतिशय उत्कंठावश इस को भूल याचना किया यक्ष ने
रहता नहीं विवेक अचेतन चेतन का कामारत जन को।।

भुवन विदित पुष्कर आवर्तक मेघों के हे वंशज
मुझे ज्ञात है तुम सुरपति के प्रथम पुरुष हो कामरूप हो
इसीलिए याचना प्राप्त हूँ तुमसे विधिवश दूरबंधु मैं
श्रेष्ठ विफल याचना गुणी से नहीं अधम से लब्धकाम भी।।

संतप्तों के तुम्हीं शरण हे मेघ अतः तुम ले जाओ
संदेश प्रिया हित मुझ धनपति शापित विरही का
जाना होगा तुम्हें श्रेष्ठ यक्षों की अलका नामक नगरी
वाह्योद्यान सुशोभित हर शिर धवल चंद्रिका महलों वाली।।

प्रथम सुनो मुझ से तुम अपनी यात्रा के अनुकूल मार्ग को
तदुपरांत हे मेघ श्रवण करना मेरा संदेश कर्णप्रिय
मार्ग कष्ट से खिन्न शिखर ऊपर पग धरते
कृष शरीर हो जाना पतली नदियों का हल्का जल पीते।।

पर्वत शिखर उठा कर ले जा रहा पवन इति सोच उन्मुखी
भोली भाली सिद्ध पत्नियों द्वारा अतिशय चकित विलोकित
सरस बैत वाले इस थल से उत्तर दिशि को उड़ जाना तुम
दिग्नागों की राह छोड़ते सूंडों का आघात बचाते।।

पके आम्र कानन द्युति ढंके प्रदेशों वाला आम्रकूट यह
वेणी वर्ण तुम्हारे उसकी चोटी पर चढ़ जाने भर से

देव मिथुन द्वारा दर्शन के योग्य अवस्था प्राप्त करेगा
मध्य श्याम बाकी सारा विस्तार पांडु पृथ्वी के स्तन सा।

वनचर वधू भुक्त कुंजों वाले उस पर्वत पर क्षण रुक कर
जल वर्षा से द्रुततर गति हो आने का निज मार्ग पार कर
विशम पत्थरों बीच विंध्य के चरणों में बिखरी रेवा को
देखोगे हाथी तन पर श्रृंगार चित्र रचनाओं जैसी।।

टेढ़ा होगा मार्ग तदपि हे उत्तर दिशि को जाने वाले
उज्जयिनी के ऊँचे महलों से तू प्रणय विमुख मत होना
विद्युच्चकित् नगर सुंदरियों के कटाक्ष करते नयनों का
लिया नहीं आस्वाद अगर तो यही समझना ठगे गए तुम।।

वीचि क्षोभवश कलरव करती विहग श्रेणी कांची गुणवाली
उपल खलित रमणीय प्रवाहित भंवर नाभि दिखलाने वाली
निर्विंध्या को पथ में पाकर अंतःरस से भर जाना तू
प्रथम प्रणय अनुरोध नारि का प्रियतम के प्रति हावभाव ही।।

वेणी के जैसी पतली धारा वाली यह नदी
किनारे के वृक्षों के जीर्ण पत्र पड़ने से पीली
अपनी विरह दशा से व्यंजित करती है सौभाग्य तुम्हारा
जिस प्रकार वह अपनी कृशता तजे वही करना उपाय तुम।।

पहुँच अवंती उदयन कथा सुविज्ञ ग्राम वृद्धों की धरती
जाना तुम पूर्वोपदिष्ट वैभव विशाल उज्जयिनी नगरी
जो है मानो पुण्य कर्म फल क्षय हो कर पृथ्वी पर लौटे
देवों के अवशिष्ट पुण्य से प्राप्त स्वर्ग का सुंदर टुकड़ा।।

मेघदूत-श्यामला कान्त वर्मा

श्यामला कान्त वर्मा कालिदास के सहृदय पाठक थे। उनका किया 'मेघदूत' का यह पद्यबद्ध भावानुवाद 1998 में वाराणसी के विश्वविद्यालय प्रकाशन से प्रकाशित हुआ। उनके अनुसार कालिदास की कृतियों में

'मेघदूत' को विशेष महत्त्व प्राप्त है। इसमें करुण रस का अनुपम सौन्दर्य है। मन्दाक्रान्ता छन्द में लिखे गये इस काव्य को दो खण्डों में विभाजित किया गया है–पूर्वमेघ और उत्तरमेघ। 'पूर्वमेघ' में काव्य–सौन्दर्य के साथ ही भारत का भौगोलिक सौन्दर्य भी प्रकाशित है। प्रकृति का मनोरम चित्र, कवि की सूक्ष्म–दृष्टि, भावुकता और कल्पना का संयोग 'पूर्वमेघ' की विशेषता है। 'उत्तरमेघ' का कथ्य अत्यन्त मर्मस्पर्शी है। यक्ष की करुण–गाथा के ही परिप्रेक्ष्य में कविकुल शिरोमणि कालिदास ने श्रृंगार का मनोरम चित्र भी उपस्थित किया है। नख–शिख सौन्दर्य और श्रृंगार–प्रसाधन के चित्ताकर्षक वर्णन ने इन चित्रों को अलंकृत किया है।

अपने इस काव्यानुवाद के सम्बन्ध में उन्होंने बताया है कि 'मेघदूत' की इसी सरसता ने मुझे इसका पद्यमय भावानुवाद करने की प्रेरणा दी। मैंने रस–तत्त्व की सुरक्षा की कामना से शब्दानुवाद की अपेक्षा भावानुवाद करना ही उचित समझा। अनुवाद करने से पूर्व मैंने कई टीकाओं और हिन्दी –रूपान्तरों का अध्ययन किया तथा उनका आधार लेते हुए अनुवाद–कार्य में प्रवृत्त हुआ। पाठकों की सुविधा को ध्यान में रखकर उन्होंने इसमें 'मेघदूत' के मूल पाठ और गद्यार्थ को भी शामिल किया है। इसके अतिरिक्त विभिन्न पदों के साथ छपे रेखांकनों से भी पुस्तक के महत्त्व की वृद्धि हुई है।

श्यामला कान्त वर्मा के इस भावानुवाद की भाषा काव्योचित एवं सरस है तथा इसमें गीतात्मक प्रवाह भी यथासंभव बना हुआ है–

दूर प्राण–प्रिय निज पत्नी से यक्ष हो उठा अतिशय दुर्बल।
मणिबन्धों से वलय गिर पड़े, तन में प्राण हो उठा बेकल।।
पहला दिन आषाढ़ मास का, मेघ लगे मडराने नभ में।
ढूह ढहाते गज–से थे वे, काम–भाव थे भरते सब में।।

बीते थे गिनती के कुछ दिन टूट गया धीरज का बन्धन।
उमड़ चला आँसू आँखों में, करने लगा ह्रदय भी क्रनदन।।
पहला दिन आषाढ़ मास का, सावन फिर कैसे बीतेगा।
पहला दिन आषाढ़ मास का, संयम टूटेगा–टूटेगा।।
स्नेहालिंगित संयोगी भी रह–रह कर बेचैन हो रहे।
मधुर स्नेह पलकों में पाले, भुजबन्धन में बंधे सो रहे।।
आज विरह के शूल चुभ रहे, दूर प्रिया से मन रोता है।

आज व्यथा का दंश सत्य है, सुख सचमुच सपना होता है।।

सावन में सुकुमार प्रियतमा विरह–व्यथा क्या सह पायेगी?
कजरारे बजमारे बादल के सम्मुख क्या रह पायेगी?
एकाकिनी रहेगी कैसे? आज उसे सन्तोष चाहिए।
कहां–किधर हूँ; हूँ कैसे मैं? इसका कुछ परितोष चाहिए।।
जगी यक्ष की मधुर कामना –''दूत बने यह प्यारा जलधर''।
फूल कुटज के अंजलि भरकर स्वागत में मधु–मिश्रित थे स्वर।।

शकुन्तला परिणय-पुरुषोत्तम तिवारी 'साहित्यार्थी'

शब्दभारती प्रकाशन, इलाहाबाद से 1999 में प्रकाशित 'शकुन्तला परिणय' वस्तुतः कालिदास के 'अभिज्ञानशाकुन्तलम्' का हिन्दी काव्यानुवाद है। मूल रूप से गीतकार रहे पुरुषोत्तम तिवारी ने बिना किसी साहित्यिक महात्त्वाकांक्षा के केवल अपनी अभिरुचि से शाकुंतलम् का यह छन्दोबद्ध काव्यानुवाद प्रस्तुत किया है। इस सम्बन्ध में अनुवाद के आरम्भ में छपे अनुवादक के इस निवेदन को देख लेना समीचीन होगा ''विश्व साहित्य में महाकवि कालिदास विरचित 'अभिज्ञान शाकुंतलम्' एक अद्वितीय कृति है। हिन्दी साहित्य के प्रेमी मानस ने इस नाट्य–काव्य का यदि रसपान नहीं किया है तो मेरा मानना है कि वह हिन्दी के शिखर साहित्यों की अमृतवर्षा से पूर्णतः वंचित है। 'अभिज्ञान शाकुंतलम्' की बहुश्रुत महिमागाथा मुझे इसे पढ़ने के लिए उर में सदैव लालसा भरती रहती थी। यह मेरे लिए एक सुखद संयोग ही था कि मेरी साहित्यिक अभिरुचि से अवगत होकर मेरे एक मित्र ने मुझे यह पुस्तक भेंट की। मैंने इसका अध्ययन किया, किन्तु अध्ययन मात्र से ही मुझे आत्मिक शान्ति नहीं प्राप्त हुई। बार–बार मन करता था कि इसका काव्यानुवाद करने का प्रयास करूं। मैंने इसके पहले कविताएँ भी अधिक नहीं लिखी थीं। जो भी काव्य रचनाएँ थी वो सब गीत के रूप में थीं। उर में काव्यानुवाद करने की लालसा अतीव बलवती थी, सो छन्दबद्ध अनुवाद कार्य का आरम्भ कर दिया। मैं इसके अनुवाद, वह भी छन्दबद्ध, की गुरुता, दायित्वबोध और गरिमा के बोझ को भलीभांति आभास कर रहा था। मैंने यह निर्णय कर लिया था कि यदि इस अनुवाद कार्य की उत्कृष्टता से मुझे स्वयं संतुष्टि नहीं प्राप्त हुई तो इसे सार्वजनिक नहीं करूंगा। सर्ग–प्रतिसर्ग अनुवाद करता रहा। निश्चय ही उत्तरोत्तर सर्ग पिछले सर्गों के काव्यानुवाद

से अधिक निखरते जा रहे थे। यह नितान्त मेरा आकलन था। इस कार्य में मैं किसी का मार्गदर्शन भी नहीं पा रहा था। यह काव्यानुवाद पूर्ण होने पर मुझे प्रथम सर्ग का काव्यानुवाद कमतर लगा, इसलिए प्रथम सर्ग का फिर से अनुवाद किया। दिसम्बर, 1999 में यह काव्यानुवाद कार्य सम्पन्न हो गया और यह जैसा कर सका, वह आपके समक्ष है। हां, मैं 'शकुन्तला परिणय' के नाम से इस काव्यानुवाद कार्य में पदों की रचना करते समय दूसरे गद्यात्मक अनुवाद की सहायता अवश्य ले रहा था, क्योंकि मैं स्वयं 'अभिज्ञान शाकुन्तलम्' की संस्कृत भाषा समझने में असमर्थ था।''

अनुवादक की इस स्वीकारोक्ति में ही इस अनुवाद की सीमाओं का भी स्पष्ट संकेत मिलता है। मूल कृति को गद्यानुवाद के सहारे समझने और फिर अनूदित करने के कारण इस अनुवाद में भावों की वह गहराई नहीं आ पाई थी, जो अपेक्षित थी –

''वैभवपूर्ण हस्तिनापुर में एक हुए भूपति दुष्यन्त
प्रियदर्शी, उदार–हृदयी के जग में थी सुख शान्ति अनन्त
राजस–प्रवृत्ति, धर्म–अनुरागी, मृगया के आसक्त नितान्त

एक बार आखेट खेलते आ पहुँचे सुदूर वन–प्रान्त
सरथ, सारथी, सशर चाप धर मृग का वे करते आखेट
बढ़े जा रहे तीव्र वेग में सहज कर्म में भाव समेट

बोले नृप दुष्यन्त 'सारथे! यद्यपि यह सारंग अभी
खींच लिया है हम दोनों को बहुत दूर, यह फिर अब भी
ग्रीवा घुमा मनोहर पुनि पुनि पीछे रथ पर रखकर दृष्टि
शर के भय से पृष्ठ अंग को अग्र कराता हुआ प्रवृष्टि
अर्ध चबाये कुशाग्रास को श्रम के कारण खुले हुए
अपने मुख से मृगया पथ में कहीं कहीं छोड़ते हुए

देखो, यह मृग उछल कूदकर तीव्र वेग से चलने पर
रहता है अत्यधिक व्योम में, अल्प चल रहा धरणी पर,
मेरा तीव्र वेग से इसका पीछा करने का प्रतिपल
यह प्रयत्न भी कैसा, जो यह होता जाता है ओझल
कहने लगा सूत 'आयुष्मन्! मैंने विशम धरा पाकर

रथ का वेग कर दिया धीमा अश्वरश्मि को संयम कर
इसीलिए हो गया हिरण से इतनी दूरी का अंतर
सम्प्रति समतल भूमि प्राप्त कर पाना इसे नहीं दुश्कर'।

कुमारसंभव-मूलचन्द्र पाठक

प्रस्तुत कृति संस्कृत के अमर कवि कालिदास के 'कुमारसंभव' महाकाव्य के काव्यानुवाद का एक अभिनव प्रयास है। इसका प्रकाशन 2011 में दिल्ली के विद्या विहार प्रकाशन द्वारा किया गया। 'कुमारसंभव' का शाब्दिक अर्थ है –कुमार का जन्म। यहाँ कुमार से आशय शिव–पार्वती के पुत्र कार्तिकेय से है। इस कृति के पीछे कवि का उद्‌देश्य है – शिव–पार्वती की तपस्या, प्रेम, विवाह और उनके पुत्र कुमार कार्तिकेय के जन्म की पौराणिक कथा को एक महाकाव्य का रूप देना। 'कुमारसंभव' महाकाव्य में यों तो सत्रह सर्ग मिलते हैं, पर उनमें से प्रारंभिक आठ सर्ग ही कालिदास–रचित स्वीकार किए जाते हैं। अतः प्रस्तुत काव्यानुवाद में विद्वानों की लगभग निर्विवाद इस मान्यता को ध्यान में रखते हुए केवल प्रारंभिक आठ सर्गों को ही आधार बनाया गया है।

अपने इस काव्यानुवाद के सम्बन्ध में अनुवादक का कथन है कि यों तो कालिदास की विभिन्न रचनाओं का भारत और विश्व की प्रायः सभी प्रमुख भाषाओं में अनुवाद हो चुका है, फिर भी ऐसे अनुवादों व रूपांतरणों की आवश्यकता निरन्तर बनी हुई है, क्योंकि प्रत्येक पीढ़ी में काव्य की भाषा, अभिव्यक्ति और शैलियों में सतत परिवर्तन होता रहता है और नए पाठकों की नूतन रुचि व मांग के अनुसार क्लासिक कृतियों के अभिनव अनुवादों की अपेक्षा सदैव जीवित रहती है। कालिदास जैसे महान् रचनाकारों के बारे में तो यह बात निश्चय ही निस्संकोच कही जा सकती है। कालिदास के 'कुमारसंभव' महाकाव्य का यह काव्य–रूपांतर इसी दिशा में एक विनम्र प्रयास है।

अनुवादक के अनुसार कवित्व व काव्य–कला की हर कसौटी पर 'कुमारसंभव' एक श्रेष्ठ महाकाव्य सिद्ध होता है। मानव–मन में कवि की विलक्षण पैठ हमें हर पृष्ठ पर दृष्टिगोचर होती है। पार्वती, शिव, ब्रह्मचारी आदि सभी पात्र मौलिक व्यक्तित्व व जीवंतता से संपन्न हैं। प्रकृति–चित्रण में कवि का असाधारण नैपुण्य दर्शनीय है। काम–दहन तथा कठोर तपस्या के फलस्वरूप पार्वती को शिव की प्राप्ति सांस्कृतिक महत्त्व के प्रसंग हैं।

कवि ने दिव्य दम्पति को साधारण मानव प्रेमी–प्रेमिका के रूप में प्रस्तुत कर मानवीय प्रणय व गार्हस्थ्य जीवन को गरिमा–मंडित किया है।

'कुमारसंभव' के इस रूपान्तरण को यद्यपि पर्याप्त सफलता नहीं मिल सकी है, फिर भी बहुतेरे प्रसंग बहुत ही सुन्दर बन पड़े हैं। इसका कारण बताते हुए स्वयं अनुवादक ने लिखा है कि काव्यानुवाद का कार्य कठिन है। गद्यानुवाद में अनुवादक को काफी स्वतंत्रता हासिल रहती है, किन्तु पद्यानुवाद में वह अपने ऊपर अनेक प्रतिबन्ध लगाकर उनकी सीमाओं में रहते हुए मूल रचना के आंतरिक व बाह्य सौन्दर्य को एक अन्य भाषा के कलेवर में ढालता है। कोई भी अनुवाद मूल कृति की भाषांतरित छाया मात्र नहीं होता, वह किसी सीमा तक अपने आपमें एक स्वतन्त्र कृति का रूप ग्रहण कर लेता है। यही उसकी शक्ति है और सीमा भी। जो अनुवाद पाठक को मूल कृति के अंतस के जितना निकट ले जाता है, वह उतना ही सफल कहा जा सकता है। अनुवादक का कहना है कि उसने इस अनुवाद में मूल कृति के भावों, कल्पनाओं और अभिव्यंजना पद्धति की अधिकाधिक रक्षा करने का प्रयत्न किया है। प्रमाणस्वरूप इसके प्रथम सर्ग का यह आरंभिक हिस्सा देखा जा सकता है–

सुहा रहा उत्तरी दिशा में उन्नत
शैलराज देवात्म हिमालय नामक,
पैठ पूर्व–पश्चिम के पयोधियों में
खड़ा हुआ पृथ्वी के मानदंड–सा।

जिसे बनाकर बछड़ा सब शैलों ने
पा सुमेरु–सा दक्ष दोहनेवाला
पृथु–निर्देशित धेनु रूप धरती से
दुहे दमकते रत्न, महा औशधियां।

मूल स्रोत है वह अनंत रत्नों का
हुआ न हिम उसकी शोभा का घातक
गुण–समूह में एक दोष छिप जाता
ज्यों कलंक शशि का उसकी किरणों में।

धारण करता वह शिखरों पर गेरू

अप्सरियों का जो सौन्दर्य–प्रसाधन
छितर गगन के मेघ–दलों पर जिसकी
अरुणाभा लगती अकाल संध्या–सी।

मेघदूत के गीत-अवधेश प्रधान

'मेघदूत के गीत' में 'मेघदूत' का भोजपुरी गीतों में रचनात्मक अनुवाद है। वैसे तो इसके हिस्से पहले से ही छपते आए थे किन्तु इसका सम्पूर्ण और पुस्तकाकार प्रकाशन वाराणसी के सेवक प्रकाशन से 2011 में हुआ है। इस सम्बन्ध में अनुवादक–गीतकार ने लिखा है कि "कालीदास के मेघदूत साहित्य मंदिर के घंटा हऽ। एक एक ले सिद्ध पुजारी अइलंऽ हंऽ आ एके बजावत गइलंऽ हंऽ। देखि देखि के हमरो मन भइल जे हमहूँ बजाईं। बाकिर बजाईं त कइसे बजाईं? उछड़ियो के ना भेंटाइत। तब ओही पूज्य पुजारी लोग के चरन पूजिके, ओही लोग का किरपा से, ओही लोग का कान्हीं बइठि के हमहूँ, बजा दिहली हंऽ। कइसन बाजल, कइसन ना, कइसे कहीं? बाकिर हमके आनंद बहुत आइल। आपो के आई जइसे छोटकन लइका के बऽड़–बुजुरगन की कान्ही चढ़ि के घंटा बजावत देखि के आवेला।" अनुवादक की सूक्ष्म दृष्टि का परिचय इस बात से भी मिलता है कि उन्होंने 'पूर्वमेघ' के आरम्भ में आचार्य रामचन्द्र शुक्ल के इस कथन को प्रासंगिक पा उद्धृत किया है "मनुष्येतर बाह्य–प्रकृति की जो प्रधानता मेघदूत में मिलती है वह संस्कृत के और किसी काव्य में नहीं। 'पूर्वमेघ' तो यहाँ से वहाँ तक प्रकृति की ही एक मनोहर झांकी या भारत भूमि के स्वरूप का ही मधुर ध्यान है।...मेघदूत न कल्पना की क्रीड़ा है, न कला की विचित्रता। वह है प्राचीन भारत के सबसे भावुक हृदय की अपनी प्यारी भूमिकी रूप माधुरी पर सीधी–सादी प्रेम–दृष्टि।" इतना ही नहीं 'उत्तर मेघ' के आरम्भ में भी उन्होंने आचार्य हजारीप्रसाद द्विवेदी का एक कथन उद्धृत किया है जिससे 'उत्तर मेघ' का वैशिष्ट्य उजागर होता है "अलका का मोहन प्राकृतिक दृश्य, वहाँ के लोगों की विस्मयकारी समृद्धि, वहाँ के वृक्ष, लता, सरोवर, वापी, देवालय, अधिदेवता...वहाँ के कण–कण में व्याप्त सौन्दर्य, ललित कला, सुरुचिपूर्ण विलास–लीला...जहाँ आनन्द और विलास बगरे फिरते हैं, जहाँ संगीत और काव्य उच्छलित होते रहते हैं, जहाँ केवल सुख ही सुख है, वहीं एक विरहिणी व्याकुल भाव से दिन गिन रही है। यक्षप्रिया की सुकुमार चारुता के इर्द–गिर्द उल्लास तरंगित हो रहा है। मेघ को उस

वातावरण में जाना है और यक्षप्रिया को उसके व्याकुल प्रेमी की बातें सुनानी हैं।" इस अनुवाद को विभिन्न प्रसंगों के अनुसार सुन्दर और अर्थबोधक रेखांकनों से सजाया गया है। अनुवाद बहुत ही सरस और श्रुतिसुखद है तथा कालिदास के मूल भाव के अत्यन्त ही निकट है–

कवनो यच्छ चूक अपनी सेवा में कइलस ना!
प्रभुता पाइ काहि मद नाहीं, रहे गइल बउराय,
धनपति दिहलन स्राप–"सालभर भोगऽ बिरहक हाय!"
महिमा हीन होइ दुखिया परदेस सिधरलस ना!
नहा नहा सीता जी कइली निरमल जहंवा के जल
गहबर गझिन पेड़ जुड़छांही (राम के हाथ लगावल)
ओही रामगिरि पर जाके कुटी बनवलस ना!

कइसो कइसो ओहिजा यच्छ महीनन कटलस ना!
दिन दिन कृसित बिरह में दवंकत देंहिया गइल झंवाई
सोना का कंगन का गिरले भइली सून कलाई
ओकर बिरह के आंच छूइ मृगडाह लजइलस ना!
आइल जब आसाढ़ के आसा–भरल पहिल सुंदर दिन
मस्त अखाढ़त जबरदस्त तब मातिल हाथी मऽतिन–
परबत चोटिन पर घुमड़त बादर के निहरलस ना!

बिरह समय में आइल बदरा काम जगावन ना!
सोझां ठाढ़ होइ बदरा के ऊ धनपति के सेवकवा
रोकलस लोर कइसहूँ उमड़त सुधि के उठल कसकवा–
(तिरिया का संगे दिन पावन रात सुहावन ना)!
मेह देखि के हो–हो जाला सुखियो के मन अनमन
ओ दुखिया के सोचऽ जेकर छुटल देस–घर–आंगन
बड़ी दूर बा प्रिया कंठ से कंठ मिलावन ना!

झिमिर–झिमिर नगिचाइल रिमझिम रिमझिम सावन ना!
निराधार होइहैं मोरी धनियाँ सहत कठिन कवलेस
यच्छ बिचरलस, बदरा हाथे भेजीं कुसल सनेस
बड़ा अलम हो जाई उनके जीउ जियावन ना!

टटका टटका फूल कुटज के चुनि चुनि अंजुरी भरलस
बदरा आगे अरपित कइके स्वागत बचन उचरलस
भरि सनेह मीठे मुँह कइलस बड़ अदरावन ना!

धुंआ–घाम–पानी–बतास के मेरवन कहाँ बदरवा?
कहाँ हिया के सरबस प्रेम के सबरस गूढ़ सनेसा
(चाही चतुर सनेसिहा जोरे दूने दिल के रेसा)

आरत का बस ई न बिचरलस रचिको यच्छ बेचरवा!
मेघ से कइलस यच्छ जाचना धनपति के निधिपाल
समय क फेर गरज के मारल बिरहा से बदहाल
जड़–चेतन में फरक न करतन कबहूँ प्रेम–बेजरवा!

सुनो मेघ तुम-रवीन्द्र कुमार दास

यह वस्तुतः कालिदास के 'मेघदूत' का हिन्दी काव्यानुवाद है। इसका प्रकाशन जयपुर के बोधि प्रकाशन द्वारा 2013 में किया गया है। हालांकि रवीन्द्र कुमार दास ने यह स्पष्ट किया है कि इसे अनुवाद की दृष्टि से न पढ़ें, इसे प्रतिरचना की तरह देखें क्योंकि प्रेम की सूक्ष्मताओं को पकड़ने हेतु कालिदास ने जिन शब्दों का प्रयोग किया है उस दिशा में सोपान का पहला क्रम भी पार कर सकना सहज–संभव नहीं है। इस प्रतिरचना के बारे में रचनाकार ने 'मेरी बात' शीर्षक भूमिका में लिखा है कि "...इसे (मेघदूत को) पढ़ते हुए यह महसूस हुआ कि किसी सेवक ने अपनी जिम्मेदारी ठीक से नहीं निभाई तो उसके मालिक ने उसे एक साल का देश–निकाला दे दिया। यह कहना कठिन है कि यह शब्द–कोश की त्रुटि है या आलोचकों–विश्लेषकों का मनमानापन; जो उस यक्ष के स्वामी की निष्ठुरता को मेघदूत का मुख्य पाठ नहीं बनाया गया! खेद का विषय है कि संस्कृत आलोचना के इकहरेपन के कारण संस्कृत साहित्य जन–विरोधी प्रतीत होने लगा जबकि वास्तविकता यह है कि जो भी श्रेष्ठ रचनाएँ हैं उनका मुख्य चरित्र 'कमजोर सामाजिक पृष्ठभूमि' का कोई व्यक्ति होता है। कुछ पांडित्यपूर्ण अलोकप्रिय रचनाओं को मुख्य न मानकर संस्कृत साहित्य का आलोचन करें तो पाते हैं कि यह साधारण–जन की कहानी है। कम से कम कालिदास के विषय में तो यह दावे से कहा जा सकता है। उनके जगत्प्रसिद्ध नाटक

'अभिज्ञानशाकुंतलम्' स्वर्ग की अप्सरा (वेश्या) मेनका की फेंकी हुई बेटी की करुण–कथा है जो कुछ देर पक्षी द्वारा रक्षित हुई तथा बाद में एक अगेही ऋषि कण्व द्वारा पालित–लालित हुई। राजा के द्वारा प्रतिज्ञा–प्रपंच से भोगी गई तथा गर्भवती होने पर पत्नी का स्थान मांगने पर अपमानित और तिरस्कृत हुई। फलतः पुनः उसे अरण्य–वासिनी होना पड़ा।

बहरहाल, मेघदूत पढ़ते हुए, मुझे अनुभव हुआ कि इस कविता का केन्द्रीय चरित्र एक वेतनभोगी कर्मचारी है जिसके व्यथित–पीड़ित हृदय से ही यह कविता निःसृत हुई है। मुझे लगा, यह मेरी कविता है, मेरी अपनी कविता है। यह सामान्य जन की कविता है और इस कविता पर किसी तरह की आभिजात्यता का आरोप नहीं लगाया जा सकता है, जो मालिक की नौकरी करता होगा वह निश्चय ही अपनी सीमा और हैसियत जानता होगा कि 'बॉस इज ऑलवेज राईट'।''

इस रचना की विशेषता बताते हुए भूमिका में प्रभात पाण्डेय ने संकेत किया है कि किसी रचना का आरम्भ जब 'कश्चित्' शब्द के स्थान पर 'बेचारा' शब्द से हो, तो यह तनिक चकित करता है और यह सोचने को बाध्य करता है कि 'मेघदूतम्' कहीं मात्र विरह–व्याख्यान का रसमय काव्य होने के अलावा कुछ और तो नहीं! रवीन्द्र कुमार दास का यह कवितांतरण इस कौतुहल को और बढ़ावा देता है जब पहले पृष्ठ पर ही कुछ ऐसा कि 'चूक तनिक सी' और बतौर सजा निर्वासन निर्जन स्थान पर, वो भी बारह माह के लिए। इसका कारण बताते हुए प्रभात पाण्डेय ने लिखा है कि वैदिक युग का निर्वाचन–जन्य राजा का पद कालिदास के समय में वंश–परम्परा ही नहीं रहा था वरन् ईश्वरीय समझा जाने लगा था। ऐसे में राजा असामान्य व्यक्ति हो गया। गोकि राज्याभिषेक का शपथ स्वेच्छाचारी न होने के बंधन में बांधते थे, तथापि उसका आचरण अन्यथा होता था क्योंकि वह ईश्वर समान हो जाता था और राजा जब कुबेर हो तो क्या कहना कारण कि वह तो धनाध्यक्ष भी था। ऐसे में राजा और सामान्य नागरिक के बीच आर्थिक एवं सामाजिक फासले का पनपना स्वाभाविक था और यह फासला राज–प्रकोप के कारण कभी–कभार भयावह भी हो जाता था। यही वजह कि 'चूक तनिक सी' कि पूजा के ताजा फूल के बजाय एक दिन के बासी फूल देने पर निर्जन स्थान पर निर्वासन का आदेश। रवीन्द्र कुमार दास का यह कवितांतरण मेघदूतम् को उसकी पारम्परिक पहचान से तनिक अलग परिप्रेक्ष्य में देखता है और असामान्य और सामान्य के बीच के फासलों की तरफ ध्यानाकर्षण करता है–

बेचारा वह
भरा हुआ था प्रिया विरह से
कभी हुई थी चूक तनिक सी
उसके प्रभु ने शक्ति छीन ली
फिर निर्वासन एक बरस का
दूर रामगिरि के आश्रम में
जगत्पावनी सीता के स्नानधर्म से
साधारण जल
परिवर्तित हो बना पुण्यजल
जहाँ यक्ष ने किया बसेरा
वह बेचारा।

उस पर्वत पर
अति–उत्कंठित, प्रियाहीन वह
निकल गया था कनक वलय, पर
होश कहाँ थे
तड़प तड़प कर
मास बिताए जिसने कितने!
पर जब आया
प्रथम दिवस आषाढ मास का
मोहक बादल, उसने देखा
भिड़ा हुआ पर्वत चोटी से
मानों शिशु गज लगा हुआ
उत्खात केलि में।

वह सेवक
धनपति कुबेर का
मेघ निरख उत्कंठित होकर
अन्तर्मन था भींग गया
सो, किसी तरह था खड़ा
सोचता, बहुत देर तक
जाने क्या क्या!

स्वाभाविक था
मेघ घिरे
तो प्रिया–युक्त का भी मन डोले
तो क्या गति होगी उसकी जो
कहीं पड़ा है दूर देश में
लालायित हो
एक प्रिया–आलिंगन को भी।

जीवित है वह
प्रिया–प्राण के ही आश्रय से
आने वाला है सावन जो
सो प्रसन्न हो
ताजा कुटज भरी अंजलि से
जैसे उसका अर्घ्य बनाकर
किया निवेदन
प्रेम ग्रथित वाणी में बोला
'आओ बन्धु तुम्हारा स्वागत!'
मन में थी यह बात
प्रिया तक
बन्धु, हृदय पहुँचा दो मेरा।

शाकुन्तलम् : एक अमर प्रेम गाथा-डॉ. विनोद भल्ला

'अभिज्ञानशाकुंतलम्' का यह अनुवाद अविकल नहीं है इसमें अनुवादक –कवि ने स्थान–स्थान पर बहुत–कुछ परिवर्तन–संशोधन भी किए हैं। इसका प्रकाशन भी 2013 में अनुवादक–कवि विनोद भल्ला ने स्वयं किया है। उनका कहना है कि शकुन्तला और दुष्यन्त की प्रेम कहानी जिसे महाकवि कालिदास ने 'अभिज्ञान शाकुन्तलम्' रच कर अमर कर दिया था आज जनमानस पटल पर इस तरह अंकित हो चुकी है कि सभी यह समझते हैं कि श्राप के प्रभाव के कारण ही दुष्यन्त शकुन्तला को भूल जाता है और पहचानने से इन्कार कर देता है, जबकि इसकी मूल कथा जो महाभारत में है उसमें श्राप का कोई उल्लेख नहीं है। सभी समालोचकों की एक ही राय है कि श्राप का प्रसंग कालिदास ने दुष्यन्त के चरित्र को ऊँचा

उठाने के लिए किया। महाभारत की कहानी में केवल आकाशवाणी का ही उल्लेख है।

अनुवादक के अनुसार आज के वैज्ञानिक युग में आकाशवाणी और श्राप पर विश्वास करना कठिन लगता है। यहीं से इस कहानी की रूपरेखा बनी। यह महाकवि कालिदास की 'अभिज्ञानशाकुन्तलम्' का रूपान्तर–मात्र नहीं है। यह एक छन्दबद्ध भावनात्मक रचना है जिसमें न श्राप है और न ही आकाशवाणी जैसी दैवी घटना। यह मानवीय मूल्यों पर आधारित एक रचना है जिसमें किसी भी पात्र का चरित्र हनन नहीं है। अनुवादक के अनुसार "इसे काव्यशैली में उपन्यास कहें, खण्डकाव्य या काव्यनाटिका यह निर्णय मैं पाठकों पर छोड़ता हूँ।"

आरम्भ में ही डॉ. भल्ला बताते हैं कि क्या मेरी कहानी का नायक एक चक्रवर्ती सम्राट कायर है जो कण्व ऋषि से शकुन्तला का हाथ नहीं मांग सकता? क्या वह असंवेदनशील है जो विवाह के उपरान्त शकुन्तला की खोज–खबर नहीं लेता? मिलने पर उसको नहीं अपनाता? उसे पत्नी मानने से और अपने पुत्र को अपनाने से इंकार कर देता है? नहीं, नहीं! मेरी कहानी का नायक ऐसा नहीं हो सकता। कालिदास के यहाँ श्राप का प्रसंग अत्यन्त नाटकीय और अविश्वसनीय है। दुर्वासा ऋषि का श्राप, अंगूठी का नदी में गिरना, दुष्यन्त का शकुन्तला को न पहचानना, मेनका का उसको ले जाना, ऋषि कश्यप के यहाँ छोड़ देना, वर्षों बाद एक मछली का अंगूठी को निगलना, मछुआरे के हाथ मछली का लगना, अंगूठी को राजा दुष्यन्त को दिखाना और दुष्यन्त को शकुन्तला का स्मरण आ जाना, क्या यह संभव है? डॉ. भल्ला प्रश्न करते हैं कि क्या श्राप वास्तव में होते थे? क्या आकाशवाणियाँ होती थीं? क्या श्राप और आकाशवाणी के बिना कहानी संभव है? क्या इस कहानी का कोई और पहलू भी है?

इन प्रश्नों का उत्तर पाने की कोशिश करते हुए डॉ. भल्ला की दृष्टि कालिदास के यहाँ उपेक्षित एक पात्र रानी 'वसुमती' पर जाती है, जो दुष्यन्त की पहली पत्नी है। दुष्यन्त विवाहित थे महाभारत आदि हर कहानी में इसका उल्लेख है परन्तु रानी वसुमती की सन्तान का कोई उल्लेख नहीं मिलता। डॉ. भल्ला बताते हैं कि रानी वसुमती पर दृष्टि जाते ही यूं लगता है जैसे अंधेरा छंट रहा हो और एक नई कहानी का जन्म होता है 'शाकुन्तलम् : एक अमर प्रेमगाथा'। एक ऐसी कहानी जिसमें श्राप नहीं है, जिसमें आकाशवाणी नहीं है, जिसमें अंगूठी खोती नहीं है, जिसमें कोई

किसी को भूलता नहीं है, जिसमें किसी का चरित्र हनन नहीं है, जिसमें ईर्ष्या नहीं है, द्वेष नहीं है।

यह एक कहानी है जिसका हर पात्र संवेदनशील है, सहज है, सजग है, और अपने कर्तव्य के प्रति जागरूक है। इसमें जितने भी पात्र हैं उनमें से किसी का भी चरित्र डॉ. भल्ला ने गिराया नहीं है। उनके अनुसार कालिदास का दुष्यन्त जैसा भी है वह एक अविश्वसनीय चरित्र वाला काल्पनिक कवच पहने हुए राजपुरुष या राजा लगता है। मूल कथानक में से कुल बारह पात्रों को निकालकर डॉ. भल्ला ने इसे सिरजा है। दुष्यन्त की प्रथम विवाहिता राजरानी 'वसुमती' की विशालहृदयता, उदारता और मानवीयता ने कालिदास की शकुन्तला को मुख्य स्थान से हटाकर उसे बिठा दिया है।

इसमें कुल इक्कीस खण्ड हैं। डॉ. भल्ला ने अपने इस सृजनात्मक प्रयास में मूलभाव की रक्षा करते हुए यथासंभव उसे रोचक और बतौर नाटक प्रेक्षणीय बनाकर प्रस्तुत किया है। इस प्रस्तुति का सबसे बड़ा वैशिष्ट्य यह है कि इसकी प्रस्तुति सरल, सुबोध एवं संप्रेषणीय भाषा में है–

"हिम से लदे शैल शृंगों के,
नीचे एक गहन तराई में,
खिल रहा था तपोवन,
भू की गर्भ गहराई में,

नर्तकी की भाव भंगिमा में,
कलकल बहती मन्दाकिनी,
एक ओर पेड़ों की घनी कतारें,
खड़ी घूंघट काढ़े सौदामिनी,

कुसुम लताओं से लदी,
यह हरित भूमि धन्य हुई,
पा सुसंग ऋषि मुनियों का,
यह तपोभूमि गण्य हुई,......

फिर एक संध्या को...
भंग हुई शांति इस भू की,

मच रहा कोलाहल सर्वत्र,
भाग रहे त्रस्त मृग के पीछे,
रथ में धनु साधे आर्यपुत्र,....

रुको राजन्...
हे! सारथी रथ रोको जरा,
कोई पुकार रहा है हमें,
नयनों में लिए ज्वाला,
कोई निहार रहा है हमें,

रोक कर रथ उतरे दुष्यन्त,
देखा खड़े थे एक मुनिवर,
ज्योर्तिमय यूं मुखमंडल उनका,
ज्यों नभ में भानु उजागर,....

यह मृग है तपोवन का,
नहीं था इसका भान मुझे,
क्षमा करो मुझे मुनिवर,
नहीं था इसका ज्ञान मुझे,''

अध्याय दो
गद्यानुवाद एवं पुनर्रचना

शकुन्तला-राजा लक्ष्मण सिंह

'शकुन्तला' राजा लक्ष्मण सिंह द्वारा किए गए 'अभिज्ञानशाकुन्तलम्' का हिन्दी अनुवाद है। इसका प्रकाशन 1861 में हुआ था। बाद में 1883 में लंदन के क्रास्बी लॉक्वुड एंड संस द्वारा भी इसका प्रकाशन हुआ था जिसकी भूमिका प्रसिद्ध विद्वान फ्रेडरिक पिंकाट ने लिखी थी। भारतेन्दु ने अपने 'नाटक' नामक सुदीर्घ निबन्ध में लिखा है कि "हिन्दी भाषा में दूसरा ग्रंथ वास्तविक नाटककार राजा लक्ष्मण सिंह का शकुन्तला नाटक है। भाषा के माधुर्य आदि गुणों से यह नाटक उत्तम ग्रंथों की गिनती में है।" इस उद्धरण में महत्त्वपूर्ण बात यह भी है कि भारतेन्दु ने राजा लक्ष्मण सिंह को 'वास्तविक नाटककार' कहा है। एक अनुवादक को वास्तविक नाटककार कहना वस्तुतः 'शकुन्तला' की सर्जनात्मकता की पहचान है।

तत्कालीन परिवेश में 'अभिज्ञानशाकुन्तलम्' का यह अनुवाद वस्तुतः शकुन्तला का सर्जनात्मक पुनःसृजन है। राजा लक्ष्मण सिंह की चेतना में समकालीन नाट्य–परिवेश के प्रति सजगता थी और उसी के तहत उन्होंने अनुवाद में अनुकूलन कर इसे सर्जनात्मकता का आयाम दिया। अनुकूलन का पहला प्रमाण हमें अनुवाद में प्रस्तावना की उपेक्षा से मिलता है। तत्कालीन अंग्रेजी नाटकों में संस्कृत नाटकों के लिए बहुत महत्त्वपूर्ण 'प्रस्तावना' जैसी चीज नहीं थी। अतः राजा लक्ष्मण सिंह ने भी समय की मांग के अनुसार अनुवाद में उसे छोड़ दिया। यही नहीं संस्कृत नाटकों की पद्धति के विपरीत जाकर राजा लक्ष्मण सिंह ने अपने अनुवाद में 'शकुन्तला' के प्रत्येक अंक के आरम्भ में स्थान निर्देश किया है। इसके अलावा उन्होंने 'स्थान' की दृष्टि से दो–एक जगह यथासंभव फेरबदल भी किए हैं।

इस अनुवाद के प्रसंग में एक और महत्त्व की बात यह है कि यह पूरी तरह से गद्य में किया गया है। असल में अठारहवीं–उन्नीसवीं सदी में जिन अंग्रेजी नाटकों से भारत के नाटककारों का परिचय था उनका समूचा रूप–विधान गद्यात्मक ही था। इस प्रकार यह कहा जाना चाहिए कि 'शकुन्तला' की रचना के पीछे राजा लक्ष्मण सिंह का मूल उद्येश्य 'अभिज्ञान शाकुन्तल' का एक आधुनिक संस्करण तैयार करना था।

राजा लक्ष्मण सिंह ने 'शकुन्तला' के द्वारा, उस समय जबकि हिन्दी भाषा के सही रूप को लेकर कोई एक राय नहीं बन पा रही थी, एक स्पष्ट भाषा–नीति सामने रखी थी –''हमारे मत में हिन्दी और उर्दू दो बोली न्यारी–न्यारी हैं। हिन्दी इस देश के हिन्दू बोलते हैं और उर्दू यहाँ के मुसलमानों और फारसी पढ़े हुए हिन्दुओं की बोलचाल है। हिन्दी में संस्कृत के पद बहुत आते हैं, उर्दू में अरबी फारसी के। परन्तु कुछ अवश्य नहीं है कि अरबी फारसी के शब्दों के बिना हिन्दी न बोली जाए और न हम उस भाषा को हिन्दी कहते हैं जिसमें अरबी फारसी के शब्द भरे हों।''

हालांकि लक्ष्मण सिंह का महत्त्व केवल संस्कृतबहुल शब्दों वाली हिन्दी का समर्थन करने में नहीं है बल्कि इसलिए कहीं अधिक है कि आधुनिक हिन्दी के इतिहास में उन्होंने पहली बार उसे सर्जनात्मक साहित्यिक लेखन का सफल माध्यम बनाया और इस प्रकार आधुनिक हिन्दी के साहित्यिक लेखन का श्रीगणेश किया।

राजा लक्ष्मण सिंह के पहले किसी ने आधुनिक हिन्दी गद्य का उपयोग उच्चकोटि की साहित्यिक अभिव्यक्ति के लिए इतनी सफलता से नहीं किया था। कालिदास के 'अभिज्ञान शाकुन्तल' जैसे अत्युत्कृष्ट काव्य का रूपान्तर करके उन्होंने आधुनिक हिन्दी की साहित्यिक समर्थता और नाट्यभाषा के रूप में उसके प्रयोग का मार्ग इतना प्रशस्त कर दिया कि भारतेन्दु अपने मण्डल के साथ अनायास उस पर तेजी से चल पड़े। भारतेन्दु ने अपने नाटक लेखन के बिल्कुल आरम्भ सन् 1868 ई. में ही लक्ष्मण सिंह की भाषा शक्ति को पहचान लिया था –''विशेष करके नाटक तो (कुंवर लक्ष्मण सिंह के शकुन्तला के सिवाय) कोई भी ऐसे नहीं बने हैं जिनको पढ़के कुछ चित्त को आनन्द और इस भाषा का बल प्रकट हो।''

इस अनुवाद के छब्बीस वर्षों बाद 1889 ई. में अपनी ही बनाई हिन्दी गद्य की इस शैली में भारतेन्दु तथा उस युग के अन्य अग्रणी लेखकों द्वारा किए गए परिष्कार से लाभ उठाकर राजा लक्ष्मण सिंह ने शकुन्तला का

संशोधित–परिवर्द्धित संस्करण तैयार किया। इसमें भारतेन्दु के रत्नावली और मुद्राराक्षस के अनुवाद के नमूने पर उन्होंने मूल के गद्य के स्थान पर गद्य और श्लोक के स्थान पर ब्रजभाषा में पद्य रखे। इस नए संस्करण में मूल की प्रस्तावना भी सम्मिलित कर ली गई। *(द्रष्टव्य 'आधुनिक नाट्य और नाटक', कुंवरजी अग्रवाल, जनभारती प्रकाशन, इलाहाबाद, 1984)*

राजा लक्ष्मण सिंह ने अपने इस अनुवाद के सम्बन्ध में लिखा कि "ये नियम रखा गया है कि अनुवाद में मूल के आशय से कुछ न्यूनाधिक न हो जाये अर्थात् मूल अक्षरों के अर्थ न तो कुछ छूटने पावें और न बाहर से नया आशय लाया जावे।" राजा साहब न केवल एक श्रेष्ठ शब्दकार थे वरन् उनकी शब्दों की ध्वन्यात्मकता में भी गहरी पैठ थी। यह उनके शृंगार प्रधान अंशों की कोमलता यथावत बनाए रखने की क्षमता से स्पष्ट हो जाती है –

बार बार अंगुरीन तें लीने होठ दुराय।
ताहिं नाहिं मीठो वचन, बोली मुख मुरकाय।
ता छिन मृगनैनी वदन, में कछु लियो उठाय।
पै अधरामृत पान को समरथ भयौ न हाय।।

राजा साहब ने संस्कृत साहित्य की परम्परा से हट कर कदाचित रंगमंचीय आवश्यकताओं के कारण अपने अनुवाद में न केवल स्थान निर्देश किया है वरन् उन्होंने विभिन्न गीतों तथा पद्यांशों में राग और ताल का भी निर्देश किया है।

शाकुन्तल नाटक-ज्वालाप्रसाद मिश्र

आचार्य ज्वालाप्रसाद मिश्र ने राजा लक्ष्मणसिंह के प्रसिद्ध अनुवाद के कुछ वर्षों के बाद ही 'अभिज्ञानशाकुन्तलम्' का गद्य–पद्य में अनुवाद किया था। इसका प्रकाशन बम्बई के श्रीवेंकटेश्वर यन्त्रालय द्वारा 1902 में हुआ था। अपने इस अनुवाद की आवश्यकता पर प्रकाश डालते हुए उन्होंने प्रस्तावना में लिखा है "इसको पढ़कर कई बार मन में आया कि एक इसका हिन्दी अनुवाद ऐसा भी किया जाय कि जो नाटक के खेल के भी उपयोगी हो और संस्कृत भाषा वालों के भी उपयोगी हो, जिसे देखकर असली ग्रंथ का मिलान भी हो जाय।"

अनुवादक ने प्रस्तावना में अपनी अनुवाद प्रक्रिया को स्पष्ट करते हुए लिखा है कि "जो स्थल पद्य के हैं उनको पद्य के और जो मूल में गद्य हैं वहाँ भाषा गद्य ही रखी है और जहाँ कहीं (चिह्न अस्पष्ट) ऐसा फूल बना

हुआ हो तो उस वाक्य को मूल का अनुवाद न जानना, वह अधिक जानना।" इसका अर्थ यह हुआ कि अनुवादक ने रंगमंचीय तथा अन्य आवश्यकताओं के अनुसार कुछ सर्वथा नये वाक्यांशों को भी इसमें जोड़ दिया है। इसे अनुवाद के आरम्भ में शामिल इस अंश से समझा जा सकता है जहाँ सूत्रधार कहता है –"प्यारी! अब वह समय नहीं है कि सर्वसाधारण संस्कृत समझ सकें और संस्कृत समझना तो क्या, हमारे भारतवासी अपनी भाषा और सर्वगुण आगरी नागरी का भी आदर नहीं करते, हां, श्रीमान न्याय परायण सर एन्ओनी मेकडानल महोदय लेफ्टिनेंट गवर्नर एन. डब्लू. पी. को धन्यवाद है कि जिन्होंने हिन्दी को भी न्यायालयों में स्थान दिया, इससे कुछ उन्नति की संभावना है, पर भारतवासी अब भी इस ओर भलीभांति नहीं झुके हैं, इस कारण उनकी रुचि बढ़ाने को हिन्दी भाषा में नाटक करते हैं।"

ज्वालाप्रसाद मिश्र ने अपने पद्यांशों के लिए केवल ब्रजभाषा को ही नहीं चुना वरन् यथास्थान खड़ी बोली का भी प्रयोग किया है। दूसरी तरफ हम यह भी पाते हैं कि अपने समय की नैतिक व्यवस्था के कारण अनुवादक के श्रृंगार वर्णन में मूल की भांति ही स्वच्छन्दता नहीं आ पाई है। शील–अश्लील सम्बन्धी बहस में पड़कर वे मूल के श्रृंगारिक अंशों के प्रति न्याय नहीं कर सके हैं–

"धन धन भाग तिहारे रे भौंरा,
लेत तुही सुख सारे रे भौंरा।
चंचल कोयनि कंपति अंखियां,
तिन्है छुअत गुणवारे रे भौंरा।
श्रवण लागि गुजरत मन्द मनु,
मर्म सुनावनवारे रे भौंरा।
बस टारत करसे तू ही जबलौं,
लेत अधर रस जारे रे भौंरा।
हम तो खोजत जात पातहू,
धनि तू रति सुखपारे रे भौंरा।
तोहि लखत इत उत मुख फेरत,
भौंह मरोर शिखारे रे भौंरा।"

रघुवंश (औपन्यासिक रूपान्तर) –महावीरप्रसाद द्विवेदी

महावीरप्रसाद द्विवेदी ने महाकवि कालिदास की कालजयी कृतियों –'रघुवंश', 'कुमारसंभव' एवं 'मेघदूत' के भावार्थबोधक तथा औपन्यासिक

स्वरूप में रूपान्तरण किये हैं। 'रघुवंश' का रूपान्तरण 1912 ई. में किया गया था एवं इसका प्रथम संस्करण 1913 ई. में इण्डियन प्रेस, प्रयाग से प्रकाशित हुआ। अब यह रचना भारत यायावर संपादित महावीरप्रसाद द्विवेदी रचनावली के ग्यारहवें खण्ड में संकलित है।

ये सभी रूपान्तर इस तरह किये गये हैं कि इन्हें पढ़ते हुए उपन्यास पढ़ने का सुख मिलता है यानी उपन्यास की तरह ये सरस, रोचक और मनोरंजक हैं। इसीलिए द्विवेदी जी के जीवनकाल में ही इनके कई संस्करण हो गए थे। हिन्दी गद्य के प्रति रूझान भी लोगों में इनके अनुवाद से बढ़ी थी। 1915 ई. में जब इनका किया 'कुमारसंभव' का गद्यानुवाद छपा तो उसकी भूमिका में द्विवेदी जी ने अपने इन अनुवादों के प्रसंग में लिखा कि "हमारे हिन्दी रघुवंश की आवृत्ति की कापियाँ बहुत शीघ्र निकल गईं। इससे सूचित हुआ कि ऐसी पुस्तकों की मांग है। संस्कृत–काव्यों के इस तरह के गद्यात्मक अनुवादों से पाठकों को हमारे प्राचीन महाकवियों की रचना, उनकी विचार–परम्परा और उनके जीवन वैचित्र्य का भी ज्ञान हो जाता है और भारत की प्राचीन सामाजिक, धार्मिक और राजनैतिक अवस्था का भी थोड़ा बहुत हाल मालूम हो जाता है। इसी से लोग ऐसी पुस्तकों को चाव से पढ़ते हैं। इससे मनोरंजन के साथ ज्ञान–प्राप्ति भी होती है; अपने अतीत और अपने पूर्वजों पर श्रद्धा भी बढ़ती है और अपनी भाषा के प्रति प्रेम उत्पन्न होता है।"

अपने इन अनुवादों के संदर्भ में द्विवेदी जी ने बताया है कि "हमने कालिदास का भाव ही हिन्दी में लिखा है; उनके शब्दों पर कम ध्यान दिया है, आशय पर अधिक। आशय को अच्छी तरह प्रकट करने के लिए हमने यथेष्ट–शब्द प्रयोग किया है। यहाँ तक कि, आवश्यकता होने पर हमने मूल भाव का विस्तार भी कर दिया है।...भाव ही प्रधान है, शब्द स्थापना गौण।" 'रघुवंश' की भूमिका में विस्तारपूर्वक द्विवेदी ने शब्दानुवाद और भावानुवाद के अन्तर को स्पष्ट किया है। 'रघुवंश' के लाला सीताराम, बी.ए. और पण्डित सरयूप्रसाद मिश्र के काव्यात्मक हिन्दी अनुवाद तथा राजा लक्ष्मण सिंह के गद्यानुवाद की चर्चा करते हुए द्विवेदी जी ने भूमिका में लिखा है कि "'रघुवंश' का गद्यात्मक अनुवाद पहलेपहल राजा लक्ष्मण सिंह ने किया। इस अनुवाद को उन्होंने "विद्यार्थियों के उपकार के लिए हिन्दी बोली में किया"। उन्होंने अपने अनुवाद में मूल का यहाँ तक अनुगमन किया है कि संस्कृत के जिस पद में जो विभक्ति थी, उसके हिन्दी अनुवाद में भी,

यथासम्भव, वही विभक्ति रक्खी है। अर्थात् संस्कृत के मूल शब्दों को उन्होंने तद्वत् हिन्दी में रख दिया है। 'रघुवंश' का पहला श्लोक है 'वागर्थाविव सम्पृक्तौ वागर्थप्रतिपत्तये। जगतः पितरौ वन्दे पार्वतीपरमेश्वरौ' इसका अनुवाद राजा साहब ने इस प्रकार किया है– वाणी और अर्थ की सिद्धि के निमित्त (वागर्थप्रतिपत्तये) मैं वन्दना करता हूँ (वन्दे) वाणी और अर्थ की नाईं (वागर्थाविव) मिले हुए (सम्पृक्तौ) जगत् के (जगतः) माता–पिता (पितरौ) शिव पार्वती को (पार्वतीपरमेश्वरौ)। इससे पाठकों को मालूम हो जायगा कि राजा साहब ने जो यह अर्थ किया वह संस्कृत के प्रत्येक पद का शब्दार्थ हुआ और संस्कृत के जिस पद में जो विभक्ति थी वही हिन्दी में भी रही।

राजा साहब के अनुवाद के बाद, दूसरा गद्यात्मक अनुवाद पण्डित ज्वालाप्रसाद मिश्र का है। मिश्र जी ने इस श्लोक का यह अनुवाद किया है 'मैं वाणी और अर्थ की सिद्धि के निमित्त वाणी और अर्थ की समान मिले हुए जगत् के माता–पिता पार्वती शिव को प्रणाम करता हूँ।' राजा साहब और मिश्र जी के अनुवाद में भेद इतना ही है कि मिश्र जी के अनुवाद में 'नाईं' की जगह 'समान' और 'वन्दना' की जगह 'प्रणाम' है। इसके सिवा शब्दों का क्रम भी कुछ बदला हुआ है। अतएव उनकी भाषा राजा साहब की भाषा से कुछ अच्छी हो गई है। बस, और कोई भेद नहीं। और, आपका भी अनुवाद 'भाषा के ज्ञाता तथा परीक्षा देनेवाले विद्यार्थियों के निमित्त' ही है।

अच्छा, तो जो लोग न तो विद्यार्थी ही हैं और न भाषा के ज्ञाता ही हैं (ज्ञाता का अर्थ हम यहाँ पर धात्वर्थ से अधिक व्यापक लेते हैं) उनके लिए फिर भी एक अनुवाद की आवश्यकता शेष रहती है– ऐसे अनुवाद की जिसे थोड़ी हिन्दी जानने वाले लोग भी आसानी से पढ़कर कालिदास का आशय समझ जाएँ। इसी आवश्यकता को पूर्ण करने के लिए यह अनुवाद प्रकाशित किया जाता है।

राजा साहब और मिश्र जी का भावार्थ, जैसा कि इस अनुवाद में है, नीचे दिया जाता है –"जिस तरह वाणी और अर्थ एक दूसरे को छोड़कर कभी अलग अलग नहीं रहते, उसी तरह संसार के माता–पिता, पार्वती और परमेश्वर, भी अलग अलग नहीं रहते, सदा साथ ही साथ रहते हैं। इसी से मैं उनको नमस्कार करता हूँ। मैं चाहता हूँ कि मुझे शब्दार्थ का अच्छा ज्ञान हो जाय। मुझमें लिखने की शक्ति भी आ जाय और जो कुछ मैं लिखूं वह सार्थक भी हो– मेरे प्रयुक्त शब्द निरर्थक न हों। इस इच्छा को पूर्ण करने वाला उमा–महेश्वर से बढ़कर और कौन हो सकता है? यही कारण जो मैं और देवताओं को छोड़कर, इस ग्रन्थ के आरम्भ में, उन्हीं की वन्दना करता हूँ।"

द्विवेदी जी ने अपनी अनुवाद चेष्टा को और अधिक स्पष्ट करते हुए आगे लिखा है कि मतलब यह कि इस अनुवाद में शब्दार्थ पर कम ध्यान दिया गया है, भावार्थ पर अधिक। स्पष्ट शब्दों में कालिदास का आशय समझाने की चेष्टा की गई है; शब्दों का अर्थ लिख देने ही से संतोष नहीं किया गया। महाकवियों के प्रयुक्त किसी किसी शब्द में इतना अर्थ भरा रहता है कि उस शब्दार्थ का वाचक हिन्दी शब्द लिख देने ही से उसका ठीक बोध नहीं होता। उसे स्पष्टतापूर्वक प्रकट करने के लिए कभी एक नहीं अनेक शब्द लिखने पड़ते हैं।

'रघुवंश' का यह भावार्थ–बोधक अनुवाद कितना पसंद किया गया होगा, इसका अनुमान इसी बात से लगाया जा सकता है कि इसके कई संस्करण आठ–दस वर्षों में हो गये। सितम्बर, 1927 की 'सरस्वती' में इसका पूरे पृष्ठ का विज्ञापन निकला। विज्ञापन में अन्य बातों के अलावा 'रघुवंश' के महत्त्व को दर्शाने वाली कुछ विशेषताएँ भी बताई गई हैं –"संस्कृत भाषा में कालिदास का 'रघुवंश' सर्वश्रेष्ठ महाकाव्य है। उसकी सर्वोत्तमता का कारण यह है कि उसमें महाकवि ने नैसर्गिक वर्णन का सबसे अच्छा चित्र उतारा है। लोक–शिक्षोपयोगी बातों से 'रघुवंश' आदि से अन्त तक पूर्ण है।...इस अनुवाद में कालिदास के लिखे केवल शब्दों का ही अनुगमन नहीं है, किन्तु उन शब्दों के प्रयोग द्वारा महाकवि कालिदास ने जो अनुपम भाव दरसाये हैं उन्हीं भावों का– उन्हीं भीतरी मर्म्मों का– महाकवि की उन्हीं प्रतिभा–प्रदीप्त कल्पनाओं तथा लोकोत्तरानन्ददायिनी उक्तियों के गूढ़ रहस्यों का सबके समझने योग्य हिन्दी भाषा में विषद् रूप से वर्णन किया गया है। जो आनन्द संस्कृतज्ञ विद्वानों को मूल 'रघुवंश' के पढ़ने में आता है वही आनन्द हिन्दी जानने वालों को इसमें भी प्राप्त होता है।"

'रघुवंश' की भूमिका लम्बी है और इसमें कालिदास के जीवन और उनकी रचनाओं पर विस्तार से विचार किया गया है। कालिदास का समय, कालिदास की जन्मभूमि, कालिदास की कविता, कालिदास और शेक्सपियर, कालिदास और भवभूति, कालिदास की उपमायें, कालिदास का शास्त्र–ज्ञान, कालिदास के ग्रन्थ आदि उपशीर्षकों में बांटकर लिखी गई इस भूमिका का अपना विशिष्ट महत्त्व है।

भूमिका के पश्चात द्विवेदी जी ने 1. सन्तान–प्राप्ति के लिए राजा दिलीप का वशिष्ठ के आश्रम को जाना, 2. नन्दिनी से राजा दिलीप का वर पाना, 3. रघु का जन्म और राज्याभिषेक, 4. रघु का दिग्विजय, 5. अज का

जन्म और इन्दुमती के स्वयंवर में जाना, 6. इन्दुमती का स्वयंवर, 7. इन्दुमती से अज का विवाह, 8. अज का विलाप, 9. दशरथ का राज्यशासन, वसन्तोत्सव और आखेट, 10. रामचन्द्र आदि चारों भाइयों का जन्म, 11. परशुराम का पराभव, 12. रावण का वध, 13. रामचन्द्र का अयोध्या को लौटना, 14. सीता का परित्याग, 15. रामचन्द्र का स्वर्गारोहण, 16. कुश की राज्यप्राप्ति, अयोध्या का फिर से बसना, ग्रीष्म का आगमन और जल–विहार आदि, 17. राजा अतिथि का वृत्तान्त, 18. अतिथि के उत्तरवर्ती राजाओं की वंशावली, एवं 19. अग्निवर्ण का आख्यान शीर्षक सर्गों में सहजता से 'रघुवंश' के समूचे घटना–प्रवाह को बांधा है।

कुमारसंभव (औपन्यासिक रूपान्तर)- महावीरप्रसाद द्विवेदी

इसका पहला संस्करण इण्डियन प्रेस, प्रयाग से 1915 में प्रकाशित हुआ था और अब यह भारत यायावर सम्पादित महावीरप्रसाद द्विवेदी रचनावली के ग्यारहवें खण्ड में संकलित है। 'कुमारसंभव' के इस रूपान्तर की भूमिका में स्पष्ट रूप से द्विवेदी जी ने लिखा है कि "एक तो संस्कृतज्ञों की संख्या ही बहुत कम है, दूसरे प्राचीन काव्यों के पद्यात्मक अनुवादों में मूल की समानता लाना बहुत कठिन काम है। अतएव मूल काव्य पढ़कर बहुत ही कम लोग उनसे आनन्द–प्राप्ति कर सकते हैं। रहे पद्यात्मक अनुवाद, इन पूर्वोक्त कारणों से अब तक उनसे भी अधिक–संख्यक लोग लाभ नहीं उठा सके। इन्हीं कारणों से प्रेरित होकर हम आज कालिदास के दूसरे महाकाव्य 'कुमारसम्भव' का भी गद्यात्मक अनुवाद हिन्दी भाषा में किये देते हैं।"

द्विवेदी जी के अनुसार इस काव्य के सत्रह सर्ग हैं, परन्तु पहले के आठ ही सर्ग कालिदास के माने जाते हैं। विद्वानों की राय है कि नौ सर्ग किसी ने पीछे से जोड़ दिये हैं। यह बात इन पिछले नौ सर्गों की भाषा और कविता से भी पुष्ट होती है। इसके अलावा पंच–महाकाव्यों पर टीका लिखने वाले मल्लिनाथ की लिखी हुई टीका आरंभिक आठ सर्गों की ही उपलब्ध है। पिछले नौ सर्गों की टीका सीताराम नामक किसी दाक्षिणात्य पंडित की लिखी मिलती है। इससे भी इस बात की पोषकता होती है कि मल्लिनाथ के समय में भी 'कुमारसम्भव' के आठ ही सर्ग कालिदास के माने जाते थे। इसी तर्क के आधार पर द्विवेदी जी ने भी आठ ही सर्गों का अनुवाद किया है।

अपनी प्रवृत्ति और अपने युग के स्वभाव के अनुकूल ही द्विवेदी जी ने इस अनुवाद में उन्मुक्त श्रृंगार के अंशों को यथासंभव संपादित कर दिया

है। उनका कहना है कि "इस अनुवाद को बच्चों और कुल–कामिनियों के भी पढ़ने योग्य बनाने के लिए हमने एक बात और भी की है। रघुवंश के सदृश इसमें भी यत्र तत्र जो विशेष श्रृंगार–रसात्मक भाव आ गये हैं उनको या तो हमने छोड़ दिया है या कुछ परिवर्तित रूप में प्रकारान्तर से लिख दिया है। परन्तु पहले सात सर्गों में ऐसे स्थल दो ही चार हैं, अधिक नहीं। हां, आठवें सर्ग में इस तरह के कोई बीस पच्चीस श्लोक अवश्य हैं। अतएव विशेषतः उसी सर्ग में ऐसे भावों से अधिक बचना पड़ा है।

भूमिका के अतिरिक्त इसमें पार्वती का जन्म, देवताओं का ब्रह्मा के पास जाना और वर पाना, मदन–दहन, रति का विलाप, पार्वती की तपस्या और फल–प्राप्ति, पार्वती की मंगनी, पार्वती का विवाह, तथा शिव–पार्वती का वन–विहार आदि आठ सर्ग रखे गये हैं।

इस अनुवाद की भाषा बड़ी ही चलती हुई सी है। उदाहरण के लिए रति का विलाप सर्ग का यह हिस्सा देखा जा सकता है *"पापी दैव ने यह क्या किया ! मारा तो उसने अवश्य, परन्तु उसे अच्छी तरह मारना भी न आया। मेरे पति को तो उसने जला दिया और मुझे छोड़ दिया। उसका इस तरह मुझे बचा रखना यद्यपि आधी ही हत्या के समान है, तथापि उसने मुझे भी मार ही सा डाला। क्योंकि पति के बिना मैं कितने दिन प्राणधारण कर सकूंगी? जिस वृक्ष से लता लिपट रही है उसे यदि हाथी उखाड़ फेंके तो क्या वह लता नष्ट होने से बच जायगी? वृक्ष के साथ ही लता का भी अवश्य ही पतन हो जायगा। अतएव अपने प्राणवल्लभ का आधा अंग होने के कारण मैं भी जीती नहीं रह सकती। इससे अब एक काम कर। तू मेरे पति का बन्धु है। मैं भी तुझे अपना बन्धु ही समझती हूँ; और समय पर सहायता करना बन्धु का कर्त्तव्य ही है। अब तू मुझ दुखिया पर दया करके मुझे किसी तरह मेरे पति के पास पहुँचा दे। मैं तुझसे अधीनतापूर्वक अग्निदान की याचना करती हूँ। मेरे लिए ऐसा करना अनुचित नहीं। पति का अनुगमन करना तो स्त्रियों का कर्त्तव्य ही है।"*

मेघदूत (औपन्यासिक रूपान्तर)-महावीरप्रसाद द्विवेदी

इसका प्रथम प्रकाशन इण्डियन प्रेस, प्रयाग से 1917 में हुआ था और अब यह भारत यायावर सम्पादित महावीरप्रसाद द्विवेदी रचनावली के ग्यारहवें खण्ड में संकलित है। 'मेघदूत' द्विवेदी जी को अत्यन्त प्रिय था। इस अनुवाद से पहले ही उन्होंने 'सरस्वती' में अगस्त, 1911 के अंक में

'मेघदूत' पर एक लेख लिखा था। इस अनुवाद की भूमिका के रूप में द्विवेदी जी ने उसी लेख को उद्धृत किया है। उनका मानना है कि "'मेघदूत' की कविता सर्वोत्तम कविता का बहुत ही अच्छा नमूना है। उसे वही अच्छी तरह समझ सकता है और उससे पूरा पूरा आनन्द भी वही उठा सकता है जो स्वयं कवि है। कविता करने ही से कवि–पदवी नहीं मिलती। कवि के हृदय को– कवि के काव्यमर्म्म को– जो जान सकते हैं वे भी एक प्रकार के कवि हैं। किसी कवि के काव्य का आकलन करने वाले का हृदय यदि कहीं कवि के ही हृदय–सदृश हुआ तो फिर क्या कहना है। इस दशा में आकलनकर्त्ता को वही आनन्द मिलेगा जो कवि को उस कविता के निर्माण करने से मिला होगा। जिस कविता से जितना ही अधिक आनन्द मिले उसे उतनी ही अधिक ऊँचे दर्जे की समझना चाहिए। इसी तरह, जिस कवि या समालोचक को किसी काव्य के पाठ या रसास्वादन से जितना ही अधिक आनन्द मिले उसे उतना ही अधिक उस कविता का मर्म्म जानने वाला समझना चाहिए। इस कविता का विषय–यहाँ तक कि इसका नाम भी– कालिदास के परवर्ती कवियों को इतना पसन्द आया है कि इसकी छाया पर हंस–दूत, पदांक–दूत, पवन–दूत और कोकिल–दूत आदि कितने ही दूत–काव्य बन गये हैं। यह इस काव्य की लोकप्रियता का प्रमाण है।"

'मेघदूत' के वैशिष्ट्य की चर्चा करते हुए द्विवेदी जी ने लिखा है कि "कविता–कामिनी के कमनीय नगर में कालिदास का 'मेघदूत' एक ऐसे भव्य भवन के सदृश है जिसमें पद्यरूपी अनमोल रत्न जड़े हुए हैं – ऐसे रत्न, जिनका मोल ताजमहल में लगे हुए रत्नों से भी कहीं अधिक है। ईंट और पत्थर की इमारत पर जल–वृष्टि का असर पड़ता है, आंधी–तूफान से उसे हानि पहुँचती है, बिजली गिरने से वह नष्ट–भ्रष्ट भी हो सकती है। पर इस अलौकिक भवन पर इनमें से किसी का कुछ भी जोर नहीं चलता। न वह गिर सकता है, न घिस सकता है, न उसका कोई अंश टूट ही सकता है। काल पाकर और इमारतें जीर्ण होकर भूमिसात् हो जाती हैं; पर यह अद्भुत भवन न कभी जीर्ण होगा और न कभी इसका ध्वंस ही होगा। प्रत्युत इसकी रमणीयता–वृद्धि की ही आशा है।"

द्विवेदी जी ने बताया है कि 'मेघदूत' में कालिदास ने आदर्श प्रेम का चित्र खींचा है। निःस्वार्थ और निर्व्याज प्रेम का जैसा चित्र 'मेघदूत' में देखने को मिलता है वैसा और किसी काव्य में नहीं। 'मेघदूत' के यक्ष का प्रेम निर्दोष है। और, ऐसे प्रेम से क्या नहीं हो सकता? प्रेम से जीवन पवित्र हो

सकता है; प्रेम से जीवन को अलौकिक सौन्दर्य्य प्राप्त हो सकता है; प्रेम से जीवन सार्थक हो सकता है। मनुष्य–प्रेम से ईश्वर–सम्बन्धी प्रेम की उत्पत्ति भी हो सकती है। अतएव कालिदास का 'मेघदूत' करूण रस से परिप्लुत है तो क्या हुआ। वह उच्च प्रेम का सजीव उदाहरण है।

द्विवेदी जी ने एक प्रश्न उठाया कि कालिदास को इस काव्य के निर्माण का बीज कहाँ से मिला? इसका उत्तर भी उनके अनुसार "इत्याख्याते पवनतनयं मैथिलीवोन्मुखी सा" इत्यादि इसी काव्य में है–

इतने कहत तोहिं मम प्यारी।
जिमि हनुमत को जनकदुलारी।।
सीस उठाय निरखि घन लै है।
प्रफुलित चित ह्वै आदर दै है।।

यक्ष की तरह रामचन्द्र को भी वियोग–व्यथा सहनी पड़ी थी। उन्होंने पवनसुत हनूमान् को अपना दूत बनाया था। यक्ष ने मेघ को दूत बनाया। मेघ का साथी पवन है; हनूमान् की उत्पत्ति पवन से है। अतएव दोनों में पारस्परिक सम्बन्ध भी हुआ। यह सम्बन्ध काकतालीय सम्बन्ध हो सकता है। परन्तु मैथिली के पास रामचन्द्र का संदेशा भेजना वैसा सम्बन्ध नहीं। बहुत सम्भव है, कालिदास को इसी सन्देश–स्मृति ने प्रेरित करके इस काव्य की रचना कराई हो। बहुत सम्भव है, यह मेघसन्देश कालिदास ही का आत्म–सन्देश हो।

'मेघदूत' के इस गद्यानुवाद की भाषा खूब सुथरी हुई है। द्विवेदी जी अपने द्वारा किए अन्य रूपान्तरणों की ही भांति इसमें भी कालिदास के आशय को ही प्रकट करने की चेष्टा की है। उनके अनुसार उन्होंने इसमें आँख मूंदकर शब्दार्थ का अनुसरण न करके केवल भावार्थ का अनुसरण किया है। उदाहरण के लिए 'मेघदूत' का यह आरंभिक हिस्सा देखा जा सकता है –"कुबेर की राजधानी अलकापुरी में एक यक्ष रहता था। वह अपने स्वामी कुबेर के यहाँ किसी पद पर अधिष्ठित था। अपनी प्रियतमा पर उसका प्रेम असीम था। उसका मन सदा यक्षिणी ही में लगा रहता था। इस कारण, जिस काम पर वह नियत था वह उससे अच्छी तरह न होता था। उससे बहुधा भूलें हो जाया करती थीं। अतएव कुबेर को उसे डांटना पड़ता था। इस डांट–डपट का जब उसपर कुछ भी असर न हुआ तब कुबेर ने क्रोध में आकर उसे अपने यहाँ से निकाल दिया। उसने आज्ञा दी –जा, तू यहाँ से निकल जा। पूरा एक वर्ष तू कहीं बाहर जाकर रह। जिसके

प्रेम–पाश में फंसे रहने के कारण तुझसे अपना काम नहीं होता; उसके दर्शन भी तुझे अब एक वर्ष तक नहीं होंगे। तेरे लिए यही दण्ड उचित है।

यक्ष को विवश होकर कुबेर की इस आज्ञा का पालन करना पड़ा। उसकी सारी प्रतिष्ठा धूल में मिल गई। अलका छोड़कर वह रामगिरि पर्वत पर रहने चला गया। यह वही पर्वत है जहाँ वनवास के समय राम–लक्ष्मण के साथ सीताजी कुछ समय तक रही थीं। इस पर्वत के जलाशयों में सीताजी ने स्नान भी किया था। इस कारण उनका जल अत्यन्त पवित्र है। रामगिरि सदा हरा भरा रहता है। उस पर तरह–तरह की लताओं और तरुओं की बहुत अधिकता है। इस कारण उसके आश्रमों में सदा शीतल छाया बनी रहती है। ऐसे ही छायादार एक सुन्दर आश्रम में यक्ष रहने लगा।''

शकुन्तला-रामवृक्ष बेनीपुरी

रामवृक्ष बेनीपुरी ने पौराणिक आख्यानों से सम्बन्धित अनेक नाटकों की रचना की है। ऐसा ही एक नाटक है 'शकुन्तला'। यह कालिदास के 'अभिज्ञान शाकुन्तलम्' का रेडियो रूपान्तर है। इसे बेनीपुरी ग्रन्थावली के दूसरे भाग में संकलित किया गया है। इस नाटक में वैसे तो बेनीपुरी ने कोई नई उद्भावना नहीं की है पर इसमें जिस नाट्यभाषा का उपयोग उन्होंने किया है वह अवश्य उल्लेखनीय है। इससे पूर्व का 'अभिज्ञानशाकुन्तलम्' का ज्यादातर अनुवाद भाषानुवाद है। उन अनुवादों को केवल पढ़ा जा सकता है। बेनीपुरी जी ने चूंकि इस नाटक–अनुवाद को रेडियो के लिए तैयार किया था इसलिए इसमें उन्होंने अपेक्षाकृत अधिक गतिशील और संवादधर्मी भाषा का इस्तेमाल किया है–

''सारथी (दुष्यन्त से) : जैसी आज्ञा महाराज! ***(रथ में तीव्र गति)*** *अहा, देखिए, देखिए, महाराज : रास ढीली करते ही ये घोड़े ऐसे भगे कि इनके सूमों से उठी धूल भी इन्हें नहीं पकड़ पाती; चाल ऐसी सम है कि सिर की कलंगी तक नहीं हिलती–ढुलती; अहा, अपने दोनों कानों को उठाए–सटाए ये इस तरह जा रहे हैं कि समझ में नहीं आता कि ये दौड़ रहे हैं या तैर रहे हैं!''*

यह कहने की आवश्यकता नहीं है कि इस रूपान्तर के आधार पर हुआ शाकुन्तल का मंच–प्रदर्शन ज्यादा सफल हुआ है और इसने अपना एक रचनात्मक प्रभाव भी छोड़ा है। इस प्रभाव का एक कारण यह भी है कि रूपान्तर करते हुए बेनीपुरी ने इसे अपने समय की नाट्य प्रस्तुति के

अनुकूल बनाया था। सामयिक आवश्यकताओं के अनुसार बेनीपुरी ने नान्दी को हटा दिया है तथा सूत्रधार और नटी प्रसंग की आवश्यकता भी नहीं समझी है। गान्धर्व विवाह तथा उसके बाद के दृश्यों की समस्याओं का सरलीकरण उन्होंने केवल संकेतों का उपयोग करके ही कर दिया है। इसी प्रकार उन्होंने राजदरबार का दृश्य भी एकदम गायब कर दिया है।

विक्रमोर्वशीयम्-विष्णु प्रभाकर

कालिदास की प्रसिद्ध कृति 'विक्रमोर्वशीयम्' का विष्णु प्रभाकर ने अत्यन्त ही मनोयोगपूर्वक एवं सरल–सहज भावानुवाद किया है। इस अनुवाद की सबसे बड़ी खूबी इसकी बिल्कुल चलती हुई सी भाषा है–

"तीसरे प्रहर का समय था। राजकाज से छुट्टी पाकर महाराज विश्राम के लिए जा रहे थे। मन उनका उदास था ही। विदूषक परिहासादि से अनेक प्रकार उनका मन बहलाने की कोशिश करने लगा, पर सब व्यर्थ हुआ। प्रमद वन में भी उनका मन नहीं लगा। जी उलटा भारी हो आया। उस समय वसंत ऋतु थी। आम के पेड़ों में कोंपलें फूट आई थीं। कुरबक और अशोक के फूल खिल रहे थे। भौंरों के उड़ने से जगह–जगह फूल बिखरे पड़े थे; लेकिन उर्वशी की सुन्दरता ने उनपर कुछ ऐसा जादू कर दिया था कि उनकी आँखों को फूलों के भार से झुकी हुई लताएँ और कोमल पौधे भी अच्छे नहीं लगते थे। इसलिए उन्होंने विदूषक से कहा, "कोई ऐसा उपाय सोचो कि मेरे मन की साध पूरी हो सके।"

विदूषक ऐसा उपाय सोचने का नाटक कर ही रहा था कि अच्छे शकुन होने लगे और चित्रलेखा के साथ उर्वशी ने वहाँ प्रवेश किया।

उन्होंने माया के वस्त्र ओढ़ रखे थे, इसलिए उन्हें कोई देख नहीं सकता था, वे सबको देख सकती थीं। जब प्रमद वन में उतर कर उन्होंने राजा को बैठे देखा तो चित्रलेखा बोली, "सखी! जैसे नया चांद चांदनी की राह देखता है वैसे ही ये भी तेरे आने की बाट जोह रहे हैं।" उर्वशी को उस दिन राजा पहले से भी सुन्दर लगे।

लेकिन उन्होंने अपने–आपको प्रकट नहीं किया। महाराज के पास खड़े होकर उनकी बातें सुनने लगीं। विदूषक तब उन्हें अपने सोचे हुए उपाय के बारे में बता रहा था। बोला, "या तो आप सो जाइए, जिससे सपने में उर्वशी से भेंट हो सके। या फिर चित्र–फलक पर उसका चित्र बनाइए और उसे एकटक देखते रहिए।" राजा ने उत्तर दिया कि ये दोनों ही बातें नहीं हो

सकती। मन इतना दुखी है कि नींद आ ही नहीं सकती। आँखों में बार–बार आँसू आ जाने के कारण चित्र का पूरा होना भी संभव नहीं है।''

शाकुन्तल-विराज

'अभिज्ञानशाकुन्तलम्' के उपलब्ध हिन्दी अनुवादों को मंचीकरण के लिए अनुपयुक्त पाकर विराज (वास्तविक नाम उदय वीर) ने इसका अविकल गद्यानुवाद किया। इसका प्रकाशन 1955 में राजपाल एंड संस, दिल्ली से हुआ। इस समय तक आकर पारसी थियेटर का प्रभाव लगभग समाप्त होने पर था और पाश्चात्य नाट्य शैलियों का भी काफी असर भारतीय रंगमंच पर हो चुका था। विभिन्न कारणों से गद्य–पद्य मिश्रित नाटकों को अतिनाट्य कहकर उससे निकलने की बात सामने आने लगी थी। इन युगीन आवश्यकताओं को ध्यान में रखकर ही विराज ने इसका हिन्दी गद्यानुवाद सामने रखा था।

नाटक को सर्वग्राह्य बनाने की दृष्टि से विराज ने इसकी भाषा बड़ी चलती सी रखी है। कई स्थानों पर इस कारण से भाषा में थोड़ा हल्कापन भी दिखाई पड़ता है –

1. **विदूषक** : मित्र, लगता है तुम्हारा मन उस मुनि–कन्या पर ***फिसल*** गया है।
2. **विदूषक** : अन्य स्त्री–रत्नों की ओर ध्यान न देकर आप जो इस मुनि–कन्या पर **लट्टू** हो रहे हैं, वह ऐसा ही है जैसे ***पिंडखजूर*** खा–खाकर जी भर जाने पर कोई ***इमली*** खाना चाहे।
3. **प्रियवंदा** : री शकुन्तला, जरा दो ***मिनट*** वहीं खड़ी रह।

भूमिका में अनुवादक ने कालिदास का स्थान और काल, कालिदास का गौरव आदि के साथ ही अभिज्ञान शाकुन्तल की मौलिकता, कालिदास की सौन्दर्य–धारणा, पात्र और चरित्र–चित्रण, उस काल की सामाजिक और राजनीतिक दशा, प्रकृति–प्रेम, कालिदास के शब्द–चित्र, सरल और सरस भाषा, सुरूचिपूर्ण हास्य, शृंगार और प्रेम, कालिदास के आदर्श, वनों और पर्वतों से प्रेम, तथा कालिदास के भौगोलिक ज्ञान आदि विषयों की भी संक्षिप्त चर्चा की है।

कुमारसंभव-विराज

'कुमारसंभवम्' के इस हिन्दी रूपान्तर का प्रकाशन दिल्ली स्थित राजपाल एंड संस ने किया है। यह मानकर कि संस्कृत के सर्वश्रेष्ठ कवि

कालिदास ने 'कुमारसंभव' महाकाव्य में श्रृंगार–सौन्दर्य का जैसा वर्णन किया है वैसा अन्यत्र दुर्लभ है और 'कुमारसंभव' में कालिदास ने शिव–पार्वती के अंतरंग क्षणों का ऐसा जीवन्त सौन्दर्य–चित्रण किया जो संस्कृत साहित्य में अनुपम है, विराज ने इसे हिन्दी पाठकों के निमित्त हिन्दी गद्य में रूपान्तरित किया है।

भूमिका में रूपान्तरकार ने कालिदास का परिचय देते हुए, कालिदास के स्थान और काल के सम्बन्ध में फर्ग्यूसन के मत, गुप्तकालीन मत, 57 ईस्वी पूर्व का मत आदि की विवेचना की है। इसके साथ ही 'कुमारसंभव' की महाकाव्यता, कालिदास की शैली, कालिदास की उपमा, कालिदास का प्रकृति वर्णन, रीति–रिवाजों का ज्ञान, दिव्य पात्रों में मानवोचित भाव, महादेव और पार्वती का श्रृंगार–वर्णन, कालिदास का धार्मिक सम्प्रदाय आदि विषयों की भी विवेचना की गई है।

रूपान्तरकार के अनुसार कालिदास की किसी भी रचना का हिन्दी में सफल अनुवाद कर पाना असम्भव ही है। कारण कि उत्तम काव्य में शब्द और अर्थ इस प्रकार इकट्ठे मिले रहते हैं कि उन दोनों को अलग–अलग कर पाना सरल नहीं होता। हिन्दी ही क्या, किसी भी अन्य भाषा में कालिदास की रचना का रूपान्तर करते हुए वह शब्द–सौन्दर्य एकदम जाता रहेगा, जिसपर कवि ने पर्याप्त यत्न किया है। इसके साथ ही छन्दों की वह मधुर झंकार जिसके चुनाव में कवि ने इतना ध्यान रखा है, अनुवाद में कठिनाई से ही आएगी। फिर इस गद्य अनुवाद में कालिदास के मूल–काव्य का सौन्दर्य आ सकता है, ऐसा भ्रम हमें कभी नहीं हुआ।

रूपान्तरकार ने इस कठिनाई को और स्पष्ट करते हुए लिखा है कि कठिनाई केवल इतनी नहीं है कि अनुवाद पद्य का गद्य में है और छन्दों का अवसरानुकूल प्रवाह इसमें नहीं है, बल्कि साथ ही यह भी कठिनाई है कि जहाँ कालिदास ने मूल संस्कृत में एक ही अर्थ के लिए हर जगह नये शब्द का प्रयोग किया है, वहाँ हिन्दी अनुवाद में उन अलग–अलग शब्दों का प्रयोग नहीं किया जा सका, क्योंकि हिन्दी पाठक के लिए वे शब्द अपरिचित हो जाते। उदाहरण के लिए मूल काव्य में महादेव, पार्वती और कामदेव के लिए हर जगह नये–नये अलग–अलग नाम प्रयुक्त किए गए हैं। महादेव के लिए त्र्यम्बक, त्रिलोचन, चन्द्रमौलि, हर, स्मरशासन, इन्दुमौलि इत्यादि नामों का प्रयोग हुआ है। इसी प्रकार कामदेव के लिए स्मर, मन्मथ, रतिनायक, संकल्पयोनि इत्यादि अनेक नाम प्रयुक्त हुए हैं। अनुवादक के अनुसार

उसने अपने अनुवाद में केवल दो–एक शब्दों के हेर–फेर से ही काम चलाने का यत्न किया है क्योंकि जबतक पाठक ऊपर न उठे, तब तक विवश होकर अनुवादक को कवि को ही नीचे झुकाना होगा।

रूपान्तरकार ने यह चेष्टा की है कि जहाँ तक सम्भव हो इसमें मूलकाव्य के शब्दों का ही प्रयोग किया जाए। उन्होंने संस्कृत के समासयुक्त पदों का अनुवाद करते हुए दो कठिनाइयों के बीच में से मार्ग ढूंढने का यत्न किया है। एक तो यह कि मूल अर्थ स्पष्ट हो जाए और दूसरे यह कि समास को तोड़ते हुए 'जो है सो' वाली शैली से बचा जाए और भाषा को यथाशक्ति प्रवाहपूर्ण रखा जाए–

"मधुरभाषिणी पार्वती के बोलने पर स्वर से मानो अमृत झरता था और तुलना में कोयल की कूक तक कर्कश और बेसुरी वीणा के समान जान पड़ती थी।

वायु–विकम्पित नीलकमलों के समान बड़े–बड़े नेत्रवाली पार्वती की अधीर चितवन को देखकर संदेह होता था कि यह उसने हरिणियों से सीखी है या हरिणियों ने उससे?

अंजन से बनाई हुई–सी उसकी लम्बी और काली भौंहों की कान्ति को देखकर कामदेव का अपने धनुष–सौन्दर्य का गर्व चूर–चूर हो गया।

यदि पशुओं के मन में भी लज्जा होती हो तो जिन्हें देखकर चंवरी गायें भी अपने बालों को मोह छोड़ दें, ऐसे सुन्दर उसके केश थे।

विधाता ने सब सुन्दर पदार्थों को यथाविधि एकत्र–सजाकर, विश्व के सम्पूर्ण सौन्दर्य को एकसाथ देखने की इच्छा से उसका निर्माण किया था।

देवताओं ने निश्चय किया कि पर्वतराज की पुत्री गौरी का ही विवाह महादेव से करवाया जाए; क्योंकि सम्पूर्ण त्रिलोक में और कोई नारी शिव की पत्नी बनने में समर्थ नहीं है!

एक बार स्वेच्छाविहारी नारद ने उस कन्या को पिता हिमालय के पास देखा और वे बोले के किसी दिन यह अपने प्रेम के द्वारा शिव की एकमात्र अर्धांगिनी बनेगी।

इसलिए पार्वती की आयु बढ़ती जाने पर भी हिमालय ने उसके लिए किसी वर की खोज नहीं की। मंत्रों द्वारा पवित्र की हुई आहुति को अग्नि के अतिरिक्त अन्य कोई कैसे ग्रहण कर सकता है।"

विक्रमोर्वशी और मालविकाग्निमित्र-विराज

राजपाल एंड संस, दिल्ली से प्रकाशित इस पुस्तक में कालिदास की रचनाओं 'विक्रमोर्वशीयम्' और 'मालविकाग्निमित्रम्' का हिन्दी रूपान्तरण विराज ने बड़ी ही सधी हुई और चलती हुई सी भाषा में किया है–

विदूषक : हा–हा–हा! जैसे निमन्त्रण पाए हुए ब्राह्मण का पेट खीर खा–खाकर फटने लगता है,

उसी प्रकार राजा के प्रेम–रहस्य से भरा पेट फटा जा रहा है और लोगों के बीच में भी उस रहस्य को कहने से मैं अपनी जीभ को रोक नहीं सकता।

राजा : (उर्वशी को देखता हुआ) क्यों जी, आज तो तुम यह कहती हो कि तुम मुझसे लगकर इसलिए बैठी हो, क्योंकि मुझे महारानी ने तुमको दे डाला है; परन्तु तुमने पहले जो मेरा हृदय चुरा लिया था, वह किससे पूछकर चुराया था?

राजा : (थोड़ा चलकर और देखकर, प्रसन्न होकर) अच्छा! मुझे वह चिह्न मिल गया है, जिससे यह अनुमान हो सकता है कि वह रूठी हुई उर्वशी किस ओर गई है। यहाँ यह उनकी चोली पड़ी है, जो तोते के पेट के रंग के समान सांवली है। अवश्य ही यह क्रोध के कारण डगमगाकर चलते समय गिर पड़ी होगी। इसपर उन आँसुओं के चिह्न बने हैं, जो होठों का रंग साथ लेकर नीचे को बहते हुए इसपर गिरकर अपना रंग अंकित कर गए हैं।

अच्छा, चलकर इसे उठाता हूँ। (थोड़ा चलकर भली भांति देखकर आँखों में आँसू भरता है।) अरे, यह तो हरी घासवाली जमीन का छोटा–सा टुकड़ा है, जिस पर बीरबहूटियाँ फिर रही हैं। अब यहाँ इस एकान्त वन में कैसे पता चले कि मेरी प्रियतमा इस समय कहाँ है।

(मोर को देखकर) उधर वर्षा के कारण भाप छोड़ती हुई चट्टान पर बैठा हुआ मोर बादलों की ओर देख रहा है। सामने से आती हुई तेज हवा इसकी कलगी को छितरा–सी रही है। यह अपने कण्ठ को ऊँचा उठाकर ऊँचे स्वर में बोल रहा है।

(उसके पास जाकर) अच्छा, तो इसीसे पूछता हूँ।

राजा : मित्र, अब तो वह कम्बख्त पक्षी दीख ही नहीं रहा। कहाँ गया?

विराज ने इन रूपान्तरों में गीतों का भी बड़ा सुन्दर अनुवाद किया है–

दुर्लभ है प्रियतम मेरा, मैं कैसे उसको पाऊँ?

मत आस लगा मन उसकी, तुझको कितना समझाऊँ?
यह आँख फड़कती बाईं, इसका क्या अर्थ लगाऊँ?
चिरकाल बाद प्रिय दीखे, पर कैसे पास बुलाऊँ?
मैं नाथ, पड़ी हूँ परबस, किस तरह चाह जतलाऊँ?

भूमिका में रूपान्तरकार ने विस्तार से कालिदास के सम्बन्ध में चर्चा की है। इसमें कालिदास का काल, विक्रमादित्य का स्थान और काल, कालिदास का निवास स्थान, कालिदास का व्यक्तित्व, कालिदास का कवित्त्व, नाटककार कालिदास, मालविकाग्निमित्र कालिदास रचित है या नहीं, मालविकाग्निमित्र की कथा के स्रोत, विक्रमोर्वशीय की कथा के स्रोत, विक्रमोर्वशीय के चौथे अंक के प्राकृत श्लोक आदि विषयों की गम्भीर और तर्कपूर्ण विवेचना की है।

रघुवंश-इन्द्र विद्यावाचस्पति

'रघुवंशम्' के इस हिन्दी रूपान्तर का प्रकाशन राजपाल एंड संस, दिल्ली ने किया है। इन्द्र विद्यावाचस्पति के अनुसार कई प्राचीन साहित्यालोचकों ने कालिदास के ग्रन्थों में सबसे उत्कृष्ट 'अभिज्ञानशाकुन्तल' को ठहराया है। शाकुन्तल में ललित शब्दों और कोमल भावनाओं का ऐसा अच्छा मिश्रण है कि उसकी उपमा मिलनी कठिन है। इस दृष्टि से उसका स्थान न केवल कालिदास के ग्रन्थों में या संस्कृत के वाङ्मय में, अपितु विश्व के साहित्य में ऊँचा माना जाए तो उचित ही है। परन्तु दो कारणों से मैंने 'रघुवंश' को पहला स्थान दिया है। प्रथम कारण तो यह है कि यह महाकाव्य है। उसमें वर्णनीय विषयों और रसों की इतनी विविधता है कि कवि को अपनी प्रतिभा के प्रकाशन का पूरा अवसर मिला है। दूसरा कारण यह है कि 'रघुवंश' में हम कालिदास के काल की अवस्था तथा भावना का विषद तथा उज्ज्वल चित्र देखते हैं।

अपने इस रूपान्तर के सम्बन्ध में इन्द्र विद्यावाचस्पति ने लिखा है कि "मैंने 'रघुवंश' के श्लोकों का शब्दानुवाद नहीं किया। शब्दानुवाद से मैं कवि के आन्तरिक भाव को पाठकों तक नहीं पहुँचा सकता था। मैंने प्रयत्न किया है कि मैं कवि के आन्तरिक भावों को, सुबोध लोकभाषा में प्रतिबिम्बित कर दूँ। फलतः यह 'रघुवंश' के उन्नीस सर्गों के प्रत्येक शब्द अथवा प्रत्येक श्लोक का भावानुवाद नहीं है। यह कहना अधिक संगत होगा कि यथासम्भव तथा यथाशक्ति कवि के भाव और कवि की कथन शैली की रक्षा करते हुए,

सम्राट रघु के तेजस्वी चरित्र को चित्रित करने का प्रयत्न किया गया है।''

यह रूपान्तरकार की सफलता है कि इसमें सम्मिलित तपोवन की यात्रा, दिलीप की तपश्चर्या, रघु की अग्नि–परीक्षा, दिग्विजय, विश्वजित् यज्ञ, इन्दुमती का स्वयंवर, अज का राजतिलक, अज का स्वर्गवास, पुत्र–वियोग का शाप, राम–जन्म, राम–विवाह, लंकेश–वध, भरत–मिलाप, वैदेही–वनवास, राम का शरीर–त्याग, उत्तराधिकारी कुश, राजा अतिथि, अतिथि के वंशज, पतन की ओर आदि उन्नीस अध्याय उन्नीस स्वतंत्र कथाओं की तरह भी प्रतीत होते हैं। भूमिका के अन्तर्गत कालिदास के समय और स्थान, कालिदास के समय का भारत, 'रघुवंश' का लक्ष्यबिन्दु आदि विषयों की संक्षिप्त चर्चा की गई है। अनुवाद पर कथा कहने की पुरानी भारतीय परिपाटी का प्रभाव लक्षित होता है –

''रघुवंश के संस्थापक यशस्वी रघु के पिता महाराज दिलीप ने पृथ्वी के सबसे प्रथम सम्राट् वैवस्वत मनु के उज्ज्वल वंश में जन्म लिया था। दिलीप बहुत बलवान और तेजस्वी राजा था, मानो साक्षात् क्षात्र धर्म का अवतार हो। वह जैसा बलवान था, वैसा ही बुद्धिमान, विद्वान और कर्मशील था। प्रजा उसे पिता के समान मानती थी। विरोधी और आततायी उसके दंड से डरते थे। समुद्र–रूपी खाई से घिरे हुए पृथ्वी–रूपी किले का वह इस सुगमता से शासन करता था, मानो एक नगरी का शासन कर रहा हो।

जैसे यज्ञ की संगिनी दक्षिणा है, उसी प्रकार राजा दिलीप के साथ अटूट सम्बन्ध से बंधी हुई रानी सुदक्षिणा थी, जिसने मगधवंश में जन्म लिया था। राजा को अन्य सब सुख प्राप्त थे, केवल सन्तान का सुख नहीं था। सन्तान की प्राप्ति के लिए अनुष्ठान करने का विचार करके राजा ने राज्य की देख–रेख का भार मन्त्रियों के कन्धों पर डाल दिया और महारानी को साथ ले गुरु वसिष्ठ के आश्रम की ओर प्रयाण किया। सुसज्जित रथ में बैठे हुए राजा और रानी ऐसे शोभायमान हो रहे थे, जैसे घने सावन के बादल में बिजली और बरसाती पवन शोभा पाते हैं। उनकी आश्रम–यात्रा बहुत ही मनोरंजक और मंगलसूचक रही। फूलों के पराग को चारों दिशाओं में बिखेरने वाला, साल के रस से सुगन्धित सुखकारी वायु उनकी सेवा कर रहा था। मोरों की शडज के सदृश स्वरवाली केकाएँ उनके कानों को आनन्दित कर रही थीं और हरिणों के जोड़े रास्ते के समीप ही खड़े होकर उनकी ओर निहार रहे थे। उन हरिणों की आँखों में राजा और रानी एक–दूसरे की आँखों की छवि देखकर प्रसन्न हो रहे थे। मार्ग में अहीर–बस्तियों

के जो मुखिया लोग, ताजे मक्खन की भेंट लेकर उपस्थित होते थे, उनसे वे दोनों जंगली वनस्पतियों के नाम पूछते थे। इस प्रकार मार्ग के सुन्दर दृश्य देखते हुए महारानी सुदक्षिणा और महाराज दिलीप दिन छिपने के समय महर्षि वसिष्ठ के आश्रम में पहुँच गए।''

अभिज्ञान शाकुन्तलम्-कुदसिया जैदी

अलीगढ़ की अंजुमन–तरक्की–ए–उर्दू द्वारा 1957 में प्रकाशित 'अभिज्ञानशाकुंतलम्' के इस उर्दू अनुवाद की भूमिका में प्रसिद्ध विद्वान हरवंशलाल शर्मा ने लिखा है कि श्रीमती जैदी का स्त्री–हृदय शकुन्तला के दिल को समझने में पूरी तरह कामयाब हुआ है। उनके अनुसार इस अनुवाद की कुछ अपनी विशेषताएँ हैं। संस्कृत का मूल नाटक अभिनेय चाहे रहा हो पर आज सहज अभिनेय नहीं है। फिर संस्कृत जानने वालों का ही मनोरंजन उसके द्वारा हो सकता है। राजा लक्ष्मणसिंह जी का हिन्दी अनुवाद भी आज की जन–भाषा से अधिक दूर पड़ जाता है, किन्तु प्रस्तुत अनुवाद जन–साधारण की भाषा में न होकर भी उससे दूर नहीं है। इसके अभिनय के लिए न तो पात्रों को ही किसी खास भाषा के विशेष ज्ञान की आवश्यकता है और न ही दर्शकों को ही। स्वयं अनुवादिका के शब्दों में ''एक बात का खास तौर पर खयाल रखा है कि जहाँ तक मुमकिन हो सके, ज़बान बोलचाल की हो और फ़िकरे बहुत उलझे हुए न हों ताकि अदाकार इन मुकालमों को स्टेज पर आसानी से अदा कर सकें। मुमकिन हो सकता है कि डायरेक्शन में कहीं–कहीं कोई तब्दीली हो गई हो मगर कोशिश मैंने यही की है कि असल से जिस क़दर हो सके करीब रहूँ।''

अनुवादिका की भाषा में ओज है और प्रवाह भी और सबसे बड़ी बात है भावों की मार्मिक अभिव्यक्ति। यद्यपि संस्कृत की आत्मा से परिचय न होने के कारण और प्रायः अन्य अनुवादों का ही आश्रय लेने के कारण एक–आध स्थान पर मजमून में चुस्ती और भाववहन–क्षमता नहीं आ पाई है किन्तु अधिकांश स्थल सुन्दर बन पड़े हैं और जन–साधारण को मूल से भी अधिक मार्मिक प्रतीत होते हैं। भाषा की रवानी अनुवादिका के हृदय की सचाई का पक्का सबूत है, उन्होंने अभिव्यंजनीय भावों को मानो स्वयं अनुभव किया है, जिसके कारण एक गीतात्मक वातावरण कथोपकथनों पर– विशेषतः स्त्रीपात्रों के संवादों पर– छाया सा जान पड़ता है।

इस अनुवाद में जगह–जगह पर जो गीत रखे गये हैं वे राजा लक्ष्मणसिंह के ही अनुवाद से रख दिये गये हैं, जो विशुद्ध ब्रजभाषा में है–

कैसे नीके लागत हैं बासर ऋतु ग्रीशम के,
जीवन कों सन्ध्या प्यारी सुख उमहति है।
सरिता सरोवर कुण्ड माहि केलि करिबे तें,
तरिबे तें देह दूनो आनन्द लहति है।
घनी घनी छाया में बन की पवन लागे,
झुकि–झुकि आवे नींद कल न गहति है।
त्रिविध समीर बहै पाटलि सुगन्धि सनी,
लागति शरीर आछी शीतलता रहति है।

अनुवाद की चलती हुई भाषा का पता इसके बिल्कुल आरंभिक हिस्से ही चल जाता है –"ईश तुम्हारा कल्याण करे, वह ईश जो आठ रूपों में इन्सान पर जाहिर हुआ। जिसका पहला रूप पानी है जो सबसे पहली रचना है, दूसरा अग्नि जो हवन में डाली हुई नज्र को आसमानी देवताओं तक पहुँचाती है। होत्री जो भेंट चढ़ाता है। चांद और सूरज, वह आलीशान कुर्रे जो दिन और रात का बटवारा करते हैं। पुरअसरार आकाश जो सारी कायनात पर छाया हुआ है और जिसके जरिये आवाज दुनिया के एक सिरे से दूसरे सिरे तक जाती है। यह धरती जिसे आलिम लोग जौहर और मादे की जन्मदाता बताते हैं और यह हवा जो सब जानदारों की जान है।"

शाकुन्तल-मोहन राकेश

वर्तमान में राजकमल प्रकाशन, नई दिल्ली से प्रकाशित इस पुस्तक का पहला संस्करण 1966 में अंकुर प्रकाशन, दिल्ली से छपकर आया था। मोहन राकेश ने इस अनुवाद का औचित्य स्पष्ट करते हुए भूमिका में लिखा है कि "हर दूसरी तीसरी पीढ़ी के बाद और नहीं तो भाषा की दृष्टि से ही इन रचनाओं के नये नये अनुवादों की आवश्यकता पड़ती रहेगी। इस तरह यह अनुवाद भी आज के लिए है, आने वाले कल को इसका स्थान किसी और को लेना होगा।"

मोहन राकेश ने 'अभिज्ञानशाकुन्तलम्' का खड़ी बोली हिन्दी में अनुवाद किया है। इसकी सबसे बड़ी विशेषता यह है कि इसमें गद्यांश और पद्यांश मूल के ही अनुरूप हैं। वैसे भी एक सिद्ध गद्यकार रहे मोहन राकेश के गद्य में अपेक्षाकृत स्वाभाविकता और प्रांजलता अधिक है, फिर चूंकि पद्यांशों का अनुवाद उन्होंने मुक्त छन्द में किया है इसलिए इसकी प्रकृति युगानुकूल होने के कारण उसमें भी वे इस कृति के दूसरे अनेक काव्यानुवादों की तुलना में सफल ही सिद्ध हुए हैं–

लचकीली गरदन
मोड़–मोड़, बार–बार,
देख पीछे रथ आता
फिर सरपट भागता है।
पीछे का आधा भाग
बाण लगने के डर से
आगे के आधे में सिमटा सा जाता है।
आधे चबे तिनके,
थकान के खुले मुँह से
गिरे–गिरे जाते हैं
रास्ते में इधर–उधर।
बड़ी–बड़ी कुलाचे भरता,
धरती पर कम टिकता,
और जैसे नभ में ही
उड़ा चला जाता है।

मोहन राकेश का उद्देश्य इसे अपने समय के दर्शकों के लिए प्रस्तुति योग्य बनाना था। इस कारण उनकी संवाद–योजना, संवादों की भाषा आदि में अपने समय की स्पष्ट छाप दिखाई पड़ती है। उनके नायक–नायिका प्रतीकों में बात नहीं करते वरन् स्पष्ट शब्दावली का प्रयोग करते हैं और नैतिक–अनैतिक प्रश्नों से सर्वथा मुक्त प्रतीत होते हैं। इतना ही नहीं स्वाभाविकता लाने के लिए उन्होंने एक पात्र के नाम के साथ 'मिश्र' उपनाम भी जोड़ दिया है 'शारद्धत मिश्र'। नाट्य स्थिति की रक्षा करने के लिए उन्होंने कुछ नये प्रकरण अपनी तरफ से भी जोड़ दिए हैं जिससे भाव–व्यंजना कुछ अधिक समर्थ हो गई है और संवादों की प्रामाणिकता और स्वाभाविकता भी थोड़ी बढ़ ही गई है। उदाहरण के लिए दुष्यन्त का यह स्वगत देखा जा सकता है जो कालिदास कृत 'अभिज्ञानशाकुन्तलम्' में नहीं है–

मन में चाहे
कितनी उत्कण्ठा हो
फिर भी
पुरुष के चाहने पर
उसे मना ही करती रहेंगी,
समागम के सुख की

चाहे कितनी अभिलाषा हो,
फिर भी
आत्म–समर्पण में
आनाकानी ही करेंगी।
लगता है
कि समय पाकर
कामदेव ही इन्हें पीड़ा नहीं देता
व्यर्थ समय नष्ट करके
ये कुमारियाँ भी
कामदेव को उतना ही सताती हैं।

मेघदूत-वासुदेवशरण अग्रवाल

'मेघदूत' शीर्षक इस अत्यन्त ही लोकप्रिय पुस्तक में 'मेघदूत' का अनुवाद भी है, 'मेघदूत' की आलोचना भी और 'मेघदूत' की व्याख्या से सम्बन्धित आवश्यक टिप्पणियाँ भी। इसे राजकमल प्रकाशन, दिल्ली ने 1971 में प्रकाशित किया था। इस पुस्तक के सम्बन्ध में स्वयं वासुदेवशरण अग्रवाल ने लिखा है कि *''यह अध्ययन 'मेघदूत मीमांसा' के नाम से 1927 की शरद ऋतु में लिखा गया था। उस समय मैं यौवन के ललाम भाव से परिचित ही हुआ था और मेरा मन उसके अतिरेक सुखों की उस भावभूमि के लिए उन्मुक्त था, जो मेघदूत काव्य का सनातन धरातल है। न जाने किस पूर्व पुण्य से काशी विश्वविद्यालय में जब मैं बी.ए. की शिक्षा प्राप्त कर रहा था, तब किसी एकान्त दिवस में स्वर्गीय ज्योति की कोई किरण मेरे मानस में वह अभिज्ञान ले आई, जिसने मेरे लिए इस काव्य का अर्थ ही बदल डाला और इसके स्थूल रूप को सूक्ष्म बाण से बेध दिया। उसने एक साथ ही अध्यात्म और शृंगार के नील–लोहित धनुष से मेघदूत के भावलोक को जीतकर मुझे भी उसका नागरिक बना लिया।''*

पुस्तक के ब्लर्ब में अंकित इन पंक्तियों से इस पुस्तक का वैशिष्ट्य उजागर होता है *''महाकवि कालिदास की कालजयी कृति 'मेघदूत' सदियों से प्रेम और विरह की श्रेष्ठ अभिव्यक्ति के रूप में समादृत रही है। संस्कृत साहित्य में 'उपमा कालिदासस्य' प्रसिद्ध उक्ति है ही और इस कृति में कालिदास की रचनात्मकता शिखर पर है। इसीलिए 'मेघदूत' शताब्दियों से काव्य का प्रतिमान रहा है। उनके अनुसार रसिकों–विज्ञजनों में महान्*

कृतियों के विशेष अध्ययन की सुस्थापित परम्परा रही है ताकि कृतियों में निहित विशेष भावों, सन्दर्भों, उक्तियों–अन्योक्तियों, कथाओं–अन्तर्कथाओं का खुलासा कर रचना का पूरा आनन्द लिया जा सके, और यदि यह अध्ययन डॉ. वासुदेवशरण अग्रवाल जैसे इतिहास–संस्कृतिमर्मज्ञ का हो तो पाठक रचना–रस से आप्लावित हो उठेंगे।''

इस पुस्तक में भूमिका के अतिरिक्त मेघदूत : एक दृष्टि, विराट् जगत्, कामरूप पुरुष, मेघ का दूत कर्म, विरह–प्रवास और प्रेम, यक्ष और यक्षिणी, अलका और उज्जयिनी, तथा शिव का स्वरूप शीर्षक सुविचारित निबन्ध हैं। इन निबन्धों के बाद इसमें मेघदूत मूल के साथ–साथ 1950 में किए गए इसके गद्यानुवाद को भी शामिल किया गया है। न केवल गद्यानुवाद बल्कि इसके बाद के अध्याय में 'मेघदूत' से सम्बन्धित विशिष्ट सन्दर्भों पर टिप्पणी भी की गयी है। पुस्तक का महत्त्व अन्त में शामिल 'मेघशास्त्र' और 'मेघों का वैज्ञानिक विवेचन' शीर्षक दो गवेषणापूर्ण परिशिष्टों के कारण भी बहुत अधिक बढ़ जाता है।

'मेघदूत' की व्याख्या के क्रम में उसके अर्थगर्भी होने की तरफ लेखक का ध्यान जाता है। उनका कहना है कि जिस प्रकार वैदिक कल्पना के अनुसार द्युलोक की पुत्रियाँ अनग्ना और अवसना हैं, वे न एकान्त प्रकट हैं, न एकान्त ढकी हुई, उसी प्रकार 'मेघदूत' काव्य भी। उन्होंने लिखा है कि 'मेघदूत' के स्थूल शब्दों के अर्थ भी कुछ उसी प्रकार प्रकट हैं, पर उसके भीतरी अर्थों का कोई ओर–छोर नहीं दिखाई देता। जब तक मानव उद्दाम यौवन से धनी है, जब तक विधाता ने उसके प्राणों के संगीत को स्त्री नामक सृष्टि की रहस्यमयी शक्ति के साथ संयुक्त कर रखा है जिसके कारण वह अकेला चक्रवाकी से विरहित चक्रवाक के समान केवल अपने में नहीं रमता, तब तक 'मेघदूत' के इस संगीत का माधुर्य अक्षुण्ण है और उसकी व्याकुलता मानव हृदय को निजी टीस के रूप में प्रिय लगती रहेगी। लेखक के अनुसार जब हम 'मेघदूत' का अर्थ समझने बैठते हैं तो हमारे प्राणों का ओजायमान प्रवाह शत–शत कल्पनाओं से उसका भाष्य करने लगता है और मेघ की आकृति, वर्ण, ध्वनि, गति और वृष्टि के स्थूल भावों के साथ मिला हुआ जो उसका विद्युत् वनिता के साथ अनन्त विलास है, वह हमें कुशल से नहीं बैठने देता।

वासुदेवशरण अग्रवाल के इस व्याख्या–अनुवाद की विशदता, गहनता और रोचकता का अनुमान हम आरंभिक निबन्ध के इस अंश से लगा सकते हैं–

"इस जगत् में सामान्य मनुष्य से लेकर बड़े–से–बड़े ऐतिहासिक, वैज्ञानिक और कवि तक, सभी मेघ का ज्ञान प्राप्त करते हैं। किसी वैज्ञानिक से पास जाकर पूछो, मेघ क्या है? उसका यही उत्तर होगा–

धूमज्योतिःसलिलमरुतां सन्निपात

अर्थात् मेघ केवल धुएं, आग, पानी और हवा का जमघट है। अपने हिसाब से उसे बड़ा सन्तोष है कि प्रकृति के गूढ़ नियमों के पांडित्य द्वारा केवल वही सत्य को खोज पाया है। ...प्रकृति के विभूतिमय गुणों पर मुग्ध होकर मनुष्य में आश्चर्य करने की जो स्वाभाविक प्रवृत्ति है, वैज्ञानिक अपने रहस्य–विवरण द्वारा उसका मानमर्दन करना चाहता है। केवल मात्र सत्य की खोज में भावना से हाथ धो बैठना ही वैज्ञानिक के भाग्य में आया है। रससिद्ध कवि को भी यदि विज्ञानानुगत विमर्श से ही शान्ति मिल सकती होती तो 'मेघदूत' जैसे काव्य का जन्म ही न होता। 'धूमज्योतिःसलिलमरुतां सन्निपातः' की समालोचना जब कवि ने की, तो यह वर्णन उसे अत्यन्त फीका मालूम हुआ। उसने उसके आगे अपनी सन्मति के दो पद रख दिए–क्व मेघः?

धूमज्योतिःसलिलमरुतां सन्निपातः क्व मेघः?

अर्थात् हे वैज्ञानिक, तुम्हारा मेघ– धुएं, आग, पानी का विच्छिन्न टुकड़ा– कितना हेय और निकृष्ट है! 'क्व' पद की व्यंजना अत्यन्त तीव्र है। कविता और विज्ञान के सन्दर्भ में अथवा सत्य और कल्पना के द्वन्द्व में कवियों ने सब देशों और सब कालों में अपने विपक्षियों के प्रति जो तिरस्कार का भाव प्रकट किया है, वह कालिदास के 'क्व मेघः' इन दो शब्दों में सरलता और तेजस्विता से व्यक्त हुआ है। अचेतन प्रकृति को भी मनोभावों के सम्पर्क से चेतन बना देने में ही कवि का महान् कौशल है, इसीलिए घाम, धूम, नीर और समीरों के सन्निपात में अनन्त विश्व की कल्पना कालिदास कर सके।"

अग्रवाल जी ने 'मेघदूत' का गद्यानुवाद भी बड़ी ही सरस और सुबोध भाषा में किया है–

1.

कोई यक्ष था। वह अपने काम में असावधान
हुआ तो यक्षपति ने उसे शाप दिया कि
वर्ष–भर पत्नी का भारी विरह सहो। इससे
उसकी महिमा ढल गई।

उसने रामगिरि के आश्रमों में बस्ती बनाई जहाँ घने छायादार पेड़ थे और जहां सीता जी के स्नानों द्वारा पवित्र हुए जल–कुंड भरे थे।

2.

स्त्री के विछोह में कामी यक्ष ने उस पर्वत पर कई मास बिता दिए। उसकी कलाई सुनहले कंगन के खिसक जाने से सूनी दीखने लगी।

आषाढ़ मास के पहले दिन पहाड़ की चोटी पर झुके हुए मेघ को उसने देखा तो ऐसा जान पड़ा जैसे ढूसा मारने में मगन कोई हाथी हो।

3.

यक्षपति का वह अनुचर कामोत्कंठा जगानेवाले मेघ के सामने किसी तरह ठहरकर, आँसुओं को भीतर ही रोके हुए देर तक सोचता रहा।

मेघ को देखकर प्रिया के पास में सुखी जन का चित्त भी और तरह का हो जाता है; कंठालिंगन के लिए भटकते हुए विरही जन का तो कहना ही क्या?

4.

जब सावन पास आ गया, तब निज प्रिया के प्राणों को सहारा देने की इच्छा से उसने मेघ द्वारा अपना कुशल–सन्देश भेजना चाहा।

फिर, टटके खिले कुटज के फूलों का अर्घ्य देकर उसने गद्गद हो प्रीति–भरे वचनों से उसका स्वागत किया।

5.

धुएं, पानी, धूप और हवा का जमघट बादल कहां? कहाँ सन्देश की वे बातें जिन्हें

चोखी इन्द्रियोंवाले प्राणी ही पहुँचा पाते हैं?
उत्कंठावश इस पर ध्यान न देते हुए
यक्ष ने मेघ से ही याचना की।
जो काम के सताए हुए हैं, वे जैसे
चेतन के समीप वैसे ही अचेतन के समीप
भी, स्वभाव से दीन हो जाते हैं।

कालिदास के नाटक-भगवत शरण उपाध्याय

कालिदास के नाटकों के इस अनुवाद का प्रकाशन किताबघर, नई दिल्ली से 1999 में हुआ। इस अनुवाद को प्रस्तुत करते हुए अनुवादक ने साफ शब्दों में कहा है कि "कालिदास के नाटकों का यह अनुवाद आपके सामने है। अनुवाद के सभी गुण–दोष इसमें हो सकते हैं, प्रयत्न मैंने मूल को प्रतिबिम्बित करने का किया है। कहाँ तक इस कार्य में सफल हुआ हूँ वह आप जानें।"

उनके अनुसार मूल को अनुवाद में उतारने के लिए प्रायः छाया–पद्धति का अनुसरण करना पड़ा है, यद्यपि सदा यह पद्धति सफल नहीं होती। उन्होंने बताया है कि कालिदास के नाटकों के अनुवाद अनेक हुए हैं, फिर भी प्रस्तुत अनुवाद की आवश्यकता मुझे प्रतीत हुई। इसका एक प्रायः प्रधान कारण यह भी था कि अधिकतर जिन मूल पाठों से पहले के अनुवाद हुए हैं वे पाठ स्वयं सन्दिग्ध हैं और अनेक बार अवैज्ञानिक रीति से प्रकाशित हुए हैं। उन्होंने मोनियर विलियम्स द्वारा असाधारण योग्यता से प्रस्तुत 'अभिज्ञानशाकुन्तल' के पाठ को मूल पाठ मानकर अनुवाद किया है।

इसके आलावा उन्होंने साहित्य अकादेमी, नई दिल्ली द्वारा प्रकाशित 'विक्रमोर्वशी' एवं एम. आर. काले द्वारा परिश्रमपूर्वक संशुद्ध 'मालविकाग्निमित्र' के पाठों को प्रामाणिक मानकर अपने अनुवाद के लिए इन्हीं संस्करणों का उपयोग किया है।

अभिज्ञानशाकुन्तलम्-अशोक कौशिक

इस पुस्तक का प्रकाशन डायमंड बुक्स, नई दिल्ली द्वारा किया गया है। कालिदास सम्राट विक्रमादित्य के नवरत्नों में से एक थे। उन्हें संस्कृत–साहित्य में मूर्धन्य कवि माना जाता है। वैसे तो उनकी सभी काव्य–कृतियाँ काव्य–मनीषियों द्वारा प्रशंसित हुई हैं पर उनकी नाट्यकृति 'अभिज्ञानशाकुन्तलम्' में उनकी साहित्यिक प्रतिभा ने जो कमाल दिखाया है, वह बेजोड़ है।

अनुवादक के अनुसार यद्यपि इस कृति का विश्व की कई अन्य भाषाओं में अनुवाद हो चुका है और उन भाषाओं के रसिक इसका आनन्द भी ले रहे हैं फिर भी कालिदास की इस अमर एवं अप्रतिम कृति का यह हिन्दी अनुवाद हिन्दी के रसिक पाठकों के लिए प्रस्तुत है। इससे यह स्पष्ट है कि अनुवादक का उद्देश्य हिन्दी के साधारण पाठकों को कालिदास के इस अनुपम वैभव से परिचित कराना है। यही कारण है कि अनुवाद एकदम सरल भाषा में और सहज शैली में किया गया है। उदाहरण के लिए यह अंश देखा जा सकता है–

"हे, हे राजन्! यह आश्रम का मृग है, इसे नहीं मारना चाहिए, रूकिए इसे मारिए नहीं।

सारथी :	*(आवाज सुनकर इधर–उधर देखकर) आयुष्मान्! आप जिस काले हरिण पर बाण ताने हुए हैं उसके बीच में तपस्वी आ गए हैं।*
राजा :	*(घबराकर) तो घोड़ों को रोक लो।*
सारथी :	*ऐसा ही करता हूँ। (इस प्रकार रथ को रोक लेता है) (उसके बाद दो शिष्यों के साथ वैखानस प्रविष्ट होता है)*
वैखानस :	*(हाथ उठाकर) राजन्! यह आश्रम का मृग है। इसको नहीं मारना चाहिए, आश्रम के जीव–जन्तु अवध्य होते हैं– इस पर कभी भी, जी हां, कभी भी, बाण चलाकर इसको मारना नहीं चाहिए। मृग का शरीर इतना कोमल होता है कि उसके लिए आपका बाण ठीक वैसा ही भयंकर है जैसे कि रूई के गद्दे के लिए अग्नि। बताइए, कहाँ तो हरिणों के कोमल प्राण और कहाँ आपके ये वज्र के समान कठोर और तीखे बाण। इसलिए आपने यह जो बाण तानकर चढ़ाया हुआ है इसे उतार लीजिए। आपके शस्त्र तो पीड़ितों की रक्षा के लिए होने चाहिए, निरपराध और निरीहों को मारने के लिए नहीं।*
राजा :	*लीजिए, मैंने उतार लिया अपना बाण। (इस प्रकार कहकर अपने कथन को पूरा करता है।)*
वैखानस :	*पुरुवंश के दीपक, आप जैसे पुरुष को यही शोभा देता है। क्योंकि–जिसने पुरुवंश में जन्म ग्रहण किया है, उसका यही उचित रूप है। हमारी भगवान से प्रार्थना है कि आपको ऐसे ही गुणों वाला चक्रवर्ती पुत्र प्राप्त हो।"*

कालिदासकृत मेघदूत (कुमारसंभव समाहित)- अशोक कौशिक

डायमंड बुक्स, नई दिल्ली द्वारा हिन्दी के साधारण पाठकों को ध्यान में रखकर प्रकाशित किए गए इस ग्रन्थ में कालिदास के 'मेघदूत' के साथ–साथ 'कुमारसंभव' का भी गद्यानुवाद शामिल है। अनुवादक ने कालिदास की अन्य रचनाओं का भी अनुवाद किया है। उनके अनुवाद की सबसे बड़ी विशेषता उसका सरल–सुबोध होना है। इस अनुवाद की भूमिका में उन्होंने लिखा है कि कालिदास का 'मेघदूत' यद्यपि छोटा–सा काव्य–ग्रंथ है किन्तु इसके माध्यम से प्रेमी के विरह का जो वर्णन उन्होंने किया है उसका उदाहरण अन्यत्र मिलना असंभव है। आषाढ़ और श्रावण मास का प्रेम और रति के प्रसंग में बड़ा महत्त्व माना गया है। न केवल संस्कृत में अपितु कालान्तर में उर्दू कवियों ने भी इस पर अपनी लेखनी चलायी है। किसी उर्दू कवि ने कहा है–

तौबा की थी, मैं न पियूंगा कभी शराब।
बादल का रंग देख नीयत बदल गयी।।

अनुवादक की दृष्टि में कालिदास ने जब आषाढ़ के प्रथम दिन आकाश में मेघ उमड़ते देखे तो उनकी कल्पना ने उड़ान भरकर उनसे यक्ष और मेघ के माध्यम से विरह–व्यथा का वर्णन करने के लिए 'मेघदूत' की रचना करवा डाली। उनका विरही यक्ष अपनी प्रियतमा के लिए छटपटाने लगा और फिर उसने सोचा कि शाप के कारण तत्काल अलकापुरी लौटना तो उसके लिए सम्भव नहीं है इसलिए क्यों न संदेश भेज दिया जाये। कहीं ऐसा न हो कि बादलों को देखकर उसकी प्रिया उसके विरह में अपने प्राण दे दे। और कालिदास की यह कल्पना उनकी अनन्य कृति बन गयी। जाहिर है कि अनुवादक के ध्यान में हिन्दी का साधारण पाठक ही है जिसको केन्द्र में रखकर अनुवादक ने 'मेघदूत' का साधारण पाठ ही अपने दृष्टिपथ में रखा है और पाठकों को समझाने के लिए ही 'पूर्वमेघ' को 'यक्ष का प्रमाद' तथा 'उत्तरमेघ' को 'अलकापुरी का वर्णन' शीर्षक भी दिया है। अनुवादक की शैली, बहुत–कुछ इन्हीं जरूरतों के कारण, कथा कहने की पुरानी भारतीय शैली से भिन्न नहीं है–

'कुबेर की राजधानी अलकापुरी में एक यक्ष की नियुक्ति यक्षराज कुबेर की प्रातःकालीन पूजा के लिए प्रतिदिन मानसरोवर से स्वर्ण कमल लाने के लिए की गयी थी। यक्ष का अपनी पत्नी के प्रति बड़ा अनुराग था, इस कारण वह दिन–रात अपनी पत्नी के वियोग में विक्षिप्त–सा रहता था।

उसका परिणाम यह हुआ कि एक दिन उससे अपने नियमित कार्य में भी प्रमाद हो गया और वह समय पर पुष्प नहीं पहुँचा पाया। कुबेर से यह सहन नहीं हो सका और उन्होंने यक्ष को क्रोध में एक वर्ष के लिए देश से निकाल दिया और कह दिया कि जिस पत्नी के विरह में उन्मत्त होकर तुमने उन्माद किया है अब तुम उससे एक वर्ष तक नहीं मिल सकते।

अपने स्वामी का शाप सुनकर तो यक्ष बड़ा छटपटाया, उसका सारा राग–रंग जाता रहा। अपने शाप की अवधि बिताने के लिए उसने रामगिरि पर्वत पर स्थित आश्रमों की शरण ली। उन आश्रमों के समीप घनी छायावाले हरे–भरे वृक्ष लहलहाते थे और वहाँ जो तालाब तथा सरोवर थे उनमें कभी सीताजी ने स्नान किया था। इस कारण उनका महत्त्व और भी बढ़ गया था।

रामगिरि से अलकापुरी काफी दूर थी। अपनी पत्नी का एक क्षण का भी वियोग जिसके लिए असह्य था, वह यक्ष अब इन आश्रमों में रहते हुए सूखकर कांटा हो गया था। उसके शरीर पर जितने भी आभूषण थे वह सब ढीले होकर इधर–उधर गिरने लगे थे। इस प्रकार वियोग में व्याकुल उस यक्ष ने कुछ मास तो उन आश्रमों में किसी–न–किसी प्रकार बिताये, किन्तु जब गर्मी बीती और आषाढ़ का पहला दिन आया तो यक्ष ने देखा कि सामने पहाड़ी की चोटी बादलों से लिपटी हुई ऐसी लग रही थी कि कोई हाथी अपने माथे की टक्कर से मिट्टी के टीले को ढाने का यत्न कर रहा है।

उन बादलों को देखकर यक्ष के मन में प्रेम उमड़ पड़ा। वह बड़ी देर तक खड़ा–खड़ा उन बादलों को एकटक देखता ही रहा। क्योंकि बादलों को देखकर जब जो जन सुखी हैं और जो अपनी पत्नी के समीप हैं, उनका ही मन डोल जाता है, फिर उस विरह–व्याकुल यक्ष की तो बात ही क्या है! वह बेचारा तो दूर देश में पड़ा हुआ अपनी पत्नी के वियोग में तड़प रहा था।''

बहुत–कुछ इन्हीं उद्देश्यों को ध्यान में रखकर अनुवादक ने 'कुमारसंभवम्' का भी सरल हिन्दी अनुवाद किया है। 'कुमारसंभवम्' के बारे में अनुवादक का मत है कि इसमें यद्यपि कालिदास का कथानक तारक के अत्याचार से देवताओं को मुक्ति दिलाने का है किन्तु इसमें भी शिव और पार्वती का जो प्रेमाख्यान है, वही मुख्य है। इस प्रसंग में अनुवादक ने कालिदास को उद्धृत करते हुए लिखा है कि कालिदास ने स्वयं कहा है –'तथाविधं प्रेम पतिश्च तादृशः' अर्थात् पार्वती के जैसा प्रेम और शंकर जैसा पति, ये दोनों अलभ्य हैं। 'कुमारसंभवम्' का यह हिन्दी अनुवाद भी छोटे–छोटे अध्यायों में विभक्त है। इसमें कुल सत्रह सर्ग हैं और उनकी कथावस्तु के अनुसार अनुवादक

ने इन्हें क्रमशः उमा का जन्म, ब्रह्मा का परामर्श, कामदेव–दहन, रति–विलाप, तपस्या का सुफल, पार्वती का वाग्दान, शिव–पार्वती विवाह, काम–क्रीड़ा, कैलाश–गमन, कुमार का जन्म, कुमार की बाल–लीला, कुमार सेनापति के रूप में, सेनापति का अभिषेक, देवसेना का प्रस्थान, देव–दानव युद्ध, युद्ध–वर्णन, और तारक–वध शीर्षक दिया है। कथा कहने का पुराना ढंग यहाँ भी बरकरार रखा गया है–

"भारत के उत्तर में देवता के समान पूजनीय हिमालय नाम का बड़ा भारी पहाड़ है। हिमालय पूर्व दिशा से पश्चिम दिशा तक इस प्रकार विस्तीर्ण है मानो यह धरती को मापने का मापदण्ड हो।

पृथ्वी–रूपी गौ से सुन्दर चमकीले रत्न निकालने के उद्देश्य से एक बार राजा पृथु ने सब पर्वतों से कहा और उन सबने मिलकर हिमालय को बछड़ा बनाया और दुहने में चतुर मेरु पर्वत को ग्वाला बनाकर इस पृथ्वी–रूपी गौ से वे सब रत्न और जड़ी–बूटियाँ आदि दुहकर निकाल लीं।

हिमालय अनगिनत रत्नों की खान है किन्तु उस पर हिम विद्यमान रहता है फिर भी उस हिम से उसकी शोभा किसी प्रकार भी कम नहीं होती। क्योंकि जिस किसी में जहाँ बहुत से गुण हों, उनमें यदि एक–दो अवगुण हो भी गया तो उसका उसी प्रकार पता नहीं चलता जिस प्रकार कि चन्द्रमा की सुन्दर किरणों में उसका कलंक छिप जाता है।

हिमालय की कुछ चोटियों पर गेरू आदि धातुओं की अनेक रंग–बिरंगी चट्टानें हैं। इसलिए जब कभी उन चट्टानों के पास बादल के टुकड़े पहुँच जाते हैं तो उनके रंग की छाया पड़ने से वे चट्टानें सन्ध्या के बादलों जैसे रंग–बिरंगी दिखाई देने लगती हैं। इस कारण उनको देखकर यहाँ की अप्सराओं को सन्ध्या का भ्रम हो जाता है और इस प्रकार हड़बड़ी में वे सायंकालीन मनोरंजन के लिए जल्दी–जल्दी में साज–श्रृंगार करना आरम्भ कर देती हैं।

हिमालय की कुछ चोटियाँ तो इतनी ऊँची उठी हुई हैं कि कभी–कभी तो मेघ भी उन तक नहीं पहुँच पाते, वे बीच में ही रह जाते हैं। इस प्रकार उन शिखरों का ऊपर का भाग मेघों के ऊपर स्पष्ट दिखाई पड़ता है। इसलिए निचले भाग में छाया का आनन्द लेनेवाले सिद्ध लोग जब अधिक वर्षा होने से घबराने लगते हैं तो वे बादलों के ऊपर को उठी हुई चोटियों पर जाकर रहने लगते हैं। क्योंकि उस समय भी उन चोटियों पर धूप बनी रहती है।

इस पर्वत के सिंह जब वनैले हाथियों को मारकर अपनी गुफाओं में चले जाते हैं तब उनके पंजों की छाप, जो कि रक्त से लाल दिखाई देती है, हिम की धारा से धुल जाती है। फिर भी उन सिंहों के नखों से गिरी हुई गज–मुक्ताओं को देखकर ही वहाँ के निवासी किरात यह जान लेते हैं कि वे सिंह किस ओर को गये हैं।''

कालिदास की अमर रचनाएँ-संपादक रामविलास शर्मा व्यास

इस ग्रन्थ का प्रकाशन दिल्ली के स्टार ट्रैक पब्लिशर्स ने 2001 में किया है। इस ग्रन्थ में कालिदास की रचनाओं को सरल एवं परिष्कृत रूप देकर सर्वसाधारण के पढ़ने हेतु इसकी भाषा को सरल एवं भावगर्भित रखा गया है। सम्पादक का मत है कि कालिदास विक्रमादित्य का समकालीन था। वह विक्रमादित्य किस शताब्दी का विक्रमादित्य था? उसका नाम केवल विक्रमादित्य था अथवा वह चन्द्रगुप्त विक्रमादित्य अथवा कुमारगुप्त विक्रमादित्य था? इन प्रश्नों के उलझन में न पड़कर भी इतिहास का विद्यार्थी इस परिणाम पर पहुँच सकता है कि 'रघुवंश' के निर्माता महाकवि कालिदास ने अपना काव्य जिस समय लिखा, उस समय भारत पर विक्रमादित्य पदवीधारी एक प्रतापी राजा राज्य करता था। कालिदास उस राजा का सम्मानित राजकवि था।

सम्पादक ने कालिदास की रचनाओं पर विचार करते हुए यह बताया है कि 1. अभिज्ञानशाकुन्तल, 2. मालविकाग्निमित्र, 3. विक्रमोर्वशीय, 4. रघुवंश, 5. कुमारसंभव, 6. मेघदूत, 7. ऋतुसंहार, 8. श्रुतबोध, 9. राक्षस काव्य, 10. शृंगारतिलक, 11. गंगाष्टक, 12. श्यामल–दण्डक, 13. नलोदयकाव्य, 14. पुष्पवाण–विलास, 15. ज्योतिर्विदाभरण, 16. कुन्तलेश्वरीय, 17. लम्बोदर प्रहसन और 18. सेतुबन्ध, ये सभी रचनाएँ परंपरा से कालिदास की मानी जाती हैं किन्तु इनमें से प्रथम सात कृतियाँ ही प्रामाणिक रूप से महाकवि कालिदास की लिखी हुई हैं। इस सम्बन्ध में किसी प्रकार का विवाद नहीं है। कई विद्वान 'ऋतुसंहार' को कालिदास की रचना नहीं मानते। वे इस अपेक्षाकृत अप्रौढ़ रचना को कालिदासकृत मानने के पक्षपाती नहीं हैं परन्तु सम्पादक का मत है कि हर एक कवि प्रसिद्धि पाने के पश्चात् ही प्रौढ़ कहलाता है। इसलिए 'ऋतुसंहार' भी कालिदास की ही कृति प्रतीत होती है। 'कुमारसंभव' के आठ ही सर्ग कालिदास द्वारा रचित माने जाते हैं।

अभिज्ञान शाकुन्तल-सुनील त्रिपाठी

डॉल्फिन बुक्स द्वारा 2009 में प्रकाशित 'शाकुन्तल' के इस सरल हिन्दी रूपान्तर के रूपान्तरकार का नाम इस पुस्तक में नहीं है, हाँ संशोधक के बतौर सुनील त्रिपाठी का नाम अवश्य मुद्रित है। यद्यपि इस रूपान्तर के आरम्भ में जो विद्वतापूर्ण भूमिका लिखी गई है उसके आधार पर सहज ही रूपान्तरकार की कालिदास विषयक अभिरुचि और गंभीर अध्ययन का पता चलता है। इस भूमिका में कालिदास का परिचय कराते हुए उनके समय और जीवन–वृत्त के बारे में विस्तार से बताया गया है।

रूपान्तरकार ने कालिदास के नाम पर भी गहन विचार किया है। उनका कहना है कि कालिदास नामक महाकवि ने विद्याभ्यास के पश्चात् अपने इष्टदेव के नाम पर ही स्वयं का नाम रखा है। कालिदास ने अपने जीवन में कष्टों का मानो कालकूट पान किया था। वह महाकवि शिव का उपासक था, देवी काली का नहीं। काशी हो या कश्मीर, उज्जयिनी हो या विदिशा, गढ़वाल हो या कनखल– सबका सम्बन्ध शिव से ही तो है। सभी पर्वतीय तथा अन्य स्थलों में आज भी शिव के मन्दिर अधिक हैं। कालिदास शैवमत के थे। अभिज्ञानशाकुन्तल, विक्रमोर्वशीय, मालविकाग्निमित्र, रघुवंश, कुमारसम्भव, मेघदूत आदि ग्रन्थों में शिव की उपासना प्रारम्भ, मध्य और अन्त सब कहीं विद्यमान है।

रूपान्तरकार के अनुसार संस्कृत के विद्वानों का ध्यान इस ओर गया ही नहीं है कि कालिदास मनोवृत्ति से शिव के उपासक थे। उनके अनुसार डॉ. शम्भुदत्त शर्मा ने कालिदास के नाम की सार्थक व्युतपत्ति की है। कालिदास की व्युतपत्ति है– कालिनः दासः इति कालिदासः अर्थात् कालिन् का दास। जैसे संन्यासिन् शब्द है, इसी भांति कालिन् शब्द है। संन्यासिन् की भांति काली (काल का स्वामी मृत्युंजयी–शंकर–त्र्यम्बक) शब्द बनता है और इसीलिए समस्त पद 'कालिदास' में इकार की मात्रा ह्रस्व है, दीर्घ नहीं। यदि काल्याः दासः कहा जाता है तब कालीपद को ह्रस्व इकार की मात्रा में कदापि नहीं लिखा जाता। इसलिए कालिदास शिव का दास है। पूर्ण शिवभक्त है और इसी शिव–भक्ति के संकेत उपर्युक्त सभी कृतियों में स्पष्टतः उपलब्ध होते हैं। इसलिए अब महाकवि कालिदास के नाम की समुचित व्युतपत्ति एवं व्याख्या उपलब्ध हो गई है, अतः काशी या बंगाल में काली के दास होने की व्युतपत्ति अब त्याग दी जानी चाहिए। इससे कालिदास के परवर्ती कश्मीर शैव दर्शन में प्रत्यभिज्ञादर्शन की स्थिति भी

संगत हो जाती है। रूपान्तरकार ने 'शाकुन्तल' की प्रकृति के अनुरूप ही इसमें गद्य के साथ–साथ पद्य का भी प्रयोग किया है, यद्यपि कवि–प्रतिभा के अभाव में ये हिस्से उतने अधिक प्रभावशाली नहीं हो सके हैं–

सारथिः (राजा और हरिण को देखते हुए) आयुष्मन् !

कृष्णसार इस मृग को देख
और आप को देख धनुष पर डोरी रोपे,
लगता मुझे प्रकट हुए पिनाकी शंकर
मृग के पीछे दौड़ रहे हैं।

राजा : सारथि, यह हरिण तो हमें बहुत दूर खींच लाया है। और यह फिर अब भी–

ग्रीवा भंग अभिराम हरिण यह
गर्दन पीछे घुमा–घुमाकर,
पीछे दौड़ रहे इस
रथ पर दृष्टि गड़ाये,
बाण–वृष्टि के भय से आतुर
पृष्ठ देह से अग्र देह में सिकुड़–सिकुड़कर
अधखाये दर्भों को थकित मुख से गिरा
मग पर फैलाता
देखो, ऊँची कुलांच भरता जाता है
नभ में अधिक, पृथ्वी पर किंचित्।

(विस्मय के साथ) यह तो मेरे पीछा करने पर भी कैसे आँखों से ओझल–सा हो रहा है।

सारथि : आयुष्मन्, ऊबड़–खाबड़ भूमि होने से मैंने लगाम खींचकर रथ का वेग मन्द कर दिया है। इससे हमारे और हरिण के बीच का अन्तर कुछ अधिक हो गया है। अब समतल भूमि आ गई है, तो वह आसानी से पकड़ में आ जाएगा।

राजा : तो लगाम ढीली छोड़ दो।

सारथि : जैसी आयुष्मान् की आज्ञा! (रथ की रफ्तार देखकर) आयुष्मन्, देखो, देखो–

लगाम ढीली कर देने पर
पूर्व देह को विस्मृत करके,
निष्कम्प चामर शिखा वाले,

रथ के घोड़े दौड़ रहे हैं।
मानो मृग के वेग को
चामर शिखाएँ निष्कम्प, कान ऊँचे अडिग,
स्वयं खुरों से उड़ी धूल भी आगे नहीं निकल पाती है
असहब करके।

राजा : सच है। ये घोड़े तो सूर्य और इन्द्र के हरित् और हरि से भी आगे निकले जा रहे हैं क्योंकि –

अभी दृष्टि में सूक्ष्म वस्तु जो,
सहसा विपुल वही हो जाती
बीच–बीच में टूटी–सी जो,
वही जुड़ी–सी दीख रही है
जो स्वभाव से टेढ़ी–मेढ़ी,
वही दृष्टि में समता पाती पलक मारते,
कुछ भी दूर नहीं है मेरे,
न कुछ रहता पास
रथ के जव से।
देखो, अब यह कैसे मरता है।

अध्याय तीन
मौलिक पद्य-रचनाएँ

संगीत शाकुन्तल-प्रताप नारायण मिश्र

भारतेन्दु मंडल के एक प्रमुख लेखक प्रताप नारायण मिश्र ने 'अभिज्ञानशाकुन्तलम्' का एक विशेष अनुवाद सामने रखा है। 'संगीत शाकुन्तल' नाम से इसका प्रकाशन 1880 में हुआ था। इसकी विशेषता इसका लोकधर्मी स्वरूप है। भारतेन्दु युग में प्रमुख रूप से नौटंकी, रास, जात्रा, तमाशा आदि प्रचलित लोकविधाओं को आधार बनाकर साहित्य सृष्टि करने पर बल दिया जाने लगा था। इससे प्रेरित होकर ही प्रताप नारायण मिश्र ने 'संगीत शाकुन्तल' की रचना की थी। इसमें सभी संवाद गीतात्मक नहीं हैं वरन् अधिकांश संवाद गद्य में हैं। इससे यह प्रतीत होता है कि प्रताप नारायण मिश्र ने नौटंकी शैली में परीक्षण स्वरूप इसकी रचना की है।

अपने इन गुणों के कारण इसे न तो ठीक–ठीक 'अभिज्ञानशाकुन्तलम्' का पूर्ण अनुवाद ही कहा जा सकता है और न ही इसे एक मौलिक रचना ही समझा जा सकता है। पुस्तक के मुखपृष्ठ पर प्रताप नारायण मिश्र ने लिखा है कि "महाकवि श्री कालिदास विरचित अभिज्ञान शाकुन्तलम् की छाया पर बना हुआ विविध छन्द, राग तथा सद्भाव भरित दृश्य काव्य है।" अपने इस प्रयास के सम्बन्ध में स्वयं प्रताप नारायण मिश्र ने लिखा है कि "'काव्येषु नाटकाः श्रेष्ठा नाटकेषु शकुन्तला' पर उसके जितने अनुवाद आज तक देखने में आए प्रायः सभी निस्स्वादु निकले।" जाहिर है उनका उद्देश्य एक ऐसे अनुवाद का था जिसमें कुछ रस हो, कुछ स्वाद हो।

यद्यपि प्रताप नारायण मिश्र ने इसे खड़ी बोली का संगीत रूपक कहा है किन्तु इसमें शामिल सारे गीत ब्रजभाषा में ही हैं। दूसरी तरफ उन्होंने इसमें कई प्रसिद्ध काव्य–अंशों का प्रयोग यथावत कर लिया है, जैसे बिहारी का यह प्रसिद्ध दोहा–

अनियारे तीखे दृगन किती न तीय जहान।
वह चितवनि कछु और ही, जिहि बस होत सुजान।।

शकुन्तला नाटक, नारायण प्रसाद 'बेताब'

प्रसिद्ध रंगमंचीय नाटककार पं. नारायण प्रसाद 'बेताब' द्वारा लिखित 'शकुन्तला' एक मौलिक रचना है। इसकी प्रेरणा नाटककार ने 'महाभारत' और 'अभिज्ञानशाकुन्तलम्' दोनों से ग्रहण की है। यद्यपि जिस समय इसकी रचना हुई थी पारसी थिएटर लगभग बन्द हो चला था किन्तु इसपर पारसी थिएटर–शैली का ही प्रभाव दिखाई पड़ता है। कहना चाहिए कि यह पारसी थिएटर–शैली की अंतिम कड़ी है। उदाहरण के लिए पत्र लिखने से पूर्व शकुन्तला की स्थिति से सम्बन्धित यह अंश देखा जा सकता है –

लिखूं या ना लिखूं दोनों तरफ जग हंसाई है।
न लिखना जान की बाजी तो लिखना बेहयाई है।।

इस कारण साहित्यिकता की कसौटी पर भले ही इसका महत्त्व बहुत अधिक न हो किन्तु दर्शकों के मानस पर बेताब जी की इस रचना का बहुत अधिक प्रभाव पड़ा था। इसकी लोकप्रियता ही थी कि अपने समय में सैकड़ों बार इसे विभिन्न छोटे–बड़े स्थानों पर खेला गया।

जहाँ 'अभिज्ञानशाकुन्तलम्' में विश्वामित्र–मेनका प्रसंग को केवल सांकेतिक रूप में व्यक्त किया गया है, वहीं बेताब जी ने इसे अपनी रचना में चित्रात्मक अभिव्यक्ति प्रदान की है जिससे दर्शक सहज ही आश्रम में शकुन्तला की उपस्थिति समझ लेते हैं–

हो गये मुनि फौरन घायल, तिरछी निगाह के बाणों से,
कुछ मोहे गये अदाओं से, कुछ मन्द–मन्द मुस्कानों से
हो गया योग सब खंड–खंड, अप्सरा में गर्भाधान हुआ,
कौशिक का मठ इक रूपवती कन्या का जन्म स्थान हुआ,
उस मांस पिण्ड को कण्व ऋषि ने आकर वहाँ संभाल लिया,
ले गये आश्रम में अपने और बेटी करके पाल लिया।
वह बाल–काल तो गुजर गया अब चमके चिह्न जवानी के,
अंगों में मदन मेहमान हुआ, सामान हुए मेहमानी के।

बेताब की शकुन्तला का श्रृंगार पक्ष सबसे अधिक पारसी शैली से प्रभावित है। एक प्रसंग में शकुन्तला जब अपनी सखियों से कंचुकी ढीली करने के लिए कहती है–

कमर में घुस गई डोरी निगोड़ी खाल तक छीली,
वह तनया खोल कर अच्छी बहन करदे जरा ढीली।

तब सखि प्रियम्बदा कहती है–

कसे हैं बन्ध चोली के न मेरी खींचातानी ने,
यहाँ तो पांव फैलाये हैं अब उठती जवानी ने।

श्रृंगार के वियोग–पक्ष के वर्णन में भी उन्होंने यही शैली अपनाई है। यहाँ तक कि पार्श्व के गीत आदि भी इस प्रभाव से अछूते नहीं रह सके हैं–

नजरिया बैरन भई, उनसे कह दी मेरे मन की बात, नजरिया...
मारा नहीं हिरण वो हमें मार कर गये,
अच्छे हकीम आये बीमार कर गये। नजरिया...

अनुसूया : *सिसकियाँ होठों पे पलकों में न आँसू था कोई,*
राम जाने उसकी आँखें थी कि जादू था कोई। नजरिया...

प्रियम्बदा: *प्रेम भी होते हैं पर यह प्रेम तो अत्यन्त है,*
अब जुबां पे रात दिन दुष्यन्त ही दुष्यन्त है। नजरिया..

अलि कहाँ संदेश भेजूं-महादेवी वर्मा

अलि कहाँ संदेश भेजूं?
मैं किसे संदेश भेजूं?

एक सुधि अनजान उनकी,
दूसरा पहचान मन की,
पुलक का उपहार दूँ या अश्रुभार अशेष भेजूं?

चरण चिर पथ के विधाता,
उर अथक गति नाम पाता,
अमर अपनी खोज का अब पूछने क्या शेष भेजूं?

नयन–पथ से स्वप्न में मिल,
प्यास में घुल साध में खिल,
प्रिय मुझी में खो गया अब दूत को किस देश भेजूं?

जो गया छवि–रूप का घन,

उड़ गया घनसार–कण बन,
उस मिलन के देश में अब प्राण को किस वेश भेजूं?

उड़ रहे यह पृष्ठ पल के,
अंक मिटते श्वास चल के,
किस तरह लिख सजल करुणा की कथा सविशेष भेजूं!

दूधनाथ सिंह ने अपनी पुस्तक 'महादेवी' में लिखा है कि महादेवी की इन पंक्तियों में 'मेघदूत' के यक्ष की ओर अनजाने ही जैसे एक पारम्परिक संकेत है। लेकिन उस परम्परा को महादेवी फिर अनजाने ही खंडित करके आधुनिक बना देती हैं। यक्ष के पास तो उसकी प्रिया है। वह कहीं है, जहाँ से यक्ष निर्वासित है।

'कहां' और 'किसे' का प्रश्न कालिदास के पास नहीं है, महादेवी के पास है। न स्थान है, न व्यक्ति। न पार्थिव है, न अपार्थिव।

कालिदास-गोपालशरण सिंह 'भारती'

इस कविता का सम्बन्ध कालिदास के जीवन और कृतित्व से है। इसे चन्द्रबली पांडेय ने अपनी कालिदास विषयक आलोचना पुस्तक के अन्त में बतौर उपसंहार उद्धृत किया है।

कालिदास

जहाँ हैं वाल्मीक कविश्रेष्ठ
जहाँ हैं मुनिवर वेदव्यास,
वहीं ऊँचा कर के निज शीष
खड़े हो तुम भी उनके पास;
सदा जो रहता है उत्फुल्ल
काव्य–सर के हो तुम जलजात,
विश्व की प्रतिभा के उत्कर्ष
हुए तुम कालिदास विख्यात।
तुम्हारे ग्रन्थों से सम्पन्न
हुआ है भारत का साहित्य,
दिया तुमने जग को आलोक,

देश–नभ के बन कर आदित्य;
कहा था तुमने "है हिमवान्
मही का मानदण्ड अवदात"
किन्तु भारत–गौरव के आप
बन गए मानदण्ड तुम ख्यात।

खिली जो कली प्रेम–जल–सिक्त
कुसुम कलिका–सी मृदु कमनीय,
छिन्न कोमल लतिका–सी आज
हुई वह शकुन्तला दयनीय;
खींच कर तुमने उसका चित्र
दिखाया अद्भुत योग–वियोग,
एक क्षण में अपार सुख–भोग
एक क्षण में अपार दुख–भोग।

किया सुरपति से पाकर दण्ड
यक्ष ने राम–शैल में वास,
नियति ने दया भाव से खींच
तुम्हें पहुँचाया उसके पास;
विरहिणी पत्नी की कर याद
हो गया जब वह विकल विशेष,
बना कर वारिधरों को दूत
तुम्हीं ने भिजवाया संदेश।

छुड़ाने को शंकर का ध्यान
चलाया स्मर ने उन पर वाण,
हुआ तब हर को रोष महान्
बचा सुर सके न उसके प्राण;
द्रवित होकर तुमने कविवर्य?
कराया रति से करुण विलाप,
मिला फिर उसको यह वरदान
मिटेगा तेरा यह सन्ताप।

किया तुमने रचकर 'रघुवंश'
प्रवर्धित रघु–कुल का सम्मान,
न भूला उसको निज कर्त्तव्य
आपदा भी जब पड़ी महान्;
प्राण संकट में थे अत्यन्त
हुए पर विचलित नहीं दिलीप,
दिखा कर साहस–शौर्य विचित्र
बन गए नरपति–वंश–प्रदीप।

मिला जो जग में तुमको स्थान
देश को है उसका अभिमान,
तुम्हारी रचना का सम्मान
हमारे लिए हुआ वरदान;
हुए कितने ही कवि उत्पन्न
गए हैं बीत हजारों वर्ष,
किन्तु किंचित भी हुआ न क्षीण
तुम्हारी कविता का उत्कर्ष।

काव्य का जो प्रासादिक रूप
दिखाया तुमने मनोभिराम,
कहाँ से लाकर भरी अनूप
छटा उसमें स्वर्गीय ललाम?
हृदय में करते शीघ्र प्रवेश
तुम्हारे उर के मृदु उद्‌गार,
बह रही है जग में सर्वत्र
तुम्हारी काव्य–सुधा की धार।

दिया तुमने पवित्र श्रृंगार
प्रेम से करके ओत–प्रोत,
हो गई आर्द्र भारत की भूमि
बहाया तुमने करुणा–स्रोत;
दिखाया तुमने हमें विचित्र

प्राकृतिक सुषमा का संसार,
जगा कर मन में भाव नवीन
किया तुमने रस का संचार।

कहाँ से पाकर अद्भुत शक्ति
काव्य की तुमने की थी सृष्टि?
विश्व को तुमने दी थी दिव्य
कहाँ से लाकर अन्तर्दृष्टि?
छोड़ कर अनुपम कीर्ति–विभूति
किया तुमने जग से प्रस्थान,
किन्तु निज कृतियों को अमरत्व
यहाँ भी तुम कर गए प्रदान।

मेघगीत-आचार्य जानकीवल्लभ शास्त्री

यों तो बादल हर युग के कवियों की कल्पना में पंख लगाकर उड़ता रहा है, लेकिन कालिदास ने 'मेघ' को 'दूत' बनाकर उसे यथार्थ और कल्पना के इतने रूप दे दिए कि वह विश्व–साहित्य की अनमोल धरोहर बन गया। बाद में निराला ने 'बादल राग' शीर्षक से कुछ कविताएँ लिखकर कालिदास के मेघ को सर्वथा नए अर्थ दिए और बादल को किसान–भावना का प्रतीक बना दिया। हिन्दी आलोचक गोपेश्वर सिंह ने अपनी पुस्तक 'साहित्य से संवाद' के एक आलेख 'हिन्दी कविता का तीसरा धरातल' में लिखा है कि कालिदास और निराला जानकीवल्लभ शास्त्री के न सिर्फ सबसे प्रिय कवि हैं, बल्कि बादल उनका भी एक प्रिय काव्य–विषय है। शास्त्रीजी ने 'मेघगीत' नाम से एक पूरी काव्य–पुस्तक लिखी है और कालिदास–निराला ने बादल को जितने रूप दिए थे, उनमें कुछ अपने रंग भरे हैं। बादल एक बार पुनः 'मेघगीत' की कविताओं के जरिए विविध रूपों में हमारे सामने आता है। कहीं 'सावन के पंखों से उड़कर आने वाली श्यामपरी' है तो कहीं जनता के दुःख का प्रतीक बना बादल, जो आंचल के हमेशा गीले बने रहने का कारण है–'गीला ही रहता है आंचल, बादल के दिन री!' कहीं 'उमड़–घुमड़ घन घोर–घेर अंबर भर छाए री' की लोक–लय है तो कहीं 'मेघ–रंध्र में मंद्र–सांद्र ध्वनि द्रिम–द्रिम उन्मद मृदंग की' जैसा शास्त्रीय स्वर। बादल के बहाने समकालीन राजनीतिक–सामाजिक जीवन में कोरे आश्वासनों की मेघ–छाया के लिए कड़ी फटकार भी है–

ताड़ खड़खड़ाते हैं केवल, चील–गधे ही गाते
द्रवित दाह भी जम जाता धरती तक आते–आते,
कलरव करने वाले पंछी, पत्तों वाली डाली,
उन्हें कहाँ ठंडक मिलती है, इन्हें कहाँ हरियाली!
ऊपर–ऊपर पी जाते हैं जो पीने वाले हैं,
कहते : 'ऐसे ही जीते हैं, जो जीने वाले हैं!'
इस नृशंस छीना–झपटी पर, फट कपटी पर,
उन्मद बादल,
मूसलधारा शतधार नहीं बरसाता है?
तो सागर पर उमड़–घुमड़कर गरज–तरजकर,
व्यर्थ गड़गड़ाने, गाने क्या आता है?
उतर रेत में, आक–जवासों भरे खेत में,
पागल बादल
शून्य गगन में व्यर्थ मगन मंडलाता है।
इतराता इतने सूखे गर्जन–तर्जन पर
झूम–झूमकर निर्जन में क्या गाता है?

कभी 'मेघ भरे अलसाए दिन की दोपहरी' कवि को परेशान करती है तो कभी बादलों से भरी अंधेरी रात का सौन्दर्य कवि के मन को प्रश्नाकुल बना देता है–

नील वसन–से निविड़ तिमिर का मुख पर घूंघट डाले,
झिल्ली–गुंज तमाल–कुंज में खड़ी कौन तुम बाले?

बरसात की रात झींगुरों की झनकार से भरे तमाल–कुंज बीच घूंघट में लिपटी एक बाला बन जाती है, जिसका सौन्दर्य जुगनुओं के प्रकाश में पहचानना मुश्किल है–

ये भोले जुगनू सुषमा का भेद न खोल सकेंगे,
अनबोले द्रुम तुमसे पहली बार न बोल सकेंगे।
वेणु बजाऊँगा सुनने मन–झंकृत पायल री!
बादल री!

'मेघदूत' के प्रति-हरिवंश राय बच्चन

हरिवंश राय बच्चन की यह कविता उनके संग्रह 'मधु कलश' में संकलित है। कविता का रचनाकाल 1936 के आस–पास है। इस कविता

के सम्बन्ध में स्वयं कवि का कहना है कि "महाकवि कालिदास के मेघदूत से साहित्यानुरागी संसार भलीभांति परिचित है। उसे पढ़कर जो भावनाएँ हृदय में जाग्रत होती हैं, उन्हें ही मैंने निम्नलिखित कविता में पद्यबद्ध किया है। भक्त गंगा की धारा में खड़ा होता है और उसी के जल से अपनी अंजलि भरकर गंगा को समर्पित कर देता है। इस अंजलि में उसका अपना क्या रहता है; सिवा उसकी श्रद्धा के? मैंने भी महाकवि की मन्द्राक्रान्ता की मन्द गति से प्रवाहित होनेवाली इस कविता की मन्दाकिनी के बीच खड़े होकर, इसी में से कुछ अंजलि उठाकर इसी को अर्पित किया है। इसमें भी मेरे अपनेपन का भाग केवल मेरी श्रद्धा ही है।"

'मेघदूत' के प्रति

'मेघ' जिस–जिस काल पढ़ता मैं स्वयं बन मेघ जाता!
हो धरणि चाहे शरद की चांदनी में स्नान करती,
वायु ऋतु हेमन्त की चाहे गगन में हो विचरती,
हो शिशिर चाहे गिराता पीत–जर्जर पत्र तरू के,
कोकिला चाहे वनों में हो वसन्ती राग भरती,
ग्रीष्म का मार्तण्ड चाहे हो तपाता भूमि–तल को,
दिन प्रथम आषाढ़ का मैं 'मेघ–चर' द्वारा बुलाता।
'मेघ' जिस–जिस काल पढ़ता मैं स्वयं बन मेघ जाता!

भूल जाता अस्थि–मज्जा–मांसयुक्त शरीर हूँ मैं,
भासता बस–धूम्र संयुत ज्योति–सलिल–समीर हूँ मैं,
उठ रहा हूँ उच्च भवनों के शिखर से और ऊपर,
देखता संसार नीचे इन्द्र का वर वीर हूँ मैं,
मन्द गति से जा रहा हूँ पा पवन अनुकूल अपने,
संग है वक्र–पंक्ति, चातक–दल मधुर स्वर गीत गाता।
'मेघ' जिस–जिस काल पढ़ता मैं स्वयं बन मेघ जाता!

झोपड़ी, गृह, भवन भारी, महल औ' प्रासाद सुन्दर,
कलश, गुम्बद, स्तम्भ, उन्नत धरहरे, मीनार दृढ़तर,
दुर्ग, देवल, पथ सुविस्तृत और क्रीड़ोद्यान–सारे
मन्त्रिता कवि–लेखनी के स्पर्श से होते अगोचर

और सहसा रामगिरि पर्वत उठाता शीष अपना
गोद जिसकी स्निग्ध छायावान कानन लहलहाता।
'मेघ' जिस–जिस काल पढ़ता मैं स्वयं बन मेघ जाता!

देखता इस शैल के ही अंक में बहु पूज्य पुष्कर,
पुण्य–जल जिनको किया था जनक–तनया ने नहाकर,
संग जब श्री राम के वे थीं यहाँ पर वास करती,
देखता अंकित चरण उनके अनेक अचल–शिला पर,
जान ये पद–चिह्न वन्दित विश्व से होते रहे हैं,
देख इनको शीष मैं भी भक्ति–श्रद्धा से नवाता।
'मेघ' जिस–जिस काल पढ़ता मैं स्वयं बन मेघ जाता!

देखता गिरि की शरण में एक सर के रम्य तट पर,
एक लघु आश्रम घिरा बन तरु–लताओं में सघनतर,
इस जगह कर्त्तव्य से च्युत यक्ष को पाता अकेला,
निज प्रिया के ध्यान में जो अश्रुमय उच्छ्वास भर–भर,
क्षीणतन हो, दीनमय हो और महिमाहीन होकर,
वर्ष भर कान्ता–विरह के शाप के दुर्दिन बिताता।
'मेघ' जिस–जिस काल पढ़ता मैं स्वयं बन मेघ जाता!

था दिया अभिशाप अलकाध्यक्ष ने जिस यक्षवर को,
वर्ष भर का दण्ड सहकर वह गया कबका स्वघर को,
प्रेयसी को एक क्षण उर से लगा सब कष्ट भूला,
किन्तु शापित यक्ष तेरा हे महाकवि, जन्म–भर को!
रामगिरि पर चिर विधुर हो युग–युगान्तर से पड़ा है,
मिल न पायेगा प्रलय तक हाय, उसका शाप–त्राता!
'मेघ' जिस–जिस काल पढ़ता मैं स्वयं बन मेघ जाता!

देख मुझको प्राणप्यारी दामिनी को अंक में भर
घूमते उन्मुक्त नभ में वायु के मृदु–मन्द रथ पर,
अट्टहास–विलास से मुखरित बनाते शून्य को भी
जन सुखी भी क्षुब्ध होते भाग्य शुभ मेरा सिहाकर;

प्रणयिनी भुज–पाश से जो है रहा चिरकाल वंचित,
यक्ष मुझको देख कैसे फिर न दुख में डूब जाता?
'मेघ' जिस–जिस काल पढ़ता मैं स्वयं बन मेघ जाता!

देखता जब यक्ष मुझको शैल– श्रृंगों पर विचरता,
एकटक हो सोचता कुछ लोचनों में नीर भरता,
यक्षिणी को निज कुशल–संवाद मुझसे भेजने की
कामना से वह मुझे उठ बार–बार प्रणाम करता;
कनक वलय–विहीन कर से फिर कुटज के फूल चुनकर
प्रीति से स्वागत–वचन कह भेंट मेरे प्रति चढ़ाता।
'मेघ' जिस–जिस काल पढ़ता मैं स्वयं बन मेघ जाता!

पुष्करावर्तक घनों के वंश का मुझको बताकर,
कामरूप सुनाम दे, कह मेघपति का मान्य अनुचर
कण्ठ कातर यक्ष मुझसे प्रार्थना इस भांति करता–
'जा प्रिया के पास ले सन्देश मेरा, बन्धु जलधर!
वास करती वह विरहिणी धनद की अलकापुरी में,
शम्भु शिर–शोभित कलाधर ज्योतिमय किसको बनाता।'
'मेघ' जिस–जिस काल पढ़ता मैं स्वयं बन मेघ जाता!

यक्ष पुनः प्रयाण के अनुरूप कहता मार्ग सुखकर,
फिर बताता किस जगह पर, किस तरह का है नगर, घर,
किस दशा, किस रूप में है प्रियतमा उसकी सलोनी,
किस तरह सूनी बिताती रात्रि, कैसे दीर्घ वासर,
क्या कहूँगा, क्या करूंगा, मैं पहुँचकर पास उसके;
किन्तु उत्तर के लिए कुछ शब्द जिह्वा पर न आता।
'मेघ' जिस–जिस काल पढ़ता मैं स्वयं बन मेघ जाता!

मौन पाकर यक्ष मुझको सोचकर यह धैर्य करता,
सत्पुरुष की रीति है यह मौन रहकर कार्य करता,
देखकर उद्यत मुझे प्रस्थान के हित, कर उठाकर
वह मुझे आशीष देता– 'इष्ट देशों में विचरता,

हे जलद, श्री वृद्धि कर तू संग वर्षा–दामिनी के,
हो न तुझको विरह दुख जो आज मैं विधिवश उठाता।'
'मेघ' जिस–जिस काल पढ़ता मैं स्वयं बन मेघ जाता!

इस कविता के सम्बन्ध में कवि ने संग्रह की भूमिका में लिखा है कि "उन्हीं दिनों महाकवि कालिदास के 'मेघदूत' के प्रति भी मैं आकर्षित हुआ। मैंने पण्डित महावीर प्रसाद द्विवेदी के गद्य और राजा लक्ष्मण सिंह के पद्य अनुवाद से 'मेघदूत' पढ़ा था। एक संस्कृतज्ञ मित्र ने मेरे हाथों में 'मेघदूत' की मौलिक रचना रक्खी। उन दिनों मैं अग्रवाल विद्यालय में हिन्दी अध्यापक था। घर से स्कूल तक पैदल जाता, प्रतिदिन एक पद कागज के एक टुकड़े पर लिख लेता और रास्ते भर उसे गुनगुनाता जाता। इस प्रकार 'मेघदूत' का एक बड़ा भाग मुझे याद हो गया। 'मेघदूत' की अपनी प्रतिक्रिया मैंने 'मेघदूत के प्रति' कविता में व्यक्त की। अपने चारों ओर के दुःखद संसार से ऊपर उठने में 'मेघदूत' ने मेरी बड़ी सहायता की। उस समय मैंने बहुत–सा कल्पना–प्रभ देशी–विदेशी साहित्य पढ़ा, पर जो सन्तोष मुझे 'मेघदूत' से मिला, वह किसी अन्य रचना से नहीं।"

इस कविता को पढ़कर प्रसिद्ध विद्वान श्री वासुदेव शरण अग्रवाल ने उन्हें पत्र लिखकर बधाई दी थी। उन्होंने लिखा था "परिचय नहीं होते हुए भी आपकी एक कविता से प्रभावित होकर अपनी प्रसन्नता प्रगट करने के लिए यह पत्र लिख रहा हूँ। 'मधुकलश' में 'मेघदूत के प्रति' शीर्षक कविता पढ़कर और उसका संस्कृत 'मेघदूत' के साथ अन्तर्भावित साम्य जानकर बहुत आनन्द हुआ। मेघदूत के कवि के भावों का काव्यमय ऐसा समादर अन्य किसी रसज्ञ के शब्दों में नहीं देखने में आया। काश कि इसी प्रकार के भावोद्रेक में आप और अधिक छन्दों का निष्कर्ष भी खींच लेते। 'मेघदूत' का अनुवाद आपके द्वारा–यह तो एक अभिलाषा है, पता नहीं आपको कैसी रुचे। पर कालिदास की 'अमर भारती' के पुष्कल सौन्दर्य को अर्वाचीन हिन्दी जगत् के लिए मूर्तिमत करने का श्रेय प्राप्त करना–यह किसी भी कवि के लिए स्पृहणीय हो सकता है।"

कालिदास-ईशदत्त शास्त्री

यह एक कल्पना प्रधान गीतिकाव्य है। इसका प्रकाशन देवकुमार मिश्र ने ग्रंथमाला कार्यालय, पटना की ओर से 1944 में किया था। आचार्य केशवप्रसाद मिश्र ने इस गीतिकाव्य की भूमिका लिखी है। उन्हीं के शब्द हैं

''क्रांतिदर्शी वैदिक कवियों ने सच्चिदानंद की सृष्टि के प्रत्येक कण में –उसकी सत्ता और सौष्ठव की, उसकी चेतनता और ज्ञान की, उसकी आनंदरूपता और मोद की अनुभूति पाकर जिस प्रकार यह कह दिया था कि –'तत्सृष्ट्वा तदेवानु प्राविशत्' (अर्थात् उसे रचकर वह उसी में प्रवेश कर गया), कुछ–कुछ उसी प्रकार की बातें 'कालिदास' के रचयिता ने भारत की संस्कृति और शिष्टता के प्रमुख गायक 'कालिदास' की सृष्टि में कालिदास को देखकर कही हैं।

इसमें सन्देह नहीं है कि उद्यमान कवि ईशदत्त ने बड़ी भावुकता और सरसता से कालिदास की रचना का परिशीलन किया है। स्थान–स्थान पर उन्हीं की अमरवाणी से संकलित उज्जवल पदों का प्रयोग करके उनकी वाग्धारा के भाव सीकरों से पाठक के हृदय को आप्यायित करने का स्तुत्य प्रयत्न भी किया है। कहीं–कहीं मूल कृति के आस्वाद से पुलकित होकर स्वयं भी उसी रंग में गा उठे हैं।

श्री ईशदत्त का काव्यप्रवाह मुझे नवोद्गत उस पहाड़ी झरने के समान प्रतीत होता है जो अभी स्वच्छन्द गति के लिए अपना मार्ग ठीक कर रहा हो, कहीं रोड़ों के बीच अटकता, कहीं सरल पथ पर चलता।

कालिदास की इस अभिवंदना में यदि अकालिदासीय प्रतीकों या अप्रस्तुतों से काम न लिया गया होता तो और अच्छा होता।

इस काव्य के पाठ से उत्साहित होकर यदि कुछ भी हिन्दी पाठक कालिदास की अक्षय कृतियों के रसास्वादन की ओर उन्मुख हों– जिसकी असंभावना असंभव नहीं है – तो मैं श्री ईशदत्त की इस रचना का परम साफल्य मानूंगा।''

कालिदास-नागार्जुन

नागार्जुन ने 'कालिदास' शीर्षक लोकप्रिय एवं अर्थगर्भी कविता 1938 में लिखी थी। यह उनके कविता संग्रह 'सतरंगे पंखोंवाली' में संकलित है।

कालिदास

कालिदास, सच–सच बतलाना!
इंदुमती के मृत्युशोक से
अज रोया या तुम रोए थे ?
कालिदास, सच–सच बतलाना!

शिवजी की तीसरी आँख से
निकली हुई महाज्वाला में
घृतमिश्रित सूखी समिधा–सम
कामदेव जब भस्म हो गया
रति का क्रंदन सुन आँसू से
तुमने ही तो दृग धोए थे?
कालिदास, सच–सच बतलाना
रति रोई या तुम रोए थे?

वर्षा ऋतु की स्निग्ध भूमिका
प्रथम दिवस आषाढ़ मास का
देख गगन में श्याम घन–घटा
विधुर यक्ष का मन जब उचटा
खड़े–खड़े तब हाथ जोड़कर
चित्रकूट के सुभग शिखर पर
उस बेचारे ने भेजा था
जिनके ही द्वारा संदेशा
उन पुष्करावर्त मेघों का
साथी बनकर उड़नेवाले
कालिदास, सच–सच बतलाना
परपीड़ा से पूर–पूर हो
थक–थककर औ' चूर–चूर हो
अमल–धवल गिरि के शिखरों पर
प्रियवर, तुम कब तक सोए थे?
रोया यक्ष कि तुम रोए थे?
कालिदास, सच–सच बतलाना!

भस्मांकुर-नागार्जुन

1971 में प्रकाशित 'भस्मांकुर' नागार्जुन का एक खण्डकाव्य है। यूं तो इसकी रचना उन्होंने तात्कालिक आर्थिक जरूरत को पूरा करने के लिए स्कूलों–कॉलेजों के कोर्स में लगनेवाली पुस्तक के बतौर की थी "खण्ड

काव्य लिख रहे हैं आजकल। थोड़ा पौराणिक–क्लासिक ऐसा थीम हो तो खण्ड–काव्य झट से कोर्स में लग जाता है'', परन्तु पौराणिक थीम होने के बावजूद इस कृति ने नागार्जुन की महत्त्वपूर्ण रचनाओं में अपनी जगह बना रखी है। परम्परासिद्ध और लोकलयबद्ध छन्द 'बरवै' में 'भस्मांकुर' की रचना की गई है। 'भस्मांकुर' की भूमिका में नागार्जुन ने लिखा है *''हमारी वह पुरानी अभिलाषा पूर्ण हुई कि बरवै छन्द में एक समग्र लघुकाव्य पूर्ण हुआ। काम दहनवाली कथावस्तु को काव्य का रूप देने का संकल्प नया नहीं था। कई वर्षों से यह कथानक अपने मन मस्तिष्क में पकता उबलता रहा है।''*

वस्तु के लिहाज से तो यह खण्डकाव्य (या प्रलम्ब गीति रचना) अपना कलेवर 'शिवपुराण' की उस कथा से ग्रहण करता है जिसमें तारकासुर के विनाश के लिए शिव के वीर्य से उत्पन्न पुत्र की आवश्यकता थी। इस कथा का उल्लेख 'विष्णु पुराण' में भी है और कालिदास के 'कुमारसम्भव' में भी। 'कुमारसम्भव' महाकाव्य के तीसरे और चौथे सर्ग में कालिदास ने रति–विलाप के जिस करुण प्रसंग को साकार किया है, वह भस्मांकुर काव्य में पुनः आकार ग्रहण करता दिखाई देता है। लगता है मानो इसी को कवि ने अपना प्रतिपाद्य बनाया हो। 'कुमारसम्भव' के इन सर्गों में वर्णित दृश्य और श्लोकों से 'भस्मांकुर' काव्य की कई पंक्तियाँ एकाकार हैं। तुलसी के 'रामचरितमानस' में वर्णित कामदहन की कथा भी 'शिवपुराण' और 'कुमारसम्भव' की वस्तु से मेल खाती है। नागार्जुन यहाँ से भी कुछ–न–कुछ ग्रहण करते हुए इस महत्त्वाकांक्षी काव्य–कृति का प्रणयन करते हैं। इस तरह से नागार्जुन का यह काव्य पौराणिक ग्रन्थों, संस्कृत काव्य–कृतियों और मानस के आख्यानों का स्पर्श करता हुआ अपने समय की चेतस व्यंजना का श्रेय ग्रहण कर लेता है।

नागार्जुन ने भूमिका के आरम्भ में ही इसकी कथावस्तु की विवेचना की है। उनके अनुसार दक्ष प्रजापति की कन्या शिव की पहली पत्नी थी जिसने पिता के यज्ञ में अपने पति को अनामंत्रित पाकर उनके प्रति हुए अपमान से क्षुब्ध होकर वहीं हवन–कुंड में कूदकर जान दे दी थी। इस घटना के बाद शिव सभी ओर से विरक्त होकर कैलास–शिखर पर जाकर ध्यान–योग में लीन हो गये। ऐसे ही कई कल्पों के बीतने पर एक ऐसा कालखंड आया जब महाबली राक्षस तारकासुर देवताओं को परेशान करने लगा। देवताओं की विनती सुनकर ब्रह्माजी ने यह बताया कि यदि हिमालय–पुत्री उमा का विवाह शिव से हो जाए तो एक ऐसे बालक का जन्म होगा जो तारकासुर

का अन्त करेगा। उन्हीं दिनों पता लगने पर कि शिव कैलास–शिखर पर तपस्या कर रहे हैं उमा अपनी सखियों के साथ उनकी सेवा में लग गयी। सुयोग देखकर देवसमाज की तरफ से इन्द्र ने शिव के चित्त को उमा की तरफ लगाने के लिए कामदेव को दायित्व सौंपा। कामदेव अपने सहचर वसंत को लेकर चला। पीछे कामदेव की स्त्री रति भी चली। इधर किशोरी उमा को स्वप्न–कथन होता है कि उसका विवाह शिव से होगा और उधर कामदेव–वसंत के बाणों से बिद्ध शिव ने अपनी सेवा में रत पार्वती के प्रति निरपेक्ष वत्सलता की जगह, सापेक्ष अनुरक्ति का अनुभव किया। बस फिर क्या था, अपने अन्तस् के इस तिलमात्र चित्त–विक्षेप से भड़के कोपानल ने कामदेव को वहीं भस्म कर दिया–

"भड़क उठा कोपानल, तड़का भाल
महारुद्र निज को पाए न संभाल
विद्युत–गति से छूटा नयन–कृशानु
हुआ प्रमाणित प्रभु का लक्ष्य अचूक
भस्म हो गया तत्क्षण मदन–शरीर
इर्द–गिर्द में व्यापी हा–हा–कार
गुंजित धरती, अनुगुंजित आकाश"

यहीं से बिचारी रति का करुण विलाप शुरू होता है –

"मूर्छित ही रह जाती मैं चिरकाल
रह जाती मैं निरवधि संज्ञाशून्य
असह्य अब क्षण–भर भी वैधव्य
क्यों न करूं मैं आत्मदाह तत्काल"

इतने में तीव्र उद्घोष होता है–

"कौन मदन, तुमको कर सकता नष्ट!
जयति–जयति भस्मांकुर, जयति अनंग!
जयति–जयति रतिनाथ, कामनाकंद!
जिजीविषा के उत्स, सृष्टि के मूल!
जयति–जयति कंदर्प, अजय–अमेय!
कौन, मदन, तुमको कर सकता नष्ट!"

"तेरा पति मरा नहीं है, वह कभी मर ही नहीं सकता।...कोई आग कामदेव के शरीर को भस्म नहीं कर पाएगी कभी। भस्म हो भी जाए तो अपने–आप अंकुर बनकर उसी भस्म–राशि से फूट पड़ेगा बार–बार..."।

वसन्त के आकस्मिक आर्विभाव से लेकर कामदेव के भस्म होने तक और बादवाली आश्वासन की आकाशवाणी तक, अति संक्षिप्त कथा–वस्तु ही 'भस्मांकुर' का मूल आधार बनी है।

कालिदास के साथ ही 'भस्मांकुर' के प्रणयन में तुलसीदास के 'रामचरितमानस' का भी आंशिक प्रभाव दिखाई पड़ता है, विशेषकर शिव के रूपवर्णन एंव कामदहन के प्रसंग में। यह भी कहा गया है कि दुष्यन्त कुमार की 'एक कण्ठ विषपायी' की कथा जहाँ समाप्त होती है, वहीं से 'भस्मांकुर' की कथा का आरम्भ होता है।

नागार्जुन ने 'भस्मांकुर' के आखिर में दो परिशिष्ट भी जोड़ा है। परिशिष्ट–1 में उन्होंने पहले तो संक्षेप में इस बात पर विचार किया है कि इस काव्य का नाम 'भस्मांकुर' न होकर 'मदन पराजय', 'कंदर्प दर्पहरण', 'काम दहन' जैसा कुछ और होता तो क्या हानि थी? नागार्जुन का मत है कि हानि और तो कुछ नहीं थी; हां, आधुनिकता की दृष्टि से 'भस्मांकुर' नाम कुछ अधिक सांकेतिक प्रतीत होता है। शिव की विजय या कामदेव की पराजय में कवि को जीवन की अक्षय शक्ति का आभास मिला। भस्म के ढेर पर अंकुर का आविर्भाव यों भी आकर्षक लगता है। इसके बाद नागार्जुन ने 'भस्मांकुर' से पहले की कुछ कथा, यानि कैलास–अंचल में जब वसंत का आकस्मिक आविर्भाव हुआ उससे पहले की घटना 'कुमारसम्भव' से उद्धृत की है। नागार्जुन यह टिप्पणी करना नहीं भूलते कि "वसंत–वर्णन में 'भस्मांकुर' का रचनाकार अत्यन्त संयम का परिचय देता है। उसे भली–भांति पता है कि हिमाद्रि के ऊपरी अंचल में वसंत थोड़े ही दिनों के लिए आता है, मैदानी अंचलों का वसंती–चमत्कार वहाँ तक कभी नहीं पहुँच पाता।"

इस परिशिष्ट के अगले हिस्से में नागार्जुन ने कालिदास के 'कुमारसम्भव' से अपने 'भस्मांकुर' का वैशिष्ट्य स्पष्ट करते हुए लिखा है कि "किशोरी पार्वती ने रात्रिशेष में सपने देखे हैं। स्वप्न में वह अपने को तरुण शम्भु के साथ देख रही है।... स्वप्न की ये बातें कवि की मौलिक उद्भावना है और युगदृष्टि से मेल खाती है। भारतीय परम्परा में कहीं भी तरुण शम्भु की चर्चा नहीं आती। हिमालय की पुत्री लेकिन किशोरावस्था में ही दिखलाई गई है। वह प्रतिदिन प्रौढ़ शंकर की परिचर्या के लिए अपनी दोनों सखियों के साथ समाधिस्थल में जाती है। पार्वती शिव के प्रति सर्वथा अर्पित पाती है अपने को। दुविधा या संशय की कोई गुंजाइश नहीं है यहां। परन्तु यह भी शायद नैसर्गिक विकृतियों का अनागत चमत्कार है कि आज, रात के पिछले पहर

में उसने स्वप्न में कई बार कई रूपों में तरुण शंकर के साथ अपने को पाया। कवि ने यहाँ पार्वती को देवपुत्री या देवी की भूमिका में नहीं रखा, वह उसे पर्वत–पुत्री की मानवी की सहज भूमि पर उतार लाया है...तभी तो वह इस प्रकार के सपने देख सकी! अवचेतन में दबी हुई 'तरुण वल्लभ' पाने की लालसा पार्वती को आधुनिक कुमारी कन्या का रूपक प्रदान करती है! निश्चय ही यह कालिदास–वाली पार्वती नहीं हो सकती, इस प्रतिमा का निर्माण तो आज का कवि ही कर सकता था! वास्तविक भासित होनेवाले ये सपने पार्वती को अनजाने ही मानव–परिधि के अंदर खींच लाए हैं।''

'भस्मांकुर' की दूसरी बड़ी विशेषता कवि ने यह बताई है कि ''कालिदास की रति अंत में विलाप करती है। उसके बारे में कहा तो अवश्य गया था कि डरती–सहमती वह अपने पति के साथ चल पड़ी थी। परन्तु बीच में कालिदास ने रति को कहीं याद नहीं किया।...यहाँ 'भस्मांकुर' में कामदेव को अनुक्षण रति का सक्रिय साहचर्य उपलब्ध है।'' नागार्जुन यह कहना चाहते हैं कि 'कुमारसम्भव' से अलग 'भस्मांकुर' में काम, वसन्त और रति जो तीन मुख्य पात्र हैं, उनमें से सर्वाधिक संवेदनशील, सर्वाधिक मुखर है रति।

'परिशिष्ट–2' में विस्तार से नागार्जुन ने आदिवैदिक युग के 'रुद्र' के पौराणिक काल के 'शिव' में परिवर्तित होने की विवेचना की है। उनका कहना है कि ऋग्वेदकाल में रुद्र का महत्त्व इंद्र के बराबर था। यजुर्वेद का युग आते–आते स्थिति बदल गई होगी। उसमें एक ही रुद्र नहीं, अनेक रुद्र मिलते हैं। अथर्ववेद के युग में 'भव', 'शर्व' आदि को रुद्रत्व प्रदान किया जा चुका था। पृथ्वी, जल, अग्नि, वायु आदि आठ मूर्तियोंवाला 'महादेव' उपनिषदों के समय में प्रतिष्ठालाभ कर बैठा था। कालिदास ने 'अभिज्ञान शाकुंतलम्' के मंगलाचरणवाले श्लोक में कहा है 'जल, अग्नि, होता, सूर्य, चंद्र, आकाश, पृथ्वी और वायु –इन आठ रूपों में जो भगवान् शिव सबको दिखाई देते हैं, वह आप लोगों का कल्याण करें।'' इसके साथ ही इस परिशिष्ट में पार्वती और कामदेव के विभिन्न नामों पर भी किंचित विस्तार से विचार किया गया है।

यक्ष का निवेदन-धर्मवीर भारती

धर्मवीर भारती की यह प्रसिद्ध कविता उनके संग्रह 'ठण्डा लोहा तथा अन्य कविताएँ' में है और धर्मवीर भारती ग्रन्थावली के तीसरे भाग में भी संकलित है।

यक्ष का निवेदन

(कालिदास के प्रति)

मैं हूँ यक्ष,
मेघदूत के छन्द–छन्द में बन्दी विरही यक्ष!
तुम हो मेरी दुखी बन्दिनी आत्मा के निर्माता,
यह वियोग के पाश बंधे जो मेरे चारों ओर
यह तड़पन, यह टीस, न जिस से कभी छूट मैं पाता!
अपनी कविता के जुनून में, वाणी के सिरमौर!
कितना बड़ा दर्द कर दिया मेरे मन पर नक्श!

तुम तो मुक्ति पा गये मुझपर अपना दर्द बिखेर,
लेकिन हाय! दे गये मुझ को युग–युग का अभिशाप!
जब–जब घिरा करेंगे नभ में ये कजरारे बादल,
मुझे झेलना होगा तब तब यह तड़पन का पाप!
नील घटा की आग मुझे बरबस कर देगी पागल,
किस का पाप मढ़ा किस के सिर? यह कवि का अन्धेर!

किस रहस्यमय जीवन में तुम लाये मुझ को खींच?
सदा–सदा के लिए छिन गया मानव का संसार,
यह क्या खेल तुम्हें सूझा, ओ सपनों के शहजादे?
इस पीड़ा से कभी न होगा क्या मेरा निस्तार?
इन छन्दों से छुटकारे की कोई राह बता दे,
यह विचित्र–सी योनि, देवता और प्रेत के बीच।

मेरी प्यास न मेरी, मेरा अपना नहीं रहा मन,
यह कुबेर के कठिन शाप से ज्यादा निष्ठुर शाप
तुम दे बैठे हो, मेरी आत्मा को अनजाने में,
क्या कसूर था, ऐसा मैंने कौन किया था पाप,
छोड़ दिया जो मुझे भटकने को इस वीराने में
यह कुबेर के निर्वासन से कहीं कड़ा निर्वासन।

मेरा प्यार आज बन गया महज तुम्हारा साधन
यह तो महज तुम्हारी कविता के सपने मदमाते,
बादल, अलका और यक्षिणी, मेरे हित बेकार!
मुझे मिला क्या? घाव महज जो कभी न भरने पाते।
क्षण–भर अपनी कला अलग रख मुझ पर करो विचार
बादल झूठे, झूठ यक्षिणी, सत्य महज निर्वासन!

यह पथरीला दर्द काव्य का मुझ से सहा न जाता,
भोजपत्र की परत–परत में दबा घुटा मेरा मन,
कविता की पांतें नागिन बन मुझे निगलती जातीं,
धन्य तुम्हारी कला महाकवि, धन्य कला का दर्शन!
काश कि क्षण–भर इस कारा से मुझे मुक्ति मिल पाती
मेघदूत के छन्द–छन्द में मैं खुद आग लगाता!

कालिदास यदि होते, कहते, यक्ष बनो मत पागल,
व्यक्ति नहीं तुम, तुम न कल्पना, तुम कवि मन के प्यार,
तुम्हें सदैव बदा निर्वासन, नहीं कभी है मुक्ति,
अलका की यक्षिणी तुम्हारी ही तो प्यास अपार,
जग का हर सौन्दर्य तुम्हारी पीड़ा से अभिशिक्त,
तुम वह दर्द, रहा जो युग–युग से जीवन का सम्बल।

भटका मेघ-श्रीकान्त वर्मा

इस कविता के दो पाठ उपलब्ध होते हैं। श्रीकान्त वर्मा रचनावली में संकलित ये दोनों कविताएँ वस्तुतः एक की कविता के दो भिन्न पाठ हैं। 1956 में पहली बार विलासपुर से प्रकाशित 'संकेत' पत्रिका में यह कविता छपी थी। बाद में कवि ने इस कविता को अपने संग्रह 'भटका मेघ' में संकलित किया। बकौल कमलेश्वर, जो उन दिनों इलाहाबाद में श्री उपेन्द्रनाथ अश्क के साथ 'संकेत' पत्रिका के संपादकीय सहयोगी थे ''यह कविता जो 'भटका मेघ' संकलन में दी गयी है, वही सही प्रारूप है। श्री अश्क ने इस कविता को सम्पादित करके प्रकाशित किया था।'' कमलेश्वर जी ने बताया कि इस परिवर्तन की सूचना श्रीकान्त जी को जब मिली तो उन्होंने अश्क जी को पत्र लिखकर अपना विरोध प्रकट किया और कविता को वापस कर

देने की बात लिखी। लेकिन तब तक 'संकेत' का अंक छप चुका था *(द्रष्टव्य रचनावली में कविता के साथ छपा फुटनोट)*। प्रासंगिक समझकर यहाँ 'भटका मेघ–1' एवं 'भटका मेघ–2' शीर्षक से दोनों ही पाठ उद्धृत हैं–

भटका मेघ -1

भटक गया हूँ–
मैं असाढ़ का पहला बादल।
श्वेत फूल–सी अलका की
मैं पंखुरियाँ तक छू न सका हूँ।
किसी शाप से शप्त हुआ,
दिग्भ्रमित हुआ हूँ।
शताब्दियों के अन्तराल में घुमड़ रहा हूँ, घूम रहा हूँ!
कालिदास, मैं भटक गया हूँ,
मोती के कमलों पर बैठी
अलका का पथ भूल गया हूँ!

मेरी पलकों में अलका के
सपने जैसे डूब गये हैं।
मानो तुम, अब तक भी मुझमें
कड़क रहा है बिजली बन आदेश तुम्हारा।
आँसू धुला रामगिरि काले हाथी जैसा मुझे याद है।
लेकिन मैं निरपेक्ष नहीं, निरपेक्ष नहीं हूँ।
मुझे मालवा के कछार से
साथ उड़ाती हुई हवाएँ
कहाँ न जाने छोड़ गयी हैं।
अगर कहीं अलका बादल बन सकती!
मैं अलका बन सकता!!
मुझे मालवा के कछार से
साथ उड़ाती हुई हवाएँ
उज्जयिनी में
पल भर जैसे ठहर गयी थीं,
क्षिप्रा की अति क्षीण धार छू

ठिठक गयी थीं।
मैंने अपने स्वागत में तब कितने हाथ जुड़े पाये थे–
मध्य मालवा, मध्य देश में
कितने खेत पड़े पाये थे।
कितने हलों, नागरों की तब
नोकें मेरे वक्ष गड़ी थीं।
कितनी सरिताएँ धनु की ढीली डोरी–सी क्षीण पड़ी थीं।
तालपत्र–सी धरती,
सूखी, दरकी, कब से फटी हुई थी।
मांएं मुझे निहार रही थीं, वधुएं मुझे पुकार रही थीं,
बीज मुझे ललकार रहे थे
ऋतुएं मुझे गुहार रही थीं।

मैंने शैशव की
निर्दोष आँख में तब पानी देखा था।
मुझे याद आया, मैं ऐसी ही आँखों का कभी नमक था।
अब धरती से दूर हुआ,
मैं आसमान का धब्बा भर था।

मुझे क्षमा करना कवि मेरे!
तब से अब तक भटक रहा हूँ।
अब तक वैसे हाथ जुड़े हैं;
अब तक सूखे पेड़ खड़े हैं;
अब तक उजड़ी हैं खपरैलें;
अब तक प्यासे खेत पड़े हैं।
मैली–मैली संध्या में–
झरते पलाश के पत्तों से
धरती के सपने उजड़ रहे हैं।
मैं बादल, मेरे अन्दर कितने ही बादल घुमड़ रहे हैं।
मैं सदियों के अन्तराल में
वाष्प–चक्र–सा घूम रहा हूँ।
बार–बार सूखी धरती का

रूखा मस्तक चूम रहा हूँ।
प्यास मिटा पाया कब इसकी
घुमड़ रहा हूँ, घूम रहा हूँ।

जिस धरती से जन्मा–था मैं,
उसे भुला दूँ कैसे सम्भव?
पानी की जड़ है पृथ्वी में
बादल तो है केवल पल्लव!

मुझमें अन्तर्द्वन्द्व छिड़ा है।
मुझे क्षमा करना कवि मेरे,
तुमने जो दिखलाया, मैंने
उससे कुछ ज्यादा देखा है।
मैंने सदियों को मनुष्य की आँखों में धुलते देखा है।

मेरा मन भर आया है कवि,
अब न रुकुंगा–
अलका भूल चुकी, मैं अब तो
इस धरती की प्यास हरूंगा!
सूखे पेड़ों, पौधों, अंकुओं की अब मौन पुकार सुनूंगा!
सुखी रहे तेरी अलका, मैं
यहीं झरूंगा!
अगर मृत्यु भी मिली
मुझे तो
यहीं मरूंगा!

मुझे क्षमा करना कवि मेरे,
मैं अब अलका जा न सकूंगा!
मुझे समय ने याद किया है
मैं खुद को बहला न सकूंगा!
जब अंकुआये धान,
किसी कजरी में तुम मुझको पा लेना!

मैं हूँ नहीं कृतघ्न
मुझे तुम शाप न देना!

मैं असाढ़ का पहला बादल,
शताब्दियों के अन्तराल में घूम रहा हूँ
बार–बार सूखी धरती का रूखा मस्तक चूम रहा हूँ।

भटका मेघ -2

भटक गया हूँ–
मैं असाढ़ का पहला बादल।
श्वेत फूल–सी अलका की
मैं पंखुरियाँ तक छू न सका हूँ।
किसी शाप से शप्त हुआ,
दिग्भ्रमित हुआ हूँ।
शताब्दियों के अन्तराल में घुमड़ रहा हूँ, घूम रहा हूँ!
कालिदास, मैं भटक गया हूँ,
मोती के कमलों पर बैठी
अलका का पथ भूल गया हूँ!

मेरी पलकों में अलका के सपने जैसे डूब गये हैं।
मुझमें बिजली बन आदेश तुम्हारा
अब तक कड़क रहा है ।
आँसू धुला रामगिरि काले हाथी जैसा मुझे याद है।
लेकिन मैं निरपेक्ष नहीं, निरपेक्ष नहीं हूँ।
मुझे मालवा के कछार से
साथ उड़ाती हुई हवाएँ
कहाँ न जाने छोड़ गयी हैं।
अगर कहीं अलका बादल बन सकती!
मैं अलका बन सकता!!
मुझे मालवा के कछार से
साथ उड़ाती हुई हवाएँ

उज्जयिनी में पल भर जैसे
ठिठक गयी थीं, ठहर गयी थीं,
क्षिप्रा की वह क्षीण धार छू
सिहर गयी थीं।
मैंने अपने स्वागत में तब कितने हाथ जुड़े पाये थे–
मध्य मालवा, मध्य देश में
कितने खेत पड़े पाये थे।
कितने हलों, नागरों की तब
नोकें मेरे वक्ष गड़ी थीं।
कितनी सरिताएँ धनु की ढीली डोरी–सी क्षीण पड़ी थीं।
तालपत्र–सी धरती,
सूखी, दरकी, कब से फटी हुई थी।
मांएं मुझे निहार रही थीं, वधुएं मुझे पुकार रही थीं,
बीज मुझे ललकार रहे थे
ऋतुएं मुझे गुहार रही थीं।

मैंने शैशव की
निर्दोष आँख में तब पानी देखा था।
मुझे याद आया,
मैं ऐसी ही आँखों का कभी नमक था।
अब धरती से दूर हुआ,
मैं आसमान का धब्बा भर था।

मुझे क्षमा करना कवि मेरे!
तब से अब तक भटक रहा हूँ।
अब तक वैसे हाथ जुड़े हैं;
अब तक सूखे पेड़ खड़े हैं;
अब तक उजड़ी हैं खपरैलें;
अब तक प्यासे खेत पड़े हैं।
मैली–मैली संध्या में–
झरते पलाश के पत्तों से
धरती के सपने उजड़ रहे हैं।

मैं बादल, मेरे अन्दर कितने ही बादल घुमड़ रहे हैं।

कितने आँसू टप, टप, टप
मेरी छाती पर टपक रहे हैं।
कितने उलाहने मन में मेरे
बिजली बन लपक रहे हैं।
अन्दर ही अन्दर मैं
कब से फफक रहा हूँ।
मेरे मन में आग लगी है
भभक रहा हूँ।
मैं सदियों के अन्तराल में
वाष्प–चक्र–सा घूम रहा हूँ।
बार–बार सूखी धरती का
रूखा मस्तक चूम रहा हूँ।
प्यास मिटा पाया कब इसकी
घुमड़ रहा हूँ, घूम रहा हूँ।

जिस पृथ्वी से जन्मा
उसे भुला दूँ
यह कैसे सम्भव है?
पानी की जड़ है पृथ्वी में
बादल तो केवल पल्लव है!
मुझमें अन्तर्द्वन्द्व छिड़ा है।
मुझे क्षमा करना कवि मेरे,
तुमने जो दिखलाया, मैंने
उससे कुछ ज्यादा देखा है।
मैंने सदियों को मनुष्य की आँखों में धुलते देखा है।

मेरा मन भर आया है कवि,
अब न रुकुंगा–
अलका भूल चुकी, मैं अब तो
इस धरती की प्यास हरूंगा!

सूखे पेड़ों, पौधों, अंकुओं की अब मौन पुकार सुनूंगा!
सुखी रहे तेरी अलका, मैं
यहीं झरूंगा!
अगर मृत्यु भी मिली
मुझे तो
यहीं मरूंगा!

मुझे क्षमा करना कवि मेरे,
मैं अब अलका जा न सकूंगा!
मुझे समय ने याद किया है
मैं खुद को बहला न सकूंगा!
जब अंकुआये धान,
किसी कजरी में तुम मुझको पा लेना!
मैं हूँ नहीं कृतघ्न
मुझे तुम शाप न देना!
मैं असाढ़ का पहला बादल,
शताब्दियों के अन्तराल में घूम रहा हूँ
बार–बार सूखी धरती का रूखा मस्तक चूम रहा हूँ।

उर्वशी-रामधारी सिंह दिनकर

'उर्वशी' रामधारी सिंह दिनकर का एक प्रबंध–काव्य है। इसका प्रथम प्रकाशन उदयाचल प्रकाशन, पटना से 1961 में हुआ था। हालांकि नाटकीयता का स्पष्ट अभाव होते हुए भी अंकों में विभाजन एवं कथोपकथन की नाट्यानुकूल योजना के कारण इसे गीतिनाट्य भी कहा गया है। इसमें उर्वशी और पुरूरवा की प्रणय–कथा को वैदिक–पौराणिक स्रोतों से उठाया गया है और विद्वानों ने यह भी लक्ष्य किया है कि इस पर सर्वाधिक प्रभाव कालिदास के 'विक्रमोर्वशीयम्' नाटक का है। 'उर्वशी' के कथानक का ढांचा किसी एक रचना के सर्वाधिक निकट है तो वह 'विक्रमोर्वशीयम्' ही है। हालांकि दिनकर के यहाँ पुरूरवा और उर्वशी की कथा केवल कथा नहीं है, उसका एक दूसरा आयाम भी है। वह आयाम इसकी प्रतीकात्मकता है। स्वयं दिनकर ने 'उर्वशी' की भूमिका में बताया है कि ''इस कथा को लेने में वैदिक आख्यान की पुनरावृत्ति अथवा वैदिक प्रसंग का प्रत्यावर्तन मेरा

ध्येय नहीं रहा। मेरी दृष्टि में पुरूरवा सनातन नर का प्रतीक है और उर्वशी सनातन नारी का।'' इसका अर्थ यह हुआ कि यहाँ पुरूरवा केवल व्यक्ति–नर न होकर समस्त नर और उर्वशी केवल एक व्यक्ति–नारी न होकर समस्त नारी–जाति है। इन दोनों का एक व्यक्ति–पक्ष है, तो दूसरा सामूहिक पक्ष।

दिनकर ने 'विक्रमोर्वशीयम्' की कथा को ही दुहराया नहीं है, उसमें स्थान–स्थान पर युगानुकूल परिवर्तन भी किए हैं। 'विक्रमोर्वशीयम्' के प्रथम अंक में केशी द्वारा अपहृत उर्वशी के पुरूरवा द्वारा उद्धार और प्रथम दर्शन में दोनों के परस्पर प्रेम तथा द्वितीय अंक में पुरूरवा से मिलनातुर उर्वशी के स्वर्ग से पृथ्वी पर आगमन, प्रमदवन में राजा से मिलन के समय ही नेपथ्य की वाणी द्वारा देवसभा में अभिनय के लिए तत्काल स्वर्ग लौटने का इंद्र का उर्वशी को आदेश, स्वर्ग के लिए उसके प्रस्थान और पुरूरवा की राजमहिषी देवी को हवा में उड़ते उर्वशी के प्रेम से उसके प्रति राजा की अनुरक्ति की जानकारी और फिर रुष्ट होकर राजभवन लौटने का प्रसंग है। दिनकर ने 'उर्वशी' के पहले अंक में ही केशी द्वारा अपहृत उर्वशी के उद्धार और प्रथम दर्शन में दोनों के परस्पर प्रेम, फिर स्वर्ग से उर्वशी के आगमन और राजप्रासाद के प्रमदवन में पुरूरवा से मिलन को विषय बनाया है। 'विक्रमोर्वशीयम्' के तीसरे अंक में भरत के शाप का वर्णन है कि उर्वशी अब स्वर्ग में नहीं रह पाएगी जिसमें इंद्र संशोधन करते हैं कि उर्वशी अनंत काल तक नहीं, बल्कि संतान होने तक ही पुरूरवा के साथ पृथ्वी पर रह सकेगी। दिनकर ने 'उर्वशी' के दूसरे अंक में भरत के इस शाप में ही इंद्र के संशोधन को भी मिला दिया है–

भूल गई निज कर्म, लीन जिसके स्वरूप–चिंतन में,
जा, तू बन प्रेयसी भूमि पर उसी मर्त्य मानव की।
किंतु, न होंगे तुझे सुलभ सब सुख गृहस्थ नारी के,
पुत्र और पति नहीं, पुत्र या केवल पति पाएगी;
सो भी तब तक ही जिस क्षण तक नहीं देख पाएगा
अहंकारिणी! तेरा पति तुझसे उत्पन्न तनय को।

'उर्वशी' के दूसरे अंक में ही 'विक्रमोर्वशीयम्' के तीसरे अंक के अन्य प्रसंगों यथा राजा को प्रसन्न करने के लिए महारानी का व्रत और सपत्नी–पीड़ा को शामिल कर लिया गया है। गंधमादन पर्वत पर पुरूरवा और उर्वशी का विहार वह घटना है, जो 'विक्रमोर्वशीयम्' के चतुर्थ और 'उर्वशी' के तृतीय अंक में समान रूप से आई है। 'उर्वशी' में कालिदास वर्णित लता के रूप

में उर्वशी के रूपांतरण, उसकी खोज में विक्षिप्त पुरूरवा के प्रलाप और संगमनीय मणि के स्पर्श से उर्वशी के पुनः स्त्री बनने के प्रसंग को छोड़ दिया गया है। 'उर्वशी' के चौथे अंक में भरत के शाप के कारण उर्वशी नवजात आयु को पुरूरवा की आँखों से दूर च्यवनाश्रम में रख आती है। कालिदास ने 'विक्रमोर्वशीयम्' के पांचवें अंक में इस प्रसंग को केवल सूच्यात्मक रूप में रखा है।

'उर्वशी' के पंचम अंक में 'विक्रमोर्वशीयम्' के पंचम अंक में महारानी की मस्तकमणि लेकर किसी पक्षी के भागने और एक अज्ञात बाणधारी के तीर से उसके वध तथा पुरूरवा–उर्वशी पुत्र आयु के नामांकित बाण आदि घटनाओं को पूरी तरह छोड़ दिया गया है। इसमें भी 'विक्रमोर्वशीयम्' की ही तरह आयु के साथ च्यवन की पत्नी तापसी के पुरूरवा के पास आगमन, पुरूरवा को तापसी द्वारा उर्वशी के पुत्र प्रसव कर च्यवनाश्रम में लालन–पालन के लिए छोड़ देने और ऋषि द्वारा उसके विभिन्न संस्कारों के संपादन–सम्बन्धी सूचना तथा उसके वयस्क होते ही प्रतिष्ठानपुर पहुँचा देने के आदेश की योजना मिलती है। किन्तु दिनकर ने ऐसा भी बहुत कुछ जोड़ा है जो कालिदास के यहाँ नहीं है, जैसे पुरूरवा द्वारा स्वप्न में एक दिव्य बालक का दर्शन और उर्वशी की पति से वियोग की आशंका, ज्योतिषी विश्वमना द्वारा स्वप्न के फलाफल का निर्देश, आयु के आगमन के बाद उर्वशी का स्वर्गगमन, पुरूरवा का आयु का राजतिलक कर राजमहल से निष्क्रमण, औशीनरी और सुकन्या का संवाद तथा सुकन्या की च्यवनाश्रम में वापसी। यही नहीं, जहाँ अंत के विचार से 'विक्रमोर्वशीयम्' एक सुखांत रचना है, वहाँ 'उर्वशी' यदि दुःखांत नहीं है, तो इसे वियोगांत के अतिरिक्त और क्या कहा जा सकता है? इस प्रकार का अंत यह ध्वनित करता है कि भले ही जीवन के परिदृश्य से पुरूरवा और उर्वशी बाहर चले गए हों, वे जिनके बीच थे, उनसे वियुक्त हो गए हों, फिर भी जीवन समाप्त नहीं हुआ है। उनके जाने के बाद भी उनकी परम्परा आयु के रूप में मौजूद है और भले ही सुकन्या अपने आश्रम और औशीनरी अपने प्रार्थनाभवन लौट रही हों, मानव–जाति के दिशा–निर्देश का उनका दायित्व तो अब भी बना हुआ है।

'विक्रमोर्वशीयम्' और 'उर्वशी' दो अलग–अलग सामाजिक और वैचारिक परिवेशों की रचनाएँ हैं। कालिदास के सामने 'विक्रमोर्वशीयम्' लिखते समय मुक्त यौन–सम्बन्ध या उन्मुक्त प्रेम की नैतिकता–अनैतिकता का वह प्रश्न नहीं था, जो 'उर्वशी' लिखते समय दिनकर के सामने था। यह उनकी

पूर्वपरम्परा और उनके युग का एक महत्त्वपूर्ण प्रश्न था। जहाँ दिनकर ने 'उर्वशी' के तृतीय अंक में काम के दैहिक और मनोवैज्ञानिक आयामों का वस्तुनिष्ठ चित्रण किया है, और इसकी नैतिकता–अनैतिकता की समस्या का सामना किया है, वहाँ इस समस्या से आगे बढ़कर इसके शुद्ध आनंद और समाधि–पक्ष का उद्घाटन भी किया है। वास्तव में दिनकर की 'उर्वशी' कालिदास के 'विक्रमोर्वशीयम्' का कथात्मक अनुसरण न होकर कथात्मक पुनःसृजन है। *(द्रष्टव्य नंदकिशोर नवल संपादित 'कसौटी' के पन्द्रहवें अंक में शामिल दिनेश्वर प्रसाद का 'उर्वशी' शीर्षक आलेख)*

हालांकि 'उर्वशी' के प्रकाशित होने के बाद विद्वानों ने इस पर 'विक्रमोर्वशीयम्' का अनुवाद–मात्र होने का आरोप भी लगाया था–"...समूची कहानी कालिदास के उसी नाटक (विक्रमोर्वशीयम्) से उठायी हुई है, पोर–पोर प्रायः अन्त को छोड़। कहानी कालिदास ने भी उठायी है, 'ऋग्वेद' के दसवें मण्डल के सूक्त 85 से, पर पोर–पोर नहीं, बीज मात्र, और कहानी अपने ढंग से कही है, अत्यन्त नये तथ्यों को गढ़कर। उर्वशी' के कवि ने प्रायः अंक–अंक कालिदास की कथा ले ली है, उसके पात्र निपुणिका, औशीनरी, कंचुकी तक ले लिये हैं, (सूत्रधार और नटी के नाम गिनाने की तो आवश्यकता ही नहीं), जिन्हें कालिदास ने स्वयं गढ़ा है। 'उर्वशी' का कवि 'विक्रमोर्वशी' के पात्रों–सहजन्या, रम्भा, मेनका, चित्रलेखा– को भी प्रत्यक्ष उठा लेता है जिनका उल्लेख 'ऋग्वेद' के पुरूरवा प्रसंग में नहीं है, पर जिन्हें कालिदास ने पुराणादि से लिया है। 'उर्वशी' का कवि उन छोटे स्थलों को भी कालिदास के 'विक्रमोर्वशी' से उठाने से नहीं चूकता (जैसे, रानी का व्रतविन्यास, चित्रलेखा का छिपकर रनिवास का हाल जानना, गन्धमादन का 'हनीमून' आदि), जिनकी भलीभांति उपेक्षा की जा सकती थी। वस्तुतः कवि जब कालिदास की उस कृति से सन्दर्भ उठाता है तब निश्चय अप्रकाश में समझ में नहीं पाता कि क्या उठाना उचित है, क्या अर्थहीन, और वह समूचा एक साथ हर लेता है। न तो कोई 'कॉपीराइट' कानून उसके इस कार्य में बाधक हो सकता है और न ही 'अयं निजः परोवेति गणना लघुचेतसाम्' को प्रमाण मानने वाले कवि को ही कालान्तर के इस हरणकार्य से किसी प्रकार का असन्तोष हो सकता है। गरज कि हिन्दी 'उर्वशी' संस्कृत 'विक्रमोर्वशी' का कथानुवाद है।" *('कल्पना'–138, अप्रैल 1963 में प्रकाशित भगवतशरण उपाध्याय का आलेख)*

रोया नहीं था यक्ष- हरिराम मीणा

'रोया नहीं था यक्ष' एक काव्य संकलन है। इसका प्रकाशन जगतराम एंड संस, दिल्ली ने 2003 में किया था। इस संकलन में कवि हरिराम मीणा ने लम्बी भूमिका लिखी है। इस संकलन की भूमिका इसलिए आवश्यक थी कि इसमें कवि ने उस प्रसिद्ध मिथक को उठाया तो है जिस पर कालिदास ने 'मेघदूत' जैसी क्लासिक कृति रची, किन्तु किंचित भिन्न रूप में। भूमिका के आरम्भ में हरिराम आर्थिक साम्राज्यवाद के जरिये फैलते अमेरिकी वर्चस्व, बाजार केन्द्रित उपभोक्ता संस्कृति और सामाजिक न्याय के स्थगन की मौजूदा परिस्थिति को प्रस्थान–बिन्दु के रूप में रखते हैं। उन्हें लगता है कि जैसे संदेशक बना 'मेघदूत' का मेघ अभी भी समय के टेढ़े–मेढ़े गलियारों में भटक रहा है। अलकापुरी का कुबेर उन्हें बिल गेट्स में अवतरित हुआ लगता है। हरिराम के लिए वह यक्ष एक कामुक और विरह पीड़ाजन्य अर्द्ध–विक्षिप्त पात्र नहीं, प्रत्युत जीवन के अजस्र संघर्ष का प्रतिनिधि है। मेघ भी प्रकृतिजन्य जड़ वस्तु न होकर मानवीय चेतना का संदेशक है।

हरिराम मीणा यक्ष के निर्वासन को सामंती–प्रणाली के क्रूर उत्पीड़न से सम्बद्ध करते हैं जो अपनी शोषक व्यवस्थाओं के जरिये सामान्य जन के विकास की संभावनाओं को अवरूद्ध कर देती थी। वह यक्ष को लोकचेतना का प्रतिनिधि मानते हैं और कुबेर को शोषक तंत्र का नियंता। शास्त्रों का संदर्भ देते हुए उन्होंने बताया कि कुबेर को एक आँख, तीन पैर और आठ दांतों वाले जीव के रूप में वर्णित किया गया है। देवता पद प्राप्त करने पर भी इसका कहीं पूजन नहीं किया जाता। पुरुष (आदमी) इसका वाहन है–नरवाहन। यक्षिणी को कवि स्त्री जाति की प्रतिनिधि मानते हैं। उनकी व्याख्या है कि बासी फूलों के बहाने यक्ष को निर्वासित करना एक षड्यन्त्र का हिस्सा है ताकि यक्षिणी को भोग के लिए हासिल किया जा सके। हरिराम अपनी काव्य उद्भावना हेतु इतिहास के अनलिखे अंधेरे तहखानों से मिथक पात्रों की नयी भूमिकाओं का संधान करते हैं। *(अकार, अंक 18 में प्रकाशित राजाराम भादू का समीक्षात्मक आलेख)*

भूमिका में कवि ने लिखा है कि यक्ष का जो भी ऐतिहासिक या मिथकीय जमाना रहा हो, लेकिन यह एक यथार्थ है कि कुबेरवादी (अर्थवादी) व्यवस्था का शिकार यक्ष उस काल का एक दलित–शोषित पात्र था। बहुत त्रासदियों से वह गुजरा होगा। व्यवस्था से पूर्णरूपेण असंतुष्ट होकर उसे बदलने का भाव सदैव मन में पालता–पोसता रहा होगा। उसने अपने जीवन

काल में क्या किया, उसका आख्यान हमारे पास नहीं है।...वैदिक साहित्य, जैन ग्रंथों, जातक कथाओं आदि में यक्ष–सम्बन्धी जो संदर्भ मिलते हैं एवं जो यक्ष–प्रतिमाएँ मिली हैं उनसे स्पष्ट होता है कि समय के साथ यक्ष जन मानव जाति की जगह क्षेत्रपाल, ग्राम्य देवता, वीरपाल (शक्तिशाली लोकरक्षक) आदि के रूप में प्रतिष्ठित हुए। स्पष्ट संकेत है ये कि यक्ष लोग तब समाज के अनवरत् संघर्षों के नायक और उन्नत लोक–संस्कृति के वाहक रहे होंगे। समय के यथार्थ से मिथक बनते गये।

इस प्रकार हम कह सकते हैं कि हरिराम मीणा ने अपने इस संग्रह में 'मेघदूत' के पार्श्व में रहे 'अनभिव्यक्त इतिहास' को तलाशने का उपक्रम किया है। यह काव्य बारह हिस्सों में बंटा हुआ है। इन हिस्सों के शीर्षक हैं– मुझ तक वह यक्ष, विगत समय का झोंका, साधना में बदलती वह सजा, अंततः आ ही गया मेघ, अपने गलियारों में भटकता समय, रामगिरि से उड़ चला मेघ, यक्ष–प्रेत के अनुत्तरित प्रश्न, अलकापुरी में द्वंद्व दिखता, यक्ष–प्रेत का आक्रोष–एक, यक्ष–प्रेत का आक्रोष–दो, निर्वास का अंतिम सोपान, एवं पुनरागमन और यक्ष की मुक्ति। इसके एक हिस्से 'साधना में बदलती वह सजा' में हरिराम मीणा ने लिखा है कि –

''राजदंड के विरूद्ध अंकुरित संकल्प
की अग्नि परीक्षा लेता
उसे स्वर्ण की तरह तपाता
ज्येष्ठ मास का वह अंतिम दिन ओझल हो गया–
पाश्चात्य क्षितिज के धुंधलके में
पुरवाई का एक झोंका
उत्तर दिशा से ध्यानस्थ यक्ष के कान में
अचानक कह गया–
''बादल दल बीच चमके जी तारा
सांझ पड़्याँ पिव लागे जी प्यारा...''
यह क्या ! (यक्ष चौंका)
संघर्षपथ पर विरहगान–मिलन का आह्वान
हवा का इस कदर घूमकर लाया गया संदेश
संबल, कमजोरी या अपशकुन?
मुझे धकेला जब नगर से
दी तुम्ही ने तो विदाई

खूब ढाढस दे कहा था–"तुम्हारा साथ दूँगी"
प्रियतमा, यह क्या?
शेष हैं चार मास
और तुम यूं विरहगीत गा रही !
क्या मैं करूं उस राज्यादेश की अवहेलना
संघर्ष का अंकुर बना जो?
जानता हूँ–यह डगर तलवार की–सी धार
पर बहुत लंबा सफर तय कर चुका हूँ
लौटकर आना असंभव
है यही विकल्प मेरे सामने
तुम नहीं अबला
उठ खड़ी होकर करो नेतृत्व स्त्री जाति का
ये विरह–मिलन के दुख–सुख नहीं सीमा हमारी
तीर ये जो विरह के मेरे हृदय में चुभ रहे
किन्तु, इनसे भी गहन पीड़ा मुक्ति की–
दमन–शोषण–दासता से भोगता जिसको आमजन
विवश होकर बहुत अर्से ।

अध्याय चार
मौलिक गद्य-रचनाएँ

कालिदास और व्यास -महावीरप्रसाद द्विवेदी

महावीरप्रसाद द्विवेदी ने यह व्यंग्य लेख एक कथा की तरह लिखा है। इसमें उन्होंने नयी पीढ़ी द्वारा पुरानी पीढ़ी के लोगों पर छींटाकशी की प्रवृत्ति की तरफ ध्यान आकृष्ट किया है। इसका प्रकाशन जनवरी, 1922 की 'सरस्वती' में हुआ था। अब यह भारत यायावर संपादित महावीरप्रसाद द्विवेदी रचनावली के आठवें खण्ड में संकलित है–

कालिदास और व्यास

पुराने पण्डित परम्परा से एक कथा सुनते चले आते हैं। उनकी उस कथा को, आज–कल की भाषा में, चाहे आप गप ही क्यों न समझें; तथापि उसे सुन लेने में हर्ज नहीं। वह इस प्रकार है –

एक दफे महाकवि कालिदास तीर्थ–यात्रा करने निकले। तीर्थाटन करते करते वे एक ऐसे तीर्थ में पहुँचे जहाँ व्यासदेव की एक विशाल मूर्ति थी। व्यासजी पद्मासन लगाये बैठे थे। कुछ कुछ ध्यानस्थ से थे। कमर के ऊपर का भाग निर्वस्त्र था। कन्धे पर पड़ा हुआ जनेऊ शोभा दे रहा था। पेट तुन्दिल था; तोंद कुछ आगे को निकली हुई थी। कालिदास के साथ उस तीर्थ के एक पण्डाजी महाराज थे। मूर्ति के पास आते ही पण्डाजी ने कहा –ये वेदव्यास हैं। यह सुन कर कालिदास ने मूर्ति को बड़े गौर से देखा। वे कुछ मुसकराये। उन्होंने व्यासजी की तोंद पर हाथ से, धीरे से, एक थपकी लगाई और यह कह कर प्रणाम किया –"चकारजठरे नमः"।

जितने पुराण हैं, सब व्यास के ही बनाये समझे जाते हैं। उनमें श्लोकों की पादपूर्ति के लिए चकार (च–वर्ण) का खूब प्रयोग है। कोई पृष्ठ ऐसा न मिलेगा जिसमें दो–चार, दस–पांच, और कभी कभी इससे भी अधिक चकार

न हों। कालिदास को यह बात बहुत खटकती थी। व्यासजी का पेट देखकर उन्हें चकार–बाहुल्य का स्मरण हो आया। उन्होंने मन ही मन कहा, क्या इस तोंद के भीतर चकार ही चकार भरे पड़े हैं जो लाखों चकार निकल जाने पर भी वह अभी तक पिचका नहीं। उनकी वह थपकी और गुस्ताखी से भरी हुई उनकी वह उक्ति व्यासदेव को नागवार गुजरी। इससे उन्होंने कालिदास को सजा देनी चाही। सजा यह दी कि थपकी लगाने के साथ ही कालिदास का दाहिना हाथ व्यासजी के पेट पर वहीं चिपक रहा।

अब दिल्लगी देखिए। कालिदास ने खूब जोर लगा कर हाथ खींचा। दाहिने झुक कर खींचा; बायें मुड़ कर खींचा; मूर्ति के पादपीठ पर पैर लगाकर जोर किया। मगर उनकी एक न चली। हाथ न छूटा। और भी बहुत लोग जमा हो गये। उन्होंने कालिदास के हाथ को यहाँ तक खींचा कि उसके उखड़ जाने की नौबत आने को हुई। पर हाथ जहाँ था वहीं रहा। काट कर हाथ को अलग करने से तो महाकवि की शायद मौत ही आ जाती। इससे छेनी और हथौड़ा मंगाया गया और यह ठहरी कि लाओ मूर्ति के उतने अंश को तराश कर छुड़ा लें। छेनी चली। उसकी चोट खाकर मूर्ति से आवाज आई ठन। छेनी टूट गई। पर मूर्ति पर उसकी चोट का चिह्न तक न हुआ। लाचार लोगों ने हार मानी। कालिदास के काटो तो खून क्या पसीना भी नहीं। उनके होश उड़ गये। उनकी यह दशा देख, मूर्ति खिलखिला कर हंस पड़ी। व्यासजी बोले–

क्यों कविजी, बड़ों के अपमान का फल मिल गया! खबरदार, अब कभी ऐसी गुस्ताखी न करना। मेरी एक समस्या है। उसकी पूर्ति कर दो, तो हाथ छूट जाय। समस्या यह है –"त्रितयं त्रितयं त्रिशु"।

कालिदास ने व्यासजी से बहुत गिड़गिड़ाकर क्षमा मांगी और उनकी समस्या की पूर्ति इस प्रकार की–

पतिश्वसुरता ज्येष्ठे पतिदेवरताऽनुजे।
पांचाल्यास्त्ववशिष्टेशु त्रितयं त्रितयं त्रिशु।।

पांचाली, अर्थात् द्रौपदी, पांच पाण्डवों की पत्नी थी। उन पांचों की अलग अलग अवधि निश्चित थी। पति–भाव तो पांचों ही के विषय में चरितार्थ था। पर जब युधिष्ठिर के सिवा अन्य चारों भाइयों की पत्नी होती थी तब जेठे होने के कारण युधिष्ठिर उसके ससुर भी बन जाते थे। इसी तरह जब वह युधिष्ठिर, भीम, अर्जुन और नकुल के साथ पत्नी–भाव रखती थी तब सबसे छोटे भाई सहदेव पति होने के सिवा रिश्ते में देवर भी हो जाते

थे। रहे मंझले भाई, सो इसी तरह का सम्बन्ध लगाने से, बारी बारी से वे द्रौपदी के पति, ससुर और देवर इन तीनों ही रिश्तों के हकदार हो जाते थे। बस, कालिदास की समस्यापूर्ति का यही मतलब है। कालिदास की पहली उक्ति और इस पूर्ति में यदि कोई पाठान्तर अथवा व्याकरण या काव्य–विषयक, या और ही कोई दोष हो तो वह कालिदास का न समझा जाय; यथापूर्व सुनते चले आने वाले पण्डितों का समझा जाय।

महाकवि की यह पूर्ति वेदव्यास को बहुत पसन्द आई; उन्होंने उन्हें परीक्षा में पास समझा और कृपा करके उनका हाथ छोड़ दिया। तब से कालिदास ने तोबाह किया और फिर कभी किसी बड़े–बूढ़े की दिल्लगी नहीं उड़ाई।

आषाढ़स्य प्रथम दिवसे...-नामवर सिंह

1950 में लिखा गया यह निबन्ध अब उनकी शुरुआती रचनाओं के भारत यायावर संपादित संकलन 'प्रारम्भिक रचनाएँ' में संकलित है। इस निबन्ध को 'रम्य रचना' की कोटि में रखा जा सकता है। 'मेघदूत' से सूत्र लेकर नामवर सिंह ने इस रम्य रचना में अपने समय के यथार्थ की कड़ियाँ जोड़ी हैं। इस रचना का आरम्भ होता है एक किसान के अपने परदेशी भाई को चिट्ठी लिखवाने से। उस चिट्ठी में उस किसान ने अपनी सरकार की सारी कडुआहट का बयान कर डाला। ऐसे में लेखक को 'मेघदूत' की याद आती है 'आषाढस्य प्रथम दिवसे...'। वह उस बादल की कल्पना में खो जाता है। तभी उसे मौन पा बादल कहता है *"बन्धु, सोचते क्या हो? आज आसाढ़ का पहला दिन है! आज आदमी बादल से बोलता है और बादल आदमी से।"* उस बादल से इधर–उधर देखते हुए लेखक कहता है *"मुझे क्यों परेशान करते हो बाबा। अपने ही समान किसी तम गत भरे कवि को पकड़ो। दो आना आसानी से खर्च कर लूंगा?"* बादल फिर गरजकर कहता है *"तुम्हें काव्य–रसिक समझकर ही बात कर रहा हूँ। बंगाल, बिहार से होते हुए यहाँ तक आया हूँ। आगे पंजाब की सीमा तक जाने का हौसला है। बीच में कोई संदेश हो तो कहो।"* यहाँ लेखक का उत्तर है *"उपयोगितावादी युग है, कुछ पानी बरसा देते तो आमों की बहार आ जाती। धरती मनसायन हो जाती। क्या चिट्ठी–पत्री की बात कर रहे हो। लेकिन संदेश ले ही जाना है तो पिछले लोगों का ही एक दो संदेश सुना जाते! बंगाल की भावुक मिट्टी में सींकिया यक्ष बहुत हैं जिनके हाथ से सुनहले वलय अनायास खिसक जाएँ।"*

वह उससे एक–एककर बंगाल और बिहार का आँखों देखा हाल पूछता है। बादल से यह सुनकर कि बंगाल में तो इस समय *'भूख की समस्या हल करने के लिए डाक्टर ने पेट काटकर निकाल दिया है। जहाँ सिक्कों का अचार पड़ता है और उसे खा–खाकर सत्य–अहिंसा की डकार छोड़ी जाती है।''* लेखक उसके मुख से यह सुनकर सोचता है शायद बादल 'डीक्लास' हो गया है तभी बिहार के बारे में बादल कहता है *''वहाँ की मत पूछो। वहीं तो अजीर्ण हुआ मुझे! अब तक धुआंइन डकार आ रही है।''*

लेखक तब कहता है *''पुराने समाचारों की पुष्टि के लिए बहुत–बहुत धन्यवाद।...लेकिन तुम्हारी पूजा करूं भी तो किन फूलों से?...प्रत्यग्र कुटज कुसुम? यहाँ कहां? अब तो वैसे फूल 'पोज' देते समय कैमरे के सामने मंत्रियों के अधखुले ओठों से झरते हैं अथवा निबन्धों में द्विवेदी जी की कलम से। मेहनत करने से अमलतास तो जुटा सकता हूँ लेकिन तुम उसे शायद किसानों का पीला चेहरा समझो।...ओढ़ौल की बहार तो खूब है। कहो तो उसी के लाल–लाल फूलों से तुम्हारी पूजा करूं। लेकिन लाल रंग पर आजकल कड़ी नजर है...''*। इसके बाद लेखक उस मेघ से दिल्ली जाने को कहता है *''हे मेघ! हो सके तो दिल्ली चले जाना, उसी दिल्ली जो खादी धुले सौध राजघाट के वाह्म उद्यान में स्थित राष्ट्रपिता के फूलों के रक्त से रंजित है।''*

लेखक उसके सामने दिल्ली तक के मार्ग का वर्णन करता है *''यह मेरे गांव की पोखरी जिसका ह्दय केले के पात की तरह जगह–जगह फट गया है...यहाँ से आगे शीघ्र ही तुम उस काशीपुरी में पहुँचोगे जो पहले कैलासपति शिव के त्रिशूल पर थी लेकिन अब कमलापति विष्णु के चक्र पर है।...यहाँ से आगे के मार्ग तुम्हें वही सफेदपोश राजहंस बताएँगे जो राजधानियों तक जाने के लिए पाथेय के जोगाड़ में कुछ ही दिनों तक काशी में होंगे। इनमें से तुम केवल प्रयाग की ओर जाने वालों का साथ पकड़ना। इनकी पहचान यह है कि लखनऊ जाने वालों की अपेक्षा इनके पंख अधिक उजले होते हैं।...प्रयाग पहुँचते ही प्रसाद के अभाव में भी हिन्दी की वह काव्य त्रिवेणी मिलेगी जिसमें स्नान करके तुम्हारा अन्तःकरण शुद्ध हो जाएगा। अब घूम–फिरकर स्वराज्य भवन की उस परित्यक्ता परिपांडु भूमि के आँसू पोंछ देना जो स्वराज्य मिलते ही ठुकरा दी गई। पड़ोस ही में आनन्द भवन भी निरानन्द होगा।*

... लखनऊ पहुचते ही सबसे पहले 'भूमिधर' पंत जी से मिलना; उस पंत जी से जिन्होंने ग्रीष्म कष्ट से बचने के लिए लखनऊ को ही शीतल भूमिधर बना दिया और बदले में लखनऊ को ही अल्मोड़ा के भूमिधरों में भेज दिया...लखनऊ कोई छोड़ता नहीं; छोड़ना पड़ता है। इसलिए हे मीत मेघ! तुम्हें पहले ही संभल जाना है। शीघ्र ही दिल्ली जाने के लिए कानपुर का रास्ता लेना। कानपुर पहुँच अपने गाढ़े खून से मां–बहनों की लाज बनने वाले जिन मजदूरों का जीवन चिमनियों से धुएं की तरह उड़ा दिया जाता है उनकी आहों को समेट लेना।...राह में बगल छूटने वाले ताज की छाया में कलियुगी हली को भी देखते जाना जो वर्ष भर तक युद्धविरत रहने के बाद अब फिर लंगोट सिला रहे हैं।...दिल्ली पहुँचते ही सबसे पहले राजघाट की वह विभूति अपने शरीर में मल लेना जिसके रंग से कितने काले कारनामे मोटे दिख रहे हैं।...जब फाइल की ठंडी सीढियों पर खट–खट चढ़ती हुई नौकरशाही तुम्हें चौंककर देखे तो कह देना कि यह जनता है जो स्वयं अपने शरीर की सीढ़ियाँ चढ़कर दिल्ली के स्वर्ग पर आ बैठी है।...फिर, जरा उठकर लाल किले पर चले जाना और विधान की फाइल–सी बोझिल पलकों के नीचे जनता के शोणित से चमकते हुए फरहरे की तरह लहरा आना।...और रहा संदेश! वह किससे कहें? दिल्ली की गिरा 'अनयन' ही नहीं 'अश्रवण' भी है।''

आषाढ़ का एक दिन-मोहन राकेश

'आषाढ़ का एक दिन' (1958) मोहन राकेश का एक प्रयोगधर्मी नाटक है। यह नाटक कालिदास के काल्पनिक जीवनवृत्त पर आधारित है।

पहले अंक में नाटक की नायिका मल्लिका जिस समय अपने प्रेमी कालिदास के साथ पर्वत–उपत्यका में भीगकर पुलकित भाव से घर में प्रवेश करती है, उस समय उसकी चिन्तित मां अम्बिका धान कूट–फटक रही है। उसकी चिन्ता का कारण यह है कि मल्लिका भोली–भाली और भावुक नवयुवती है, जो कालिदास से भावना के स्तर पर प्रेम करती है। कालिदास के प्रति अम्बिका के मन में वितृष्णा का भाव है, क्योंकि वह यह समझती है कि कालिदास केवल अपने से प्रेम करता है और मल्लिका के प्रति उसका प्रेम स्वार्थपूर्ण है। अम्बिका अपनी पुत्री का विवाह अन्यत्र करना चाहती है, लेकिन मल्लिका और कालिदास के प्रेम की बात इतनी फैल चुकी है कि उसके द्वारा भेजे गए विवाह–प्रस्ताव अस्वीकार हो जाते हैं। मल्लिका अपनी

मां को समझाती है कि वह विवाह नहीं करना चाहती। उसने 'भावना में भावना का वरण' किया है, जिसमें स्वार्थ के लिए कोई स्थान नहीं है। मां उसे भावना नहीं, जीवन–कर्म और लोकव्यवहार का मर्म समझाती है।

अभी यह बात चल ही रही थी कि कालिदास अपनी गोद में बाण से घायल एक मृगशावक को लिए अम्बिका के घर में प्रवेश करता है। उसे देखकर अम्बिका क्रोधवश घर के अन्दर चली जाती है। कालिदास सूचना देता है कि गांव में कुछ राजकर्मचारी आए हैं, जिन्होंने उस मृगशावक को घायल किया है। तभी राजकर्मचारी दन्तुल वहाँ आकर अपना शिकार मांगता है, किन्तु कालिदास देने से मना कर देता है। इसी वाद–विवाद में दन्तुल को ज्ञात होता है कि जिससे वह बहस कर रहा है, वह 'ऋतुसंहार' का रचयिता प्रसिद्ध कवि कालिदास है। दन्तुल उज्जयिनी के राजा द्वारा कालिदास को लिवा लाने के लिए भेजा गया है ताकि उसे राजकवि का सम्मान दिया जा सके। कालिदास अपना गांव छोड़कर उज्जयिनी नहीं जाना चाहता, इसलिए वहाँ से चला जाता है। मातुल (कालिदास के मामा) आकर कालिदास को मूर्ख आदि कहते हैं। निक्षेप आकर समझाता है कि कालिदास को उज्जयिनी अवश्य जाना चाहिए, क्योंकि समय किसी की प्रतीक्षा नहीं करता है और राजकवि के पद को कालिदास नहीं, तो कोई और भर देगा। वह मल्लिका को प्रेरित करता है कि वह कालिदास को समझाए। मल्लिका के समझाने पर कालिदास उज्जयिनी जाने की स्वीकृति दे देता है।

द्वितीय अंक में कालिदास के उज्जयिनी चले जाने के पश्चात् अम्बिका की रुग्णता और चिन्ता दर्शित है। अम्बिका के अस्वस्थ हो जाने पर घर में प्रत्येक वस्तु का अभाव छा जाता है। मल्लिका कालिदास का कोई संदेश न पाकर दुःखी रहती है। निक्षेप घर और परिवार की दुर्दशा का कारण अपने को मानता है, क्योंकि उसी ने कालिदास को उज्जयिनी भिजवाया था। किन्तु मल्लिका को, कम से कम शाब्दिक स्तर पर, कोई दुख नहीं है, क्योंकि उज्जयिनी जाकर कालिदास ने उसके स्वप्न को साकार कर दिया था। 'कुमारसम्भव' और 'मेघदूत' जैसे काव्यों को उज्जयिनी जाने वाले व्यापारियों के हाथों मंगवाकर मल्लिका ने पढ़ लिया है। उसे इस सूचना से भी कोई दुःख नहीं होता कि कालिदास ने राजकन्या प्रियंगुमंजरी से विवाह कर लिया है।

उसे दुःख का पहला झोंका तब लगता है, जब निक्षेप झरोखे से झांककर यह बताता है कि मातृगुप्त के रूप में कश्मीर जाता हुआ कालिदास

उसके घर के सामने से घोड़े पर सवार होकर निकल गया है और वह उससे मिलने नहीं आया है। अब मल्लिका को अपनी अनुभववृद्ध मां की कही हुई वह बात याद आती है कि गांव में जब भी कोई नई आकृति आती है, तब कोई न कोई अनिष्ट होता है। मल्लिका के गांव और घर में पहली आकृति दन्तुल की आई थी, जो मल्लिका से उसका कालिदास छीन ले गई थी। अब रंगिणी और संगिनी आयी हैं, जो कालिदास के काव्य के प्रेरक बिन्दुओं का अध्ययन करना चाहती हैं। पहले अम्बिका ने मल्लिका को कालिदास के आत्मप्रेम का एक माध्यम भर बताया था, अब रंगिणी और संगिनी ने भी ऐसा ही प्रयास किया। मल्लिका ने सोचा था कि अब जब कालिदास गांव में आएगा, तब वह अपने हाथों से बने कोरे पत्रों की पुस्तक देगी, जिस पर कालिदास अपना एक नया काव्य लिखेगा। उसकी सोच को कालिदास की उपेक्षा से बड़ा धक्का लगता है।

चिन्ता में निमग्न उसकी तंद्रा द्वार की दस्तक तोड़ती है। द्वार खोलने पर अनुस्वार और अनुनासिक नामक दो राजकर्मचारी सूचना देते हैं कि राजदुहिता प्रियंगुमंजरी पधार रही हैं और वे घर की व्यवस्था ठीक करने आए हैं। प्रियंगुमंजरी मल्लिका के घर में आकर उसके रूप की प्रशंसा करती है और बताती है कि कालिदास इस गांव और मल्लिका को भूल नहीं पाया है। 'मेघदूत' में यहीं का वातावरण उन्होंने चित्रित किया है। कालिदास का मन राजनीति में लगे, इसलिए प्रियंगुमंजरी मल्लिका के गांव, घर और आसपास का वातावरण अपने साथ ले जाना चाहती है। प्रियंगुमंजरी यह नहीं चाहती कि कालिदास मल्लिका को याद करे, इसलिए प्रस्ताव करती है कि वह अनुस्वार अथवा अनुनासिक में से किसी एक के साथ विवाह कर ले। मल्लिका की आँखों से आँसू बहने लगते हैं, तो अम्बिका उसकी खिल्ली उड़ाने लगती है। विलोम भी उसकी और कालिदास की खिल्ली उड़ाने में अम्बिका का साथ देने लगता है। मल्लिका को अब भी आशा है कि कालिदास उससे मिलने अवश्य आएगा। विलोम को भी यही आशा है, इसलिए जमकर बैठ जाता है कि वह मल्लिका की उपेक्षा के लिए कालिदास को खरी–खरी सुनाएगा। मल्लिका उस अप्रिय अवसर को टालने के लिए विलोम को अपने घर से भगा देती है, पर कालिदास तब भी नहीं आता। निराश मल्लिका अपनी मां के वक्ष में सिर देकर आँसू बहाने लगती है।

तृतीय अंक में अम्बिका का देहावसान हो चुका है और मल्लिका दीनहीन, जर्जर और अन्नाभाव से पीड़ित हो गई है। स्वाभिमान की रक्षा के

लिए वह प्रियंगुमंजरी की आर्थिक सहायता को लौटा चुकी है और वह विलोम जैसे घृणा–पात्र के साथ जीवन–यापन के लिए समझौता कर चुकी है। आषाढ़ के दिन फिर आते हैं। फिर वर्षा की रिमझिम और मेघगर्जन होते हैं। भीगा हुआ मातुल लंगड़ाता हुआ मल्लिका के सामने उपस्थित होता है और उसे बताता है कि गुप्त सम्राट के देहान्त के बाद कश्मीर में हुई उथलपुथल के बीच कालिदास संन्यासी होकर काशी चला गया है। मल्लिका को यह सुनकर बड़ी क्षोभ होती है। वह बड़बड़ाने लगती है कि कालिदास को ऐसा नहीं करना चाहिए। मल्लिका ने कालिदास को हमेशा श्रेष्ठ कवि के रूप में देखना चाहा था, शासक और संन्यासी के रूप में नहीं। तभी क्षत–विक्षत सा कालिदास वहाँ प्रवेश करता है। कालिदास अपनी मल्लिका, अपने गांव और वातावरण की जिस छवि को लेकर वर्षों पहले उज्जयिनी गया था, वही छवि इस समय तक उसके मस्तिष्क में है। उसी छवि में खोया वह मल्लिका के सामने यह रहस्योद्घाटन करता है कि यहाँ से जाने के बाद उसने जो कुछ भी लिखा है, उसमें नायिका मल्लिका तथा नायक कालिदास है और उसमें इसी ग्राम–प्रांतर का वातावरण वर्णित है।

मल्लिका जब उसे अपना हस्तनिर्मित कोरा ग्रन्थ सौंपती है, तब उसे पलटते हुए कालिदास देखता है कि उसके पन्ने आँसुओं से भीगे हुए, उंगलियों से काले, दांतों से काटे हुए हैं और वह अनन्त सर्गों वाला एक महाकाव्य बन गया है। अब वह अपना जीवन पहले जैसी मल्लिका और पहले जैसे ग्राम–वातावरण में जीने के लिए लौटा है। तभी भीतर से बच्ची के रोने का शब्द सुनाई पड़ता है। उसके बारे में मल्लिका से यह सुनकर कि यह उसके अभाव की सन्तान है, उसका स्वप्नभंग होता है। मदिरोन्मत्त विलोम प्रवेश कर कालिदास पर व्यंग्य बाण छोड़ता है। कालिदास उसे घर से निकल जाने को कहता है, तो पता चलता है कि विलोम अब मल्लिका का स्वामी है। मोहभंग की इस स्थिति को लेकर कालिदास घर से निकल जाता है और मल्लिका टूटी–सी बैठी रह जाती है।

नाटक में कालिदास वस्तुतः कलाकार के व्यक्ति–स्वातंत्र्य और राज्याश्रय के बीच भटकती हुई सर्जनात्मकता की तलाश का नाट्य–बिम्ब है। कालिदास मल्लिका से कहता है *"मैं अनुभव करता हूँ कि यह ग्राम प्रान्त मेरी वास्तविक भूमि है। मैं कई सूत्रों से इस भूमि से जुड़ा हूँ। उन सूत्रों में तुम हो, यह आकाश और मेघ है। यहाँ की हरीतिमा है, हरिणों के बच्चे हैं, पशुपालक हैं– यहाँ से जाकर मैं अपनी भूमि से उखड़ जाऊँगा।"* यही नहीं

उसका दावा है कि *"मैं राजकीय मुद्राओं से क्रीत होने के लिए नहीं हूँ।"* पर वह अपनी जन्मभूमि से उखड़कर राजकीय मुद्राओं से क्रीत हो जाता है और राज्याश्रय के पक्ष में तर्क गढ़ने लगता है। कश्मीर का शासक बनने के बाद जब वह गांव लौटता है, मल्लिका से नहीं मिलता। उसे डर लगता है कि मल्लिका की आँखों से बिंधकर कहीं वह राज्यसत्ता ही न खो बैठे। लेकिन धीरे–धीरे उसकी आन्तरिक उर्वरता नष्ट होने लगती है। अंत में गांव लौटने पर मल्लिका का बाह्य परिवर्तन देखकर वह अपने को निर्वासित कर लेता है। मल्लिका की भावनामयता अभावों की मार खाकर एक तरह का वारांगनात्व स्वीकार कर लेने पर भी टूटती नहीं। कालिदास की सर्जनात्मकता को बनाए रखने में ही उसकी सार्थकता है।

मोहन राकेश ने इस नाटक को लिखने में अपने संस्कृतज्ञान का अच्छा उपयोग किया है, यह इसके नाम और इसके भीतर की वस्तु से ज्ञात हो जाता है। नाटक का नाम है –'आषाढ़ का एक दिन' और इसका नायक है –कालिदास। शीर्षक पढ़ते ही तुरन्त कालिदासकृत 'मेघदूत' के ये आरम्भिक अंश याद आते हैं –'आषाढ़स्य प्रथम दिवसे...'। इस नाटक की नायिका मल्लिका का प्रथम अंक में प्रथम संवाद है *"आषाढ़ का पहला दिन और ऐसी वर्षा मां।...ऐसी धारासार वर्शा। दूर–दूर तक उपत्यकाएँ भीग गईं..."* यह सब बोलने के बाद उसके मुख से जो श्लोक फूटता है *'कुवलयदलनीलैरून्नतैस्तोयनम्रैः'* वह भी 'मेघदूत' का है। इस नाटक का अथ आषाढ़ मास की वर्षा से हुआ है, तो इति भी उसी मास में की गई है। 'मेघदूत' में पूर्वमेघ और उत्तरमेघ खण्डों की अनुकृति के रूप में नाटक के इन दोनों अंकों को देखा जा सकता है। 'मेघदूत' आद्यन्त विरह काव्य है, तो इस नाटक के आरम्भ में संयोग में वियोग, फिर वियोग में संयोग और बाद में चिर–वियोग की स्थितियाँ हैं, इसलिए स्थायी भाव की दृष्टि से भी यह नाटक 'मेघदूत' की परम्परा में ही है।

नाटक के पहले अंक की योजना में कालिदास के नाटक 'अभिज्ञानशाकुन्तल' की भी छाया दिखाई पड़ती है। दोनों में ही हरिण शावक केवल एक युक्ति नहीं बल्कि एक सजीव और सशक्त पात्र की सी भूमिका निभाता है। यदि वहाँ आश्रम का नैसर्गिक परिवेश है तो यहाँ पूरा ग्राम–प्रान्तर ही उस वातावरण का प्रतीक है। यदि वहाँ दुष्यन्त स्वयं एक राजपुरुष के रूप में है तो यहाँ दन्तुल को उसी श्रेणी में रखा जा सकता है। पहले अंक से आगे के अंकों की विकास यात्रा दोनों नाटकों में लगभग एक जैसी है अर्थात् गांव

से नगर, प्रकृति से राजभवन तक और अन्ततः पुनः वापसी प्रकृति की ओर ही होती है। जहाँ 'अभिज्ञानशाकुन्तल' के अंतिम अंक में दुष्यन्त और शकुन्तला एक–दूसरे से बहुत वर्षों तक अलग रहकर पुनः एक–दूसरे को एक नए रूप में पहचानते हैं और साथ रहने की एक नई शुरुआत करते हैं वहीं 'आषाढ़ का एक दिन' के तीसरे अंक में कालिदास और मल्लिका बहुत सालों तक एक–दूसरे से अलग रहने के बाद मिलते जरूर हैं लेकिन यह मिलना फिर से एक बार बिछुड़ने के लिए होता है। *(द्रष्टव्य : हिन्दी नाटक परम्परा और प्रयोग–डा. सुधीन्द्र कुमार, आधुनिक हिन्दी साहित्य का इतिहास–बच्चन सिंह, रंगमंच का सौन्दर्यशास्त्र– देवेन्द्र राज अंकुर)*

आठवां सर्ग-सुरेन्द्र वर्मा

सुदूर अतीत में वर्तमान की रेखाएँ और वर्तमान में विगत की पुनरावृत्ति की दृष्टि से 'आठवां सर्ग' एक बहुचर्चित नाटक रहा है। इसे 1976 में राधाकृष्ण प्रकाशन, नई दिल्ली ने प्रकाशित किया था। कालिदास के महाकाव्य 'कुमारसंभव' के विवादास्पद आठवें सर्ग के उद्दाम श्रृंगार के बहाने इस नाट्य–कृति में कला–क्षेत्र में श्लीलता–अश्लीलता और सेंसरशिप बनाम अभिव्यक्ति–स्वातंत्र्य जैसे तीखे विषय लिए गए हैं। यहाँ कथ्य एक ओर ऐतिहासिक है, तो दूसरी ओर ऐसा प्रतीकात्मक अनुभव–खंड, जिसमें एक देशकाल–निरपेक्ष सार्वभौमिक सत्य अंतर्निहित है। इतिहास–बोध, कला–चेतना एवं रंग–कौशल की दृष्टि से आठवां सर्ग समकालीन नाट्य–दृष्टि और रंगमंच की एक महत्त्वपूर्ण उपलब्धि है।

मिथकीय वस्तु की आधुनिक सन्दर्भ में व्याख्या के उपक्रम में सुरेन्द्र वर्मा ने यह नाटक लिखा है। मोहन राकेश के 'आषाढ़ का एक दिन' के समान यह नाटक भी कवि कालिदास के जीवन और कृतित्व की परिकल्पना पर आधारित है, किन्तु 'आषाढ़ का एक दिन' की तुलना में तथा विषयवस्तु के स्तर पर प्रायोगिकता की दृष्टि से इस नाटक की उपलब्धि यह है कि इसमें कालिदास के व्यक्तित्व की कल्पना उन्हीं की रचना अर्थात् साहित्यिक स्रोतों के आधार पर की गई है। रचनाकार के व्यक्तिगत और अन्तरंग जीवन का उसकी रचना से अन्तःसम्बन्ध प्रस्तुत करने की दृष्टि से भी यह कृति हिन्दी नाट्यपरम्परा में अछूते आयाम खोलती है।

नाटककार की परिकल्पना है कि कवि कालिदास ने अपने स्वयं के दाम्पत्य जीवन के अन्तरंग अनुभवों को अभिव्यक्ति देते हुए ही 'कुमारसम्भव'

महाकाव्य का अष्टम् सर्ग लिखा था। उज्जयिनी के गण्यमान्य लोगों की जिस सभा में महाकवि को सम्मान देते हुए इस सर्ग को सुना जाना था उसमें कालिदास के कृतित्व से द्वेष रखने वाले क्षुद्र लोगों ने महाकाल के मंदिर के प्रमुख पुजारी को उपस्थित करा दिया। इस प्रमुख पुजारी या धर्माध्यक्ष ने कालिदास की रचना को अत्यन्त अश्लील और धार्मिक भावनाओं को चोट पहुँचाने वाली बताया। सम्राट् चन्द्रगुप्त ने कालिदास से इस सर्ग को अपने काव्य से निकाल देने का अनुरोध किया। खिन्न होकर कालिदास ने आठवां सर्ग के अनन्तर अपना महाकाव्य नहीं लिखा। मिथकीय और ऐतिहासिक कथावस्तु की नाटककार ने यहाँ समसामयिक सन्दर्भों में इस प्रकार व्याख्या की है कि आधुनिकता के स्थान पर समकालीनता का स्वर प्रधान हो गया है।

कालिदास राजधानी से बहुत दूर अपने कुटीर में जाकर रचना इसलिए करता है कि राजधानी के कोलाहल, गोष्ठियों, सभाओं, लोगों का मिलना–जुलना इन सबके कारण उसे अवकाश नहीं मिल पाता। यह कीर्तिभट्ट के संवादों में जिस प्रकार नाटककार ने कहलाया उसमें आज का महानगरीय बोध स्पष्ट रूप से हावी हो गया है। कालिदास के 'कुमारसम्भव' या 'आठवां सर्ग' पर ही जिस प्रकार आक्षेप या प्रश्न और प्रतिप्रश्न उठाए गए हैं उनसे लगता है जैसे समकालीन कृति पर हमारे आज के समय में विवाद हो रहा हो। अनसूया द्वारा इस वाद–विवाद का विवरण द्रष्टव्य है – *"ज्यों ही वह स्थल आया कि शयनागार में उमा और महादेव एक दूसरे को पराजित करने पर तुले हुए थे। दोनों के केश छितरा गये, चन्दन पुंछ गया, उमा की मेखला टूट गई, लेकिन उसके साथ क्रीड़ा–केलि से महादेव का मन नहीं भरा...त्यों ही तमतमाया चेहरा लिए धर्मगुरु खड़े हो गये और गरज कर बोले कि यह सर्ग अत्यन्त अश्लील है। जगत्पिता महादेव और जगज्जननी पार्वती के भोग–विलास का ऐसा उद्दाम, ऐसा स्वच्छन्द, ऐसा नग्न चित्रण ! इसका रचयिता पापी है। इसके श्रोता पापी हैं...ऐसे अधर्मी और अनाचारी कवि के सम्मान में, समारोह में जो भाग ले वह पापी है। जो उसका निमित्त बने वह पापी है। जो इसमें सहायता दे वह पापी है। तुरन्त राजपुरोहित और धर्माध्यक्ष खड़े हो गये और सम्राट से क्षमा मांगने लगे कि वे इस आयोजन में भाग नहीं लेंगे। महादंडनायक ने कहा कि यह सर्ग अत्यन्त मर्यादाहीन है। मंत्रि–परिषद् के पांच–छह वृद्ध सदस्य बोले कि उनकी धार्मिक भावनाओं को ठेस पहुँची है। तभी व्यापारी संघ के प्रधान सोमदत्त खड़े हुए और कहने*

लगे कि यह सर्ग बहुत अश्लील है। प्राध्यापक विद्याभास्कर ने मांग की कि 'कुमारसम्भव' पर प्रतिबन्ध लगाया जाये क्योंकि कच्चे मस्तिष्कों पर इसका बुरा प्रभाव पड़ेगा।''

इसी प्रकार दिङ्नाग आज के ईर्ष्यालु पण्डित आलोचकों की तरह प्रतीत होते हैं जो रचनाकार की गरिमा और उदात्तता को सहन नहीं कर पाते। हमारे समय की साहित्यिक गुटबन्दी की भी छाया कालिदास के समय के रचनाकारों के उस वर्ग के उल्लेख में आ गई है, जिनकी कूटनीतिक चाल के फलस्वरूप कालिदास की सम्मान–सभा में धर्मगुरू को लाया जाता है। 'कुमारसम्भव' की अश्लीलता की जांच के लिए न्याय समिति का नियुक्त किया जाना भी आज के जांच आयोग के समान है।

उपर्युक्त उल्लेखों से लगता है कि अपने समय के सन्दर्भों के अनुरूप कालिदास और उनके समय को प्रस्तुत करते हुए नाटककार ने अतिसरलीकरण कर दिया है। फिर भी यह नाटक व्यवस्था और कवि के अन्तर्द्वन्द्व में कवि की उदात्तता और गरिमा को जिस रूप में प्रस्तुत करता है वह एक बड़ी उपलब्धि है। 'आषाढ़ का एक दिन' में इस द्वन्द्व को पृष्ठभूमि में रखा गया है तथा कवि की सर्जना की सम्भावनाएँ अस्पष्ट रूप में इंगित भर कर दी गई हैं। यहाँ नाटककार ने एक रचनाकार की विजय को उस धरातल पर यथार्थदृष्टि से चित्रित किया है। इसीलिए 'आषाढ़ का एक दिन' जहाँ अपनी परिणति में कोई सुस्पष्ट दिशा नहीं दे पाता, वहाँ यह नाटक कलाकार और मनुष्य के कर्तृत्व को निहित स्वार्थों और संकुचित विचारधाराओं से टक्कर लेते हुए और उन्हें परास्त करते हुए दिखाता है।

नाटक में इस प्रश्न पर गम्भीरता से और कई दृष्टियों से विचार किया गया है कि एक रचनाकार व्यवस्था पर कितना निर्भर और कितना स्वायत्त है। सम्राट् चन्द्रगुप्त कालिदास को समझाते हुए कहता है *''आपने अपनी अश्वमेध यात्रा में देख लिया कि एक रचनाकार जनमानस में कितने गहरे पैठ चुका है...। शासन अब क्या चाहता है!...रचनाकार को स्वीकार करके अपने किये को अनकिया करना चाहता है। बतलाना चाहता है कि ''माना कि तुम एक से एक उत्कृष्ट रचनाएँ लिखोगे, लेकिन यदि राज्य की सहायता न मिली तो वे दादुर की टर्र–टर्र की तरह आजीवन कुएं में ही रहेंगी। क्या तुम अभिव्यक्ति मात्र से ही सन्तुष्ट हो जाते हो! तुम्हारा रचनाकार और कुछ नहीं मांगता?''*

इस जटिल परिस्थिति में कालिदास समझौता नहीं करते। 'कुमारसम्भव' के आपत्तिजनक अंशों को अपने काव्य से हटा देने को तैयार नहीं होते

क्योंकि उनकी दृष्टि में शिव–पार्वती रस के भी अधिदेवता हैं और वे मनुष्य के सौन्दर्य और राग की भावनाओं के प्रतिरूप हैं। फलस्वरूप 'कुमारसम्भव' एक प्रतिबन्धित कृति बन जाता है, उसकी प्रतियाँ राजकीय पुस्तकालयों में नहीं रखी जातीं, कविगोष्ठियों में उसका पाठ नहीं होता और उसका विक्रय नहीं होता। किन्तु कवि की रचनाशीलता सत्ता के इस प्रतिरोध से पराहत और परास्त नहीं होती, वह उत्तरोत्तर उत्कृष्ट रचना करता जाता है और जब 'अभिज्ञान शाकुन्तल' और 'रघुवंश' के कृतित्व के कारण उसका अभिनन्दन किया जाता है, तो वह अपने अभिनन्दन समारोह में स्वयं अनुपस्थित रहता है। बाद में वह अपनी पत्नी प्रियंगुमंजरी से कहता है *"सन्ध्या बेला को वन की शान्ति...देखते–देखते मन विचलित हो गया...कि ऐसे पुनीत सम्मोहन को छोड़कर कहाँ जा रहा हूँ मैं? ईर्ष्या द्वेष के उस छद्म लाख के घर में! छलाव औ षड्यन्त्रों की उस मायानगरी में! मैं क्या करूंगा वहां?...यह सम्मान मुझे क्या देगा?...इस नाटक को मुझे जो देना वह मुझे दे चुका है।...रचना का संतोष...देश के कोने–कोने से दर्शकों की साझेदारी भावोपलब्धि के बाद की उनकी निरन्तर चलती करतल ध्वनि।"*

कालिदास अब जान गया है कि उसका कृतित्व और उसके कवि का अस्तित्व सत्ता के आश्रय पर नहीं टिका है। जिस सम्राट् ने उसके कृतित्व पर पाबन्दी लगायी थी उसी से अब वह कह सकता है *"जीवन के एक मोड़ पर सत्ता की आवश्यकता थी...अब नहीं है...अगर शासन मेरी रचना पर यहाँ रोक लगायेगा, तो वह दूसरे राज्य में सप्तम सुर में सुनी जायेगी। मुझे बन्दीगृह में डाल देगा, तो संकीर्ण बुद्धि और कुटिल मन कहलायेगा और अगर मेरी हत्या कर देगा तो लोकमत उसके विरूद्ध आषाढ़ के पहले काले कजरारे मेघों के समान भड़क उठेगा।"*

कालिदास की रचनाओं के संकेत लेकर उन्हें उनके व्यक्तिगत जीवन में आरोपित करने का भी प्रयास हिन्दी नाट्यपरम्परा में पहली बार हुआ है। इस नाटक में प्रियंगुमंजरी दर्पण में निहार रही है और कालिदास पीछे से आ जाते हैं। दर्पण में उनका प्रतिबिम्ब देखकर प्रियंगुमंजरी लज्जारुण हो उठती है। यह दृश्य 'कुमारसम्भव' (8/11) में प्राप्त वर्णन पर आधारित है। दोषारोपण करने वाले दिङ्नाग पण्डित की परिकल्पना भी नाटककार ने 'मेघदूत' के एक श्लोक से ली है। साथ ही प्रियंगुमंजरी और अपने बीच घटी घटनाओं को उसने 'कुमारसम्भव' में कहां–कहाँ व किस तरह पिरोया है यह भी नाटककार ने अपनी परिकल्पना से पहली बार यहाँ सामने रखा

है। समकालीनता के साथ सांस्कृतिक–बोध भी इस नाटक की एक और प्रमुख विशेषता है। *(द्रष्टव्य 'नाट्यम्' अंक 28, संपादक राधावल्लभ त्रिपाठी में सत्यवती त्रिपाठी का आलेख)*

शकुन्तला की अंगूठी-सुरेन्द्र वर्मा

'शकुन्तला की अंगूठी' सुरेन्द्र वर्मा विरचित एक बहुत ही प्रसिद्ध नाटक है। यह वाणी प्रकाशन, नई दिल्ली से 2005 में प्रकाशित हुआ था। नाटक का आरम्भ होता है एक नाटक के रिहर्सल के स्थान पर, जहाँ नाटक–मंडली 'शकुन्तला' नाटक के मंचन से पहले रिहर्सल के लिए जुटी है। होता यह है कि नाटक का निर्देशन कर रहा कुमार इस नाटक में मुख्य पात्र शकुन्तला का अभिनय कर रही नायिका से प्रेम करने लगता है। इसी बीच निर्देशक कुमार को अमेरिका में एक फेलोशिप मिल जाती है। यह मालूम होते ही निर्देशक तुरत–फुरत अमेरिका रवाना होने की तैयारी में जुट जाता है। ऐसा करते हुए उसे अपनी उस नायिका की तनिक भी चिंता नहीं होती जिसके हृदय में उसके प्रति भी प्रेम प्रगाढ़ हो चला है। वह उसकी, उसकी भावनाओं की, उसके प्रेम की उपेक्षा करता है। ऐसी उपेक्षा से व्यथित होकर वह नायिका निर्देशक और अब अपने प्रेमी रहे कुमार से वह अंगूठी वापस मांग लेती है जो उसने कुमार को प्रेम–प्रतीक के तौर पर पहनाया था। वह इस अंगूठी को अब एक अन्य कलाकार जो कि एक मछुआरे का मामूली सा किरदार अदा कर रहा था, को पहना देती है। यहीं इस नाटक के शीर्षक की सार्थकता स्पष्ट होती है। यह नाटक अपने समय में शकुन्तला के आख्यान को एक नया संदर्भ, एक नया अर्थ प्रदान करता है। नाटक में मुख्य रूप से एक नाटक–मंडली की आंतरिक स्थितियों और उसके तौर–तरीकों को आधार बनाया गया है।

काटना शमी का वृक्ष पद्मपंखुड़ी की धार से-सुरेन्द्र वर्मा

'काटना शमी का वृक्ष पद्मपंखुड़ी की धार से' सुरेन्द्र वर्मा का एक बहुचर्चित उपन्यास है। इसका प्रकाशन 2010 में भारतीय ज्ञानपीठ, नई दिल्ली ने किया है। समय द्वारा भूले सुदूर ग्राम में छटपटाता युवा कवि कालिदास काव्यशास्त्र के परे जा, नितान्त मौलिक कृति 'ऋतुसंहार' की रचना करता है, पर उज्जयिनी विश्वविद्यालय का आचार्य अध्यक्ष उसे पढ़े बिना रद्दी की टोकरी में फेंक देता है। अपने आराध्य शिव को लेकर एक

महाकाव्य की रूपरेखा भी उसने बना ली है, अपने अनुकूल एक नयी महाकाव्य शैली का धुंधला–सा स्वरूप उसके भीतर सुगबुगा रहा है, पर वांङ्मय के किसी विद्वान से उसके बारे में चर्चा जरूरी है। नाट्य रचना का आकांक्षी कालिदास शाकुन्तल के प्रारम्भिक अंक लिख लेता है, पर उसका आन्तरिक समीक्षक समझ जाता है कि घुमन्तु रंगमंडलियों से प्राप्त रंग–व्याकरण की उसकी समझ अभी कच्ची है।

'सभ्य संसार की विश्वात्मिका राजधानी उज्जयिनी' जाना होगा उसे। वहाँ परिष्कृत रंग–प्रदर्शन देखते हुए गहन होता है कालिदास का बाहरी और भीतरी संघर्ष। राष्ट्रीय साहित्य–केन्द्र 'ऋतुसंहार' को प्रकाशन योग्य तो नहीं पाता, पर लम्बी दौड़धूप के बाद मंचित होता है 'मालविकाग्निमित्र'। पहले प्रदर्शन पर राजदुहिता प्रियंगुमंजरी से भेंट दोनों के जीवन का पारिभाषिक मोड़ बन जाती है। वह नियति थी, जिससे दुष्यन्त शकुन्तला के जीवन में संताप लेकर आया। प्रियंगु क्या लेकर आयी ? शाप मोटिफ है–कर्म का मूर्त स्वरूप, जो बताता है कि जाने–अनजाने नैतिक विधान में छेड़छाड़ करने का दंड व्यक्ति को भुगतना होता है। किसके लिए मन्तव्य था 'मेघदूत'? और उसकी रचना क्या इसी दंड की भूमिका थी ? पर कवि के लिए यह दंड एक दृष्टि से वरदान कैसे साबित हुआ ? सबसे कम आयु के नवरत्न ने 'रघुवंश' और 'कुमारसम्भव' के लिए लालित्यगुणसम्पन्न वैदर्भी महाकाव्य शैली का अर्जन कैसे किया? व्यक्ति के रूप में व्यथा झेलते हुए रचनात्मक चुनौतियों का सामना कैसे किया जाता है और प्रतिष्ठा के शिखर पर होते हुए कैसे बनता है उसके त्याग का योग? आर्यावर्त के प्रथम राष्ट्रीय कवि बनने की क्षत–विक्षत प्रक्रिया। विधायक, मिथक–रचयिता और अप्रतिम संस्कृति प्रवक्ता कालिदास के लिए लेखक के जीवनव्यापी पैशन का परिणाम महाकवि पर यह पारिभाषिक उपन्यास है, जिसकी संरचना में उपन्यास की वर्णनात्मक शैली, नाटक की रंग युक्तियों, और सिनेमा की विखंडी प्रकृति के सम्मिश्रण का संयोजन किया गया है। औपन्यासिक विधा में एक अभिनव प्रयोग।

'समकालीन भारतीय साहित्य' के 170वें अंक में इस उपन्यास की समीक्षा करते हुए पुष्पपाल सिंह ने लिखा है कि "हमारे समय के महत्त्वपूर्ण साहित्यकार सुरेन्द्र वर्मा लिखित 'काटना शमी का वृक्ष पद्मपंखुड़ी की धार से' उपन्यास है तो उपन्यास प्रजाति का, किन्तु उपन्यास की कथ्य और शैली की सारी बंधी–बंधायी रूढ़ियों को तोड़ता हुआ। वे सचेत रूप में

उपन्यास को 'एक दृश्य काव्याख्यान' कहते हैं और इसे 'कवि सुरेन्द्र वर्मा विरचित' मुद्रित कराते हैं, शीर्षक भी पुरातन हस्तलिखित संस्कृत काव्यों, नाटकों की तरह ।।....।। दो खड़ी पाइयों के बीच में मुद्रित कराते हैं जिसका अर्थात् यह बनता है कि 'आख्यान' होने के कारण, वह भी गद्य में, वह उपन्यास की श्रेणी में ही आता है किन्तु कवि विरचित होने के कारण उसकी भाषा–शैली में एक काव्यात्मक संवेदन है और शैल्पिक संरचना में उपन्यास, आख्यान के भीतर नाट्यात्मक संरचना– इसीलिए आख्यान का विभाजन अध्यायों में न होकर 'दृश्योच्छ्वासों' में है, नाटक के समान दृश्य–परिवर्तन। उसमें भी यह नावीन्य कि कृति का प्रारम्भ 'उपसंहार' के 94(क) दृश्योच्छ्वास, अंत से कथा का सिरा उठाकर किया गया है। उपन्यास या 'दृश्य काव्याख्यान' की कथा पांच खण्डों और 95 दृश्योच्छ्वासों में विन्यस्त है और समापन भी नाट्य–शैली में 'भरत वाक्य' के साथ होता है। सुरेन्द्र वर्मा अपने इस उपन्यास द्वारा साहित्य शास्त्र में अपना स्वतन्त्र मानक गढ़ना चाहते हैं।

उपन्यास में कालिदास के जीवन, साहित्य और समय का अत्यन्त सशक्त पुनरावतरण हुआ है। शुरू में ही जोसेफ कैंपबेल (Joseph Campbell) को उद्धृत किया गया है कि मिथ इतिहास से भी अधिक सत्य होता है–'डू नॉट इग्नोर माइथोलॉजी, इट इज ट्रुअर दैन हिस्ट्री'। इसी प्रस्थान–भूमि पर खड़े होकर इतिहास, जनश्रुति, प्रचलित मिथ और उर्वर कल्पना तथा भाषा एवं शिल्प पर परिश्रम करते हुए ऐतिहासिक शोध के साथ कृतिकार इसके प्रणयन में प्रवृत्त हुआ है। तत्कालीन वेशभूषा, अलंकरण, भाषण–शैली और परिवेश की तद्युगीन भास्वर प्रस्तुति भी दृष्टव्य है, 'वर्तमान के अतीत बनने की प्रक्रिया का पल–पल अंकन' (दृश्योच्छ्वास 26 का शीर्षक) और फिर बार–बार उस अतीत का वर्तमान के परिवेश में प्रक्षेपण बड़े कौशल से कर कालिदास के काव्य–वैभव और गुप्त साम्राज्य के गौरव–गरिमापूर्ण परिवेश को साक्षात् किया गया है, उसके पूरे सांस्कृतिक वैभव के साथ।"

सुभाष शर्मा ने 'पुस्तक–वार्ता' के पैंतीसवें अंक में लिखा है कि "कालिदास के जीवन–चरित पर कल्पना के सहारे और उनकी रचनाओं के सहारे लिखा गया यह अद्भुत एवं श्रेष्ठ उपन्यास है। उपन्यास की अंतर्वस्तु के साथ–साथ इसकी जीवन्त भाषा, बिंब, तकनीक, वार्तालाप शैली आदि इसे मंचन एवं फिल्मांकन दोनों के सुयोग्य बनाती है। यहाँ जीवन का यथार्थ कम और कल्पना का ताना–बाना अधिक है, मगर उपन्यासकार ने

पूरे वृत्तांत को विश्वसनीय बनाने में सफलता पाई है। इसके लिए उसने कालिदास की तमाम कृतियों से प्रसंगानुकूल उद्धरण दिए हैं। जाहिर है, ऐसे में तत्सम भाषा का प्रयोग ज्यादा है, मगर मातुल, मुग्धा, कीर्ति भट्ट आदि के नन्दीग्राम की ग्रामीण भाषा के शब्दों को भी सहजता से प्रयोग में लाया गया है। बचपन में मां–बाप के लालन–पालन से वंचित कालिदास को अंतर्मुखी तथा प्रकृति–प्रेमी दिखाना विश्वसनीय है। क्या राष्ट्रीय नाट्य केन्द्र को आज का 'राष्ट्रीय नाट्य विद्यालय' तथा साहित्य केन्द्र को 'साहित्य अकादमी' नहीं माना जा सकता है? इसमें गांव एवं महानगर, स्त्री बनाम स्त्री तथा अभिजन–सामान्यजन की द्वंद्वात्मकता, उच्च शिक्षण संस्थाओं की कूपमंडूकता, युवा रचनाकारों का संघर्ष, उच्च एवं लघु संस्कृतियों की मुठभेड़ आदि का सम्यक्, वर्णनात्मक एवं रंगमंचीय चित्रण इस उपन्यास को काफी पठनीय एवं संग्रहणीय बनाता है। इस पुस्तक का आवरण, कागज की गुणवत्ता एवं मूल्य उचित ही है। निश्चित रूप से सुरेन्द्र वर्मा ने अपने लोकप्रिय उपन्यास 'मुझे चांद चाहिए' से आगे की जमीन तोड़ी है यहां।''

मेघदूत की पुस्तक समीक्षा-शरद जोशी

शरद जोशी की ख्याति हिन्दी के एक प्रसिद्ध व्यंग्यकार के रूप में रही है। उनकी यह रचना 'मेघदूत की पुस्तक समीक्षा' भी एक व्यंग्य रचना ही है। इसमें उन्होंने प्राकारांतर से पुस्तक प्रकाशन, पुस्तकों के प्रचार–प्रसार, पुस्तकों की खरीद, पुरस्कार आदि प्रकरणों के माध्यम से वर्तमान समय में 'पुस्तक–समीक्षा' की चलताऊ प्रवृत्तियों की तरफ संकेत किया है–

''वीर विक्रमादित्य के दरबार की शोभा बने नवरत्नों में क्रमांक तीन के रत्न अर्थात् कवि–कुल–गुरु कालिदास की नवरचित पोथी 'मेघदूत' जब सम्पूर्ण हुई तब राजाज्ञा से इक्कीस संस्कृतविद् ब्राह्मण बिठाय के ताड़–पत्रों पर उसकी शत–शत प्रतियाँ करने के आदेश दिये गये जो यथासमय पूरे हुए। सुन्दर शब्दों में ज्यों का त्यों उतार देने की कला में प्रवीण उन ब्राह्मण ठेकेदारों द्वारा लिखित पोथियाँ जो प्राप्त हुईं, उनमें से कतिपय श्रेष्ठ प्रतियाँ स्वयं कवि–कुल–गुरु कालिदास ने अपने करों से छांटीं तथा तत्कालीन पत्र–पत्रिकाओं को सप्रेम सादर समीक्षार्थ भिजवायीं।...

अवंतिका अर्थात् उज्जयनी नगरी से ही प्रति प्रातः प्रकाशित होने वाले समाचारपत्र 'विक्रम कीर्ति चंद्रिका' ने 'मेघदूत' पोथी का विस्तार से विवेचन किया एवं प्रशंसा के सेतु बांध दिये। 'विक्रम कीर्ति चंद्रिका' दैनिक को राज्य

शासन द्वारा नियमित विज्ञापन प्राप्त होता था एवं समय–समय पर दान आदि भी प्राप्त होता था। पत्र में पुस्तक–समीक्षा का एक नियमित स्तम्भ चलता था। सम्पादक ने समीक्षक को आदेश दिये कि पोथी की विस्तृत प्रशंसा की जाये। समीक्षक ने स्वामी का आदेश बजा लाया –"अलकापुरी से निष्कासित एक यक्ष ने अपनी प्रियतमा से सन्देश पठवाने हेतु मेघ को माध्यम चुना और दूत के रूप में जब मेघ चला तो मार्ग में हमारे राज्य के नगर आये, जिनकी शोभाश्री का वर्णन काव्य में भरा पड़ा है। अर्थात् दूत काव्य के मिस कालिदासजी ने महाराजाधिराज विक्रम के राज्य में सुख से जीवनयापन करनेवाले नागरिकों तथा विकासमान नगरों की शोभा वर्णित की है। इस प्रकार 'मेघदूत' काव्य तो है ही, पर लगे–हस्त एक प्रचार–पुस्तिका एवं यात्रियों हेतु मार्गदर्शिका भी बन गई है।...हमारे राज्य का अधिकांश क्षेत्र कृषिप्रधान है, अतः मेघ को माध्यम चुनना उचित एवं राज्य की जनता की भावना के अनुकूल है।...उपरोक्त काव्य की रचना कर हमारे राज्य के सूचना संचालक कविवर कालिदासजी ने बहुत काल से अनुभव किये जा रहे एक अभाव को दूर कर दिया है कि राज्य में यात्रियों के लिए उपयुक्त मार्गदर्शिका नहीं है।...निश्चय ही इससे पर्यटक आकर्षित होंगे एवं यह पोथी यात्रियों को उपयोगी होगी। अश्व–यात्री भी सुविधा से पढ़ सकें एवं यात्रा में साथ रखी जा सके, इस आशय से पोथी छोटी बनायी गयी है।"

अवन्तिका से ही उस काल 'काव्य चन्द्रोदय' नामक एक मासिक प्रति पूर्णिमा को प्रकाशित होता था। इसके सम्पादक स्वयं कवि थे, जिनके संकलन की भूमिका कालिदासजी ने लिखकर गौरव में चार चन्द्र लगाये थे। अवन्तिका में कालिदास गुट के सभी कवि, जो राज्य द्वारा आयोजित कवि–सम्मेलनों में भाग लेते थे, 'काव्य चन्द्रोदय' में लेखनी चालित करते थे। पत्र में 'मेघदूत' की समीक्षा में लिखा अंश यों है "यह रचना मात्र एक मार्गदर्शिका न होकर एक साहित्यिक ग्रन्थ भी है। बल्कि कहा जाए कि काव्य–पथ के यात्रियों के लिए प्रकाश–स्तम्भ। काव्य की कथावस्तु अत्यन्त सरल, रोचक एवं हृदयस्पर्शी है। भाषा सरल, मुहावरेदार एवं नाना उपमाओं से सज्जित।"

उसी काल में विदिशा नामक नगरी से 'समाचार प्रभाकर' नामी एक पत्र दैनिक प्रस्फुटित होता था। साहित्य पृष्ठ का सम्पादन एक स्थानीय कवि करते थे। वे कालिदास की सफलता से हृदय–ही–हृदय में दग्ध थे। 'मेघदूत' पर आपने यों कृपा की "काव्य में उपमावाद की स्थापना में कवि

कालिदास का विशेष योग है। प्रस्तुत पुस्तक 'मेघदूत' भी इसी वाद की पोषक है। जहाँ देखो वहाँ उपमाएँ। लगता है, कवि की सम्पूर्ण प्रतिभा उपमाएँ खोजने में ही व्यय होगी। कतिपय सुन्दर भी बन पड़ी हैं। कतिपय ऐसी कठिन कि रहस्य समझने हेतु बुद्धि रगड़नी पड़े। विवाद का विषय हो सकता है कि क्या उपमाओं का बाहुल्य ही साहित्य की श्रेष्ठता की कसौटी है? आश्चर्य नहीं कि 'मेघदूत' काव्य के साथ यह विवाद बल पकड़े।...यों तो आजकल कथा एवं काव्य में विभिन्न नगरों एवं क्षेत्रों के नाम देने की प्रवृत्ति–सी चल पड़ी है। शायद कृतिकार को लोभ होता है कि उसकी पुस्तक अन्य नगरों में क्रय की जायगी एवं आदर पायेगी...परन्तु इस दृष्टि से भी 'मेघदूत' काव्य ने हमें निराश किया है।...कालिदासजी ने विदिशा की तुलना में उज्जयिनी को अधिक सुन्दर बताया।...क्या ही उपयुक्त होता, कवि महोदय 'मेघदूत' लिखने से पूर्व इन स्थानों की यात्रा कर लेते और दूसरों से सुनी वार्ताओं पर अपना वर्णन आधारित नहीं करते।...अन्त में हम इतना ही कहेंगे कि अभी संस्कृत साहित्य को कालिदासजी से अनेक आशाएँ हैं तथा जिस सम्माननीय पद पर वे विराजित हैं, उसकी अपेक्षाएँ उन्हें पूर्ण करनी हैं।''

तक्षशिला नामक नगरी से 'पद्य–प्रतिभा' नामक मासिक प्रकाशित होता था। तक्षशिला के एक शिक्षक महोदय इसमें पुस्तक–समीक्षा किया करते थे। 'मेघदूत' छोटा–सा काव्य था, अतः अधिक पंक्तियाँ व्यय करना उन्हें उचित नहीं लगा ''उज्जयिनी–निवासी कालिदास नामी एक कवि रचित काव्य 'मेघदूत' की प्रति देखने को मिली है। छोटी–सी पुस्तक है। काव्य में एक विरही यक्ष ने मेघ को अपनी विरह की पीड़ा सुनायी है और उसे दूत बना निवेदन किया है कि अलकापुरी में प्रियतमा को सन्देश दे। यात्रा–हेतु मेघ को विस्तारपूर्वक निर्देश भी दिया गया है। हमें तो सम्पूर्ण रचना हास्यास्पद ही लगी। विरही द्वारा पक्षी, वायु आदि से सन्देश भिजवाने की बात तो सुनी है एवं कविता की परम्परा के अनुसार है, पर मेघ से सन्देश भिजवाने की सूझ विचित्र है। इसके लिए पृथ्वी पर खड़े विरही को बड़े ऊँचे स्वर में चिल्लाना पड़ता होगा। विरह में पीड़ित व्यक्ति की शारीरिक अवस्था देखते हुए यह सम्भव नहीं प्रतीत होता।''

कलिंग देश से एक साप्ताहिक प्रकाशित होता था 'कलिंग गौरव' जिसका दक्षिण के बुद्धिजीवियों में बड़ा आदर था। कालिदासजी ने समीक्षार्थ 'मेघदूत' की प्रति उसे भी भेजी। पत्र ने तुरन्त उसे सामयिक राजनीति से

जोड़ा "उत्तरवासी शासक एवं विद्वान विगत अनेक वर्षों से दक्षिण पर संस्कृत भाषा थोपने की चेष्टा कर रहे हैं तथा संस्कृत भाषा की श्रेष्ठता प्रमाणित करने के लिए कवियों, लेखकों एवं व्याकरणाचार्यों को धन देकर नित नये ग्रंथ भी रचवा रहे हैं...अपने कथन के परिणामस्वरूप हम 'मेघदूत' नामक एक सद्यःप्रकाशित काव्य प्रस्तुत करेंगे, जिसे उत्तर क्षेत्र के राजा विक्रमादित्य ने अपने दरबार के किन्हीं कवि कालिदास से रचवाया है। कवि महोदय ने यह बताने की चेष्टा की है कि अषाढ़ के मेघ उनके ही राज्य से उठकर राजधानी उज्जयिनी की ओर बढ़ते हैं...क्या कवि महोदय नहीं जानते कि उत्तर भारत को सींचनेवाले बादल दक्षिण के समुद्र से उठते हैं?. ..जिस भाषा में ऐसे संकीर्ण कवि हों, जो 'मेघदूत' सा काव्य रचें, वह भाषा किसी दक्षिणवासी को कैसे स्वीकार होगी?"

इसके अतिरिक्त अन्य पत्रों ने 'मेघदूत' का उल्लेख सिर्फ 'प्राप्ति स्वीकार' के अन्तर्गत ही किया।...अपने काव्य 'मेघदूत' की उपरोक्त समीक्षाएँ पढ़कर कवि कालिदास ने आत्महत्या के उद्देश्य से उज्जयिनी के समीप बहने वाली क्षिप्रा नदी में छलांग लगा दी, परन्तु साहित्य के सौभाग्य से क्षिप्रा उक्त काल में भी आज की तरह अधिक गहरी नहीं थी। कविवर तैरते हुए किनारे आ लगे। बाद में कालिदास ने और भी ग्रंथ रचे और समीक्षार्थ भेज साहित्य के नियमों का निर्विकार भाव से पालन किया।"

महाकवि कालिदास-शिवप्रसाद मिश्र 'रूद्र'

इस नाटक का प्रकाशन विश्वविद्यालय प्रकाशन, वाराणसी ने 1987 में किया। ख्यातिलब्ध हिन्दी विद्वान–कथाकार शिवप्रसाद सिंह ने इस पुस्तक की भूमिका लिखते हुए यह बताया है कि 'पूर्व कालिदास' और 'उत्तर कालिदास' के दोनों लेखक पं. शिवप्रसाद मिश्र 'रूद्र' और पं. सीताराम चतुर्वेदी न सिर्फ नाटक लिखने में माहिर थे बल्कि दोनों ने रंगमंच पर अभिनय भी किया था। चालीस से अधिक वर्षों तक यह नाटक अमुद्रित अन्धकार में डूबा रहा। अगर यह सामने होता तो मोहन राकेश के नाटक 'आषाढ़ का एक दिन' की पूर्वपीठिका के रूप में दोनों ही लेखकों की इस महत्वपूर्ण कृति 'महाकवि कालिदास' की अद्भुत व्याख्या सामने आती। उनके इस कथन से 'महाकवि कालिदास' नाटक के साहित्यिक महत्त्व का तो पता चलता ही है, यह बात भी सामने आती है कि अपने समय के दोनों संस्कृत विद्वानों ने इसके अलग–अलग हिस्से स्वतन्त्र रूप से लिखे थे।

उन्होंने यह भी बताया है कि यह नाटक ऐतिहासिक तो है, मगर कोरी कल्पना पर आधारित नहीं है क्योंकि दोनों ही आचार्य इतिहास में काफी अवगाहन कर चुके हैं।

इस नाटक से कालिदास के जीवनवृत्त पर आंशिक रूप से ही सही प्रमाणपुष्ट रोशनी पड़ती है। कालिदास का मूर्ख होना तथा विद्योत्तमा से शास्त्रार्थ आदि घटनाओं पर भी ध्यान जाता है। कालिदास देवी के आशीर्वाद से विद्वान हो जाते हैं और विद्योत्तमा से पुनः मधुर–मिलन होता है तथा सम्राट विक्रमादित्य अपनी सभा का रत्न घोषित करते हैं महाकवि कालिदास को। यह नाटक रोचकता से परिपूर्ण है।

इसके आरम्भ में ही नाटक की कथावस्तु संक्षेप में बताई गई है। इसके अनुसार दो सहस्त्र वर्ष हुए, शकों ने उत्तरी भारत में पूरे पंजाब और वर्तमान सिन्ध तथा गुजरात–काठियावाड़ प्रदेशों पर अधिकार कर लिया और वे बीच–बीच में आसपास के राज्यों में लूट–मार भी करते रहते थे। एक बार उन्होंने मालव की जन–सीमा पर बसे हुए दशपुर के गुरुकुल को जलाकर उजाड़ डाला। गुरुकुल में एक प्रतिभा–सम्पन्न नवयुवक भी शिक्षा दिया करता था। शकों के अत्याचार से पीड़ित होकर वह अपने मित्र देवभट्ट के यहाँ पहुँचा। उसने कुछ संबल देकर उस युवा पंडित को उज्जयिनी भेज दिया। शकों के अच्याचार से इस युवक के मस्तिष्क पर ऐसा बुरा प्रभाव पड़ा कि वह कभी–कभी विक्षिप्त हो जाया करता था और दशपुर गुरुकुल के ध्वंस की बातें कह–कहकर चिल्ला उठता था। वह उज्जयिनी के राजपथ में, गलियों में, उद्यानों में और महाकालेश्वर के मण्डप में कभी रोता हुआ, कभी हंसता हुआ, कभी गाता और नृत्य करता हुआ घूमता–फिरता था। सब उसे पागल समझते थे और कुछ लोग तो उससे बहुत चिढ़ते थे। इनमें मालवा के स्वर्गीय सेनापति का पुत्र विलासी तथा मद्यप विचित्रशक्ति भी था। एक दिन यह युवा पण्डित महाकालेश्वर के मण्डप में नृत्य करके पुष्प–वर्षा कर रहा था। इतने में विचित्रशक्ति भी वहाँ पहुँचा। कुछ फूल उसे भी लगे और वह इस अर्द्धविक्षिप्त पण्डित से उलझ गया। यह बात मन्दिर के अधिष्ठाता आचार्य श्रुतधि को अच्छी न लगी और उन्होंने दोनों को छुड़ा दिया। वह विक्षिप्त ब्राह्मण चला गया।

इसी बीच मालवा के महामात्य की सुप्रसिद्ध पण्डिता कन्या विद्योत्तमा आई और विचित्रशक्ति उससे भी लड़ गया। आचार्य श्रुतधि ने विचित्रशक्ति को वहाँ से निकल जाने की आज्ञा दी। वह निकल तो गया, पर जाते–जाते

यह प्रतिज्ञा करता गया कि मैं विद्योत्तमा से बदला लूंगा। ज्योंही विद्योत्तमा महाकालेश्वर का पूजन करके उठी त्योंही उसके बालसहचर तथा स्वर्गीय मन्त्री महीधर के पुत्र श्रीधर दिखाई पड़े। उनमें कुछ व्यंग्यपूर्ण बातें होने लगीं। श्रीधर ने बड़े सुन्दर ढंग से अपना प्रेम प्रकट किया। किन्तु विद्योत्तमा ने बड़ी चतुराई से उसके प्रस्ताव को अस्वीकृत कर दिया। श्रीधर ने इसे बहुत अपमानजनक समझा और यह प्रतिज्ञा की कि मैं इस अपमान का बदला लूंगा। एक तीर से आहत दो पक्षियों की भांति विचित्रशक्ति और श्रीधर यह षड्यन्त्र करने लगे कि विद्योत्तमा का विवाह किसी मूर्ख से करा दिया जाय। राज–विदूषक मंकण को भी इन लोगों ने स्वर्णमुद्रा का प्रलोभन देकर षड्यन्त्र में सम्मिलित कर लिया। विद्योत्तमा की बढ़ती हुई प्रतिष्ठा से ईर्ष्या करके राजकुमारी चन्द्रलेखा भी इसमें सहयोग देने लगी। संयोग से महामात्य ने भी इन्हीं लोगों पर विश्वास करके इन्हें ही विद्योत्तमा के योग्य वर ढूंढने का कार्य सौंप दिया। इन षड्यन्त्रकारियों में श्रीधर ही ऐसा था जो इसमें सम्मिलित होने पर भी सच्चे मन से इसमें सहयोग नहीं दे रहा था।

ये लोग किसी मूर्ख की खोज में एक दिन जंगल पहुँचे तो देखते क्या हैं कि वही अर्द्धविक्षिप्त नवयुवक वृक्ष की जिस डाल पर बैठा है उसी को काट रहा है। मंकण, श्रीधर और विचित्रशक्ति उसे ही ले आये और कुचक्र रचकर विद्योत्तमा से उसका मौन शास्त्रार्थ कराने का आयोजन कर डाला। संकेतों के विचित्र–विचित्र अर्थ लगाकर मंकण ने विद्योत्तमा को परास्त करा दिया। इसी उल्लास में विचित्रशक्ति ने यह सब रहस्य लिखकर राजकुमारी चन्द्रलेखा के पास जो पत्र भेजा उसे इन्द्रलेखा ने भूल से विदुषी विद्योत्तमा को दे दिया। विचित्रशक्ति ने उस पत्र के लिए विद्योत्तमा के यहाँ चोरी कराने का निश्चय किया, किन्तु हस्तिनापुर की राजकुमारी वासन्ती को यह सब पता चल गया और वह जाकर विदुषी विद्योत्तमा को सावधान कर आई।

राजकुमारी वासन्ती के कहने पर विदुषी विद्योत्तमा ने परीक्षा ली तो वह नवयुवक सचमुच मूर्ख निकला। इस पर विद्योत्तमा ने क्रुद्ध होकर पहले तो उसका सिर काट लेना चाहा, किन्तु फिर राजकुमारी वासन्ती के समझाने पर उसे धक्के देकर घर से निकाल दिया।

उधर शक गुप्तचर डिंडिक अपने परिचारक के हाथ शकराज महाक्षत्रप जिहोनिस के पास उज्जयिनी के समाचार भेजता है। वह पत्र मंकण के हाथ लग जाता है। परन्तु मंकण के हाथ से वह पत्र छीनकर डिंडिक उसे बांध ले जाता है।

मंकण को ले जाकर डिंडिक ने महाकालेश्वर के मन्दिर में ज्योंही उसका वध करना चाहा त्योंही सम्राट् विक्रमादित्य और महामात्य सहसा आ पहुँचे। मंकण की प्राण–रक्षा हो गई और डिंडिक बन्दी बना लिया गया।

उसी समय आधी रात को वह अर्द्धविक्षिप्त युवक महाकालेश्वर मन्दिर में आकर आत्महत्या करने को उद्यत हो गया, किन्तु आचार्य श्रुतधि ने उसे रोका और उसे एक मन्त्र जपने का आदेश दिया। मन्त्र का जप करते–करते चण्डी की मूर्ति से सरस्वती ने प्रकट होकर वरदान दिया कि जाओ, संसार में कोई भी तुम्हारे समान विद्वान और कवि न होगा। यही कालिदास थे।

कालिदास पूर्ण पंडित बनकर विद्योत्तमा के पास पहुँचे और दोनों का मधुर मिलन हुआ। विचित्रशक्ति का भांडा फूट गया, क्योंकि श्रीधर ने तो विद्योत्तमा से क्षमा मांग ली और मंकण ने भी इनका साथ छोड़ दिया। विचित्रशक्ति का न्याय करने का भार भी विद्योत्तमा को ही दिया गया, किन्तु आर्य नारी के समान उसने उसे क्षमा कर दिया। विचित्रशक्ति इस क्षमा की ज्वाला सहन न कर सका और स्वयं आत्म–निर्वसन का दण्ड लेकर चला गया और सम्राट् विक्रमादित्य ने महाकवि कालिदास को अपना प्रमुख रत्न बना लिया।

यक्ष-कालिदास-हर्ष नीरव

'यक्ष–कालिदास' में हर्ष नीरव की चार नृत्य नाटिकाएँ संकलित हैं। इसे सूर्य प्रकाशन, नई दिल्ली ने 1989 में प्रकाशित किया है। इसमें संकलित चारों नृत्य नाटिकाओं की परिकल्पना हिन्दी नाटक के समकालीन परिदृश्य से कुछ अलग हटकर है। नीरव जी की नाटिकाओं में क्लासिकी साहित्य और लोक परम्पराओं से सम्पर्क, नृत्य, संगीत और लय के अन्तर्गुम्फन तथा प्राचीन आख्यान को नये कोण से देखने के कारण ताज़गी लगती है।

'यक्ष–कालिदास' पर कालिदास के काव्य का असर आद्यन्त, प्रारम्भ से अन्त तक दिखाई पड़ता है। 'ऋतुसंहार' और 'मेघदूत' के मूल पद्य, गायन के लिए पृष्ठभूमि में रखे गए हैं। नीरव जी ने 'मेघदूत' की कथाभूमि को कालिदास की रचना–यात्रा और रचनाकार की अस्मिता की खोज से जोड़ा है। 'ऋतुसंहार' की रचना में कवि का मन मादक यौवन और सौन्दर्य से तृप्त नहीं है। वह मनुष्य की गहरी रागात्मकता की संवेदनाओं से जुड़ना चाहता है। इसलिए कवि की प्रतिभा (विलासवती यक्षिणी) उसे करुणा, विरह और अनुताप का पथ दिखाती है।

इस नाटिका में 'मेघदूत' में बिछुड़े यक्ष की पीड़ा को स्रष्टा कालिदास ने ही भोगा है। कवि कालिदास विप्रलम्भ का सरस काव्य–सुख भोगने के लिए 'मेघदूत' की सृष्टि करते हैं। स्रष्टा अपने सृजन के इन क्षणों में पात्र में ही जीता है। यह अनुभूति इतनी अधिक दाहपूर्ण है कि दुबारा इसको दुहराना कठिन है। उनकी प्रिया विलासवती अन्त में कह उठती है –*"अब न कथा यह दुहराना प्रिय!"* अन्त में आत्मसात् भाव का दृश्य भी सघन अन्धकार में डूब जाता है। अन्धकार प्रायः निराशा तथा मृत्यु का सूचक होता है, यहाँ वह द्वैत के भेद को मिटानेवाला बन गया है।

'मेघदूत' के कुछ स्थलों का यहाँ लगभग भावानुवाद किया गया है। 'मेघदूत' पर आधारित अनेक नृत्य–नाटिकाएँ खेली जाती रही हैं। 'मेघदूत' यक्ष के स्वप्नों और आकांक्षाओं का करुण उच्छ्वास है। उसमें कथा की पार्श्व भूमि का संकेत मात्र है और परिणति भी कवि ने अनकही ही छोड़ दी है। मेघदूत से प्रेरित नृत्य नाटिकाओं में यक्ष के शाप का कारण, मेघ का दौत्य कर्म तथा यक्ष–यक्षिणी का पुनर्मिलन स्थूल रूप में दिखाया जाता रहा है, इस पर यह प्रश्न उठ सकता है कि मेघ का दौत्य तथा इस प्रकार का पुनर्मिलन कवि की दृष्टि से मेघदूत की भावभूमि के अनुरूप है या नहीं। साथ ही नाटिकाकार ने यक्ष को कालिदास और यक्षिणी को काव्य प्रतिभा के प्रतीक के रूप में प्रस्तुत करना चाहा है जिसकी नवीन परिकल्पना होते हुए भी औचित्य संदिग्ध कहा जा सकता है।

शकुन्तला का द्रोह-श्रीभगवान सिंह

आज के पर्यावरण संकट और उपभोक्तावादी प्रवृत्ति को दर्शाते हुए इस नाटक के माध्यम से नाटककार ने प्रकृति का दोहन किस प्रकार किया जा रहा है, इसका सही चित्रण किया है। पहले–पहल इस नाटक को 'स्वयं प्रकाशन' के नाम से 1995 में नाटककार ने खुद प्रकाशित किया था। बाद में नई दिल्ली के नवचिंतन प्रकाशन ने इसका दूसरा संस्करण 2012 में निकाला। नाटक बताता है कि पर्यावरण संकट से क्या–क्या परेशानियाँ सामने आ सकती हैं। इन परेशानियों को दिखा कर नाटक पेड़–पौधों की रक्षा तथा वन्य जीवन संरक्षण की आवश्यकता को भी सामने रखता है। ऐतिहासिक पात्रों के मुख से आधुनिक समस्याओं की पहचान और निराकरण रोचक ढंग से बताने का यह अनूठा प्रयास है।

लेखक ने बताया है कि इसमें उन्होंने शकुन्तला–दुष्यन्त की कथा का मूल रूप में निर्वाह करते हुए उसमें अन्तर्निहित अव्यक्त पक्ष को सकारात्मक

आयाम देने का प्रयास किया है। उनके अनुसार "'अभिज्ञानशाकुन्तलम्' को पढ़ते हुए मेरे सामने सहसा आज के पर्यावरण संरक्षण की चिन्ता मूर्त हो उठी। शकुन्तला का प्रकृति–प्रेम, चर–अचर से उसका असीम लगाव, अनुराग मेरे मस्तिष्क में बार–बार यह सवाल उठाने लगा कि प्रकृति–प्रेम में इस कदर पगी शकुन्तला के राजमहिषी बनने के बाद उसकी इस संवेदना का क्या हुआ?" यहीं से इस नाटक का अपना वैशिष्ट्य उभरता है। लेखक ने वृक्षों–लताओं से 'सहोदर–सा स्नेह' रखनेवाली शकुन्तला के प्रकृति–प्रेम की तरफ कण्व की इस बात से ध्यान आकृष्ट कराया है जो उन्होंने शकुन्तला के आश्रम से प्रस्थान के समय कही थी –*"वन देवताओं से सुशोभित तपोवन के वृक्षो! जो पहले तुम्हें जल पिलाये बिना स्वयं नहीं पीती थी, जो आभूषणों के पहनने की प्रेमी होने पर भी तुम्हारे प्रति अपने अतीव स्नेह के कारण तुम्हारे कोमल पल्लवों में हाथ भी नहीं लगाती थी, जो तुम्हारी नूतन कलियों को देखकर उत्सव मनाया करती थी, वही शकुन्तला आज अपने पति के घर जा रही है। तुम सब जाने की अनुमति दे दो।"*

लेखक ने विचार किया है कि 'अभिज्ञान शाकुन्तलम्' के अनेक स्थलों में शकुन्तला का वन्य–जीवों से प्रेम असंदिग्ध तौर पर प्रकट है, लेकिन शकुन्तला के इस प्रकृति–प्रेम का विकास उसके परवर्ती जीवन में नहीं दिखाया जाता। लेखक ने यहाँ से 'अभिज्ञान शाकुन्तलम्' की कथा को विस्तार दिया है। उनके अनुसार "मेरे मन में यह जिज्ञासा पैदा हुई कि अन्ततः जब शकुन्तला राजभवन की राजमहिषी के पद से सुशोभित हो गई, तो उस प्रकृति–प्रेम में पली–पगी शकुन्तला को क्या कभी प्रकृति–साहचर्य में बिताये क्षणों की याद न आई होगी? जिस शकुन्तला को वन के वृक्ष, लता–गुल्म, हरिणी, हरिण–शावक आदि से इतना आत्मीय लगाव था, क्या उसका मन राजा एवं सैनिकों द्वारा वनों में शिकार कर जीवों को मारने जैसे निष्ठुर कृत्यों से आहत न होता होगा? वन्य–जीवन में पली–बढ़ी शकुन्तला ने क्या सहज रूप में ही राजकीय जीवन के तमाम क्रिया–कलापों को, जो बहुत हद तक तब और अब भी वन्य–जीवन के प्रतिकूल होते हैं, आत्मसात् कर लिया होगा? उसकी समस्त संवेदनशीलता को क्या राजमहिषी के पदभार ने भोथरा कर उसे निर्द्वन्द्व कर दिया होगा? सोचते–सोचते मुझे लगा कि शकुन्तला के व्यक्तित्व का यह ऐसा पक्ष है जिसे लेकर वर्तमान प्रकृति–दोहन के संदर्भ में उसके चरित्र को ढाला जा सकता है और उसके माध्यम से प्रकृति–साहचर्य का महत्त्व उजागर किया जा सकता है। अतएव

मैंने प्रेम एवं विवाह संबंधी कथा को यथावत रखते हुए, राजभवन में आ जाने के बाद, राजकीय जीवन शैली को देखकर उसकी उत्पन्न हुई मनोदशा का अनुमान कर उसके द्रोह की परिकल्पना की जो इस नाटक का मुख्य कथ्य है। नागर जीवन द्वारा वन्य–जीवन का दोहन वनकन्या शकुन्तला के अंदर घनघोर द्वन्द्व का कारण बना होगा और यह अनुमानित द्वन्द्व मेरी कल्पना में 'द्रोह' की सीमा तक पहुँच गया।''

शकुन्तला के यह समझाने पर कि *''नागर सभ्यता एवं वन सभ्यता के समन्वय की दिशा में ही हमारा परिणय एक प्रयास है। प्रेम केवल देह–व्यापार तक सीमित नहीं होता, वह तो व्यक्ति–मन को विस्तार, व्यापकता प्रदान करता है। मेरे प्रति आपके प्रेम का उत्कर्ष तभी होगा जब वन्य जीवन के संरक्षण में आपकी राजशक्ति का उपयोग हो''* दुष्यन्त यह प्रतिज्ञा करता है कि *''हस्तिनापुर पहुँचते ही राज्यादेश द्वारा प्रकृति को नष्ट करने वाले समस्त कार्यों पर प्रतिबन्ध लगा देगा''*। किन्तु, हस्तिनापुर पहुंचने पर अपने अमात्यों की सलाह से दुष्यन्त अपने निर्णय को बदल देता है। वह कहता है *''विचित्र दशा है मेरी! क्या सचमुच, शकुन्तला के प्रेम ने मुझे विवेक–भ्रष्ट कर दिया! ...इस वनकन्या ने तो मुझे अपने रूप–सौन्दर्य से दिग्भ्रमित कर दिया। प्रजा क्या कह रही होगी।...यही कि दुष्यन्त की बुद्धि, पराक्रम को एक नारी ने वश में कर लिया। पुरुवंशी दुष्यन्त एक स्त्री का दास बन गया। छिः छिः यह मैंने क्या कर दिया!...करुणा, प्रेम क्या यही सबकुछ है! क्या व्याघ्र को कभी प्रेम से वश में किया जा सकता है! क्या असुरों को भी करुणा से जीता जा सकता है! ...इस करुणा और प्रेम की परिधि में परिसीमित होकर तो मैं पूर्वजों द्वारा अर्जित इस कीर्ति–स्तम्भ हस्तिनापुर राज्य को नष्ट कर डालूंगा। अमात्य–प्रवर ने सत्य कहा है कि राजसत्ता की भाषा करुणा की नहीं, शक्ति की होती है। राज्य संचालन के लिए हाथों में कमलनाल नहीं, धनुष–बाण होना चाहिए।... मुझे नये निर्णय को निरस्त करना ही पड़ेगा, दूसरा कोई विकल्प नहीं!...कोई विकल्प नहीं!''*

परिणाम होता है शकुन्तला का द्रोह और राजमहल का परित्याग। वह कहती है *''शकुन्तला ने केवल उनका मनोविनोद करने के लिए विवाह नहीं किया है! उसकी अपनी भी भावनाएँ हैं जिन्हें आहत करके प्रेम की आशा नहीं कर सकते!''*। होता यह है कि राज्य की सामान्य जनता शकुन्तला के इस द्रोह और त्याग से उद्‌बुद्ध हो उठती है और वसंतोत्सव न मनाने का निर्णय करती है *''जब कोई सार्वजनीन मंगल के लिए व्यक्तिगत सुख–सुविधा का त्याग करे...तो हमें भी आनन्द–विहार से मुक्त होकर उसके कार्य में*

सहयोग करना चाहिए।'' तब जाकर दुष्यन्त को सत्य का पता चलता है कि उसकी शक्ति की भाषा असल में शकुन्तला की करुणा, प्रेम की भाषा के समक्ष निस्तेज होती जा रही है और वह शकुन्तला को वापस ले आने कण्व के आश्रम जाने का निर्णय करता है। वहाँ पहले तो शकुन्तला उनके सामने यह उद्घोषणा करने की शर्त रखती है कि वन–प्रांत और नागर जीवन के बीच सतत् संवाद–सम्पर्क बना रहे इसलिए राज्य एवं वन–प्रांत से समान अनुपात में प्रतिनिधियों को रखकर एक परिषद् बने जो समस्त प्रबंध की अधिकारिणी हो और इस परिषद् के सभी पार्षद मास का एक पक्ष राजधानी में, तो एक पक्ष वन–प्रांत में व्यतीत करेंगे। दुष्यन्त इस उद्घोषणा के लिए राजी भी हो जाता है कि अगले दिन प्रातः जब शकुन्तला ने देखा कि महाराज स्वयं अपने हाथों से पौधों को पानी दे रहे हैं तो वह कहती है कि अब उद्घोषणा की कोई आवश्यकता नहीं है, यह आचरण ही आपकी सर्वोत्कृष्ट उद्घोषणा है। इसी के साथ नाटक का पटाक्षेप होता है।

प्रसिद्ध नाट्य समीक्षक जयदेव तनेजा ने इस नाटक के सम्बन्ध में लिखा है कि ''कालिदास के कालजयी नाटक 'अभिज्ञान शाकुन्तलम्' की शकुन्तला–दुष्यन्त वाली मिथकीय प्रेम–कथा को शाप और अंगूठी के पौराणिक चक्कर से निकालकर नाटककार ने उसे समसामयिक भाव–बोध और आज की प्रदूषण जैसी ज्वलन्त समस्या से बड़ी कुशलतापूर्वक जोड़ दिया है। कण्व ऋषि के आश्रम में पली–बढ़ी शकुन्तला वन–संस्कृति की प्रतीक है और राजसत्ता का प्रतिनिधि राजा दुष्यन्त नागर सभ्यता का प्रतीक है। इन दोनों जीवन–दृष्टियों का संघर्ष ही वास्तव में इस नाटक का द्वन्द्व है। दुष्यन्त–शकुन्तला का प्रेम–विवाह इन दोनों दृष्टियों में सामंजस्य स्थापित करने के उद्देश्य से होता है। पेड़, पशु–पक्षी और नदियाँ इन आश्रमवासियों के सहजात और अभिन्न हैं। इसलिए शकुन्तला के रूप एवं प्रेम में डूबा राजा उसके आग्रह पर पेड़ों को काटने, पशु–पक्षियों का शिकार करने तथा नदियों पर बांध बनाने के विरूद्ध राजाज्ञा दे देता है। परन्तु प्राकृतिक सौन्दर्य और सामाजिक कल्याण की यह भावना अमात्य परिषद् को नागर जीवन और राजकीय रहन–सहन के प्रतिकूल लगती है। द्वन्द्वग्रस्त दुष्यन्त को अमात्य परिषद् का यह तर्क मानना पड़ता है और राजपुरुषों तथा सैनिकों के लिए आखेट तथा नगर सभ्यता के विकास के लिए वन–संपदा के इस्तेमाल से प्रतिबन्ध हटा लेना पड़ता है। शकुन्तला और दुष्यन्त के बीच का यह विरोध शकुन्तला को गृहत्याग के लिए विवश करता

है। वह आश्रमवासियों के सहयोग से एक ऐसी पाठशाला चलाने का संकल्प करती है जिसमें प्रकृति से प्रेम की शिक्षा दी जा सके। अंत में आचार्य कण्व के समझाने से दुष्यन्त इस विकट समस्या के सम्यक् समाधान और सामंजस्यपूर्ण संतुलित दृष्टि को प्राप्त कर सभी प्रकार से संतुष्ट एवं आनंदित हो उठते हैं। नाटक में तीन अंक हैं और प्रत्येक अंक में तीन–तीन दृश्य। संरचना सुगठित है। चिर–परिचित कथाक्रम के बावजूद तनाव और कुतूहल आद्यन्त बना रहता है। भाषा–संवाद में संस्कृत के तत्सम् शब्दों की भरमार है, फिर भी उसमें प्रवाहमयता का गुण है जो भाषा को बोझिल नहीं होने देता।''

कालिदास-जानकी वल्लभ शास्त्री

यह आचार्य जानकी वल्लभ शास्त्री रचित एक उपन्यास है। इसका प्रकाशन निराला निकेतन, मुजफ्फरपुर से 1995 में हुआ था। शास्त्री जी का मानना है कि ''अवश्य कुमारसम्भव, मेघदूत और शकुन्तला के रचयिता चौथी–पांचवीं शताब्दी के न होंगे। इनकी भाषा और वस्तु–विधान– दोनों ही इतने परवर्ती नहीं हैं।'' कालिदास के जीवन और रचनाओं को आधार बनाकर रचे गये इस उपन्यास में भी उपमाओं की कुछ उन्हीं भंगी का निर्वाह किया गया है जसके लिए कालिदास ख्यात हैं– *''बाहर और भीतर के प्रकाश में होड़–सी बंध रही थी। कामनाएँ होम देने से विद्योत्तमा के मन का वातावरण यों भी महमह करता रहता था, यहाँ चन्दन, फूल और धूपबत्तियों ने सुगन्ध की कई नई तहें चहुँ ओर जमा दी थीं जिन पर से सरकते हुए, फूलों से लदी डाली–जैसी राजकुमारी विद्योत्तमा के पांव कमल के दियों की तरह दिप रहे थे। अर्चना के लिए फैली पुष्पांजलि से जैसे एक–एक फूल झर रहा हो, उसका एक–एक पद–क्षेप कुछ वैसा ही हल्का लग रहा था। पुखराज पर हीरे के कण भी वैसे न चमकते होंगे जैसे उसके पांवों के नाखून प्रकाश–स्तम्भों की छवि में चमक रहे थे जिन पर अधिक समय तक उसी की आँखें टिकी होती थीं। प्रीतिकर आकांक्षाओं–जैसी सहचरियों से घिरी–घिरी राजकुमारी भंवर में पड़ी चन्द्रकिरण–सी चमक रही थी। याद रखने के दुःख को नई अनुभूति के सुख से ढक कर उसका मुख–मण्डल सुख–सुषमा का एक नया ही स्पर्शगन्धी प्रतिमान गढ़ रहा था।''*

इस उपन्यास को केन्द्र में रखकर रेवती रमण ने अपनी पुस्तक 'जातीय मनोभूमि की तलाश' में 'कालजयी आख्यान : कालिदास' शीर्षक से एक

सुविचारित समीक्षात्मक आलेख लिखा है। समीक्षक ने बताया है कि हिन्दी में ऐतिहासिक कथानकों पर आधारित उपन्यास लेखन की सुदीर्घ परम्परा रही है। पण्डित किशोरी लाल गोस्वामी से लेकर जयशंकर प्रसाद, वृन्दावन लाल वर्मा, यशपाल, अमृतलाल नागर तक ही नहीं, डॉ. विश्वम्भरनाथ उपाध्याय, सुरेशकान्त और भगवान सिंह सरीखे लेखकों ने भी इस परम्परा को समृद्धि दी है। इन उपन्यासकारों ने अपने–अपने ढंग से भारतवर्ष के अतीत को समझने का प्रयास किया है और इसमें संदेह नहीं कि उनमें वर्णित अतीत और वर्तमान का द्वन्द्व और तनाव महसूस करने योग्य बना है, किन्तु आचार्य श्री जानकी वल्लभ शास्त्री का 'कालिदास' इस परम्परा की सुदृढ़ कड़ी मात्र नहीं, वस्तुतः एक आलोक स्तम्भ है। ऐतिहासिक रोमांस की प्रचलित अवधारणा से बहुत ऊपर उठी हुई, इस कृति की आत्मा निस्सन्देह महाकाव्य की है। इकतालीस प्रगीतात्मक प्रकरणों में रचित यह आख्यान अपना उपमान आप है, इसकी किसी से तुलना उचित नहीं, यहाँ तक कि 'बाणभट्ट की आत्मकथा' से भी नहीं। कारण, प्रगति और प्रयोग की अतिरंजित प्रचारमूलक बौद्धिकता से 'कालिदास' के प्रणेता को शुरू से ही परहेज रहा है। वह हमेशा सन्तुलन और समन्वय पर जोर देते रहे हैं, सर्जना की प्रकृति मूलतः प्रेमगीतात्मक होने के कारण। 'कालिदास' में भी उन्होंने ऐसा ही किया है। प्रख्यात कथावस्तु के निर्बन्ध प्रसार को आचार्य ने एक श्रेष्ठ प्रगीत की तरह सजाया–संवारा है और घटनाओं और विवरणों को संवादों की कसावट में नियोजित कर हमारी जातीय संवेदना और संस्कृति की समझ विकसित करने का प्रयास किया है।

समीक्षक ने यह स्पष्ट किया है कि अपने स्थापत्य के अनोखेपन में 'कालिदास' का प्रयोजन 'कविकुलगुरु' के जीवन और साहित्य की मूल संवेदना को बड़ी बारीकी से उभारना है और प्रकारान्तर से 'समकालीन' विखण्डित चेतना को अविच्छिन्न समय के दायित्व और बोध का लाभ कराना है। इसमें दो मत हो ही नहीं सकते कि 'कालिदास' स्वयं शास्त्री जी का आत्मबिम्ब भी है। इस महाकाव्यात्मक उपन्यास का विराट् फलक लेखक की तेजस्विता और आत्मबिम्ब की आभा से जगमगा रहा है। यह नहीं कि 'कालिदास' में इतिहास नहीं है, कल्पना नहीं है, सघन आख्यान नहीं है– है, यह सब है –पूरी गरिमा और ऐश्वर्य के साथ है, परन्तु इनके ऊपर अध्येता के मन–प्राणों को जो चीज सबसे अधिक सम्मोहित और अनुप्राणित करती है, वह है संस्कृति की समकालीन समग्रता। आचार्य जी

'निरुद्‌देश्य जीवन' को अभिशाप मानते हैं। उनकी मनीषा में जीवन से जुड़े बिना सब वेद वेदांग व्यर्थ हैं। 'कालिदास' एक अर्थ में इस मनीषा का विस्तार है। यह हमारे जातीय जीवन की जड़ों का प्रसार और पोषण है, अपनी विचार–प्रणाली में सुसंगत, सन्तुलित जीवन–दर्शन की प्रस्तावना और सुझाव भी। अत्यन्त संक्षेप में यह किताब अपनी प्रयोजनधर्मिता के उदग्र सरोकारों में भी एक अलग तरह का आयोजन है। यह एक महाकवि द्वारा दूसरे महाकवि के संघर्ष और सांस्कृतिक अस्तित्व का न केवल पुनरन्वेषण और पुर्नरचना है, बल्कि स्वयं लेखक की सिसृक्षा और जीवनव्यापी साधना का सुफल है।

यह उपन्यास यह भी संकेत करता है कि 'कालिदास' का व्यक्तित्व और मनोरचना केवल दैवसम्पादित नहीं है, उसमें सामाजिक–राजनीतिक परिदृश्य का भी योग है। लेखक ने अपने सतत अध्यवसाय और साधना का सत् इसमें सार रूप में प्रस्तुत किया है, स्वभावतः कथानायक की निर्मिति में रचना का कारण कार्य सम्बन्ध भी विवेचन का विषय बना है। उपन्यास का आरम्भ उज्जयिनी के वर्णन से होता है। शाश्वत सम्भावनाओं की नगरी उज्जयिनी कालिदास के प्रणय–योग की नाभि प्रतीत होती है। केसर की क्यारियों के साथ–साथ उज्जयिनी कालिदास का अतीत है और विदिशा समेत पाटलिपुत्र वर्तमान, भविष्य फिर भी एक यूटोपिया है, शायद विजन भी। कश्मीर छोड़ते समय कालिदास कहते हैं –*"मैं वहाँ जाऊँगा मां, जहाँ थोथे पाण्डित्य पर निर्दोष प्रतिभा की बलि नहीं चढ़ाई जाती, जहाँ पुराने को ही सर्वोत्तम समझकर केवल उसी की सुरक्षा करना जीवन का लक्ष्य न समझा जाता हो, प्रत्युत नये सुजन नव–निर्माण की छूट भी हो। जहाँ सर्राफ और जौहरी की दुकान में चांदनी नहीं बिकती, जहाँ नदियाँ कलनाद करती हुई उमड़–उमड़ कर समुद्र में आत्म–विसर्जन करती हैं, तट से सटकर शास्त्रार्थ नहीं करतीं, जहाँ कोयल व्याकरण नहीं रटती, जहाँ बादल गरजते–गड़गड़ाते नहीं, रूम–झूमकर बरसते ही बरसते हैं, जहाँ जीवन के पूर्ण विकास और समग्र प्रकाश के लिए शास्त्र दिशा–निर्देश करते हैं। शास्त्रों को माथे और पीठ पर लादे फिरने के लिए जीवन नहीं होता। मैं वहाँ जाऊँगा मां।"*

इस उपन्यास के विस्तृत कैनवस में समकालीन विश्व जीवन की और हमारी जातीय संस्कृति की अनेक समस्याओं पर विचार हुआ है। धर्म, राजनीति, प्रेम, सौन्दर्य, श्लील–अश्लील, नैतिक–अनैतिक की गम्भीर, बारीक

चर्चाएं हुई हैं। कथानायक के व्यक्तित्व–विकास और संघर्ष को प्रतिरूपित करने के लिए आचार्य जी ने क्रमशः ऋतुसंहार, कुमारसंभव, मालविकाग्निमित्र, मेघदूत, विक्रमोर्वशीय, अभिज्ञानशाकुन्तल और रघुवंश का न केवल सार–संक्षेप प्रस्तुत किया है, वरन् उनकी सटीक व्याख्याएँ भी दी हैं। कुछ इस शैली में कि आलोचनात्मक व्यवहार भी आख्यान का अभिन्न अंग बन गए हैं। कालिदास का विद्योत्तमा से विवाह और अन्त में पुत्र–लाभ का वर्णन संक्षिप्त और नाटकीय है। इससे उज्जयिनी और पाटलिपुत्र का राजनीतिक संबंध सुदृढ़ होता है।

आज की शकुन्तला-निर्मला सिंह

नाटक 'अभिज्ञानशाकुन्तलम्' नारी के प्रेम, वियोग–संयोग, और उसके समर्पण का उत्कृष्ट कथानक तो है, मगर यह भी सच है कि यह पुरुष की स्वार्थपरता और नारी के प्रति उसके सोच की सच्ची अभिव्यक्ति भी है। सुश्री निर्मला सिंह के नवीनतम उपन्यास 'आज की शकुन्तला' का कथ्य कुछ ऐसा ही है, पर आधुनिक संदर्भों में इसकी दिशा बदल जाती है। यह 'टर्निंग प्वाइन्ट' ही इस उपन्यास को महत्त्वपूर्ण बनाता है। इस उपन्यास को 2005 में नमन प्रकाशन, नई दिल्ली ने प्रकाशित किया है।

उपन्यास की नायिका चारु अपने प्रेमी चित्रेश द्वारा छली जाती है पर वह उसकी नाजायज संतान को जन्म ही नहीं देती, उसका पालन–पोषण भी करती है। इतना ही नहीं वह उसे समुचित शिक्षा–दीक्षा दिलाकर उसे एक कॉलेज में लेक्चररशिप की नौकरी भी दिलाती है। चारु के विगत इतिहास से उसकी यह बेटी अंशिका पूरी तरह परिचित है और वह अपनी मां के संघर्ष में उसका पूरा साथ देती है। चारु, अपने पूर्व प्रेमी और अंशिका के पिता चित्रेश को कभी माफ नहीं कर पाती। वह नारी पर हो रहे अत्याचारों के खिलाफ लड़ती है और जहाँ भी पुरुष की ज्यादती देखती है, वह भिड़ जाती है। उपन्यास की कथा के उतार–चढ़ाव में लेखिका ने समाज के अंदर व्याप्त उन विसंगतियों तथा विरोधाभासों का खुलासा किया है, जिसमें नारी की अस्मिता को कुचलने का प्रयास किया जाता है।

इसकी भूमिका में कमलेश्वर ने लिखा है कि 'आज की शकुन्तला' में लेखिका ने शकुन्तला की कथा को एक रूपक की तरह इस्तेमाल किया है। चित्रेश को बेटी अंशिका और प्रो. आदित्य के बीच वैवाहिक सम्बन्ध तय होने की खबर लग जाती है। ऐसे मौके पर उसके अंदर एक अपराध–बोध जाग

जाता है और शादी के दिन वह वैवाहिक स्थल पर पहुँचकर चारु से अपनी पुरानी गलतियों के लिए क्षमा–याचना करता है, पर चारु उसे क्षमा करने के लिए तैयार नहीं है। कमलेश्वर के अनुसार यही इस उपन्यास का कथा–तत्त्व है, जिसके रहते लेखिका, नारी–सोच में सन्निहित समर्पण और क्षमा–भाव को निरस्त कर देती है। वह आम नारी की तरह पुरुष की गलतियों को माफ नहीं करती। यही इस कहानी का साहस भरा संदेश भी है। निश्चित ही यह उपन्यास वर्तमान परिप्रेक्ष्य में स्त्रियों की बदलती मानसिकता को रेखांकित करता है।

लेखिका स्वयं कहती है कि कालिदास रचित 'अभिज्ञानशाकुन्तलम्' की शकुन्तला अभिशाप ग्रस्त थी, अतः दुष्यन्त उसे भूल गये थे लेकिन जब अंगूठी मिली, याददाश्त लौट आई और वह अपनी शकुन्तला को वन में खोजने–लेने पहुँचे। क्षमा मांगी, प्रणाम किया तो शकुन्तला ने कहा "दारक सहिता वां पादवन्दनं करोमि" और क्षमा करके शकुन्तला राजा के महल में चली जाती है। परन्तु मेरे इस उपन्यास में चित्रेश की कामवासना की शिकार चारु जीवन पर्यन्त उसकी याद में तड़पती है, अपने कर्म पर प्रायश्चित करती है और चित्रेश की निशानी अंशिका का पालन–पोषण करती है और एक स्वयंसिद्धा नारी बनाती है। यह उसी प्रकार है जैसे शकुन्तला भरत का पालन–पोषण करके उसे एक वीर, बलिष्ठ, योग्य बालक बनाती है। बस अन्तर है कि शकुन्तला समाज द्वारा परोसा गया अपमान, तिरस्कार, अनादर नहीं सहती और चारु को घर, परिवार, समाज सभी के साथ जूझना पड़ता है।

उपन्यास के अन्त में जब चित्रेश क्षमा पाने की आशा में उसे फोन करता है तब वह कहती है *"चित्रेश तुम नाटक वाली शकुन्तला को भूल जाओ। मैं वह नहीं हूँ जैसा कि मैंने मंच पर अभिनय किया था। मैं आज की शकुन्तला हूँ। न तो तुम्हें माफ करूंगी और ना ही तुम्हारा साथ मुझे गवारा है।"*

शकुन्तला : स्मृति जाल–नमिता गोखले

पेंग्विन बुक्स, नई दिल्ली से 2005 में प्रकाशित इस उपन्यास में महाभारत की शकुन्तला की कथा नहीं, एक और ही शकुन्तला की कहानी है। नमिता गोखले की अपनी स्मृति और कल्पसृष्टि की शकुन्तला। उस समय की शकुन्तला जबकि भारत पर सिकन्दर के आक्रमण को हजार वर्ष

बीत चुके हैं, और 'शाक्य मुनि का नया धर्म प्राचीन मत के आधार को खंडित' कर रहा है। यह उथल–पुथल पृष्ठभूमि में अवश्य है, किन्तु उपन्यास का मर्म उस समय की ही नहीं, किसी भी समय की स्त्री द्वारा इस सचाई के साक्षात्कार का रेखांकन करने में है कि, 'तुम्हारे संसार में शक्तिशालिनी स्त्रियों के लिए बहुत कम स्थान है, और अबलाओं के लिए बिल्कुल नहीं'।

शकुन्तला के लिए सारा जीवन इस संसार में अपना मार्ग, अपना स्थान खोजने का अनुष्ठान है। इस खोज में पहाड़ी गीत की तरह सुख–दुःख का मिश्रण तो है ही, अप्रत्याशित स्वर–कम्पन और उतार–चढ़ाव भी हैं। शरीर और मन दोनों धरातलों पर चल रही प्रेम और तृप्ति की इस खोज में शकुन्तला के व्यक्तित्व का रेखांकन भी है, और निम्नतम इच्छाओं के सामने समर्पण भी। उसकी आत्मखोज का एक ध्रुव इस बोध में है कि जीवन जिया और दूसरा इस अहसास में कि इस जीने में ही अपना एक अंश खो भी दिया। उपन्यास में एक स्थान पर वह इसे स्पष्ट करते हुए कहती है कि "कालिदास के महाकाव्य की नायिका के नाम पर मेरा नाम शकुंतला रखा गया था, यद्यपि उसकी शकुंतला मेरी भांति मनुष्य नहीं थी। मेरी नामराशि वह दिव्य थी, अमरत्व प्राप्त अप्सरा मेनका की पुत्री। मेनका, जिसने ऋषि विश्वामित्र की तपस्या भंग करके उनका वीर्य चुरा लिया था। उस शकुंतला को उसकी मां मेनका ने त्यागा, जन्मदाता पिता विश्वामित्र ने त्यागा और बाद में उसके पति दुष्यन्त ने त्यागा –संभवतः वह अपने भीतर त्यागे जाने का संस्कार वहन कर रही थी। ...महाकाव्य की शकुंतला की भांति मैं भी पर्वतों में पली–बढ़ी थी। ...मेरे मन में एक व्याकुलता थी, जी चाहता था कि पक्षियों की भांति उड़ती फिरूं, मेघों की भांति दूर देशों को चली जाऊँ, अथाह नीले नभ की थाह लूं। मां से कहती, तो वे दीर्घ श्वास लेतीं। "याद रखना, शकुंतला," वे कहतीं "पक्षी सांझ ढले अपने बसेरों में लौट आते हैं, किन्तु दूर देशों को निकल जाने वाले मेघ आँसुओं से रोते हैं।"

यह कल्पसृष्टि इतिहास के एक खास बिन्दु पर घटित होने के साथ ही ऐन हमारे समय की स्त्री द्वारा भी अपनी अस्मिता की खोज का आख्यान रचती है, स्त्री के कोण से यौनिकता को देखती है, रचती है और उसकी विवेचना करती है। कर्त्तव्य, अकर्त्तव्य और मर्यादा के ही नहीं, स्त्री के अपने मन के द्वन्द्वों से भी नितान्त गैर–भावुक और इसीलिए अधिक मार्मिक ढंग से साक्षात्कार करती है। अपने अप्रत्याशित फैसलों से रचे गये जीवन के

अन्त में, शकुन्तला घृणा, स्पष्टता, उत्साह और अर्थहीनता के मिले–जुले भावों के बावजूद मानती है कि ''संसार सदैव अपने मार्ग पर चलता है, किन्तु कम से कम मैंने अपना मार्ग खोजा तो।''

अत्यन्त पठनीय, इस उपन्यास की खूबी यह है कि शकुन्तला द्वारा अर्जित साक्षात्कार किसी सपाट नैतिक फैसले का साक्षात्कार नहीं, बल्कि स्याह–सफेद के बीच के विराट विस्तार का साक्षात्कार है, जोकि पाठक के लिए भी अवकाश छोड़ता है कि वह शकुन्तला के जीवन जीने के ढंग से सहमत या असहमत हो सके।

तथापि-प्रमोद त्रिवेदी

उपन्यास 'तथापि' का प्रकाशन भारतीय ज्ञानपीठ, नई दिल्ली ने 2006 में किया है। प्रमोद त्रिवेदी इससे पहले भी 'मेघदूत' के यक्ष को काव्य–नायक बनाकर 'कापुरुष' नामक काव्य–नाटक लिख चुके हैं। इतना ही नहीं उन्होंने 'विक्रमोर्वशीय' नाटक का भी लगभग पुनःसृजन किया है। इस रचना के सम्बन्ध में इसके ब्लर्ब पर यह टिप्पणी अंकित है कि 'तथापि' उपन्यास हिन्दी के कविहृदय कथाकार की एक ऐसी रचना है जिसने अपने समय, समयगत द्वन्द्व, संवेदना, स्वप्न, संकल्पों और चुनौतियों को अधिक प्रखर बनाया है। यही एक ऐसा लैंस है जिसके माध्यम से तथापि का यह आख्यान अपने समय को एक भिन्न लीला–समय में देखने की चमत्कारी और तृप्तिदायक अनुभूति कराता है।

कालिदास के मेघदूत का मार्ग वक्र होते हुए भी सरल है, पर 'तथापि' के यक्ष का मार्ग वक्र ही नहीं, खतरनाक भी है। इसी पर चलते हुए वह मुक्त होता है, अपनी दासता से। वह अपनी ग्रन्थियों से भी मुक्त होता है और स्वतन्त्रता का जिस तरह वरण करता है वह हमारी समकालीनता में आज के हिन्दी उपन्यास 'तथापि' को अलग करता है। एक क्लासिक्स की छाया में लिखी गयी यह कृति अपनी मर्यादा में अपनी जमीन का विस्तार कुछ इस तरह करती है कि 'मेघदूत' की पिछवई भी धूमिल होती चली जाती है।

'तथापि' एक कवि के गद्य की उपज है। यह कवि–दृष्टि ही है जो उपन्यास के साथ न्याय कर सकी है। यह कवि–दृष्टि ही एक अनुकूल कथाभूमि आविष्कृत कर सकी और ऐसे कथापात्रों को भी, जो अपने में साधारण होते हुए भी असाधारण हैं। दूसरे शब्दों में, कल्पित होकर भी वे

हमारे बीच के ही नहीं, हम जैसे ही लगते हैं। 'तथापि' में दो समय रचे गए हैं, जो हमें एक तीसरे समय में ले जाते हैं और वह तीसरा समय जितना रम्य है उतना ही तप्त भी है।''

इसकी भूमिका में लेखक ने यह प्रकट किया है कि ''मेरे यक्ष को कालिदास का यक्ष होकर भी अपनी एक अलग कथा रचनी थी, अपनी मर्यादा में रहते हुए। यह कालिदास का यक्ष होते हुए भी मेरा यक्ष था, बल्कि मेरा ही। यह मेरे अपने समय का यक्ष था। दो समय का अद्‌भुत सर्जनात्मक द्वन्द्व! कालिदास कहीं अवरोध थे तो सहायक भी।'' लेखक की यह धारणा उपन्यास के कथानक से भी पुष्ट होती है। एक प्रसंग में यक्ष कहता है–

''इसे अभिशाप कह लें या दण्ड, इससे कुछ भी फर्क नहीं पड़ेगा। बस, मैं सर्वहारा जरूर हो गया।

माना, मैं कुबेर का अनुचर था, पर ऐसा गया–गुजरा भी नहीं था।

कुबेर के भव्य राजप्रासाद के उत्तर में मेरा निवास स्थान था। इन्द्रधनुष के समान सतरंगा तोरण लोगों का ध्यान बरबस अपनी ओर खींच लेता था। इसके एक ओर मेरी प्रिय पत्नी के स्नेह–जल से सिंचित बढ़ता–पनपता मन्दार वृक्ष था– नन्हा सा। एक बावड़ी थी। उसकी सीढ़ियाँ मरकत–खचित थीं। उसमें स्वर्णकमल खिलते थे। राजहंस इस बावड़ी में क्रीड़ा करते इतने मगन रहते थे कि उन्हें मानसरोवर जाने की इच्छा ही नहीं होती थी। इसी बावड़ी के किनारे एक क्रीड़ा–पर्वत भी था। जिसका शिखर इन्द्रनील मणियों से निर्मित था। इसके चारों ओर कदली वृक्ष। इसी क्रीड़ा–शैल में कुरबक की बाड़ से घिरा, मोतियों से सजा एक मण्डप, पास में रक्त अशोक। दूसरी ओर मौलश्री–बकुल। इस रम्यता के बीच सोने से बनी छतरी। उस पर आकर बैठता नीलकण्ठी मयूर!

यह था मेरा वैभव। एक दास, कुबेर के अनुचर का वैभव। यह थी, मेरी सौन्दर्य–दृष्टि। भला मेरे स्वामी को यह क्योंकर सहन होता कि एक ना कुछ–सा अनुचर उससे होड़ ले। एक सेवक को हमेशा एक सेवक की तरह ही रहना चाहिए, अपनी मर्यादा में। किसी भी स्वामी को यही सुहाता है। यही उसकी मानसिकता होती है। कुबेर को भी मेरा वैभव खटका हो तो इसमें कोई आश्चर्य नहीं। फिर भी धनपति मेरे स्वामी थे और मैं उनके सामने, उनके वैभव के सामने टिक ही नहीं सकता था।...मेरे पंख कतर दिए गये। जो भी था, उस सबसे मुझे वंचित कर दिया गया। और अब मैं यहाँ अपनी भूमि, अपनी प्रिया, अपने समाज से इतनी दूर, सबसे वंचित इस वीराने में अपना सब कुछ खोकर एक नितान्त सर्वहारा।''

अलकापुरी की इस भव्यता से भिन्न है रामगिरि का परिवेश। यक्ष कहता है–

"आज पहली बार मैं बस्ती में गया। एक खिंचाव मुझे वहाँ ले गया। यह खिंचाव उस खिंचाव से अलग था, जो मैं अलकापुरी में अनुभव करता था। यह मेरी सामाजिकता का किंचित् ही सही, पर विस्तार था। क्या यह यहाँ की हवा–मिट्टी का असर था? जो हो, यह अपने से बाहर आने और जुड़ने की पहली कोशिश थी। मुझे सचमुच अच्छा लग रहा था। एक ऐसा नाता, जो नाते जैसा था ही नहीं पर अपनी ओर खींच रहा था।

हमारी अलकापुरी से बिलकुल भिन्न थी यह बस्ती। जहाँ अलकापुरी में सब कुछ स्वर्ण–खचित और रत्नजटित था यहाँ सब कुछ कच्चा–मिट्टी का। कच्चे घर, कच्चे रास्ते धूल भरे। एक नैसर्गिक सुगन्ध थी मिट्टी की। लगा, यहाँ के लोग भी इसी मिट्टी के बने हैं। उनमें से भी मिट्टी की वही गन्ध फूट रही थी। जैसे मिट्टी का धर्म होता है, कोई बीज पड़ा नहीं कि वह फूट जाता है, वैसा ही मन था, यहाँ के लोगों का उर्वर। पहली बार अनुभव हुआ, सुगन्ध स्वर्ण–रत्नों से नहीं आती, केवल मिट्टी से आती है। मैं अब तक जिन सुगन्धियों का अभयस्त रहा हूँ, वे सभी कृत्रिम सुगन्धियाँ थीं। मानवीय नैसर्गिक गन्ध को दबातीं। यहाँ आने के बाद आज मुझमें उत्साह जागा था। यह जुड़ने का असर था। लगा, सबसे कटने पर आप खुद अपने से ही कट जाते हैं। मुझे अचानक लगा कि मैं जो शापग्रस्त और निर्वासित होकर केवल स्मृतियों का स्तूप होकर रह गया था, अब अपने में प्रवाहित कल–कल सुन रहा हूँ। मुझमें कुछ दबा या यहाँ आकर पड़ा कोई बीज विकस रहा है।"

रामगिरि में रहते हुए युवा और विरही यक्ष का यहाँ मंजरी नाम की एक सुन्दरी से प्रेम हो गया। वैसे इसे प्रेम भी क्यों कहें, बस यह तो समय की रिक्तता को भरने का एक उपक्रम भर था। उधर अलकापुरी में भी यही उपक्रम चल रहा था, यक्षिणी कहती है–

"यक्ष! मैं क्या करती? मैंने कदापि नहीं चाहा, जो कुछ हुआ। जो कुछ हुआ, वह बेमन से हुआ, पर सच यह भी है कि बेभानी में नहीं हुआ। जो हुआ वह प्रेम कतई नहीं था, क्योंकि प्रेम में पछतावा नहीं होता। अगर वह प्रेम होता तो वह पूर्णता देता, पर उसने पूर्णता नहीं दी। बस, हुआ और हो गया।"

यक्षिणी की इस स्वीकारोक्ति के बाद यक्ष कहता है–

'प्रिये! कहना मुझे भी है। बल्कि पहल मुझे ही करनी थी, पर मैं तुम्हारी तरह दुःसाहसी नहीं हूँ। भय कहो या मेरी लोलुपता ने मुझे रोक रखा।

हालांकि इससे मिला कुछ भी नहीं। मेरी ग्रन्थियों ने यहाँ मुझे एक क्षण को भी सहज नहीं होने दिया। झूठ नहीं बोलूंगा कि मेरे मन में सन्देह का कोई कीड़ा कभी नहीं कुलबुलाया। मेरे मन में भी कुछ पाप तो था, यदि वह पाप था तो। बल्कि अपनी ही ग्रन्थियों की वजह से सारी सहजता, मेरा उत्साह, मन में उठनेवाली तरंगें लुप्त हो गये थे। आज तुमने मुझे बल दिया है कि मैं भी अपनी गांठें खोल लूं। तुमने इसे आसान बना दिया है।

...फिर मैं क्रमशः खुलता गया। जो फोड़ा लगातार टीस रहा था। फूटा और सारा जमा विष था, वह बह निकला। हम दोनों आमने–सामने थे। चुप और निर्विकार। मौन को प्रिया ने ही तोड़ा 'तो अब'।''

तब यक्ष कहता है कि यथास्थिति जड़ता है। इससे बाहर निकलकर ही हम कुछ नया कर सकते हैं। नया हो सकते हैं। वह कहता है हमारा यह वैभव, स्वर्ण की चकाचौंध, हमें अहंकारी बना रहे हैं। अहंकार, घृणा का प्रसार कर रहा है। घृणा में कुत्सित भाव जड़ जमाते हैं। अलका में इन दिनों यही सब है। वह यक्षिणी से कहता है–

''निर्वासन की अवधि में मैंने रामगिरि को देखा। वहाँ के लोगों को बहुत निकट से जाना। वहीं मैंने जाना कि अहेतुक प्रेम भी किया जा सकता है।

...वे लोग सुख का ही नहीं, दुःखों का भी साझा करते हैं। इसलिए उनके बड़े दुःख भी छोटे हो जाते हैं। प्रिये! उनके पास दुःखों को गाने के स्वर हैं और वे उसे इस तरह गाते हैं कि सुख लज्जित हो जाता है। वहां, यहाँ जैसा वैभव नहीं है, स्वर्ण–सौध नहीं है, पर वे हमसे अधिक सुखी हैं।

...वहाँ रहकर ही मैंने जाना कि वे लोग कल्पवृक्ष और कामधेनु से याचना नहीं करते। वे काम करते हैं और विपरीत परिस्थिति को भी अपने अनुकूल बना लेते हैं। वे छोटे–छोटे सुख अर्जित करते हैं और उन्हें आपस में बांट लेते हैं। वे मुझ जैसे अपरिचित को भी अपने सुख में सम्मिलित कर लेते हैं। कोई सोच सकता है, यहाँ इस तरह?''

वे दोनों अलका छोड़ रामगिरि के ग्राम–प्रांतर में बसने का निर्णय लेते हैं–

''हमने अलका को अन्तिम नमस्कार किया और पहली बार मुक्ति की सांस ली। स्वामी के अनुचर उनके दासानुदास की पहचान से मैं मुक्त हुआ। मैंने अपना अभिज्ञान पत्र नष्ट कर दिया तो लगा, आज मैं पूर्ण रूपेण स्वतन्त्र हूँ। तुच्छ–सी ही सही पर अब मेरी अपनी पहचान है। स्वतन्त्रता का आह्लाद कैसी पुलक जगाता है, मैंने पहली बार जाना।''

महाकवि कालिदास-कृष्ण गोपाल ऐरी

दिल्ली पुस्तक सदन, दिल्ली से 2008 में प्रकाशित 'महाकवि कालिदास' वैसे तो कालिदास के जीवन पर आधारित एक उपन्यास है, किन्तु लेखक ने पाठकों की सुविधा के लिए इसे छोटे–छोटे उनचास अध्यायों में बांटकर लिखा है और उन अध्यायों के शीर्षक भी दिए हैं। कथा– शृंखला पर आने से पूर्व लेखक ने एक संक्षिप्त भूमिका भी लिखी है, जिसमें महाकवि कालिदास के समय और जीवन सम्बन्धी विभिन्न मतों पर विचार किया गया है। लेखक के अनुसार "महाकवि और नाटककार कालिदास के जन्म और जीवन के सम्बन्ध में इतने मत–मतान्तर प्रचलित हैं कि उन पर विचार करके किसी निश्चय पर पहुँचना दुस्तर एवं गुरूतर कार्य है। प्रायः देश का प्रत्येक प्रदेश कालिदास की जन्मभूमि होने का दावा कर चुका है। कश्मीर, हिमाचल प्रदेश, मालवा, मगध, बंगाल तथा दक्षिण के पक्ष में प्रबल युक्तियों तथा प्रमाणों से युक्त लेख लिखे गए हैं। यह बात विशेष ध्यान देने योग्य है कि प्रदेश–विशेष का समर्थन प्रायः उसी प्रदेश के निवासी विद्वानों ने किया है। यह उस व्यापक और गहरे प्रेम तथा आदर भाव का सूचक है, जो भारतवासी–मात्र के ह्रदय में कालिदास के लिए विद्यमान है। वे उसे अपनाना चाहते हैं, उसका जन्मस्थान अपने प्रदेश में, यदि हो सके तो अपने गांव में खोजना चाहते हैं।

यदि महाकवि ने अपने किसी ग्रन्थ में जन्मस्थान के सम्बन्ध में कोई संकेत दिया होता तो विवाद की कुछ बात ही न रहती। इसके अभाव में प्रत्येक भारतवासी की यह अभिलाषा स्वाभाविक ही है कि वह कालिदास को स्वक्षेत्री सिद्ध करे। मैं स्थान सम्बन्धी तर्क–वितर्क में न पड़कर विद्वानों की सम्मतियों के आधार पर इस परिणाम पर पहुँचना अधिक सुन्दर और सार्थक समझता हूँ कि कालिदास का जन्मस्थान सम्पूर्ण भारतवर्ष था – उन्हें जन्म देने का श्रेय किसी एक प्रदेश को न देकर, समूचे देश को देना चाहिए।"

विद्योत्तमा-मोहन महर्षि

कालिदास के काव्य एवं जीवन पर आधारित मोहन महर्षि का नाटक 'विद्योत्तमा' इन प्रश्नों के साथ सामने आता है कि क्या विद्योत्तमा एक महान् लेखक की सिर्फ काव्यसहभागिनी है? अथवा क्या वह सिर्फ प्रेरणा है जो महान् प्रबुद्धि में सृजन को प्रज्जवलित करती है? इस नाटक में यह प्रस्तावित किया गया है कि विद्योत्तमा इन सबों से अधिक है। वह एक ऐसी

ऊर्जा है जो स्पंदन से अधिक है। वह एक ऐसी ऊर्जा है जो स्पंदन के साथ निरन्तर लोक से परलोक को जोड़ती है। कुछ आलोचनात्मक परिचर्चा के साथ इस नाटक का प्रकाशन 2010 में शुभि पब्लिकेशंस, गुड़गांव ने किया है।

मोहन महर्षि ने नाटक के आरम्भ में ही यह लिखा है कि मेघदूत, कुमारसंभव, रघुवंश इत्यादि के दार्शनिक एवं साहित्यिक सौन्दर्य के विषय में बहुत कुछ कहा गया है लेकिन इसके सर्जनात्मक सिद्धांत की ओर कम ही ध्यान दिया गया, जो कला के उत्कर्ष की ओर प्रोत्साहित एवं प्रेरित करता है। पुरुष और प्रकृति के बीच रचनात्मक मिलन के उल्लास एवं संघर्ष के साथ यह रचना सराबोर है। शकुन्तला के हर्ष और विशाद, दोनों में ही एक तात्विक आयाम है। एक लेखक के लिए यह किस प्रकार संभव था कि वह न केवल प्रकृति से सम्बन्ध स्थापित करता बल्कि पूरे ब्रह्माण्ड से। निश्चित रूप से, इस प्रकार का काम एक लेखक, जो अपने अध्ययन के कोने में एकान्त बैठा होता एवं बाहरी दुनिया के द्वारा उपेक्षित, के द्वारा सृजित नहीं होता। 'कुमारसंभव' पूरे अर्थ में सहभागिता का काव्य है, न कि एकान्तिक। यह शीर्षक संसार की अव्यवस्था में उद्देश्यविहीन, हासिये पर रखे हुए कलाकार के अन्तःऐकान्तिक प्रचलित रूप को ध्वस्त करने की ही खोज है।

चित्रा मुद्गल ने अपने एक आलेख में, जो कि इस पुस्तक में संकलित भी है, नाटक में उठाए गए कुछ प्रश्नों पर विचार किया है और कहा है कि स्त्री की वैचारिक अभिव्यक्ति किसी भी काल में मुक्त हृदय से स्वीकार्य नहीं थी। पुरुष वर्चस्ववादी भारतीय समाज ने स्त्री की वैचारिक अभिव्यक्ति को सदियों से अपनी वर्चस्विता की सत्ता के लिए गहरे संकट और चुनौती के रूप में देखा है। आज भी पुरुषों के लिए यह स्वीकार कर पाना मुश्किल है कि स्त्री के कमनीय धड़ के ऊपर एक अदद उर्वरा मस्तिष्क भी है। उनके अनुसार यह संभव है कि अपने पांडित्य से पुरुषों के लिए चुनौती साबित होने वाली विदुषी विद्योत्तमा की अभिव्यक्ति की प्रखरता को इन्हीं मनोवृत्तियों के चलते दबाने की कोशिश की गयी हो ताकि कालिदास की महत्ता को प्रतिष्ठित किया जा सके।

चित्रा मुद्गल ने लिखा है कि यह मानना अस्वाभाविक नहीं होगा कि कालिदास की मूर्खता का परिचय पाकर भी विदुषी विद्योत्तमा ने सहिष्णुतापूर्वक पति कालिदास के ऊपर लगी मूर्ख की चिप्पी को उतार फेंकने और उनकी छवि को सुधारने की मंशा से स्वयं के द्वारा लिखित साहित्य को उनके द्वारा

रचा हुआ प्रचारित कर उन्हें समकालीन विद्वन्मंडली का सिरमौर विद्वान बनाने की पहल की हो ताकि वह किसी मूर्ख या साधारण कवि–नाटककार की अर्धांगिनी न कहलाकर कवि शिरोमणि अद्वितीय नाटककार कालिदास की पत्नी होने के गौरव पद की सहभागिनी हो सके।

चित्रा मुद्‌गल ने यह धारणा इस नाटक के संवादों के आधार पर ही बनाई है –

कालिदासः *तुम कहाँ गयी थी विद्योत्तमा? मेरे संबंध में क्या सुनकर आयी हो?*

विद्योत्तमा : *(हंसने लगती है) वे कहते हैं कि एक दिन तुम पेड़ पर चढ़ गये और वही डाल काटने लगे जिस पर तुम बैठे थे।...कहते हैं विवाह से पहले तुम एकदम गंवार थे। निपट मूर्ख।*

कालिदासः *ठीक ही तो कहते हैं।...और क्या कहते हैं?*

विद्योत्तमाः *कहते हैं कि कोई राजकुमारी सैकड़ों राजकुमारों को स्वयंवर में बैठा छोड़कर बाहर निकल आयी। मार्ग पर उसने तुम्हें देखा और मोहित हो गयी (हंसती है)।*

कालिदासः *तो हंसती क्यूं हो? एक प्रकार से देखें तो यह भी ठीक ही है। और?*

विद्योत्तमाः *(एकदम गंभीर होकर) उनके पास तुम्हारी रचनाएँ हैं कालिदास।*

कालिदासः *क्या कह रही हो?*

विद्योत्तमाः *हां! वे कुमारसंभव और मेघदूत के सम्बन्ध में जानते हैं! इन रचनाओं का पाठ करते हैं!*
अपने ढंग से तुम्हारे नाटक भी खेलते हैं! (कालिदास एकदम भौंचक्का)

कालिदासः *ये कहाँ चली गयी थी तुम?*

विद्योत्तमाः *और वे कहते हैं कि तुमने तीन नाटक लिखे हैं।*

कालिदासः *तीन नाटक? किन्तु हमने तो एक ही नाटक...*

संस्कृत विद्वान कमल किशोर मिश्र ने इस पुस्तक में ही संकलित एक अन्य सुदीर्घ आलेख में इस विषय में विस्तार से विचार किया है। उनका कहना है कि कालिदास के नाम से प्रचारित इन सभी रचनाओं का एक रोचक बिम्ब है–स्त्री प्रधान होना यथा प्रकृति के रूप में, यक्षी के रूप में,

मालविका के रूप में, उर्वशी के रूप में, पार्वती के रूप में, इन्दुमती के रूप में तथा शकुन्तला के रूप में। इन सभी नारियों में स्वाभिमान, वैभव एवं ऐश्वर्य का समाहार है। ये सभी मर्यादित प्रेम की कसौटी पर कसी गयी हैं।

उनके अनुसार ऐसा आभासित होता है कि स्त्री–मनोविज्ञान के बिना यह पूरी काव्ययात्रा निष्प्राण है। स्त्रैण भावों का गुम्फन ही इस साहित्य–साधना की पराकाष्ठा है। कालिदासीय काव्यों में माता की अपेक्षा नारी का कान्ता, भार्या, गृहिणी, पत्नी रूप ही अभिप्रेत रहा है। नारी का यह रूप, यहाँ साध्य है और साधन भी। मेघदूत की यक्ष पत्नी, रघुवंश की इन्दुमती, अभिज्ञानशाकुंतलम् की शकुन्तला, कुमारसंभव की उमा, मालविकाग्निमित्रम् की मालविका, विक्रमोर्वशीयम् की उर्वशी इत्यादि ये सभी गंभीर चरित्र हैं जो कहीं–न–कहीं अपने नायकों से आगे निकलते ही दिखलाई पड़ती हैं। अनेकानेक उदाहरणों से उन्होंने यह स्पष्ट करने की कोशिश की है कि काव्य निर्माण की शास्त्रीय परम्परा और योग्यता से सम्पन्न राजकुमारी विद्योत्तमा ने ही, लोकश्रुत तत्कालीन पण्डितों के षड्यंत्र से व्यथित हो, इस चुनौती को स्वीकार किया और सहिष्णुतापूर्वक पति देवदत्त के ऊपर लगी मूर्ख की छवि को उतार फेंकने की मंशा से स्वयं द्वारा रचित वैदुष्यपूर्वक साहित्य को कालिदास द्वारा रचा हुआ प्रसारित कर, उन्हें तत्कालीन विद्वतसमाज का चूड़ामणि विद्वान बनाने की पहल की है।

इस सम्बन्ध में रेखा मोदी ने लिखा है कि महाकवि कालिदास के लेखन में विदुषी विद्योत्तमा की भूमिका को लेकर एक सकरात्मक अन्वेषण का प्रारंभ, गत दस वर्षों से हुआ है। मोहन महर्षि जी का यह नाटक भी उसी प्रक्रिया का एक आयाम है। सत्य, कल्पना और अवलोकन के बीच एक सूक्ष्म विभाज्य रेखा है। प्रारम्भ में जो कभी काल्पनिक प्रतीत होता है, ध्यान से देखने पर यह कल्पना सत्य के रूप में रूपायित होती है। 'विद्योत्तमा' नाटक के द्वारा हमें ऐसा ही अनुभव हुआ है।

कवि कुलगुरु कालिदास-के. सी. अजय कुमार

'कवि कुलगुरु कालिदास' लेखक के ही मलयालम जीवनीपरक प्रसिद्ध उपन्यास 'कालिदास' का हिन्दी रूपान्तर है। इसका प्रकाशन हिन्द पॉकेट बुक्स, नई दिल्ली ने 2012 में किया है। इस रचना में उनके जीवन की कथा को औपन्यासिक रूप दिया गया है। कालिदास के सम्बन्ध में प्रचलित कुछ मिथकीय कथाओं को इस में स्थान दिया गया है और उनका जीवनकाल

इसका परिप्रेक्ष्य है। ऐतिहासिक तथ्यों के अभाव में काल्पनिक कथा के आधार पर ही यह रचना की गई है। कालिदास के सम्बन्ध में प्रचलित मिथकों को उनकी रचनाओं के साथ जोड़कर इसके कथानक का रूपायन हुआ है। पूर्णतः यह उनकी रचनाओं पर आश्रित है। यह कालिदास की रचनाओं व मिथकों के माध्यम से उनको जानने का प्रयास है। कथावस्तु को प्रामाणिक बनाने के लिए और स्वााभाविकता बनाए रखने के लिए भी स्थान–स्थान पर कालिदास की विभिन्न रचनाओं से युक्तियुक्त उद्धरणों को इसमें स्थान दिया गया है। प्रामाणिक साक्ष्यों के अभाव में केवल रचनाओं के आधार पर कालिदास के जीवन पर प्रकाश डालने का यह औपन्यासिक प्रयन्त अत्यन्त ही सफल है। इससे यह भी पता चलता है लेखक का अपना जीवन किसी न किसी भांति उसकी कृतियों में उभरता ही है। लेखक ने 'मेघदूत' के प्रसंग में कालिदास के जीवन से सम्बन्धित इन हिस्सों पर जिस प्रकार से प्रकाश डाला है, वह ऊपर कही गयी बातों को समझाने में समर्थ है–

"'मेघदूतम्' की प्रति पाकर मल्लिका के मन का भाव अवर्णनीय था। एक–एक पंक्ति मल्लिका ने आत्मविस्मृत होकर पढ़ी थी। कुछ पंक्तियाँ पढ़कर उसका आत्मनियन्त्रण नष्ट हो गया और वह रो पड़ी। कुछ पंक्तियाँ पढ़कर वह उल्लसित होकर नाच उठी थी। उसके लिए स्पष्ट था कि पूरी रचना में कालिदास का ही मन प्रतिबिम्बित हो रहा है। वह भी स्पष्टतः समझ पा रही थी कि कालिदास के मन में उसके प्रति क्या भाव है। मल्लिका का मन कालिदास ने पूर्णतः समझ लिया है। मल्लिका कालिदास की कान्ता नहीं है, पर कामिनी अवश्य है। मल्लिका अलकापुरी में नहीं है, पर क्या उज्जयिनी वासियों के लिए उज्जयिनी अलकापुरी से कुछ कम है? मल्लिका के लिए कालिदास के वियोग की पीड़ा यक्षिणी की पीड़ा से अल्पमात्र भी कम पीड़ादायक नहीं है। मल्लिका को आश्चर्य हुआ कि कालिदास के वियोग पर अपने मन में जो कुछ विचार मंथन हुआ था, वह सब कालिदास ने समझ लिया है। उसी प्रकार ये पंक्तियाँ यह भी उद्घाटित करती हैं कि उज्जयिनी से दूर जाने से कालिदास कितना पीड़ित है। मल्लिका का मन द्रवीभूत हुआ।"

लेखक ने इस उपन्यास में 'विक्रमोर्वशीयम्' के स्थान पर 'पुरूरवोर्वशीयम्' का प्रयोग किया है। इसे स्पष्ट करते हुए पूर्वपीठिका में लेखक ने कहा है कि 'विक्रमोर्वशीयम्' के सम्बन्ध में व्याख्या है कि *विक्रमं च उर्वशी च*

अधिकृत्यकृतं नाटकं विक्रमोर्वशीयम्, लेकिन नाटक में न ही नायक का नाम विक्रम है, न ही विक्रम नाम का कोई पात्र है। नाटक में नायक का नाम पुरूरवा है। कहा जाता है कि पुरूरवा का ही दूसरा नाम विक्रम है। यह भी कहा जाता है कि कालिदास ने विक्रमादित्य को सन्तुष्ट करने के लिए नाटक के लिए ऐसा नाम दिया है। इस उपन्यास के नायक का ऐसा व्यक्तित्व नहीं है कि राजा को सन्तुष्ट करने हेतु अपनी रचना के लिए राजा का नाम दे। दूसरा पक्ष यह भी प्रचलित है कि यह नाम 'अभिज्ञानशाकुन्तलम्' जैसा है, जिसमें नाटक की कथा को आगे ले जाने में अभिज्ञान की विशेष भूमिका है। 'विक्रमोर्वशीयम्' नाम से तात्पर्य अपने विक्रम से उर्वशी को पानेवाले पुरूरवा की कथा से है। लेकिन 'विक्रमोर्वशीयम्' नाटक में पुरूरवा का विक्रम केवल नाटक के प्रथम अंक में ही द्रष्टव्य है। मुख्यतः पुरूरवा और उर्वशी के बीच के प्रेम की कथा ही इसमें मिलती है। लेखक के अनुसार इसी कारण मेरा मानना है कि कालिदास ने अपनी रचना का नाम 'पुरूरवोर्वशीयम्' ही रखा था, कालान्तर में किसी ने उसका नाम 'विक्रमोर्वशीयम्' कर दिया होगा।

कालिदास के बारे में प्रचलित इन धारणाओं कि कालिदास अत्यन्त विषयासक्त थे, लंपट थे, और वेश्यागामी कालिदास की श्रीलंका में किसी वेश्या ने हत्या कर दी थी, से दूर रहते हुए लेखक ने इस उपन्यास में कालिदास के रूप में एक ऐसे नायक की कथा कही है जो चरित्रवान था। कालिदास की चारित्रिक दृढ़ता की पुष्टि उपन्यास के उन प्रसंगों से भी होती है जिसमें राजप्रासाद में विभिन्न रचनाओं पर पंडितों द्वारा लगाए गए आरोपों का उत्तर कालिदास देता है।

'रघुवंशम्' के अन्तिम सर्ग को पंडितों द्वारा सूर्यवंश के लिए अपमानजनक बताए जाने और महाराज विक्रमादित्य द्वारा भी उन्हीं पंडितों का समर्थन करने के अवसर पर कालिदास ने ऐसी ही चारित्रिक दृढ़ता का परिचय दिया है –

"मैं जो कुछ लिखना चाहता हूँ वही लिखता हूँ। वह पाठकों के लिए रोचक हो सकता है, नहीं भी। पाठक उसे पसन्द कर भी सकते हैं, नहीं भी। रचना करते समय यही विचार है कि यह पठनीय होगी, पाठकों को पसन्द आएगी, रसनिष्पत्ति के लायक है। और यदि किसी को मेरी रचना भाती–रुचती नहीं तो मेरा विचार है कि वह उसे न पढ़े। रघुवंशम् की रचना के माध्यम से सूर्यवंश की गाथा गाना मेरा लक्ष्य नहीं था, बल्कि सूर्यवंश के इतिहास की पृष्ठभूमि में पाठकों के लिए रोचक एक रचना करना मेरा लक्ष्य था।

लेकिन मुझे नहीं लगता कि इतिहास को छोड़कर केवल राजवंश के लिए हितकर कार्यों को रचना में शामिल करना मेरा कर्त्तव्य है। मेरा यह अभिमत है कि ऐसा करना मेरा ही नहीं किसी भी कवि का कर्त्तव्य नहीं है।''

मेघ प्रश्न-मीरा कान्त

कालिदास का 'मेघदूतम्' जहाँ समाप्त होता है, वहाँ से मीरा कान्त अपने इस नाटक को शुरू करती है। आज के उत्तर–आधुनिक युग में उनका यह सोचना बिल्कुल सही है कि 'साहित्य का एक प्रयोजन विस्मृत मानवीय संवेदनाओं व करूणा (तथा उपेक्षित चरित्रों की पीड़ा) को प्रकाश में लाना भी है।' उनका यह प्रश्न भी जायज और जरूरी है कि अपनी प्रिया विद्युता से मिलन को आतुर चिरप्रतीक्षित मेघ की विरह–वेदना और मौन–व्यथा को महाकवि कालिदास महसूस नहीं कर सके? इसलिए मीरा कान्त ने 'मेघदूतम्' के उस अभिशप्त दूत मेघ को अपनी रचना का नायक बनाकर उसकी मर्मांतक व्यथा को अभिव्यक्ति दी है। 'अर्घ्य गीत' (मंगलाचरण) के बाद यह नाटक तीन अंकों में विभक्त है और दूसरे अंक के फ्लैश–बैक को छोटे–छोटे तीन दृश्यों में प्रस्तुत किया गया है। परन्तु इस नाटक की सबसे बड़ी विडम्बना यह है कि लेखिका का लक्षित केन्द्रीय भाव केवल तीसरे अंक के अन्त में मेघ के डेढ़ पन्ने के एक स्वगत में ही व्यक्त होता है– शेष कथा तो यक्ष–यक्षिणी और कुबेर के इर्द–गिर्द ही घूमती है। वियोग के दुख के बाद ही यक्ष–यक्षिणी सुख का वास्तविक अर्थ एवं मूल्य जान पाते हैं और केवल सुखवन्ती अलकापुरी को त्यागकर सुख–दुख वाली मानव नगरी में बसने का निर्णय लेते हैं। मानव–जीवन और मर्त्यलोक का यह महिमागान भी अच्छा लगता है किन्तु इसमें कोई खास नाट्य–स्थिति या नाट्य–विडम्बना नहीं है और न हीं संघर्ष और तनाव। *(द्रष्टव्य 'आधुनिक भारतीय नाट्य–विमर्श, जयदेव तनेजा, राधाकृष्ण, नई दिल्ली, 2010)*

कन्धे पर क्यों बैठा शाप-मीरा कांत

महाकवि कालिदास के देहान्त और उसके कारकों की तलाश में साहित्य की वीथि पर दृष्टि डालें तो दूर–दूर तक अंधेरा दिखाई देता है। अमावस की रात का स्याह चुप्प अंधेरा, जैसे मौनी अमावस्या का महामौन।

कालिदास के कारूणिक देहान्त को विषय बनाकर वर्षों पहले मीरा कान्त ने एक नाटक लिखा था। वह नाटक 'श्रूयते न तु दृश्यते' शीर्षक से

'समकालीन भारतीय साहित्य' में प्रकाशित हुआ था। फिर परिवर्द्धित होकर यह 'कन्धे पर क्यों बैठा शाप' के नाम से पुस्तकाकार नयी किताब, नई दिल्ली से 2013 में प्रकाशित हुआ। लेखिका का स्वयं कहना है "इस नाटक की प्रेरणा मुझे महाकवि कालिदास के कारूणिक देहान्त से जुड़ी जनश्रुति से मिली। वही नाटक की कथावस्तु या घटना–क्रम का केन्द्र भी है। इसके बावजूद समाज में सदियों से व्याप्त स्त्री जीवन और विशेषतः गणिका जीवन की शापग्रस्त स्थितियों ने कालिदास के जीवन के वैयक्तिक शाप को पिघलाकर समष्टि की शक्ल में तप्त लावे की तरह नाटक में फैला दिया। जिस पात्र के जीवन के अन्तिम प्रहर ने इस नाटक का बीज वपन किया था उस चरित्र यानि कालिदास की मनस्थिति की गहराई में उतरने की आवश्यकता महसूस हुई। इसलिए सांध्यवेला के एक दृश्य का चुनाव कर महाकवि के मानसिक उद्वेलन व अन्तर्द्वन्द्व से नाटक की शुरूआत की। यह दृश्य अन्ततः घटना–क्रम और नाटक के मुख्य उद्‌देश्य दोनों की पूर्वध्वनि बन गया।"

यह नाटक कल्पना के सहारे तत्कालीन स्थितियों और चरित्रों के सामाजिक–मनोवैज्ञानिक अध्ययन–विश्लेषण का गम्भीर प्रयास करता है। सिंहलद्वीप के कविहृदय नरेश कुमारदास (धातुसेन) आर्यावर्त के महाकवि कालिदास के 'रघुवंशम्' से प्रभावित थे और कालिदास कुमारदास के 'जानकीहरणम्' के प्रशंसक। कालिदास कुमारदास से मिलने सिंहलद्वीप गए। साधारण वेश में वह संयोग से उस गणिका कामिनी के यहाँ ठहरे जहाँ कुमारदास ने अपना एक अधूरा श्लोक 'कमले कमलोत्पति; श्रूयते न तु दृश्यते' लिखकर टांग रखा था और कामिनी से वादा किया था कि यदि वह उसे पूरा कर देगी तो उसकी इच्छानुसार नरेश उससे विवाह कर लेंगे।

कामिनी के लिए वह अधूरा श्लोक कालिदास ने अनायास ही 'बाले तव मुखाम्बुजे दृष्टमिन्दीवरद्वयम्' लिखकर पूरा कर दिया। आर्थिक दृष्टि से सम्पन्न एवं साहित्यिक–कलात्मक दृष्टि से सुसंस्कृत कामिनी ने, समाज से अपमानित–तिरस्कृत अपने गणिका रूप से मुक्त होकर, कुमारदास की पत्नी बनने के स्वप्न को पूरा करने के लिए, अपनी संरक्षिका–दासी राजम्मा के समझाने पर विष देकर, कालिदास को एक सामान्य अतिथि समझकर मार दिया। सच का पता चलने पर ग्लानि और पश्चाताप में कामिनी ने भी विष पीकर आत्महत्या कर ली। कुमारदास ने अपने मित्र महाकवि कालिदास की अपने देश में यह दुर्भाग्यपूर्ण मृत्यु हुई देखकर उन्हीं की चिता में जलकर अपने प्राणों की भी आहुति दे दी।

आठवें अंक में राजम्मा के एकालाप से नाटक समाप्त होता है जिसमें वह कामिनी के शव को सम्बोधित कर समस्त नारी जाति द्वारा सदियों से प्रवंचना, उपेक्षा और तिरस्कार का विषपान करते आने की विडम्बना को रेखांकित करती है। *(द्रष्टव्य 'आधुनिक भारतीय नाट्य–विमर्श, जयदेव तनेजा, राधाकृष्ण, नई दिल्ली, 2010)*

अध्याय पांच
आलोचनात्मक रचनाएँ

कालिदास का जीवनचरित्र-भारतेन्दु हरिश्चन्द्र

भारतेन्दु हरिश्चन्द्र ने अपने इस आलेख में बंगदेशीय विद्वानों द्वारा कालिदास के सम्बन्ध में कही जा रही उपहासजनक बातों का मानो उत्तर देना चाहा है। उन्हें यह बात खलती थी कि बंगदेश के कई अभिमानी पंडितों ने कालिदास को लंपट ठहरा कर उनके नाम से हास्यरस की कविताओं तक का प्रचार किया है। भारतेन्दु ने जोर देकर कहा कि केवल धनिकों के मनोरंजन हेतु रची गई ये कविताएँ यथार्थ में कालिदास की नहीं हैं।

भारतेन्दु ने यह कहा है कि 'अभिज्ञानशाकुंतल' के ग्रंथकर्ता के केवल सांकेतिक परिचय से ही संतुष्ट न रहके और–और संस्कृत ग्रंथों से इस विषय का अनुसंधान करना होगा। इस आशय से भारतेन्दु ने पहले तो भाषातत्त्वविद् लासेन, बेन्टली, कर्नेल विलफोर्ड, प्रिंसेप, एलफिंस्टन आदि विदेशी विद्वानों के मतों की आलोचना की है, फिर 'भोजप्रबंध' के आधार पर कालिदास को भोजराज का सभासद मानने वाले विद्वानों के मतों की भी परीक्षा की है।

भारतेन्दु का कहना है कि भोजराज ने चंपू रामायण, सरस्वती कंठाभरण, अमरटीका, राजवर्तिका, पातंजलिटीका और चारूचार्य इत्यादि बहुत से ग्रंथों की रचना की है किन्तु इनमें से किसी में भी कालिदास आदि कवियों के नाम नहीं मिलते हैं इसलिए 'भोजप्रबंध' को कैसे प्रामाणिक ग्रंथ कहा जाए? भारतेन्दु का यह भी विचार है कि यह मानना ठीक नहीं है कि केवल एक ही विक्रमादित्य हुए हैं। उनके अनुसार हमें उस विक्रमादित्य का इतिहास ज्ञात होना आवश्यक है जिससे संदेह दूर हो और यह जान पड़े कि नवरत्नों के अमूल्यरत्न कवि–चक्रचूड़ामणि कालिदास का विक्रमादित्य से कुछ सम्बन्ध है वा नहीं।

इस उद्देश्य से भारतेन्दु ने कालिदास के सम्बन्ध में प्रचलित विविध कथाओं की भी कुछ चर्चा–परीक्षा की है।

विक्रमोर्वशी की मूल कथा 1 एवं 2 –चन्द्रधर शर्मा 'गुलेरी'

'समालोचक' के जनवरी, 1905 ई. के अंक में प्रथम प्रकाशित इस निबन्ध का उद्देश्य स्पष्ट करते हुए गुलेरी जी ने आरंभ में ही लिखा है कि "प्राचीन आर्य–गौरव के प्रधान कीर्तिस्तम्भ, कविकुलचूड़ामणि कालिदास की रचनाओं में 'विक्रमोर्वशी' नाटक का भी जगत् के नाटक–साहित्य में अद्वितीय आसन है। दृश्य वा श्रव्य मधुरता में यह 'अभिज्ञानशाकुन्तल' वा 'उत्तररामचरित' से किसी प्रकार निकृष्ट भी क्यों न हो, तथापि और और अभिनेय रचनाएँ इसके आगे सिर झुकाती हैं, इसमें सन्देह नहीं। प्रकृति की वर्णना में, भावों के समावेश, सम्पर्क और संघर्ष के अंकन में, एक शब्द से ही कई प्रकार के भावों को जगाने में, रंगमंच पर दिखाई देने वाले अभिनय के साथ–साथ सुनाई देने वाले शब्दों से वास्तव प्रकृति और वास्तव मनुष्यस्वभाव का धोखा देने में, इस नाटक के विषय में यही कहना बस होगा कि जिस अमृतमय लेखिनी से यह निकला है, वह परिणत न होने पर भी, उसी कालिदास की लेखनी है, जिसका लिखा 'अभिज्ञानशाकुन्तल' गत बीस शताब्दियों में जगत् के रंगमंच पर अधिकार किए रहा है। उस नाटक की मूल कथा क्या है और कहाँ से ली गई है, और महाकवि ने उसमें क्या–क्या परिवर्तन करके इस सुन्दरता की वस्तु को सदा के लिए सुखदायिनी बनाया है, इन बातों का दिग्दर्शन कराने के लिए ही इस निबन्ध की अवतारणा है।"

गुलेरी जी के अनुसार कथा की मूल भित्ति को 'स्रोत' या 'सोता' (Source) भी कहा करते हैं। हमारे प्राचीन इस विषय में इतना ही कहकर चुप हो जाते हैं कि 'कविरनुहरतिच्छायाम्' और देखा जाए तो एक प्रकार से भारतवर्ष के काव्य वा आख्यायिकाओं का सोता जानना उतना कठिन नहीं है। वैदिक वा पौराणिक उपाख्यान, दैविक, अर्धदैविक, मानुष, और मिश्र इतिहास, और समकालीन साहित्य, जो सदा अमर वेद, पुराण और इतिहासों में निबद्ध है, किसी न किसी रूप में संस्कृत कवियों के मुख्य भोजन रहे हैं। गुलेरी जी ने बताया है कि प्राचीन और योग्य कवियों ने नई कहानी गढ़ने का यत्न नहीं किया। अपटु कवि ही नई कहानी में उलझाने का यत्न करके अपने और दोषों को छिपाने का यत्न करते हैं; जिस कहानी को आबालवृद्ध

जानते हों, जो हमारे घर–बार का अंग हो गई हो, उसी को नया रंग चढ़ाकर, नव भाव से पूजा देना महाकवियों की शक्ति है। जैसे, एक हल जोतनेवाले ने कोहनूर को पाकर अपने बैल के गले में बांध दिया था, और सुचतुर जौहरियों ने उसे ओप देकर राजा कर्ण के भोटे, शाहजहान के मयूर–सिंहासन, पंजाब–केसरी के नेत्र, और विक्टोरिया के ताज का भूषण बनाया वैसे ही प्राचीन साहित्य में बिखड़े कंकर–पत्थरों को जगत् के प्यारे रत्न बनाना महाकवियों का ही महत्त्व है।

अपनी बात और स्पष्ट करते हुए गुलेरी जी ने बताया कि अब सबलोग जानते हैं कि 'अभिज्ञानशाकुन्तल' की मूलभित्ति 'महाभारत' और 'पद्मपुराण' की एक–एक आख्यायिका है। क्या उस आख्यायिका के भरोसे दुष्यन्त और शकुन्तला अमर हो जाते? और विचार से देखा जाए तो उस आख्यायिका में हाड़–मांस के अतिरिक्त जीवन कितना है? धीरोदात्त गुणान्वित नायक अपनी व्याहता को भूल जाता है, और उससे अश्लील भाषण कर उसे व्यभिचारिणी ठहराना चाहता है। सौन्दर्य की और रस की प्रतिलिपि नायिका उसे स्वार्थी और कृतघ्न कहती है। 'शकुन्तला' को जो कुछ शकुन्तला बनाता है वह सब कालिदास का है। अरण्य में मिलन, एकांत में पवित्र प्रणय, दुर्वासा का शाप, कण्व का कन्या को घर भेजना, दैवी कला से वियोगियों का मेल, जो कुछ 'शाकुन्तल' की जान है वह कालिदास का है।

इस आलेख के अगले हिस्से में गुलेरी जी ने 'विक्रमोर्वशी' नाटक की आख्यायिका जहां–जहाँ जैसी है, उसे यहाँ वैसी ही उद्धृत करके, इस 'मूलभित्ति' पर कालिदास ने क्या कारचोबी की है, यह दिखलाने का प्रयत्न किया है। गुलेरी जी ने वैदिक (ऋग्वेद, दशम मण्डल, सूक्त 95), वृहद्देवता (7, 140.147), शतपथ ब्राह्मण (5, 1/2), मैक्समूलर के चिप्स फ्राम द जर्मन वर्कशाप (जिल्द 4, पृ. 107), विष्णुपुराण (4,6), भागवत (9.14), मत्स्यपुराण (अध्याय 24), हरिवंश (10/26) एवं देवीभागवत आदि ग्रंथों में उपलब्ध उर्वशी के कथा–संदर्भों के आधार पर कालिदास रचित उर्वशी की कथा को खोलने का प्रयत्न किया है।

कालिदास की निरंकुशता-महावीरप्रसाद द्विवेदी

'कालिदास की निरंकुशता' के हिस्से 'सरस्वती' में द्विवेदी जी के सम्पादकत्व सम्भालने यानि जनवरी, 1911 के बाद से ही छपने लगे थे। असल में यह पुस्तकाकार छपा एक सुदीर्घ निबन्ध ही है।

इसके ठीक आरम्भ में ही निरंकुशता का आशय स्पष्ट करते हुए द्विवेदी जी ने लिखा है ''जिस समय कविता करने की इच्छा या कामना उच्छृंखल हो उठती है उस समय मन में उत्पन्न हुए विकार प्रकट किए बिना नहीं रहा जाता। ऐसे समय में विचारों या विकारों को शब्दरूपी सांचे में ढालने से एक प्रकार का विलक्षण आनन्द होता है। उसका अनुभव इतर जन नहीं कर सकते; कवि ही कर सकते हैं। उस प्रमोद–मद में मस्त होकर कवि–जन लोकरीति, शास्त्ररीति और शब्दशास्त्र आदि के नियमों का कभी कभी उल्लंघन कर जाते हैं। यह बात जान–बूझकर भी हो सकती है और बे–जाने भी। ऋषियों और मुनियों तक से ये बातें हो सकती हैं और हुई भी हैं –'मुनिनां च मतिभ्रमः'। आदराधिक्य के कारण टीकाकार और समालोचक लोग कवियों की कविता के अन्तर्गत ऐसे ऐसे स्थलों को भूल या प्रमाद में नहीं गिनते। उन्हें वे कवि की निरंकुशता कहते हैं।''

द्विवेदी जी का मानना है कि महाकवि कालिदास भी इस निरंकुशता से नहीं बचे हैं। इस निबन्ध में द्विवेदी जी ने कालिदास की रचनाओं में उपमा की हीनता, उद्वेगजनक उक्ति, अनौचित्य–दर्शक उक्ति, रस–सम्बन्धी अनौचित्य, व्याकरण–सम्बन्धी अनौचित्य, नाम–सम्बन्धी अनौचित्य, इतिहास–सम्बन्धी अनौचित्य, यतिभंग, पुनरूक्ति, अधिकपदत्व, श्रुतिकटुत्व, जुगुप्साव्यंजक, ग्राम–भावव्यंजक, निहितार्थता, क्रमभंगता आदि से सम्बन्धित निरंकुशता की चर्चा की है।

हालांकि, द्विवेदी जी को इस बात की भी आशंका है कि ''इस लेख का नाम–निर्देश देखकर ही शायद कोई पाठक बिगड़ उठें। महाकवि कालिदास और निरंकुशता! कविकुलगुरु पर ऐसा गुरुतर दोषारोप!! छोटे मुँह बड़ी बात !!! ऐसा आरोप जो लोग हम पर करें, प्रसन्नतापूर्वक कर सकते हैं।. ..खण्डन, मण्डन और समालोचन की रीति परम्परा से चली आई है। शंकराचार्य और कुमारिल भट्ट तक ने अपने पूर्वाचार्यों के मत की समालोचना की है और कहीं कहीं बड़े कड़े शब्दों में की है। औरों की तो बात ही क्या। कालिदास के 'रघुवंश' की टीका मल्लिनाथ, हेमाद्रि, सुमतिविजय, वल्लभ और दिनकर मिश्र आदि कितने ही विद्वानों ने की है और पूर्व टीकाकारों की भूलें दिखलाई हैं। इन लोगों ने यथास्थान कालिदास पर भी चोटें की हैं और उन दोषों का उल्लेख स्पष्ट शब्दों में किया है। अलंकारशास्त्र से सम्बन्ध रखनेवाले ग्रन्थों में तो कालिदास आदि पुराने कवियों की कविता के दोष बड़ी ही निष्ठुरता से दिखाये गये हैं। इस दशा में इन लोगों के दिखलाये

या निर्माण किये हुए मार्ग से यदि हमारे समान अल्पज्ञ मनुष्य भी जाने का यत्न करे तो कोई आक्षेप की बात नहीं।''

द्विवेदी जी ने इस लेख पर लगाये जाने वाले संभावित आक्षेपों का अनुमान कर ही यह भी स्पष्ट कर दिया कि ''पाठक, विश्वास कीजिए यह लेख हम कालिदास के दोष दिखला कर उनमें आपकी श्रद्धा कम करने के इरादे से नहीं लिख रहे। ऐसा करना हम घोर पाप समझते हैं –भारी कृतघ्नता समझते हैं। इसे आप केवल वाग्विलास समझिए। यह केवल आपका मनोरंजन करने के लिए है। कालिदास को हम महाकवि ही नहीं समझते हैं; हम उन्हें देवता समझते हैं, पूजनीय समझते हैं, अपना गुरु समझते हैं। अभी इस एक वर्ष की बीमारी में –और बीमारी अब तक गई नहीं– हमने गीता नहीं पढ़ी, श्रीमद्भागवत का पारायण नहीं किया, वाल्मीकिरामायण नहीं देखा। जब कभी हमने कुछ पढ़ा है, 'रघुवंश' पढ़ा है। इससे आप जान सकेंगे कि हमारे हृदय में कालिदास का कितना आदर है। और, यह इसी आदर और अवलोकन का फल है जो हम यह लेख लिखने बैठे हैं।''

फिर भी, द्विवेदी जी के इस लेख का खण्डन करने के उद्देश्य से कलकत्ते से निकल रही पत्रिका 'भारतमित्र' में एक लेखमाला चली थी 'निरंकुशता–निदर्शन'। इसे लिखने वाले थे जगन्नाथ प्रसाद चतुर्वेदी, जिन्होंने 'मनसाराम' नाम से इसे लिखा था। बाद में इसी पत्रिका के जुलाई, 1911 के अंक में चन्द्रधर शर्मा 'गुलेरी' का निबन्ध 'निदर्शन पर सम्मति' प्रकाशित हुआ। गुलेरी जी ने साफ शब्दों में लिखा कि इन लेखों को पढ़ने से लोगों को कालिदास की कृति के अनुशीलन की ओर रूचि हुई है इसलिए द्विवेदी जी के इन लेखों को महत्व देना चाहिए। गुलेरी जी के साथ–साथ महामहोपाध्याय पण्डित गंगानाथ झा, पण्डित दुर्गाप्रसाद द्विवेदी, श्रीविजयधर्म सूरि, आर. कृष्णमाचार्य संस्कृत विद्वानों की प्रशंसा भी द्विवेदी जी को मिली। इससे उत्साहित होकर द्विवेदी जी ने बाद में 'प्राचीन कवियों के काव्यों में दोषोद्भावना' शीर्षक एक और सुदीर्घ निबन्ध लिखा।

कालिदास और उनकी कविता-महावीरप्रसाद द्विवेदी

महावीरप्रसाद द्विवेदी ने हिन्दी के साथ–साथ संस्कृत कवियों और उनकी रचनाओं पर भी पर्याप्त विवेचनात्मक और आलोचनात्मक लेखन किया है। वेद, रामायण, महाभारत, पुराण आदि से लेकर कालिदास, श्रीहर्ष,

अश्वघोष, बिल्हन, माघ, भट्टि आदि अनेक संस्कृत महाकवियों की कृतियों पर उन्होंने लिखा है। सच तो यह है कि उनके आलोचनात्मक लेखन का आरम्भ ही संस्कृत कवियों पर लिखी आलोचनाओं से ही हुआ था। संस्कृत कवियों में से भी सबसे अधिक लेखन उन्होंने कालिदास पर ही किया है। कालिदास से सम्बंधित 'कालिदास की निरंकुशता', 'कालिदास और उनकी कविता' तथा 'हिन्दी कालिदास की समालोचना' उनकी स्वतन्त्र आलोचना पुस्तकें हैं।

'कालिदास और उनकी कविता' का पहला संस्करण जबलपुर के राष्ट्रीय हिन्दी मन्दिर से 1920 में तथा दूसरा संस्करण तरुण भारत ग्रंथावली कार्यालय, प्रयाग से 1933 में प्रकाशित हुआ। अब यह भारत यायावर संपादित महावीरप्रसाद द्विवेदी रचनावली के आठवें खण्ड में संकलित है। इसका जब दूसरा संस्करण छपा तब उसमें द्विवेदी जी ने लिखा कि कालिदास के विषय में उन्हें कोई भी प्रकाशित पुस्तक नहीं दिखाई पड़ी। इससे यह प्रकट होता है कि कालिदास पर हिन्दी में प्रकाशित यह पहली पुस्तक है। दिलचस्प बात यह भी है कि जब यह किताब छपी तो उसके शीर्षक के साथ 'साहित्य का एक सुन्दर आलोचनात्मक ग्रन्थ' भी छपा हुआ था।

इस किताब के अधिकांश हिस्से 'सरस्वती' के 1905–11 के अंकों में छपते रहे थे। चूंकि इस किताब से पहले हिन्दी में कालिदास से सम्बन्धित कोई किताब उपलब्ध नहीं थी इसलिए यह आवश्यक था कि इसमें द्विवेदी जी उन विषयों पर विचार करते जिनसे हिन्दी पाठकों के बीच कालिदास सम्बन्धी प्रामाणिक जानकारी पहुँच सके और भरसक कालिदास सम्बन्धी विवादों पर भी कुछ रोशनी पड़ सके। यही कारण है कि द्विवेदी जी ने इसके आरम्भ में ही लगभग पचास पृष्ठों में कालिदास के आविर्भाव काल पर ही विचार किया है। आगे के अध्यायों में उन्होंने कालिदास के समय का भारत, कालिदास की विद्वता, कालिदास के ग्रन्थों की आलोचना, कालिदास के 'मेघदूत' का रहस्य, कालिदास की वैवाहिकी कविता, कालिदास की कविता में चित्र बनाने योग्य स्थल, और कालिदास की दिखाई हुई प्राचीन भारत की एक झलक जैसे विषयों पर लिखा है। अन्त में परिशिष्ट की तरह कालिदास से सम्बन्धित दो अन्य लेख, पहला शकुन्तला और दूसरा कालिदास के काव्यों में नीतिबोध को शामिल किया गया है।

'शकुन्तला' शीर्षक लेख असल में नन्दलाल विश्वनाथ दुबे द्वारा 1888 में किए कालिदास के 'शाकुन्तल' नाटक के गद्य–पद्यात्मक अनुवाद पर

केन्द्रित है। द्विवेदी ने इसमें उनके द्वारा अपनाई गई अनुवाद–पद्धति की जमकर खबर ली है। लेख का अन्त करते हुए उन्होंने लिखा है ''सो ऐसे अच्छे अनुवाद (राजा लक्ष्मण सिंह कृत पद्यानुवाद) के होते भी दुबेजी ने अपना अनुवाद प्रकाशित करने की जरूरत समझी। इसे हम साहस के सिवा और क्या कहें। अब दुबेजी से प्रार्थना है कि अनुवादक की कीर्त्ति–रक्षा के लिए इस अनुवाद की अवशिष्ट कापियों को सन्दूक में बन्द करके मजबूत ताला लगा दें– न बेचें, न वितरण करें। क्योंकि इसका कोई भी अंश अच्छा नहीं। इसके दो–एक प्रमाण हम और दिये देते हैं। राजा दुष्यन्त कहता है–

मन्द मन्द विलास पूर्व विलमी जाती नितम्बी रही,
मा जा जो सखि ने कह्यो उ तिहिपै साक्षेप रूठी रही।
दीन्ही औ पुनि दृष्टि अन्य दृग सो भी आत्मचेष्टा हरी,
जाने में प्रति ही कटाक्ष करती कामातुरी सुन्दरी।।

इस उलझी हुई गांठ को मूल पुस्तक देखकर चाहे कोई सुलझा भी ले, पर 'मा जा' को दुबेजी के सिवा मजाल क्या जो कोई सुलझा सके। उसका अर्थ है –'मत जा'। 'मा' संस्कृत, 'जा' हिन्दी ! इस कायदे से दुबेजी 'डोंट जा' और 'नको जा' आदि प्रयोग करने से भी 'बैक पद' नहीं हो सकते!''

दूसरे लेख 'कालिदास के काव्यों में नीति–बोध' में द्विवेदी जी ने कालिदास की रचनाओं में आत्म–विषयक नीति, कौटुम्बिक नीति, सामाजिक नीति और राजकीय नीति की विवेचना की है।

कालिदास की सच्चरित्रता-केशवप्रसाद मिश्र

यह एक ऐसा निबन्ध है जिसमें केशवजी ने कालिदास के सम्पूर्ण ग्रंथों का गहराई से परिशीलन करते हुए नारी जाति विषयक उनकी उदात्त अवधारणाओं को संग्रथित किया है। 'सरस्वती' पत्रिका के भाग सोलह एवं अंक तीन में प्रकाशित हुए इस निबन्ध में केशवजी ने कालिदास की अलौकिक काव्यक्षमता, सौन्दर्यबोध और भावजगत का मनोवैज्ञानिक ढंग से परीक्षण करते हुए उनकी सच्चरित्रता पर 'भोज प्रबन्ध' में की गई आपत्तियों का सतर्क प्रतिवाद किया है। उनका मानना है कि 'भोज प्रबन्ध' ऐतिहासिक दृष्टि से प्रमाणपुष्ट रचना ही नहीं है क्योंकि किसी भी इतिहासवेत्ता ने इसकी प्रामाणिकता को स्वीकार नहीं किया है। 'भोज प्रबन्ध' के प्रणेता ने न केवल कालिदास बल्कि भवभूति, माघ, बाणभट्ट जैसे प्रसिद्ध संस्कृत कवियों को भी कवि होने के नाते एक स्वर से चरित्रहीन घोषित कर दिया

है। केशवजी के अनुसार कुछ कवि चरित्रहीनता की परिधि में भले आएँ पर सभी कवियों को चरित्रहीन कहकर साधारणीकृत कर देना – एक तरह की मानसिक विकृति ही कही जायेगी। उनके अनुसार सामान्यतः सज्जन का धर्म है कि प्रमाण रहते हुए भी किसी की निंदा से बचे, फिर प्रमाण के अभाव में किसी को ऐसा कह देना तो सर्वथा अन्याय है।

केशवजी का तर्क है कि यदि कोई कवि दुश्चरित्र है तो निश्चित रूप से उसकी रचनागत टिप्पणियाँ किसी न किसी प्रकरण में दुश्चरित्रता की गंध देंगी ही। कालिदास स्त्री जाति को किस दृष्टि से देखते थे, दाम्पत्य सम्बन्धों के विषय में उनकी क्या प्रतिक्रियाएँ थीं, उनके प्रेम का क्या आदर्श था आदि प्रश्नों के उपस्थापन के लिए उन्होंने कालिदास के विशाल काव्य–संसार से अध्यवसायपूर्वक अनेक उद्धरणों का चयन करते हुए नारी जाति की विविध सामाजिक भूमिकाओं के प्रति कवि की समादृत मनोभूमि की अनेकशः तलस्पर्शी विवेचना की है। अंततः केशवजी इस समीक्षात्मक निबन्ध में इस निष्कर्ष पर पहुँचते हैं कि कोई भी चरित्रहीन कवि अपने रचना–कर्म में नारी जाति विषयक ऐसे उदात्त और निर्दोष स्थलों की आत्मविश्वास ढंग से सृष्टि कर ही नहीं सकता जैसा कि कालिदास ने किया है।

इस संदर्भ में कालिदास के काव्य–संसार से नारी जाति विषयक उनकी आदर्श मनःस्थिति के द्योतक जो उद्धरण इस निबन्ध में उन्होंने संयोजित किए हैं और उनका विवेचन किया है –वह उनकी अन्तर्दृष्टिपूर्ण काव्यपरख एवं साहित्य–समीक्षा की स्तरीय क्षमता का प्रमाण है। इस निबन्ध में कालिदास के बारे में उनकी यह टिप्पणी भी द्रष्टव्य है कि कालिदास ने नारी विषयक अपने उदात्त दृष्टिकोण को 'रघुवंश' के सुदर्शन तक तो पूरे उत्साह के साथ चरितार्थ पाया किन्तु जब 'रघुवंश' के अंतिम कामुक राजा (अग्निवर्ण) के एतद्विषयक चित्रण का प्रसंग आया तो उनका सारा उत्साह ही चुक गया और उनकी वाणी भी श्लथ हो गई (*द्रष्टव्य हिन्दी के सार्वजनिक क्षेत्र के निर्माता : आचार्य केशवप्रसाद मिश्र, सं. महेन्द्रनाथ राय, नमन प्रकाशन, नई दिल्ली, 2009*)।

अपनी धारणाओं के समर्थन में केशवजी ने 'अभिज्ञानशाकुन्तल' के एक प्रसंग की विवेचना की है। प्रसंग यह है कि कण्व की आज्ञा से ऋषिकुमार शकुन्तला को लेकर दुष्यन्त के यहाँ पहुँचे। दुष्यन्त उस समय अपनी यज्ञशाला में था। शकुन्तला सहित ऋषिकुमार वहीं उसके सामने उपस्थित हुए। राजा ने उनको आदरपूर्वक प्रणाम किया और कृपा करने का कारण

पूछा। ऋषिकुमारों ने कण्व का संदेश सुनाया और तदनुकूल शकुन्तला को सौंपना भी चाहा। राजा उस समय शाप से विमूढ़ था। उसने अपनी परिगृहीता पत्नी शकुन्तला को न पहचाना। इधर शकुन्तला जैसी त्रिभुवन मोहिनी रूप–लावण्यवती स्त्री की अनायास प्राप्ति का योग, उधर पर–स्त्री के ग्रहण करने में धर्म–पीड़ा का भय। इन दोनों ने मिलकर जो भाव उस अवसर पर राजा के मन में उत्पन्न किया उसे कवि ने किस खूबी से व्यक्त किया है, देखिए –

इदमुपनतमेवं रूपमक्लिष्टकान्ति
प्रथमपरिगृहीतं स्यान्नवेति व्यवस्यन्।
भ्रमर इव विभाते कुन्दमन्तस्तुशारंञ
न च खलु परिभोक्तुं नैव शक्नोमि हातुम्।। 5/19

अर्थात् इस अछूत रमणी की कान्ति का क्या कहना है। अरे, यह तो मुझे अनायास ही मिल रही है। मैं इसे छोड़ नहीं सकता। नहीं, नहीं, शायद यह मेरी स्त्री न हो! भला तब मैं कैसे स्वीकार कर सकता हूँ ? इस समय इस उधेड़–बुन में पड़कर मेरी दशा उस भौंरे की जैसी हो रही है जो प्रातःकाल विकसित कुन्दकली के परिमल से लुब्ध होकर रस लेने की इच्छा से बार–बार उस पर बैठने की चेष्टा करता है, परन्तु उस के बीच में पड़े हुए पाले को देखकर डर के मारे उड़–उड़ जाता है।

केशवजी ने लिखा है कि ''विचार करने की बात है कि क्या कोई चरित्रहीन मनुष्य ऐसा लिख सकता है? जिस अन्तःकरण में धर्म पर श्रद्धा नहीं, अधर्म से भय नहीं, उसमें इस प्रकार एक मनोहर रमणी की उत्कट लालसा और धर्म–पीड़ा के भय से उत्पन्न हुए तिरस्कार का संग्राम होने पर विजय का सेहरा क्या धर्म के सिर बांधा जा सकता है?''

कालिदास का प्रकृति निरीक्षण-केशवप्रसाद मिश्र

इस निबन्ध में केशवजी ने कालिदास के काव्य से प्रकृति–चित्रण विषयक अनेक स्थलों को चयनित और विवेचित करने के बाद यह निष्कर्ष निकाला है कि महाकवि को भारतीय प्रकृति और संस्कृति के नैसर्गिक रूप को देखने की दिव्य दृष्टि प्राप्त थी। अनुभूति की गहराई, निरीक्षण की सूक्ष्मतम क्षमता, चित्रांकन की पटुता, स्थानीय विशेषताओं की मार्मिक परख, विश्वात्मा का साथ, मैत्रीभाव आदि दृष्टियों से कालिदास का काव्य–संसार अप्रतिम है।

केशवजी के, 'किशोर' पत्रिका के अप्रैल–मई, 1944 के अंक में प्रकाशित, इस निबन्ध में महाकवि के प्रकृति–निरीक्षण, सौन्दर्य दृष्टि और अभिव्यक्ति की विदग्धता को रेखांकित करने वाले अनेक रम्य काव्यांश उद्धृत किए गए हैं। निबन्धकार ने इसी प्रकरण में रायकृष्णदास के साथ अपनी मसूरी यात्रा, फिर शिमला यात्रा के ब्याज से कालिदास के काव्य में प्रकृति–चित्रण की विश्वसनीयता की पुष्टि करते हुए बालि–सुग्रीव की तरह खड़े दो देवदारू के वृक्षों के 'मुहुः कंपित देवदारूः' वाले प्रसंग का भी मर्म खोला है। केशवजी की यह चित्रण–क्षमता अनायास आचार्य शुक्ल के प्रकृति विषयक अनुराग का स्मरण करा देने वाली है (*द्रष्टव्य हिन्दी के सार्वजनिक क्षेत्र के निर्माता : आचार्य केशवप्रसाद मिश्र, सं. महेन्द्रनाथ राय, नमन प्रकाशन, नई दिल्ली, 2009*)।

कालिदास के प्रकृति–निरीक्षण के सम्बन्ध में केशवजी का निष्कर्ष है कि "कालिदास में अनुभूति की विदग्धता के साथ ही निरीक्षण की अद्‌भुत पटुता भी पाई जाती है। उनका छोटा सा शाब्दिक संकेत कहीं हमारे मन के सूक्ष्म से सूक्ष्म या प्रसुप्त संस्कारों को जगाकर ऐसी पुनर्नवता देता है कि हम अतीत द्वारा वर्तमान के वैषम्य का तीव्रातितीव्रतर साक्षात्कार करने लगते हैं, तो कहीं हमारी कुंठित ज्ञानेन्द्रियों को ग्राह्य विषय के उस अंतर्गूढ़ रहस्य तक पहुँचा देता है जिसे देखते हुए भी हम नहीं देखते, समझते हुए भी हम नहीं समझते। कोई सौन्दर्य, चाहे गुफा में छिपकर बैठा हो, कालिदास की प्रतिभा उसे प्रकाशित कर ही देगी। स्थानीय विशेषता की मार्मिक परख और उसके निरूपण की अद्‌भुत निपुणता पर तो मानो कालिदास का अनन्याधिकार है।"

कालिदास-चन्द्रबली पांडे

पुस्तक के सम्बन्ध में स्वयं लेखक का मत है कि "कविकुलगुरु कालिदास के अध्ययन की अबतक जो दृष्टि रही वह एक ओर अपनी थी तो दूसरी ओर परायी। अपनी अंधी हो चली थी तो दूसरी दूषित। ऐसी स्थिति में दोनों के मेल वा संयोग से जो अपना मार्ग निकाला गया है वह कहाँ तक साधु अथवा समीचीन है, इसकी मीमांसा संस्कृत के शास्त्री और उद्‌भट विद्वान करें। आचार्य देखें और डाक्टर समझें। अभी अपने आप को तो इतना ही पर्याप्त है कि इसमें कालिदास को देखने की आँख और उनकी रचना को परखने की दृष्टि का विधान है। कवि के जीवन की खोज में जो

समय लगा है उसका सदुपयोग हुआ और उससे उसके जीवन–चरित्र की कुछ झांकी मिली तो जिज्ञासा को बल मिला अन्यथा बुद्धि–विलास तो है ही। उससे कृति–परिशीलन में बाधा नहीं। हां, उसके सहारे कवि को समझने में सुविधा अवश्य है।''

मोतीलाल बनारसीदास, वाराणसी से 1954 में प्रकाशित हुई इस पुस्तक का पहला अध्याय कालिदास के जीवनवृत्त से सम्बन्धित है। राजशेखर के 'कालिदासत्रयी' के सम्बन्ध में लेखक की धारणा है कि यहाँ त्रयी से आशय तीन कवियों से नहीं, बल्कि एक ही कवि कालिदास के तीन प्रसिद्ध काव्य–ग्रन्थों से है। लेखक का तर्क है कि यह संस्कृत की परिपाटी है कि कवि और काव्य को एक कर देते हैं, जिस प्रकार 'मेघे माघे गतो वयं' में 'मेघ' कालिदास का ही बोध कराता है। लेखक ने अनेक युक्तियुक्त तर्कों से मातृगुप्त, शकारि, विक्रमार्क, साहसांक, उज्जयिनीनाथ, विक्रम, महेन्द्र, रघु दिग्विजय, पारसीक, अग्निमित्र, धारणी आदि से कवि कालिदास का सम्बन्ध–विवेचन करते हुए उनके कालनिर्णय पर विचार किया है। लेखक का मानना है कि वस्तुतः कालिदास चन्द्रगुप्त विक्रमादित्य के राजकवि थे और इसके पहले वाकाटक राज्य में राजकवि थे वा कविमात्र। अगले अध्याय में लेखक ने कालिदास के ग्रन्थों पर विचार किया है। उन ग्रन्थों की विशेषताएँ बताने के साथ–साथ लेखक ने इस बात पर भी विचार किया है कि ''वास्तक में कितने कविकर्म इस 'कवि' के हैं, और हैं कहाँ तक किस ग्रंथ में।'' 'मेघदूत' के सम्बन्ध में लेखक ने लिखा है कि '''मेघदूत' में अध्यात्म पढ़ने का प्रयत्न बराबर होता रहा है। इधर उसमें कुंडलिनी जगाने की विधि भी ढूंढी जा रही है। परन्तु अपना पक्ष ऐसा नहीं है। अपने को तो यहाँ 'पृथिवी' की विभूति ही गोचर होती है। यहाँ 'छायापथ' का उल्लेख कहाँ है? है कहीं 'मेघदूत' में 'द्यौ' की आभा व 'अंतरिक्ष' की फुहार? यक्ष सभी कुछ तो 'धरती' की सोच रहा है। 'माता धरती' के सामने 'पिता गगन' की यहाँ पूछ कहां? निश्चय ही 'मेघदूत' 'अधिकार' का काव्य है कुछ अध्यात्म का कूट नहीं। इसमें प्रमत्त 'अनुचर' का विशाद है कुछ प्रसन्न 'राजराज' का प्रसाद नहीं।''

'कुमारसंभव' के सन्दर्भ में लेखक की धारणा है कि इसमें 'संभव' के संकेत को न समझ सकने के कारण ही उसके विषय में इतनी भ्रान्त धारणाएँ प्रचलित हैं। वास्तव में 'कुमारसंभव' अष्टसर्ग पूर्ण काव्य है। उसके अष्टम् सर्ग में इसी 'संभूति' किंवा 'गर्भाधान' का विधान है। इसके आगे का वर्णन कवि को

इष्ट नहीं। उसका कार्य है 'कुमार' का 'संभव' न कि 'तारक' का 'वध'। इससे आठवें सर्ग को भी कालिदास विरचित ही समझना चाहिए। लेखक ने यह भी बताया है कि संभोग श्रृंगार का यह अनुपम सरस शास्त्र है। इसे अश्लील समझना साधु नहीं। वस्तुतः रस की दृष्टि से 'मेघदूत' इसका पूरक काव्य है।

'रघुवंश' को भी अपूर्ण समझने वाले विद्वानों पर टिप्पणी करते हुए लेखक ने कहा है कि 'रघुवंश' को अपूर्ण समझने का कोई कारण नहीं। कालिदास की कविता मुग्धा की भांति अपना रंग दिखाती है। 'गर्भाभिषेक' का रहस्य क्या? 'कुमारसंभव' में कवि की दृष्टि संभव पर है। असुर–विनाश बस इतने से ही हुआ समझिए। वह देवलोक की घटना है। मानवलोक की आशा बस गर्भ में है। 'रघु–वंश' में अब भी प्राणी हैं, तब भी प्राणी थे। फिर कालिदास उसका अन्त कैसे दिखाते और दिखाते भी तो उससे कोई कार्य कैसे सध जाता? फलतः उन्होंने 'आसमुद्रक्षितीश' का व्रत लिया और उसे अपने काव्य में पूरा कर दिखाया।

लेखक के अनुसार 'विक्रमोर्वशीय' में 'विक्रम' और 'उर्वशी' को समझने में अब तक भूल हुई है। विक्रम के उन्माद पर उचित ध्यान नहीं दिया गया है। सच पूछिए तो 'विक्रम' और 'दुष्यन्त' का निर्माण 'चित्त' की दृष्टि से हुआ है। लेखक का कहना है कि "'चेत' का विलास देखना हो तो इनका अध्ययन करें, अनुशीलन करें और प्रत्यक्ष करें कि कालिदास को किसी 'मानस शास्त्र' का कितना बोध था। साथ ही यह भी समझ लें कि इस उदार कवि के विशाल हृदय में इतना स्नेह है कि यह मेनका सी 'विघ्नकारिणी' अप्सरा को भी 'दुहितृवत्सला' बनाता है और 'उर्वशी' सी स्वर्गशोभा को भी धर्मचारिणी बनाकर छोड़ता है। अप्सरा भोग्या भले ही हो पर है वह वस्तुतः माता ही, इसे कोई कालिदास में पढ़ देखे। 'उर्वशी' को लें वा लें 'मेनका' को, दोनों ही अन्त में 'माता' के रूप में ही सफल और सुखी दिखाई देती हैं। इसको खोलने का यहाँ प्रयत्न हुआ है।"

'अभिज्ञानशाकुंतलम्' के सम्बन्ध में लेखक ने लिखा है कि 'अभिज्ञानशाकुंतलम्' में क्या नहीं है जो उसके विषय में अलग से कुछ कहा जाय? कालिदास का अध्यात्म वहीं अपनी आँखें खोलता है। 'ऋतुसंहार' और 'मालविकाग्निमित्र' के सम्बन्ध में लेखक का निवेदन है कि इनका महत्त्व किसी रहस्य के उद्घाटन अथवा किसी तथ्य के प्रतिपादन में नहीं है। यहाँ 'प्रिया' का सम्बोधन और प्रेम का प्रपंच है। प्रथम में कवि का आत्मगत अभ्यास है तो द्वितीय में अपनी कला का समाजगत उपदर्शन।

इस अध्याय में लेखक ने कुल मिलाकर मानव को कालिदास से क्या मिलता और क्या मिल सकता है इसको प्रत्यक्ष किया है। 'कवियशःप्रार्थी' शीर्षक तीसरे अध्याय में लेखक ने अश्वघोष की विभिन्न रचनाओं पर कालिदास की टिप्पणियों की व्याख्या की है और इसी ब्याज से कालिदास की काव्यकला का सविस्तार विवेचन किया है। लेखक का स्पष्ट कथन है कि कालिदास के 'यशःप्रार्थी' का अर्थ स्पष्ट है, स्फुट है, और है 'अश्वघोष का कवियश'। कालिदास ने अश्वघोष के 'नन्द' और 'सुन्दरी' को रघुवंश के 'अज' और 'इन्दुमती' में देखा है तो 'बुद्धचरित' के बुद्ध को देखा है 'रामाभिधानो हरिः' में। अश्वघोष के काव्यकौशल को लेकर कवि कालिदास ने जो रघुवंश का निर्माण किया तो उसमें उस कला, उस विद्या और उस शिल्प का साक्षात्कार हुआ जिसके लिए कविता न जाने कब से तड़प रही थी।

'प्रेमराशीभवन्ति' शीर्षक अध्याय कालिदास की प्रेमव्यंजना से सम्बन्धित है और अगले अध्याय 'समुद्ररशना उर्वी' में कालिदास की रचनाओं में व्याप्त भूगोल पर विचार किया गया है। इसमें मेघ–यात्रा, दिलीप–यात्रा, दशरथ–यात्रा, समुद्र–दर्शन आदि प्रसंगों के माध्यम से स्थान–वर्णन में कालिदास की पटुता का वर्णन किया गया है। 'मा स्म प्रतीपं गमः' में कालिदास विरचित विशिष्ट चरित्रों के वैशिष्ट्य का वर्णन किया गया है। इस सम्बन्ध में लेखक का कहना है कि कालिदास चरित के ज्ञाता ही नहीं निर्माता भी थे। विधाता की सृष्टि में जहाँ उनकी दृष्टि पड़ी कला की वृष्टि हुई।

उनकी रचनाओं में एक से बढ़कर एक निराले चरित हैं और हैं सब अलग–अलग ही। 'विकृतिर्जीवितमुच्यते बुधैः' अध्याय के अन्तर्गत कालिदास के साहित्य में देवता, मनुष्य, समाज, स्त्री, वर्णाश्रम, राजन्य, दण्डभोग, सीता–परित्याग, शम्बूकवध, रामराज्य, सहधर्मचारिणी, संस्कार, स्वधर्म, मर्यादा, आश्रम, गुरूदक्षिणा, शील, आचार, आदर्श आदि विविध विषयों पर विचार किया गया है। अगला अध्याय है 'अनामिका सार्थवती बभूव'। इसमें लेखक ने यह स्पष्ट किया है कि केवल इतना कह देना ही पर्याप्त नहीं कि कालिदास की तुलना में और कवि कहां? इस बात पर गहन विमर्श कर और अनेक उदाहरणों से लेखक ने यह स्पष्ट किया है कि 'अनामिका' के 'सार्थवती' होने का अभिप्राय क्या है।

इस अध्याय के पश्चात् दो परिशिष्ट भी हैं। पहले में कालिदास के दूत कर्म का विवेचन किया गया है और दूसरे परिशिष्ट में कालिदास जयन्ती, लोकवाद, उद्धृत ग्रन्थ तथा अनुक्रमणिका को स्थान मिला है।

कालिदास का भारत-भगवतशरण उपाध्याय

प्रख्यात विद्वान भगवतशरण उपाध्याय की यह पुस्तक सामाजिक दृष्टिकोण से महाकवि कालिदास के अध्ययन की पहली चेष्टा है। इसे 1954 ने भारतीय ज्ञानपीठ, नई दिल्ली ने प्रकाशित किया था। इसके आवरण में यह बताया गया है कि यह एक कवि की विवेचना भर नहीं है, इसमें तत्कालीन भारत की भौगोलिक स्थिति, शासन–व्यवस्था तथा सामाजिक ढांचे का वस्तुपरक मूल्यांकन भी किया गया है। इसमें ललित कलाओं, शिक्षा–साहित्य और धर्म–दर्शन की चर्चा करते हुए एक विशेष कालखण्ड को सांगोपांग समझने की सार्थक चेष्टा है। इस ग्रन्थ में उपाध्याय जी ने कालिदास के काल–निर्णय पर भी विशेष रूप से विचार किया है।

महाकवि कालिदास के सृजन का ऐसा मार्मिक विवेचन और उनके माध्यम से अतीत का ऐसा विषद् चित्रण और उत्कर्ष की व्यंजना प्रस्तुत कृति को अत्यन्त विशिष्ट बनाती है। इसमें कालिदास के सृजनधर्मी स्वरूप का परिचय तो है ही, अतीत के उत्कर्ष का वर्णन भी है। इस पुस्तक का केवल ऐतिहासिक महत्त्व ही नहीं है, यह एक विश्वकवि और उसके समय को जानने–समझने की दृष्टि से आज भी उपादेय है। विविध सामयिक सन्दर्भों तथा प्रयुक्त उपादानों के बारीक विश्लेषण से उपाध्याय जी के श्रम और असाधारण पाण्डित्य की ओर सहज ही ध्यान आकर्षित होता है।

स्वयं भगवतशरण उपाध्याय ने इस पुस्तक के आरम्भ में लिखा है कि कालिदास पर मेरा यह सोलह वर्षों का अध्ययन है किन्तु कालिदास का साहित्य इतना समुद्रवत है कि सोलह वर्ष का श्रम उसके लिए कुछ भी नहीं, फिर भी जितना प्रयास उस साहित्य को मथने का मैं कर सकता था, मैंने किया है। जैसा कि इस पुस्तक के नाम से स्पष्ट है, यह अध्ययन उस भारत के पट खोलता है जिसमें महाकवि ने सांस ली है और अपनी साहित्य–कला का रूपायन किया है। सात खण्डों एवं उन्नीस अध्यायों में विभाजित लगभग पांच सौ पृष्ठों की इस पुस्तक में भौगोलिक सामग्री, राज्य–शास्त्र और शासन, सामाजिक जीवन, ललित कला, आर्थिक स्थिति, शिक्षा और साहित्य और धर्म तथा दर्शन आदि प्रकरण हैं।

कालिदासं नमामि-भगवतशरण उपाध्याय

'कालिदासं नमामि' भगवतशरण उपाध्याय के ललित निबंधों का संकलन है। इसे भूमिका प्रकाशन, नई दिल्ली ने 1991 में प्रकाशित किया है। यद्यपि

इसमें शामिल सभी निबंध ललित निबंध ही नहीं हैं। कुछ ऐसे भी निबंध इसमें हैं जिनमें भावप्रवाह से अधिक चिन्तन और खोज की अभिव्यक्ति हुई है। ये निबंध इस प्रकार हैं– कवि के विषय में, कवि का बिम्ब, उत्तरमेघ की अलका, विरहिणी का आवास, विरहिणी यक्षी, विरही का संदेश, सर्गान्त, प्रियेशु सौभाग्यफला हि चारूता, शिव की एक सांझ, एक रात, काम और कालिदास, कालिदास और शिष्ट आचरण, कालिदास का मानवेतर विलास, कालिदास और मधुपान, ऋतुसंहार की भावभूमि, कालिदास और ललित कलाएँ, रघु की दिग्विजय, तथा ते भागधेयानि पृच्छ।

पहले निबन्ध में कालिदास के जन्मस्थान और निवास, कार्यकाल, कविकार्य तथा कालिदास की विशिष्ट शैली की चर्चा की गई है। लेखक ने बताया है कि भारतीय कवियों की परम्परा के प्राण होने के कारण वैसे तो कालिदास ने अपने कार्यकाल और निवास के सम्बन्ध में संसार को कोई सूचना नहीं दी है किन्तु युक्तिसंगत स्थापनाओं में अधिक सच्चाई की संभावना कश्मीर और मध्यप्रदेश के सम्बन्ध की है। 'ऋतुसंहार' में जिन षड्ऋतुओं का कवि ने घना परिचय दिया है वे सर्वथा मध्यप्रदेश की हैं। 'मेघदूत' का नायक यक्ष जिस रामगिरि पर प्रवास करता है वह नागपुर के पास का रामटेक है। मेघ को उत्तर अलका की ओर भेजते हुए कवि ने जो रामगिरि से उत्तरोत्तर मार्ग का सविस्तर उल्लेख किया है वह मध्यप्रदेश के छोटे–बड़े सभी स्थानों, छोटी–बड़ी सारी जलधाराओं का कवि का घनिष्ठ ज्ञान प्रकट करता है। वैसे तो निःसन्देह उत्तरापथ के मार्ग पर पड़नेवाले सभी स्थानों से कवि यथेष्ट परिचित है पर मध्यप्रदेशीय स्थलों के वर्णन में तो रागविभोर हो उठता है।

दूसरी तरफ कश्मीर का भी कालिदास ने प्रकट उल्लेख नहीं किया है परन्तु वहाँ के नदों–सरोवरों और उनको ढक देनेवाले कमलवनों का जो कवि ने वर्णन किया है उसका संकेत डल, ऊलर आदि कश्मीरी झीलों के प्रति अनेक विद्वानों ने माना है। धान के विविध प्रकारों –शालि, कलमा आदि– का जो कवि ने उल्लेख किया है वे हिमालय में अन्यत्र प्राप्य होकर भी विशेषतः कश्मीर की घाटी के हैं और एक उल्लेख तो निश्चय जैसे कालिदास को उस घाटी से बांध देता है। किसी कश्मीरभिन्न संस्कृत कवि ने कभी कश्मीर अथवा उसके उत्तर–पश्चिम इलाके में होने वाले केसर की पौध और फूल का वर्णन नहीं किया, केवल कालिदास ने आँखदेखा वर्णन किया है। हिमालय के प्रति तो कवि का आग्रह इतना घना है कि 'कुमारसंभव'

का समूचा कथानक और 'मेघदूत' का पूरा उत्तरार्द्ध उसी पर्वत की उपत्यकाओं में घटते हैं, फिर 'रघुवंश', 'शाकुन्तल' और 'विक्रमोर्वशी' के भी अनेक स्थलों का सम्बन्ध हिमालय से है।

लेखक ने निष्कर्ष निकाला है कि कालिदास ने जन्म कदाचित कश्मीर में लिया और कारणवश वहाँ से हट जाने से उन्होंने मध्यप्रदेश को अपना कार्यक्षेत्र बनाया। परम्परया उनका विक्रमादित्य की राजसभा का रत्न होना भी उनके उस राजा की दूसरी राजधानी उज्जयिनी में दीर्घकाल तक निवास को प्रमाणित करता है जिसके प्रति कवि का 'मेघदूत' में विशेष आग्रह है।

कालिदास के कार्यकाल के सम्बन्ध में भी लेखक ने विचार किया है। गुप्तकाल में संपादित पौराणिक आख्यानों, परम्पराओं और विपुल संख्या में प्रसूत देवमूर्तियों का उल्लेख, भारतीय कला में प्रायः पहली बार कुषाणकाल में निर्मित क्रमशः मकर और कच्छप पर खड़ी चमरधारिणी गंगा तथा यमुना की मूर्तियों का वर्णन, मात्र गुप्तकालीन मूर्तियों की उंगलियों के जालग्रथित (शाकुन्तल, अंक 7– जालग्रथितांगुलि करः) अभिप्राय का उल्लेख, कुषाण–गुप्तयुगीन बुद्धमूर्तियों की अखण्ड समाधि का वर्णन, गुप्त सम्राटों के अभिलेखों और मुद्रालेखों तथा कालिदास की भाषा में घनी समता, कवि की रचनाओं में वर्णित शांति और समृद्धि, प्रायः तीसरी सदी ईसवी के वात्स्यायन के कामसूत्रों का कवि पर असंदिग्ध प्रभाव, ग्रीक ज्योतिष में 'जामित्र' आदि पारिभाषिक शब्दों का उपयोग, पांचवीं सदी में वक्षुनद की घाटी में बसनेवाले हूणों की रघु द्वारा पराजय– ये सभी कालिदास की गुप्तकालीनता ही प्रमाणित करते हैं।

लेखक ने बताया है कि कुमारगुप्त प्रथम के शासन के अन्त में पुष्यमित्रों और हूणों ने गुप्तकालीन शांति नष्ट कर दी थी, इसलिए कवि के कार्यकाल का अन्त 450 ई. के पुष्यमित्रों के साथ हुए स्कन्दगुप्त के युद्ध के पहले रखा जा सकता है। कालिदास ने लिखा बहुत है फलतः स्वाभाविक ही उनका कृतित्व दीर्घकालिक रहा होगा। यदि मानें कि वे अस्सी वर्ष तक जिये तो इस गणना के आधार पर, उनका जन्म 365 ई. के आसपास मानना ही समीचीन होगा। दूसरी तरफ हम यह भी पाते हैं कि कवि ने कुमारगुप्त और स्कन्दगुप्त दोनों का संकेत किया है। इससे पता लगता है कि समुद्रगुप्त के शासनकाल में जन्म लेकर कवि ने चन्द्रगुप्त द्वितीय, विक्रमादित्य के समूचे शासन और कुमारगुप्त के शासन के अधिकतर काल तक अपनी लेखनक्रिया

जाग्रत रखी होगी। अतः कालिदास ने स्कन्दगुप्त का जन्म भी देख लिया होगा क्योंकि पुष्यमित्रों की पराजय करते समय स्कन्दगुप्त की आयु कम–से–कम बीस वर्ष की अवश्य रही होगी। इस प्रकार यदि कालिदास ने पच्चीस वर्ष की अवस्था में अपना कविकर्म आरम्भ किया हो तो उनकी पहली कृति 'ऋतुसंहार' 390 ई. के लगभग लिखी गई होगी।

'कवि का बिम्ब' में लेखक ने कवि कालिदास की विभिन्न अवस्थाओं का परिचयात्मक चित्र खींचा है। बाल कालिदास के नयन अष्टाध्यायी रटते–रटते आक्षितिज फैली स्फुटपुष्पहासिनी उपत्यका की छोरों तक निर्बन्ध दौड़ जाते हैं। पाठ बंद कर वह तितलियों के पीछे सहसा दौड़ पड़ता है, फूलों को देखता चुप बैठ जाता है। उड़ते हारिलों की आवाज सुनकर पाठ बिसर कर उन्हें देखने लगता है। उसकी आँखें लौट–लौट जाती हैं उन्हीं सरोवरों की तरफ जहाँ हंसों के जोड़े एक कमलपत्र की छाया से दूसरे की छाया की ओर सरक जाते हैं। किशोर कालिदास व्याकरण, निरूक्त, वेद, उपनिषद्, ब्राह्मण, धर्मशास्त्र, पुराण आदि से परिचित होकर जान चुका है कि सन्ध्या कितनी स्निग्ध है, दिशा कितनी कोमल। सप्तपर्ण का आतपत्र दिन के आतप के लिए है, सांझ की शीत के लिए नहीं। कुछ तरूण हुए कालिदास ने ऋतुओं का रहस्य पा लिया हो जैसे। निदाघ, पावस, शरद, हेमन्त, और शिशिर का मर्म पा लिया है उसने। वसन्त के वशीभूत हो वह उदारमना कवि की भांति अपनी प्रिया का प्रसाधन करता है। तभी मानो कुछ हो गया उसे। यक्षों की उस नगरी में उन्माद जागा, कंचुक के कायाबन्ध टूट गये। संयम का पाहरू सोया और असंयम का दैत्य जागा। परिणाम देश छूटा, मदिर अभिसार छूटे, प्रमदवन प्रासाद छूटे, स्वकीया प्रिया छूटी और ऐसे में कवि अभिशप्त यक्ष मेघ से याचना करता है और 'मेघदूत' की अप्रतिम गीतिका अनायास रच गई। फिर महाकाल की समाधि टूटी। तनुता खोकर भी अनंग ने जो उन्माद बोया शिव ने उसे गन्धमादन पर मारे–मारे फिर पोर–पोर काटा और 'कुमारसंभव' हुआ। कालिदास की आयु पक चली थी, केशावलि श्याम–श्वेत। शाकुन्तल के प्रति कवि का मन रमा। 'रघुवंश' का क्षेमाशय परिवार का नियामक बना, आचारप्रमादिनी शकुन्तला अभिशप्त हुई, धूसरित वसन धारे व्रतिनी शकुन्तला क्षेमकारिणी 'अभिज्ञात' हुई।

'उत्तरमेघ की अलका' में लेखक ने यह प्रकट किया है कि यक्षों की उस नगरी का चाहे आज कोई स्थूल अवशेष न हो पर कवि की कल्पना आज भी उसके हजार–हजार आकर्षण हमारे नयन–पथ में फेंकती चली जा

रही है। 'विरहिणी का आवास' कुबेर के शाप के कारण निर्वासित यक्ष की अनुपस्थिति में उसके प्रासाद का सटीक चित्र खींचता है। इसी प्रकार 'विरहिणी यक्षी' में यक्ष के वियोग में यक्षी की चिंतनीय दशा का वर्णन है –अब तो उस यक्ष के दूसरे प्राणरूपिणी संगिनी की दशा दयनीय हो गई है, उस चकवी की तरह जो सहचर के दूर हो जाने से दयनीय हो जाती है, बोलती नहीं, प्रायः चुप रहती है। लगता है कि अब वह यक्ष–बाला नहीं बल्कि पाले की मारी शिशिरमथिता पद्मिनी हो गई है। अगले अध्याय 'विरही का संदेश' का सम्बन्ध यक्ष द्वारा अपनी प्रिया को मेघ के माध्यम से प्रेषित संदेश की विवेचना से है। 'सर्गान्त' में यह बताते हुए कि कालिदास की कृतियों में भी अन्य कवियों की ही भांति सर्ग का अन्त प्रसंगतः ही होता है, एक विशेष सर्गान्त की चर्चा की गई है जहाँ परिस्थिति की अनिवार्यता उन्हें सर्गान्त को बाध्य करती है। यह प्रसंग है 'कुमारसंभव' के तीसरे सर्ग के अन्त का, जब समाधिस्थ शिव मदन के प्रभाव से विचलित होते हैं और चेतन होने पर क्रोधित हो मदन को जलाकर भस्म कर देते हैं। ऐसी स्थिति में जो गति उमा की होती है वह मदन की गति से भी भीषण है, विधवा रति की दशा से भी दयनीय। जिस रूप का रूपगर्विता को गर्व रहा था और जिसके बल पर उसने यह पुराण–प्रसिद्ध अभिनय किया था, वह असफल व्यर्थ हो गया। और जो घटा भी वह मात्र शाब्दिक प्रतिकार न था, कायिक नाश था, वैधव्य–सूचक अशुभ, जिसकी उमा ने कल्पना तक न की थी।

इसके अगले अध्याय 'प्रियेशु सौभाग्यफला हि चारुता' में यह बताया गया है कि कालिदास यह स्पष्ट करना चाहते हैं कि रूप वह नहीं है जिस रूप का उमा ने व्यवहार किया था। वह तो मात्र रूप के गर्व का व्यवहार था इसीसे वह असफल रहा। असल रूप, सच्चा सौन्दर्य तो तपसाजनित दाम्पत्यसाधक आकर्षण होता है। 'काम और कालिदास' के अन्तर्गत कालिदास के साहित्य में काम के स्वरूप की विवेचना की गई है। कालिदास मानते हैं कि काम श्रृंगार का परम पोष्य है, जीवन की संज्ञा है, जीवन का आधार है, कामना का सर्वस्व। उसके संचरण से मानुस की आस मरने नहीं पाती, स्नेह की बाती छिन–छिन जलती है पर चुकती नहीं। 'कालिदास और शिष्ट आचरण' शीर्षक अध्याय में लेखक ने बताया है कि कालिदास मधुर शिष्ट होने के कारण सामाजिक औचित्य के विधायक–प्रसारक हैं और अपने काव्यों–नाटकों की अनन्त सामाजिक परिस्थितियों में उन्होंने समाज के बहुमुखी व्यवहार और उसके भाव–व्यापार का प्रत्यक्ष विन्यास किया है।

'कालिदास का मानवेतर विलास' में लेखक ने बताया है कि मानव कालिदास के कवित्त्व का केन्द्र तो है पर वह ऐसा केन्द्र है जो कभी एकाकी नहीं हो पाता, सदा उसमें उसके सान्निध्य और संदर्भ में प्रकृति मुखर रहती है। मानव, मानव के प्रति उदासीन हो जाता है, वह उसे तज देता है, पर प्रकृति उसे कभी नहीं तजती, सदा उसे घेरे रहती है। 'कालिदास और मधुपान' में लेखक ने बताया है कि कालिदास ने जीवन को अत्यन्त निकट से देखा था और उसने मधुपान को उस जीवन का मंडन माना। कालिदास ने मधुपान को जीवन और शिष्ट आचार का अनिवार्य अंग माना है। लेखक का मत है कि कालिदास के काव्य में जो समाज प्रतिबिम्बित है उसमें, लगता है, मधुपान सामान्य आचार था। कवि के दाम्पत्य विलास का यह प्रायः प्रथम प्रसंग होता था।

'ऋतुसंहार की भावभूमि' में विचार किया गया है कि कालिदास ने न केवल ऋतुओं के निरन्तर बदलते चले जाते वैभव को देखा और उसका वर्णन किया है, बल्कि मानव प्रकृति के ऊपर उसके प्रभाव का भी सूक्ष्म निरीक्षण किया है। सर्ग–सर्ग में न केवल प्रकृति कारण, उसका वातावरण, शीतोष्ण परिवेश बदलता जाता है बल्कि उसके पशु–पक्षियों–पक्षधारियों, तृण–पल्लवों, तरु–कुसुमों की प्रवृत्ति, प्रकार, उदय–अन्त सभी में ऋतु के साथ ही जो परिवर्तन होता जाता है कालिदास ने उसे गहनता से निभाया है। इसके बाद के अध्यायों में कालिदास के साहित्य में ललित कलाओं की उपस्थिति, रघु की दिग्विजय और फिर अन्त में 'अभिज्ञानशाकुंतल' नाटक की एक मौलिक विवेचना है।

मेघदूत-ललिता प्रसाद सुकुल द्वारा संपादित

इस पुस्तक का प्रकाशन कलकत्ते की प्रसिद्ध साहित्य–संस्था 'बंगीय हिन्दी परिषद्' द्वारा रामकुमार भुवालका ग्रन्थमाला के अन्तर्गत 1958 में किया गया था। इस पुस्तक में कुल दस आलेख संकलित हैं। ये आलेख क्रमशः इस प्रकार हैं– ललिताप्रसाद सुकुल का 'अनामिका सार्थवती वभूव', भारतेन्दु हरिश्चन्द्र का 'कालिदास का जीवन चरित्र', महावीरप्रसाद द्विवेदी का 'कालिदास की विद्वता', सेठ कन्हैयालाल पोद्दार का 'कालिदास का काव्य वैभव और मेघदूत', बलदेव उपाध्याय का 'मेघदूत प्रसार तथा प्रभाव', श्यामसुन्दर दास का 'भूमिकाओं सहित निवेदन', राजा लक्ष्मण सिंह का 'समर्पण', राधाचरण गोस्वामी का 'समालोचना', उर्मिला भण्डारी का 'राय

देवीप्रसाद 'पूर्ण'' और चन्द्रबली पाण्डेय कृत 'कालिदास' के आधार पर सम्पादक द्वारा लिखित 'कालिदासत्रयी'।

इन आलेखों के अतिरिक्त इस पुस्तक में लगभग पैंसठ पृष्ठों का एक परिशिष्ट भी है। इस परिशिष्ट में मेघदूत सुभाषित, अनुवाद तालिका, दूत–काव्य नामावली और राजा लक्ष्मणसिंह द्वारा अनूदित सम्पूर्ण 'मेघदूत' तथा राय देवीप्रसाद 'पूर्ण' कृत 'धाराधरधावन' नामक ब्रजभाषा पद्यानुवाद को भी शामिल किया गया है।

कालिदास की लालित्य योजना-हजारीप्रसाद द्विवेदी

कालिदास का स्थान भारतीय वाङ्मय में ही नहीं, अपितु विश्व–साहित्य में अप्रतिम माना गया है। उनके काव्य में उपमा का वैशिष्ट्य विलक्षण है। आचार्य हजारीप्रसाद द्विवेदी ने इस पुस्तक के निबन्धों में कालिदास के काव्य का विषद विवेचन करते हुए उसके गुणों पर मौलिक प्रकाश डाला है। कालिदास के साहित्य में अवगाहन कर अमूल्य मणियों को खोज निकालना साधारण कार्य नहीं है। द्विवेदीजी ने यह असाधारण साध्य कर प्रकाण्ड पाण्डित्य का परिचय दिया है। कालिदास के काव्य की सूक्ष्म–से–सूक्ष्म विशेषता को पण्डितजी ने पूर्ण कला–कौशल के साथ उपस्थित किया है। सर्वत्र श्लोकों के उद्धरण देकर उन्होंने महाकवि की लालित्य–योजना को उजागर कर दिया है। कालिदास के काव्य का रसास्वादन करनेवाले विद्वानों को 'कालिदास की लालित्य–योजना' पढ़कर अपनी सुखानुभूति द्विगुणित करने का लाभ सहज ही प्राप्त होता है। इसका प्रकाशन 1965 में नैवेद्य निकेतन, वाराणसी से हुआ था।

द्विवेदी जी ने प्रथम संस्करण की भूमिका में यह स्पष्ट किया है कि "मुझे कालिदास के सम्बन्ध में दो व्याख्यान देने का अवसर मिला था। ये व्याख्यान अलग–अलग आयोजित किए गए थे। कालिदास समारोह के समय उज्जैन में 'कालिदास की प्रसाधन सामग्री' पर और पंजाब सरकार के भाषा–विभाग के समारोह पर 'कालिदास की लालित्य योजना' पर। इन दोनों व्याख्यानों को नये सिरे से फिर से लिखकर यह पुस्तक बनी है।" इस पुस्तक में परिशिष्ट आदि से अलग कुल पन्द्रह नातिदीर्घ अध्याय इस प्रकार हैं – राष्ट्रीय कवि कालिदास, कालिदास की रचनाएँ, कालिदास के अध्ययन के लिए कुछ आवश्यक जानकारी, तत्त्वान्वेशी और कृति, विश्वव्यापक छन्दोधारा और लालित्य, सहज रूप ही श्रेष्ठ है, विनिवेशन, अन्यथाकरण

और अन्वयन, वाक् और अर्थ का 'साहित्य', भावानुप्रवेश और यथालिखितानुभाव, करण–विगम और रसास्वाद की प्रक्रिया, अबोधपूर्वा स्मृति और वासना, संस्कृतिमुखी प्रकृति, अलंकरण, मांगल्य, तथा श्रेष्ठ अलंकरण।

इस पुस्तक में द्विवेदीजी ने चार "तत्त्वों के आधार पर अपने लालित्य तत्त्व का ढांचा तैयार किया है। पहला मानव–तत्त्व है जिसके अंतर्गत उन्होंने माना है कि 'मानव– चित्त एक है। समष्टि–मानस में ही समान बोध के मान रहते हैं।' दूसरा लोक–तत्त्व है। इसके अंतर्गत उन्होंने नृत्य, चित्र और काव्य के आदिम बोधों का अन्वेषण किया है। तीसरा मिथक तत्त्व है जिसके अंतर्गत उन्होंने मानवता के समान अनुभव, कला की एक भाषा, सहृदय के एकचित्त की प्रतिष्ठा की है। चौथा लालित्य तत्त्व है जिसके अंतर्गत उन्होंने मनुष्यनिर्मित सौन्दर्य की अन्वीक्षा की है। इस तरह से वे क्रमशः मानव तत्त्व से लोक तत्त्व, मिथक तत्त्व और लालित्य तत्त्व की ओर अग्रसर होते चल रहे हैं। एक ओर तो वे इन तत्त्वों को आधुनिक ज्ञान के आलोक में परखते हैं, तथा दूसरी ओर इन्हें पुरातनता और परम्परा से भी प्रमाणित करते हैं। अतएव उनके तत्त्वान्वेषण की दिशा दुहरी है।" *(पुस्तक 'शान्तिनिकेतन से शिवालिक' में रमेश कुंतल मेघ का आलेख)*

मेघदूत और संदेशरासक-हजारीप्रसाद द्विवेदी एवं विश्वनाथ त्रिपाठी

हजारीप्रसाद द्विवेदी ने अपने शिष्य विश्वनाथ त्रिपाठी के साथ अपभ्रंश के कवि अब्दुर्रहमान अथवा अद्दहमाण के 'संदेशरासक' का संपादन किया था। उस पुस्तक में ही 'मेघदूत और संदेशरासक' शीर्षक उनकी यह अर्थगर्भी टिप्पणी मिलती है–

"संदेश–रासक 'रासक' होने के साथ–साथ संदेश–काव्य भी है, जिसमें अपने प्रिय के प्रति कहे गये संदेशों की प्रधानता है। भारतीय–साहित्य में इस प्रकार के संदेश–काव्यों की कमी नहीं है। 'मेघदूत' से 'उद्धवशतक' तक न जाने कितने ऐसे काव्य गिनाये जा सकते हैं जिनकी रचना का मुख्य आधार संदेश–प्रेषण है। मेघदूत का भी विभाजन दो खण्डों–'पूर्वमेघ' और 'उत्तरमेघ' में कर दिया है। किन्तु मेघदूत और संदेश–रासक में समानताएँ कम मिलेंगी, असमानताएँ अधिक। संदेश–प्रेषण दोनों में ही है, किन्तु संदेश–रासक की भांति 'मेघदूत' में संदेश और विरह–वर्णन की ही प्रधानता नहीं है। प्रारंभ से अंत तक मेघदूत प्राकृतिक दृश्यों की मनोरम झांकी दिखाता चलता है। विरही यक्ष के चित्त की अवस्था को अभिव्यक्त करने के

हेतु जो अपूर्व चित्रावली कालिदास द्वारा प्रस्तुत की गयी है वह संदेश–रासक में कहाँ मिलेगी! मेघदूत के पाठक का हृदय समस्त उत्तर भारत के परिदृश्य में निरन्तर नवीन प्रकृति–सौन्दर्य के पुण्य अवलोकन से रस–विभोर हो उठता है। उसमें सहृदय का चित्त स्वच्छन्द प्रकृति का साक्षात्कार करता है। संदेश–रासक का प्राकृतिक कैनवास इतना भव्य नहीं है, उसका प्रधान आकर्षण संदेश–प्रेषण और विरह–वर्णन ही है। हां, प्रसंगानुसार लोक–जीवन के विविध पक्षों का स्वाभाविक चित्रण उसमें अवश्य हुआ है।

कथा का प्रारंभ भी दोनों ग्रंथों में अलग–अलग ढंग से हुआ है। मेघदूत के यक्ष का विरह ऋतु के प्रभाव से असह्य हो उठा था। और महीने तो उसने जैसे–तैसे काट लिए थे, किन्तु आषाढ़ आते ही उस बेचारे की सुधि–बुधि खो गयी। आषाढ़ के प्रथम दिवस उसने सानु–संलग्न मेघों को देखा। उसका विवेक जाता रहा। किसी तरह अपनी प्रिया के पास संदेश भेजने की उसे कठोर अधीरता हुई और उसने अचेतन मेघ को ही अपना दूत बनाया। दूसरा वहाँ था भी कौन जिससे वह विरह–कातर यक्ष अपने संदेश भेजता? फिर उसे चेतन और अचेतन का ज्ञान भी नहीं रह गया था। ऐसी सफाई कालिदास ने अपनी तरफ से दे दी है।

संदेश–रासक में संदेश नायिका देती है, नायक नहीं। इसके अलावा, उस नायिका का संदेशवाहक मेघ नहीं, चेतन मनुष्य है। आकाशचारी मेघ को दूत बनाने के कारण कालिदास को प्रकृति–चित्रण का पूर्ण अवकाश मिल गया है। यही कारण है कि मेघदूत के 'पूर्वमेघ' में प्रकृति–वर्णन की इतनी अधिकता है। यक्ष का संदेश तो उत्तरमेघ के तैंतालीसवें श्लोक से प्रारम्भ होता है। यक्ष–प्रिया की विरह–जन्य चेष्टाओं और मनोदशाओं का वर्णन 'उत्तर–मेघ' में मिलता है। संदेश–रासक में प्रकृति–चित्रण केवल तृतीय प्रक्रम के अन्तर्गत षड्ऋतु–वर्णन में आता है। मेघदूत में जहाँ आद्यन्त प्रकृति का साथ बना रहता है, संदेश–रासक में प्रारंभिक तेईस छन्दों को छोड़कर सम्पूर्ण द्वितीय और तृतीय प्रक्रम में नायिका के विरह–वर्णन का प्रसंग उपस्थित रहता है।

मेघदूत और संदेश–रासक में एक महत्त्वपूर्ण समानता है। वह समानता कथातत्त्व की अपेक्षाकृत महत्त्वहीनता है। दोनों काव्यों को पढ़ जाने के पश्चात् उनमें कथावस्तु के महत्त्व की अल्पता का बोध पाठक को अवश्य होगा। मेघदूत की कुल कथा यही है कि एक शापित विरही यक्ष वर्षा ऋतु में मेघ को दूत बनाकर अपनी भार्या के पास संदेश पहुँचाता है। और

संदेश–रासक में विरहिणी एक पथिक के माध्यम से अपने पति के पास संदेश भिजवाना चाहती है। संदेश कैसे दिया जाता है और क्या दिया जाता है, मुख्य बात यही है। वस्तुतः दोनों में कथावस्तु को बहाना बनाकर विरह–वर्णन का चित्रण करना ही कालिदास और अद्दहमाण का उद्देश्य है। संदेश–रासक में यत्र–तत्र कवि अपनी ओर से कुछ कहकर कथा–संधियों का सूत्र मिलाता रहता है। इन कथा–सूत्रों का अपने आप में कोई विशेष महत्त्व नहीं है। यदि हम संदेश–रासक के विरह–वर्णनात्मक छन्दों को कथा–सूत्र से अलग करके स्वतन्त्र मुक्तकों के रूप में ग्रहण करें तब भी उसकी मार्मिकता और प्रभाव में कोई कमी नहीं पड़ती।''

कालिदास और भारतीय संस्कृति-डॉ. देवराज

यह मानते हुए कि किसी देश की संस्कृति के प्रतिनिधि प्रवक्ता वहाँ के साहित्यकार होते हैं लेखक ने इस आलेख में कालिदास के साहित्य में भारतीय संस्कृति पर विचार किया है। यह आलेख उनकी पुस्तक 'साहित्य और संस्कृति' में संकलित है। इस पुस्तक को वाराणसी के नन्दकिशोर एंड ब्रदर्स ने 1958 में प्रकाशित किया है। लेखक की यह भी धारणा है कि कालिदास के समय की संस्कृति को एक खास अर्थ में प्रतिनिधि भारतीय संस्कृति कह सकते हैं। भारतीय संस्कृति में जो कुछ सुन्दर, उदात्त एवं वरेण्य है उसका प्रतिनिधित्व उस संस्कृति द्वारा, जिसका प्रतिफलन कालिदास की कृतियों में है, होता है। लेखक के मत में वाल्मीकि आदि प्राचीन कवियों की तुलना में कालिदास की वाणी तथा सम्वेदना अधिक परिष्कृत दिखाई देती है। कालिदास एक ऐसी जाति के कवि हैं जो ऐश्वर्यपूर्ण जीवन की अभ्यस्त है, और जिसका अभिजात वर्ग रहन–सहन में स्वाभाविक सुरुचि का प्रदर्शन करता है।

लेखक के अनुसार कवि कालिदास संस्कृत जीवन की अशेष जरूरतों तथा छवियों से परिचित हैं। कालिदास ने जहाँ भारतीय लौकिक जीवन के सौन्दर्य को समग्रता में चित्रित किया है, वहाँ उस जीवन की दार्शनिक–धार्मिक रिक्थ को भी अछूता नहीं छोड़ा है।

लेखक का मानना है कि कालिदास प्रधानतया सौन्दर्य के कवि हैं; उनकी रचनाओं में भारतीय सौन्दर्यबोध का जटिल एवं व्यापक रूप अपनी समग्रता में प्रकट हुआ है। अपनी विशिष्ट सौन्दर्य–ग्राहिणी दृष्टि से कालिदास ने भारत के समग्र जीवन का सहानुभूतिपूर्ण पर्यवेक्षण कर डाला है। उस

दृष्टि ने राजा और तपस्वी, बालक और वृद्ध, प्रेमी और पुत्र, प्रेयसी और माता सभी के जीवन में प्रतिफलित सौन्दर्य का आकलन किया है। इसके साथ ही कवि कालिदास प्रकृति के अनन्य निरीक्षक और चित्रक भी हैं।

महाकवि कालिदास-कान्ति किशोर भरतीया

इस आलेख में लेखक ने सप्रमाण यह स्पष्ट किया है कि महाकवि कालिदास ही संस्कृत साहित्य के क्षेत्र में ऐसे विख्यात कलाकार हैं जिन्होंने श्रव्य और दृश्य दोनों ही प्रकार के काव्यों को रचकर अपनी अनुपम प्रतिभा प्रदर्शित की है। हिन्दी समिति, उत्तर प्रदेश से 1968 में प्रकाशित अपनी पुस्तक 'संस्कृत नाटककार' में संकलित इस आलेख में लेखक ने तर्कपूर्ण ढंग से कालिदास के समय को लेकर बनी अनिश्चितता के सम्बन्ध में अपना मत प्रकट करते हुए छठी शताब्दी ई. का मत, गुप्तकालीन मत तथा प्रथम शताब्दी ई. पू. के मत की विवेचना की है। इसके साथ ही इसमें कालिदास की प्रसिद्ध रचनाओं 'मालविकाग्निमित्र', 'विक्रमोर्वशीयम्' एवं 'अभिज्ञानशाकुंतलम्' की विशेषताओं को भी उजागर किया गया है।

'मालविकाग्निमित्र' ऐतिहासिक घटनाओं पर रचा गया एक नाटक है। इसके नायक अग्निमित्र शुंगवंश के प्रवर्तक महाराज पुष्यमित्र के पुत्र थे। इतिहासानुसार अग्निमित्र अंतिम मौर्य सम्राट् बृहद्रथ के सेनापति थे। अपने स्वामी का वध करने के उपरान्त अपने पिता पुष्यमित्र को राज्याभिषिक्त कर उन्होंने शुंग वंश की स्थापना की थी। यह घटना ईसा से 183 वर्ष पूर्व के लगभग की है। इतिहासवेत्ताओं का अनुमान है कि पुष्यमित्र ने यवनों या यूनानियों को परास्त कर अश्वमेध यज्ञ संपादित किया था। ये दोनों ही घटनाएँ कालिदास ने अपनी रचना में समाविष्ट की हैं जिनके आधार पर हम नाटक के उद्‌गम को ऐतिहासिक घटना के आधार पर मानने को प्रस्तुत होते हैं।

लेखक ने बताया है कि यद्यपि यह ग्रंथ कालिदास की प्रथम रचना है तथापि कवि ने ऐतिहासिक घटनाओं को बड़ी ही कुशलतापूर्वक पाठकों के समक्ष उपस्थित किया है। नाटक की समस्त घटनाएँ एवं पात्र अग्निमित्र की प्रणयसिद्धि में यथास्थान कौतुहल उत्पन्न करते हैं। कथानक के निर्माण एवं पात्रों के चरित्र–चित्रण में कवि ने आश्चर्यजनक कुशलता प्रदर्शित की है। प्रेमी और प्रेमिका अग्निमित्र और मालविका का पुनः–पुनः मिलन और वियोग दिखाकर कवि ने अपनी कृति में एक विचित्र रुचि उत्पन्न कर दी है। भाषा

मनोहर, प्रसादपूर्ण एवं चित्ताकर्षक है। सरस एवं विनोदपूर्ण सामयिक श्लेशोक्तियाँ नाटक के संवादों में सुन्दर सजीवता उत्पन्न करती हैं। हालांकि मानसिक भावों के गम्भीर चित्रण एवं मनोविकारों के जटिल विश्लेषण में कवि ने अपेक्षाकृत विशेष प्रतिभा का दिग्दर्शन इस ग्रंथ में नहीं कराया है जैसा कि उसकी पश्चाद्वर्ती कृतियों में दृष्टिगोचर होता है। इसमें कवि ने जीवन की अधिक व्यापक गतियों का स्पर्श न करते हुए अपने कथानक को अन्तःपुर के प्रणय–षड्यन्त्रों तक ही सीमित रखा है।

लेखक के अनुसार प्रथम नाट्यकृति होने पर भी कालिदास की रचनाओं में 'मालविकाग्निमित्र' का स्थान उपेक्षणीय नहीं कहा जा सकता। इसका एक बड़ा कारण यह है कि इसमें प्राकृतिक सौन्दर्य के चित्रण में कवि ने अलौकिक निपुणता का प्रदर्शन किया है। समस्त ऋतुओं का कालिदास ने बड़ा ही सजीव और स्वाभाविक वर्णन किया है।

लेखक ने यह बताया है कि 'विक्रमोर्वशीयम्' पांच अंकों का एक त्रोटक है जो कि दशरूपककार धनंजय के मतानुसार अट्ठारह उप–रूपकों का ही एक भेद है। इसमें महाराज पुरूरवा और अप्सरा उर्वशी की प्रणय–कथा का विषद वर्णन किया गया है। लेखक ने यह स्पष्ट किया है कि इस त्रोटक के हमें दो हस्तलिखित लेख प्राप्त हुए हैं। एक बंगाली भाषा और देवनागरी लिपि में लिखा गया है जिस पर सन् 1656 ई. में रंगनाथ नामक टीकाकार ने टीका लिखी है और दूसरा दक्षिण भारत में प्रचलित प्रणाली के अनुकूल पाया गया है तथा सन् 1400 ई. के लगभग कौण्डविड्ड के रेड्डि राजकुमार कुमारगिरि के मंत्री कात्यायन द्वारा लिखी हुई टीका उस पर उपलब्ध हुई है। इन दोनों हस्तलेखों में एक मुख्य भेद यह है कि बंगाली भाषा तथा देवनागरी लिपि में प्राप्त हस्तलेख के चतुर्थ अंक में अपभ्रंश पद्यों का अपेक्षाकृत अधिक प्रयोग है। यह नवीन प्रथा है। अतः कुछ विद्वान इसे कालिदास की कृति होने में संदेह करते हैं। भेद होने पर उक्त लेख के कथित भाग का प्रक्षिप्त होना संभव है। संस्कृत के लगभग समस्त ग्रंथों में कुछ न कुछ प्रक्षेप अवश्य हुआ है। अतः इस विषय में अधिक निर्णय करना सम्भव प्रतीत नहीं होता।

लेखक के अनुसार 'अभिज्ञानशाकुंतल' कालिदास की सर्वोत्कृष्ट रचना है जिसमें उनकी नाटक–रचना सम्बन्धी कौशल एवं काव्य–प्रतिभा का पूर्ण परिपाक मिलता है। यह नाटक अपनी रोचकता, रचना–कौशल एवं सर्वप्रियता के कारण संस्कृत के समस्त दृश्यकाव्यग्रंथों में सर्वश्रेष्ठ माना जाता है।

इसमें सात अंक हैं जिसमें दुष्यन्त और शकुन्तला के प्रणय, वियोग और पुनर्मिलन की कथा का बड़ा रोचक वर्णन प्रस्तुत किया गया है। लेखक ने सप्रमाण विस्तार से यह बताया है कि यद्यपि इस नाटक की मूलकथा महाभारत के आदि पर्व के अन्तर्गत शाकुन्तलोपाख्यान नाम से सर्ग 69 से 74 तक पायी जाती है तथापि महाकवि कालिदास ने अपनी नाट्यचातुरी प्रकट करने के हेतु उसमें अनेक मौलिक परिवर्तन भी किए हैं।

महाभारत के अनुसार दुष्यन्त आश्रम में पहुँचते ही शकुंतला से साक्षात्कार कर लेते हैं और उसका उचित आतिथ्य–सत्कार ग्रहण करते हैं किन्तु कालिदास ने अपनी रूचि के अनुरूप ही उन दोनों के प्रथम साक्षात्कार का बड़ा ही मनोरम चित्र खींचा है जब कि दुष्यन्त भौरों के आतंक से व्याकुल शकुन्तला के समीप एक रक्षक के रूप में अपने पुरुवंश की मर्यादा के अनुसार अबला के रक्षार्थ पहुँचते हैं। महाभारत के शाकुन्तलोपाख्यान में शकुन्तला प्रगल्भ, स्पष्टभाषिणी एवं निर्भीक तरुणी के रूप में चित्रित की गई है जबकि कालिदास ने उसको लज्जाशील, प्रेम–परायण और मुग्ध बालिका के रूप में अंकित किया है।

महाभारत में दुष्यन्त और शकुन्तला दोनों ही अकेले हैं। एकान्त में सब वार्तालाप, प्रेम का विकास एवं विवाह आदि सम्पन्न होता है। कालिदास को यह उपयुक्त प्रतीत नहीं होता अतः वह शकुन्तला के सहायतार्थ प्रियंवदा और अनुसूया नामक दो सखियों का नाटक में समावेश करते हैं। इसी प्रकार विदूषक दुष्यन्त का अभिन्न साथी है। इन तीनों के नाटक में समावेश करने से कथानक की रोचकता और स्वाभाविकता में आशातीत वृद्धि हुई है।

महाभारत की कथा में कण्व फलों के संग्रह करने के हेतु वन में गये हुए हैं और उनकी थोड़ी ही देर की अनुपस्थिति में यह सब काण्ड हो जाता है। यह अस्वाभाविक प्रतीत होता है क्योंकि प्रेम के विकसित होने में समय अवश्य लगता है। यही कारण है कि महाकवि कालिदास ने ऋषि को शकुन्तला के भावी अरिष्ट की निवृत्ति के लिए सोमतीर्थ भेज दिया है और उन्हें आश्रम से एक दीर्घकाल तक अनुपस्थित कर दोनों को कई बार मिलने और विरह में व्याकुल होने का अवसर प्रदान किया है। इस प्रकार दीर्घ सहवास से उन दोनों के परस्पर प्रेम को प्रगाढ़ होने का अधिक अवसर मिलता है जो कि निश्चय ही महाभारत की अपेक्षा अधिक सरस, स्वाभाविक और रमणीयतर है।

दुर्वासा के श्राप को नाटक में समाविष्ट करना कालिदास के समस्त नाटकीय परिवर्तनों में प्रधान है। इससे महाराज दुष्यन्त के चरित्र की रक्षा

होती है और वह सदाचारी प्रमाणित होते हैं। महाभारत के शाकुन्तलोपाख्यान में उपलब्ध वृत्तांत के अनुसार कण्व अपने शिष्यों सहित शकुन्तला को उसके पति के समीप भेजते हैं। वे उसे राजा को बिना सौंपे ही उसके समीप छोड़ कर चले जाते हैं। महाभारत की कथा में दुष्यन्त द्वारा शकुन्तला का अस्वीकार किया जाना उसके चरित्र को कलंकित कर देता है। एक राजर्षि के लिए स्वेच्छानुसार गांधर्व विवाह करने के उपरान्त लोकापवाद के भय से पत्नी को अस्वीकार करना सचमुच ही असत्याचरण है और भारतीय सभ्यता के अनुसार सर्वथा अनुचित है। दुष्यन्त के इस कलंक को दूर करने के लिए ही कालिदास ने इस श्राप की सृष्टि की है। श्रापवश उसको पूर्ववृत्तांत विस्मृत हो जाता है और वह अपनी पत्नी को आगन्तुक गर्भवती स्त्री के रूप में अस्वीकार कर देता है। इस प्रकार महाकवि कालिदास ने अपने नाटक के नायक के चरित्र को निर्दोष प्रमाणित करने के लिए एक अनुपम प्रतिभा दिखलायी है।

इस आलेख का एक बड़ा हिस्सा लेखक ने 'अभिज्ञानशाकुंतल' में सामाजिक चित्रण के वर्णन को दिया है। लेखक ने यह बताया है कि कालिदास की इस रचना से तत्कालीन सामाजिक परिस्थिति पर पूर्णरूपेण प्रकाश पड़ता है। ब्राह्मण यज्ञ–याग, अध्ययन–अध्यापन आदि कार्यों में रत रहते थे। राजा प्रजा का रंजन करनेवाला ही होता था। वैश्य व्यापार के लिए दूर देशों में आवागमन किया करते थे तथा समुद्र–यात्रा में भी कुशल थे। शूद्र भी स्वधर्मानुसार राष्ट्र की सर्वांगीण उन्नति में ही रत रहना अपना श्रेय समझते थे। आश्रम–मर्यादा की भी उस समय पर्याप्त प्रगति थी। ब्रह्मचर्य और गृहस्थ आश्रम विधिवत् समाप्त कर लोग वानप्रस्थ आश्रम में प्रवेश करते थे। राजा दुखियों एवं पीड़ितों की रक्षा करना अपना परम पुनीत कर्त्तव्य समझता था। शकुन्तला के समीप सर्वप्रथम दुष्यन्त भौंरे के अन्याय के रक्षक के रूप में ही पहुँचता है। मनु के आज्ञानुसार राज्यकर आय का छठा भाग लिया जाता था जो कि महाकवि द्वारा प्रयुक्त राजा के लिए षष्ठांशवृत्ति शब्द से प्रकट होता है। निःसंतान व्यक्ति के स्वर्गस्थ होने पर उसकी चल एवं अचल सम्पत्ति राजा के अधीन हो जाती थी। वृद्धावस्था में राजा सपत्नीक वानप्रस्थ आश्रम का अनुसरण करता था और राज्य का भार उचित उत्तराधिकारी पर पड़ता था। कैदियों तथा अत्याचारियों को मारने के लिए अधिकारियों के हाथों में खुजली उठा करती थी और वे घूस लेने में बड़े कुशल थे। धीवर के प्रति किया गया दुर्व्यवहार इसका ज्वलन्त उदाहरण है।

'अभिज्ञानशाकुन्तल' की भाषा–शैली पर विचार करते हुए लेखक ने बताया है कि व्यंजनावृत्ति कालिदास की शैली का विशेष गुण है। एक भाव–विशेष का लम्बा–चौड़ा विस्तृत वर्णन न कर कवि उसकी सूक्ष्म एवं मार्मिक व्यंजना कर देना ही श्रेयस्कर समझता है। लम्बी प्रतीक्षा के उपरान्त जब दुष्यन्त शकुन्तला को देखते हैं तो सहसा आनन्दोल्लास व्यंजित करते हैं। 'अये लब्धं नेत्र–निर्वाणम्' अर्थात् मेरे नेत्रों ने निर्वाण का परमानन्द प्राप्त कर लिया है। जैसा कि योगी सतत परिश्रम और योगाभ्यास के उपरान्त निर्वाण का परमानन्द प्राप्त करता है उसी प्रकार आज मैंने नेत्रों से उस आनन्द का अनुभव किया।

लेख के आखिरी हिस्से में लेखक ने यह स्पष्ट किया है कि इस नाटक के पठन से हमें विदित होता है कि महाकवि कालिदास के समय में नृत्य, संगीत, चित्रकला इत्यादि ललित कलाओं का पर्याप्त विकास हो चुका था। कवि ने अपनी रचना में ऐसे बहुत से भावपूर्ण स्थल उपस्थित किये हैं जिनका बड़ा ही रोचक चित्र खींचा जा सकता है। दुष्यन्त धीवर द्वारा अपनी खोई हुई अंगूठी को पाकर अपनी प्रियतमा के प्रति किये गये अपराधों का स्मरण करते हैं तथा विलाप करते हुए शकुन्तला द्वारा चित्रित एक सुन्दर चित्र का बड़ा ही रोचक वर्णन करते हैं। वह चित्र अधूरा है। मालिनी नदी, हिमालय, हंसयुगल, हरिण के चित्रण में अन्य अनेक उपयुक्त न्यूनताओं को बताकर दुष्यन्त ने तत्कालीन चित्रकला का परिचय दिया है।

कालिदास और आधुनिक भावबोध-नामवर सिंह

यह निबन्ध कालिदास समारोह, उज्जैन में 1984 को दिए गए भाषण का ही किंचित संशोधित रूप है। यह बाद में 'पूर्वग्रह' पत्रिका के सितम्बर–दिसम्बर, 1985 के अंक में प्रकाशित भी हुआ था। इस निबन्ध में नामवर सिंह कहते हैं कि "जो रसज्ञ हैं, सहृदय हैं वे आमतौर पर ऐसा समझते हैं कि चाहे बहुत प्राचीन काव्य हो, सीधे हमारे पास तक चला आ रहा है और हम उसे ग्रहण कर रहे हैं और इसमें दुनिया भर का तात्विक विवेचन और विभिन्न प्रत्ययों के द्वारा उसको परिभाषित–व्याख्यायित करने आदि का काम निरर्थक प्रयास है और व्यर्थ का श्रम है। लेकिन स्थिति यह है कि काव्य के बारे में जब तक हम उसे आस्वाद के धरातल पर रखते हैं तब तक तो ठीक है उसे आप सारी दूरी को मिटा कर ग्रहण कीजिए। लेकिन एक और पक्ष है और वह बोधपक्ष है, व्याख्या का पक्ष। आप कविता

को कविता की ही भाषा में समझने की कोशिश करें, तो फिर वह व्याख्या नहीं हुई। एक प्रत्यय को, एक संकल्पना को, एक बिम्ब को, जहाँ से उत्पन्न हुआ है, जो उसका सन्दर्भ है, उस सन्दर्भ तक जोड़ने की जरूरत पड़ती है।''

नामवर सिंह कहते हैं कि ध्यान से देखने से मालूम होता है कि कालिदास का काव्य जो कि अलौकिक–सा प्रतीत होता है, अमानुशी प्रतीत होता है, ध्यान से देखें तो उस पर एक गहरी छाप युग की है, उसके समाज की है। उनके अनुसार यह आकस्मिक नहीं है कि कई बार कालिदास को सामन्ती पतन के साथ जोड़कर देखने की भी बात कही गई है। इसे इस बात से सहज ही समझा जा सकता है कि जिस देश में यह धारणा चली आ रही थी कि पृथ्वी माता है और हम उसके पुत्र हैं वहाँ कालिदास कहते हैं कि अज को रघु ने पृथ्वी का राज्य वैसे ही सौंपा जैसे दूसरी इन्दुमति को दे रहे हों। पृथ्वी को भोग के लिए सौंपा। इसमें निश्चित तौर पर एक सामन्ती दृष्टिकोण है।

नामवर सिंह कहते हैं कि यह और बात है कि कालिदास का महत्त्व इस बात में नहीं है कि वे इससे प्रभावित हुए, महत्त्व इस बात का है कि उन्होंने उस व्यवस्था से मुक्त होने का प्रयास किया था और यह सतत् प्रयत्न अनेक रूपों में दिखाई पड़ता है। कालिदास ने एक व्यवस्था की सीमा में रहते हुए उससे मुक्त होने का प्रयास किया। गुप्त साम्राज्य में प्राचीन भारत की तरह तपोवन नहीं थे फिर भी कालिदास सामन्ती व्यवस्था के प्रतीक नगर राजधानी के वातावरण के विपरीत जिस मूल्य की बार–बार प्रतिष्ठा करते हैं वह तपोवन का मूल्य है। 'रघुवंश' के आरम्भ में दिलीप सन्तान की इच्छा से तपोवन में जाते हैं और 'अभिज्ञानशाकुन्तल' कायदे से देखा जाए तो तपोवन और नगर के बीच दो मूल्यों, दो जीवन–पद्धतियों के द्वन्द्व और संघर्ष की कहानी के रूप में ही सामने आता है। इस प्रकार कालिदास का समूचा काव्य उस विगत युग की स्थापना करता हुआ, कहना चाहिए उस युग का स्वप्न देखता है, उस स्वप्न को चरितार्थ करता है, जब मनुष्य और प्रकृति के बीच भेद नहीं हुआ था। स्नेह व राग का एक ऐसा सम्बन्ध था जहाँ मनुष्य उस निसर्ग से प्राप्त होने वाले गुणों से युक्त था। मैं कहूँगा कि यह रोमाण्टिक कवि का अपने युग के पीछे, अतीत में जाकर उसका स्वप्न देखकर, पुनः वर्तमान में उसे प्रतिष्ठित करने का प्रयास है। इसलिए कालिदास के यहाँ अतीत के रूप में तपोवन आता है।

नामवर सिंह ने याद दिलाया है कि 'रघुवंश' में राम की कथा का आख्यान वाल्मीकि से कई चीजों में भिन्न है, मूल कथा में कोई परिवर्तन नहीं करने के बाद भी। यहाँ कालिदास सीधे–सीधे कथा कहते हुए लंका तक पहुँच जाते हैं, युद्ध हो जाता है, लंका विजय के बाद पुनः सीता को स्वीकार करते हुए पुष्पक विमान से लौटते हैं। जिन स्थानों को लंका की ओर जाते हुए देखते या छोड़ देते हैं, कालिदास उस धरती को, उसी जंगल को पुनः आकाश से पुष्पक विमान से देखते हैं। जाहिर है, धरती से चलते हुए वही जंगल, पहाड़, नदी–नाले जिस रूप में देखे जाते हैं, आकाश से देखने पर उसका रूप कुछ और ही होगा। यह जो कल्पना की उड़ान है, ऊपर जाकर के उन्हीं चीजों को फिर देखना, उसका विशिष्ट अर्थ है। यह रोमांटिक कल्पना की उड़ान है–आकाश से अपनी धरती को देखना। इस धरती को कालिदास 'मेघदूत' में भी मेघ की दृष्टि से फिर ऊपर से देखते हैं।

उनके अनुसार इतना ही नहीं भले ही कालिदास पण्य स्त्रियों का, वार–वनिताओं का, अभिसारिकाओं का, वेश्याओं का वर्णन करें या गुफाओं से निकलने वाली गन्ध की भभक, जो एक तरह का यौन बिम्ब है, का वर्णन करें वे वितृष्णा व विरक्ति से उसका वर्णन करते हैं। इसके विपरीत कृषक वधुओं का, मालिनियों का, यही नहीं बल्कि सबसे अधिक बार–बार उठने वाला जो बिम्ब उनके यहाँ दिखाई पड़ता है, वर्षा के बाद धरती की सोंधी गन्ध और उस सोंधी गन्ध को पीने वाले लोगों का उल्लेख कालिदास तन्मयता से करते हैं।

नामवर सिंह कहते हैं कि ये सारी चीजें सूचित करती हैं कि नगर में रहते हुए भी वह कवि नगर की अपेक्षा, उस वातावरण की अपेक्षा, गन्ध से भरे हुए उत्तेजक वातावरण की अपेक्षा करता है और ताजगी से युक्त धरती की गन्ध को अधिक महत्त्वपूर्ण–मूल्यवान समझने वाला था। वह उस घिरे हुए दमघोंटू वातावरण से निकल करके मुक्त होकर के, जहाँ से ताजा हवा मिलती हो, उस ताजगी का एहसास कराने का प्रयास करता है। कालिदास स्पष्ट रूप से देखते हैं कि नई उभरने वाली यह जो राजन्य संस्कृति है वह कहीं उस प्राचीन को नष्ट कर रही है।

मेघदूत : एक अनुचिन्तन-डॉ. श्रीरंजन सूरिदेव

श्रीरंजन सूरिदेव के 'मेघदूत' विषयक स्फुट निबन्धों का संकलन है इस पुस्तक में। आत्मनिवेदन में उन्होंने स्वयं लिखा है कि '''मेघदूत : एक

अनुचिन्तन' ग्रन्थ की रचना अहैतुकी है; क्योंकि 'मेघदूत' पर स्फुट लेख लिखने की मनोवृत्ति, अप्रत्याशित रूप से, बिना किसी कारण–परम्परा के एतद्विषयक ग्रन्थ–रचना की दिशा में मुड़ गई। यद्यपि, निरुद्देश्य लिखे गये वे लेख अब कृति के रूप में सोद्देश्य प्रतीत हो रहे हैं, साथ ही, परोक्ष में स्थित कतिपय कारण–सूत्र भी प्रत्यक्ष हो उठे हैं।''

मोतीलाल बनारसीदास, नई दिल्ली द्वारा 1985 में प्रकाशित हुई इस पुस्तक में जिन विषयों पर विचार किया गया है वे इस प्रकार हैं– मुखबन्ध, महाकवि कालिदास : एक परिचिति, कवि–कृति और कवित्त्व–प्रतिभा, कविकाल–निर्णय, मेघदूत और उसका कवि, कालिदास : परिचय और काल निर्णय, पूर्वमेघ : एक विहंगम दृष्टि, उत्तरमेघ : एक विहंगम दृष्टि, भाषा और शैली, रस और अलंकार, ध्वनि और छाया की वक्रता, प्रकृति–चित्रण, विचार–सौन्दर्य, शापावधि और मेघदर्शन–दिवस, नारी और काम, विरह और प्रेम, मेघ–कविताओं में विरह के आँसू, नायिका–भेद, वेदान्त–तत्त्व, मनोवैज्ञानिक–तत्त्व, विज्ञान–तत्त्व, गीत और संगीत–तत्त्व, विदिशा और अलका, मेघदूत का दूतकाव्य और उसके प्रेरणा–स्रोत, मेघदूत की प्रतियां, पाठान्तर और टीकाकार, मेघदूत के विभिन्न उल्लेख्य संस्करण, परिशेष : मूल मेघदूत (वल्लभदेवीय टीका, सान्वय पदार्थ, भावार्थ तथा पाठान्तर सहित), पूर्वमेघ, उत्तरमेघ, प्रक्षिप्त श्लोक, मेघदूत के कतिपय समस्यामूलक प्रयोग, संस्कृत दूतकाव्य तालिका, मेघदूत में वर्णित भौगोलिक स्थानों के आधुनिक नाम, और मेघदूत : कतिपय जैन टीकाएँ।

उपरोक्त विषयों की सूची से यह ज्ञात होता है कि इस पुस्तक में श्रीरंजन सूरिदेव ने कालिदास के समय तथा उनकी काव्य–कला एवं 'मेघदूत' विषयक अनेकानेक जटिल बिन्दुओं पर जिस योग्यता से प्रकाश डाला है उससे उनके विस्तृत अध्ययन और गहन पांडित्य का परिचय मिलता है। आचार्य नलिनविलोचन शर्मा ने इस पुस्तक की संक्षिप्त किन्तु बड़ी ही विद्वतापूर्ण भूमिका लिखी है। उनका कहना है कि ''श्रीरंजन सूरिदेव द्वारा सम्पादित यह संस्करण अनेक के बीच भी उल्लेख्य सिद्ध होगा। सामान्य रूप से कालिदास एवं विशेष रूप से उनकी इस कृति (मेघदूत) के सम्बन्ध में अद्यावधि प्राचीन तथा अर्वाचीन विद्वानों ने जो कुछ लिखा है, उसे यदि एकत्र देखना हो, तो इस संस्करण के प्रस्तुत हो जाने के बाद यह सहज सम्भव हो जाएगा। प्राचीन टीकाओं, पाश्चात्य विद्वानों के विचार तथा कवि और उसकी कृति के विषय में अपने अध्ययन–अनुसंधान के बल पर

श्रीरंजनजी ने 'मेघदूत' का पार्यन्तिक संस्करण प्रस्तुत करने में सफलता पाई है, यह कहना कदापि अत्युक्ति नहीं है।''

श्रीरंजन सूरिदेव की सतर्क दृष्टि का अनुमान उनके 'मेघदूत और उसका कवि' विषयक टिप्पणी से सहज ही लगाया जा सकता है कि मेघदूत के कवि ने प्राकृतिक दृश्यों और वस्तुओं के चित्रांकन में एक विशेष प्रकार की शैल्पिक सतर्कता का परिचय दिया है। वह सदैव स्मरण रखता है कि उसे जो कुछ देखना है, वह यक्ष की आँखों से; इसलिए उसके वर्णन उसकी वैयक्तिक सीमा से मुक्त हैं। वह यक्ष के मेघ के साथ चलता है, मेघ उसके साथ नहीं चलता; वह सब कुछ एक विशेष ऊँचाई पर स्थित होकर देखता है। परिणामस्वरूप, मेघदूत में दृश्य–नियोजन और वस्तु–वर्णन में दूर–स्थिति की लघु आकृति के साथ–साथ सम्यक् समानुपातिक चेतना का समावेश हो सका है। लेखक के अनुसार कुछ अपवाद के स्थल अवश्य ऐसे हैं, जहाँ कवि की वैयक्तिक निष्ठा उसके काव्यकार को परास्त कर देती है। उज्जयिनी की ओर मेघ को क्यों मोड़ा जाता है? जिस यक्ष को केवल अलका दिखाई पड़नी चाहिए थी, वह अपनी प्रिया के निकट अपने सन्देशवाहक मेघ के वक्र पथ से जाने में विलम्ब की सम्भावना कैसे सहन कर पाया? निश्चय ही, इस स्थल पर कवि यक्ष के साथ तदाकार नहीं हो सका है या अपनी वैयक्तिकता का विसर्जन नहीं कर सका है। यहाँ पर वह निर्लिप्त रहा होता, तो उसे यक्ष की मर्मस्पर्शिनी विरह–व्यथा की लालसाकुल कथा के रूप में अपने अन्तस्थल के प्रेमल मनोरागों को वस्तुनिष्ठ सुष्ठु आधार प्रदान करने में सम्पूर्ण सफलता मिलती।

कालिदास : साहित्य के स्थायी मूल्यों की समस्या-रामविलास शर्मा

इस आलेख के आरम्भ में रामविलास शर्मा ने यह स्पष्ट किया है कि साहित्य के स्थायी मूल्यों की छानबीन करते हुए कालिदास की चर्चा करना स्वाभाविक है क्योंकि वह भारतीय साहित्य के सबसे स्थायी कवि हैं। शताब्दियों से सहृदय काव्य–मर्मज्ञ उन्हें कविकुलगुरु कहते आए हैं। जिस समाज व्यवस्था में उनका जन्म हुआ था वह नष्ट हो चुकी है या नष्टप्राय है; फिर भी उनका काव्य–सौष्ठव न तो नष्ट हुआ है, न भविष्य में नष्ट होता दिखाई देता है।

पहले–पहल किताब महल, इलाहाबाद से 1961 में प्रकाशित पुस्तक 'आस्था और सौन्दर्य' में संकलित अपने इस आलेख में रामविलास शर्मा ने

कालिदास की रचनाओं का विश्लेषण करके उन नैतिक मूल्यों की ओर ध्यान दिलाया है जिनके बिना उनका साहित्य अपना स्थायी कलात्मक सौन्दर्य न प्राप्त कर सकता। लेखक का कहना है कि कालिदास एवं शेक्सपियर जैसे विश्वप्रसिद्ध साहित्यकार इन नैतिक मूल्यों से परे नहीं हैं; उनका काव्य–सौन्दर्य सामाजिक जीवन से तटस्थ रहकर नहीं रचा गया। कालिदास के समय की अनेक धार्मिक, साहित्यिक और सामाजिक रूढ़ियाँ अब निरर्थक हो गई हैं। उन पर आधारित काव्यांश भी निर्जीव हो गया है। भोगवाद के लिए कवि का आग्रह सार्वजनीन होते हुए भी अनेक स्थलों पर अपरिष्कृत लगता है। लेखक के अनुसार यह सब होने पर भी वह महाकवि के रूप में उचित ही प्रतिष्ठित हैं। उनकी सौन्दर्यवृत्ति कण्व के तपोवन, शिव के कैलास और यक्ष की अलका से ही संतुष्ट होती है। उद्यानलताओं के बदले वह वनलताओं के सौन्दर्य पर अपने को उत्सर्ग कर देते हैं। वह रूप–रस–गंध–स्पर्शमय प्रकृति और मानव के समृद्ध जीवन के गायक हैं। प्रकृति और प्राणिमात्र के जीवन–स्पन्दन साहित्य के स्थायी तत्त्व हैं। उमा का सौन्दर्य, वाल्मीकि का सात्विक क्रोध, इंदुमती के लिए अज का शोक, भारत की धरती से कवि का प्रेम– ये सभी साहित्य के स्थायी तत्त्व हैं। इन्हें कवियों ने तुरंत नहीं पा लिया; इन्हें पाने के लिए उन्हें सामाजिक और सांस्कृतिक विकास का लम्बा मार्ग तय करना पड़ा था। कालिदास ने उन मानव–मूल्यों को सहेजा और अनेक दिशाओं में उन्हें अधिक विकसित किया।

कालिदास के साहित्य के स्थायी तत्त्वों पर विचार करते हुए रामविलास शर्मा ने लिखा है कि साहित्य के ये मूल्यवान तत्त्व समाज–निरपेक्ष नहीं हैं। आर्थिक और राजनीतिक सम्बन्धों के अनुरूप मनुष्य के बहुत से विचार बदल जाते हैं, किन्तु उसका इंद्रियबोध और भावजगत परिवर्तनशील होते हुए भी आर्थिक और राजनीतिक सम्बन्धों की प्रतिच्छवि नहीं है। नारी के प्रति उनकी सम्मान–भावना, मातृत्व का आदर, जीवनमात्र से सहानुभूति, इस देश की प्रकृति से अगाध स्नेह, अपनी समग्र चेतना से व्यापक विश्व–जीवन का स्पन्दन सुनने की शक्ति, उनकी आत्मविभोर गेयता, भाषा पर असाधारण अधिकार और उनकी चरित्रगत नम्रता जो उनकी कला के पीछे छिपी हुई है–ये सभी बातें आज भी अभिनन्दनीय हैं, अनुकरणीय भी। कालिदास के काव्य–साहित्य के ये सब तत्त्व स्थायी ही नहीं हैं, वे आधुनिक भारतीय साहित्य में अंतर्धारा की भांति प्रवाहित भी हैं।

रामविलास शर्मा ने लिखा है कि अपने दार्शनिक दृष्टिकोण के कारण कालिदास ने पौराणिक गाथाओं की रूढ़ियों से बचते हुए साधारणतः उनका कलात्मक उपयोग किया है। यक्ष, किन्नर, गंधर्व, देवता, अप्सराएँ आदि उनके काव्य का वैसे ही अभिन्न अंग हैं, जैसे यूनान की देवकथाएँ वहाँ के प्राचीन काव्य का अंग थीं। कालिदास के सौन्दर्यबोध का मूलाधार उनका जीवन–प्रेम है। यह जीवन मनुष्य, पशु और वनस्पति में सर्वत्र है।

रामविलास शर्मा ने सचेत किया है कि कालिदास में जो कुछ भी मिले, उस सभी को हम उस युग का सामाजिक यथार्थ नहीं मान सकते। इसका कारण बताते हुए उन्होंने लिखा है कि कालिदास का साहित्य उस काल की समाज–व्यवस्था को प्रतिबिंबित करता है, साथ ही उसका बहुत बड़ा भाग उस व्यवस्था से मुक्त होकर एक कल्पनालोक की सृष्टि भी करता है।

कालिदास और मार्क्सवादी आलोचना-राधावल्लभ त्रिपाठी

अपने इस आलेख में राधावल्लभ त्रिपाठी ने रवीन्द्रनाथ ठाकुर के विचारों का सूत्र पकड़कर कुछ देशी–विदेशी मार्क्सवादी आलोचकों के कालिदास सम्बन्धी विचारों की समीक्षा की है और इस प्रकार से 'क्लासिक' के मूल्यांकन की संतुलित दिशा की ओर कुछ संकेत भी किया है। इस आलेख का प्रकाशन नई दिल्ली से प्रकाशित होने वाली पत्रिका 'आलोचना' के जनवरी–मार्च, 1988 के अंक में हुआ था। इसमें उन्होंने विस्तार से वाल्टर रूबेन की पुस्तक 'कालिदास : दि ह्यूमन मीनिंग ऑफ हिज वर्क्स', रामविलास शर्मा के निबन्ध 'कालिदास : साहित्य के स्थायी मूल्यों की समस्या', भगवतशरण उपाध्याय के निबन्धों 'भारतीय संस्कृति के स्रोत' और 'भारतीय समाज का ऐतिहासिक विश्लेषण', तथा जे. डी. सेरेब्रयाकोव की किताब 'स्केचेज ऑफ एंशेंट इण्डियन लिटरेचर' की गंभीर समीक्षा की है।

रूबेन की पुस्तक के सम्बन्ध में लेखक का मत है कि रूबेन की कालिदासीय समीक्षा में कवि के दो पक्ष उभरते हैं– एक, जो अपने समय से प्रभावित है और दूसरा, जो समय का अतिक्रमण करता है। रूबेन की दृष्टि में कालिदास के कृतित्त्व की उपलब्धि यह है कि अपने संपूर्ण परिवेश से प्रभावित होकर और उसे आत्मसात् करके उसने अपनी सर्जना को मनुष्य के चरित्र की अर्थवत्ता की खोज में लगाया। इसलिए यह समझना भूल होगी कि कालिदास अपने समय से अप्रभावित रहे। उनके व्यक्तित्व की बनावट में भारतीय सामाजिक–आर्थिक व्यवस्था और समाज–संरचना का योग

अवश्य ही रहा है। इसके साथ ही रूबेन यह भी मानते हैं कि कालिदास में समकालीन स्थितियों, विधि–विधानों को अतिक्रांत करने की क्षमता थी। इसका एक उदाहरण वे कवि पर कामसूत्र के प्रभाव को लेकर देते हैं। कालिदास ने कामसूत्र का अनुवर्तन भी किया है और अतिक्रमण भी। इसलिए 'कुमारसंभव' में शिव–पार्वती विवाह में यदि वर को स्वेदसन्न और वधू को रोमांचित बताया है, तो कवि 'रघुवंश' में 'आसीद् वरः कम्पित प्रकोष्ठः स्विन्नाङ्गुलिः संदवृते कुमारी' कहकर इसको उलट देता है।

रामविलास शर्मा के आलेख 'कालिदास : साहित्य के स्थायी मूल्यों की समस्या' पर विचार करते हुए लेखक ने बताया है कि रामविलास जी ने कालिदास के जरिये साहित्य के स्थायी मूल्यों की समस्या पर विचार करते समय हमारे कवि के रचनासंसार के दो पक्ष माने हैं। एक तो वह, जो प्रचलित समकालिक व्यवस्थाओं, मर्यादाओं और रूढ़ियों से सीमित या संकुचित कर दिया गया है, जो मर्यादा का इतना हिमायती है कि उससे रेखा मात्र भी हटना नहीं चाहता। पर उसके व्यक्तित्व का दूसरा पक्ष वह है जिसमें संकीर्ण नैतिकता और सामाजिक विधि–विधानों से परे उठकर कवि अपनी एक अलग और समानान्तर दुनिया रचता है। लेखक के अनुसार इस प्रकार रूबेन की समीक्षा में कवि के जो दो पक्ष सामने रखे गए थे वे डॉ. शर्मा के विवेचन में भी उपस्थित हैं। लेखक ने बताया है कि डॉ. शर्मा द्वारा कालिदास के इस मूल्यांकन में कवि की उपलब्धियों की दृष्टि से ये पक्ष विशेष रूप से सामने आते हैं– अपने युग की समग्र बौद्धिक प्रखरता और भास्वर उपलब्धियों को आत्मसात् करके कविता में उनके अभिप्रायों का सार्थक अन्विति के साथ उपस्थापन, सार्वभौम मानवीय दृष्टि और करुणा, सामन्ती अपक्षय के समानान्तर उदात्तता, सौन्दर्य और मानवीय मूल्यों की रक्षा करते हुए समानान्तर विश्व का सर्जन, वर्तमान की प्रतिक्रिया में अतीत का सिंहावलोकन, और सबसे बढ़कर साहस। कालिदास के ये सभी पक्ष कवि की रचनात्मकता से अनुप्राणित हैं और एक–दूसरे से जुड़े हैं। वे अपने युग की विसंगतियों के प्रति कालिदास की साफ दृष्टि और समझ को रेखांकित करते हैं।

लेखक के अनुसार कुल मिलाकर डॉ. शर्मा का निष्कर्ष यह है कि अपने युग के संदर्भ में कालिदास ने प्रभाव ग्रहण की अनिवार्य प्रक्रिया के भीतर रहकर जो दिया है, वह हमारे लिए आज प्रासंगिक नहीं है। पर अपनी प्रतिभा, युग–दृष्टि और साहस के द्वारा जहाँ वे युग का अतिक्रमण करते हैं,

वहाँ साहित्य के स्थायी मूल्यों की सृष्टि करते हैं। कालिदास का युग इतना महान् था कि उसकी परिपक्व व्यवस्था ने कवि की चेतना को विकसित भी किया और सीमित भी।

इसके पश्चात् लेखक ने डॉ. भगवतशरण उपाध्याय के निबन्धों पर विचार किया है। लेखक ने साफ लहजे में लिखा है कि कालिदास जैसे कवि के आकलन में समीक्षक को, कवि पर अपने कुंठित व्यक्तित्व और अपने समय का आरोप करने से बचना चाहिए था। उसे कवि के निहितार्थ और आशयों को अनदेखा कर तुरन्त फतवा दे देने तथा रचनाकार की प्रतिभा को उसके समय की स्थितियों में ही संकुचित करके देखने जैसे बड़े दोषों से भी बचना चाहिए; किन्तु डॉ. उपाध्याय इनसे बचे नहीं रह सके हैं।

लेखक के अनुसार डॉ. उपाध्याय की समीक्षा में ये दोष किस तरह आ घुसे हैं, इसका एक रोचक उदाहरण शाकुन्तल के चतुर्थ अंक में कण्व मुनि के अंतिम संवाद पर की गयी उनकी टीप में देखा जा सकता है। कण्व कहते हैं 'अर्थो हि कन्या परकीय एव' जिसके आधार पर उपाध्याय जी कवि और उसके पात्र दोनों के लिए मानते हैं कि ये दोनों ही स्त्री को बैंक में गिरवी रखी चीज समझते हैं। लेखक के अनुसार संस्कृत भाषा का हर अध्येता जानता है कि वहाँ 'अर्थ' शब्द का मुख्य अर्थ रुपया–पैसा नहीं है, पुरुषार्थ चतुष्ट्य (धर्मार्थकाममोक्ष) की अवधारणा से लगाकर आगे तक भी यह शब्द मूलतः जीवन के लिए विशिष्ट प्रयोजन, लक्ष्य, सफलता और सिद्धि को व्यक्त करने के लिए आता है। लेखक ने टिप्पणी की है कि भारतीय समाज और संस्कृति पर ऐतिहासिक भौतिकवाद और द्वन्द्वात्मक भौतिकवाद की दृष्टि से लिखी अपनी पुस्तकों में जहाँ डॉ. उपाध्याय ने कालिदास की कटु समीक्षा की है, वहाँ 'कालिदास के सुभाषित' एवं 'कालिदास नमामि' आदि पुस्तकों में परम रसिक का बाना धारण कर इसी कवि के सौन्दर्य और विलास के मधु का आस्वाद भी खूब किया है।

आलेख के आखिरी हिस्से में लेखक ने रूस के भारतीयविद्यावेत्ता जे. डी. सेरेब्रयाकोव की पुस्तक 'स्केचेज ऑफ एंशेंट इण्डियन लिटरेचर' की समीक्षा की है। लेखक के अनुसार सेरेब्रयाकोव ने रूस में कालिदास के अध्ययन की परम्परा का हवाला देकर यह बताया है कि सर्जना की सारप्राणता तथा मनुष्यता के विश्वजनीन अनुभव के कारण ही कालिदास की कृतियाँ उनके देश में सराही गयीं। उनके अनुसार सेरेब्रयाकोव की समीक्षा में भी रूबेन और रामविलास शर्मा के प्रतिपादन के दो विशिष्ट बिन्दु

उभरते हैं, पहला कालिदास की कविता में समकालीन समाज और सभ्यता का प्रतिबिम्बन और कवि की रचना–प्रक्रिया में उनकी अभिप्रेरणा, तथा दूसरा कवि का अपने देश–काल का अतिक्रमण करके विशेष उद्‌देश्य से अतीत का गौरववर्धापन।

यह मानते हुए भी, कि इस प्रकार कालिदास की समाजशास्त्रीय पद्धति पर की गयी समीक्षा कवि के रचना–संसार को अधिक तार्किक रूप से बोधगम्य बनाती है, लेखक की धारणा है कि कालिदास के साहित्य की समाजशास्त्रीय समीक्षा सरणि भी घूम–फिर कर कुछ तो उन्हीं सामान्य निष्पत्तियों पर पहुँचती है, जिनका उद्‌घात पहले की समीक्षाओं में हो चुका है।

यह और बात है कि लेखक के अनुसार इस समीक्षा सरणि से हमें कालिदास के कवि व्यक्तित्व की उपज और बनावट का उसके अपने युग और परिवेश के संदर्भ में बोध होता है और यह कवि की सीमाओं और उपलब्धियों दोनों का विश्लेषण ज्यादा कारगर उपकरणों से करती है। इसके अतिरिक्त यह हमें कालिदास में मनुष्य की गरिमा और मनुष्य–केंद्रित इहलौकिक जीवन–मूल्यों के उद्‌घाटन में भी सहायता पहुँचाती है, तथा इससे कवि के साहस और रूढ़ियों पर प्रतिक्रियात्मक प्रहार करने की उसकी वृत्ति को भी एक सार्थक परिप्रेक्ष्य मिलता है।

कालिदास से साक्षात्कार-विद्यानिवास मिश्र

कालिदास की रचनाओं पर विचार करते हुए इस पुस्तक में विद्यानिवास मिश्र ने यह बताने की चेष्टा की है कि कालिदास के सम्बन्ध में बना ली गई सामान्य धारणाओं –कि कालिदास आनन्दवादी हैं, भोगवादी हैं, सौन्दर्यवादी हैं–से मुक्त हुए बिना कालिदास को जान–समझ सकना सम्भव नहीं है। इस पुस्तक को 1992 में मेरठ के भारतीय साहित्य प्रकाशन ने प्रकाशित किया है।

इस पुस्तक के आरंभिक तीन अध्यायों में विद्यानिवास मिश्र ने 'कालिदास का मर्म' विषय पर बड़ी ही गुरुत्त्वपूर्ण चर्चा की है। उनके अनुसार कालिदास क्या कहना चाहते हैं, कहाँ कौन सी बात संयोजित कर रहे हैं, यह समझना आसान नहीं है। सतह पर कालिदास समझ में नहीं आते। उनका कहना है कि कालिदास ऐसे कवि नहीं हैं जो मंडन को बेकार मानते हों, वे ऐसे नहीं हैं कि उपमान को उपमेय से उत्कृष्ट बताएँ। कालिदास

यही कहते हैं कि दोनों परस्पर एक–दूसरे को प्राप्त करते हैं– मृगांगनाएँ प्राप्त करती हैं पार्वती की आँख से, पार्वती की आँख प्राप्त करती है मृगांगना से, दोनों एक–दूसरे को उपकृत करते हैं। दोनों एक–दूसरे से साकांक्ष हैं। विद्यानिवास मिश्र कहते हैं कि यही साकांक्षता सबसे बड़ी और मुख्य बात है। यह परस्पर–साकांक्ष–भाव ही कालिदास के साहित्य का मुख्य प्रयोजन है।

अपनी इस मान्यता को आगे बढ़ाते हुए विद्यानिवास मिश्र ने बताया है कि कालिदास के यहाँ अवस्था ही अपने–आप में मंडन है, किसी सम्भार की आवश्यकता नहीं है– यह जुटाओ, वह जुटाओ। किसी नशे की जरूरत नहीं है, चुआने की जरूरत नहीं है। अपने आप एक मादन भाव आता है। कलाकार जैसे रंगों से उभारता है, जैसे सूर्य की किरणें उभारती हैं, वैसे ही रूप उभरता है और रूप उभरता है तो एक स्थापत्य की रचना के रूप में उभरता है, जिसको कालिदास ने कहा है 'चतुरस्त्रशोभिः'। जहाँ जो होना चाहिए, वहीं होना चाहिए, दूसरी जगह नहीं।

विद्यानिवास मिश्र ने ध्यान दिलाया है कि कालिदास कोरे आध्यात्मिक कवि नहीं हैं, दूसरी तरफ कालिदास एकदम स्थूल जड़–जगत में लिपटे हुए भी नहीं हैं कि केवल मांसल सौन्दर्य की बात करेंगे। उनके अनुसार दिखने वाला गोचर संसार कालिदास के आध्यात्म का आधार है। इस तरह पार्थिव को महत्त्व देते हुए भी कालिदास के लिए पार्थिव सौन्दर्य में निहित आत्मीयता अधिक महत्त्वपूर्ण है। इसी को रम्य कहा जाता है। रम्य का अर्थ ही है कि वस्तु नहीं रम्य होती है वह तो जिसके कारण अपने को रंजित करती है, उसके कारण रम्य होती है। वस्तु का धर्म वस्तु में नहीं, वस्तु के देखने वाले में है, और फिर देखने वाले के कारण वस्तु में है। यही कारण है कि कालिदास के साहित्य में 'सुन्दर' शब्द का प्रयोग बहुत कम हुआ है। कालिदास ने सुभग का, मनोज्ञ का, रम्य का, मधुर का, रमणीय का, कमनीय का प्रयोग किया है। ललित का प्रयोग किया है क्योंकि उनके लिए वस्तुनिष्ठ सौन्दर्य छोटा है।

इसी बात को चौथे अध्याय 'कालिदास का रमणीय बोध' में आगे बढ़ाते हुए उन्होंने कहा कि कालिदास निसर्ग के कवि हैं, इसीलिए प्रयास या आयास से जो बात बनती है या बनाई जाती है, उसे वे स्वीकार नहीं करते। कालिदास के यहाँ मनुष्य ही नहीं प्रकृति में भी यदि कहीं मनोरमता दिखती है तो वह उफनती नदी में नहीं, ग्रीष्म ऋतु में बादल के विरह में दुबली हुई

नदी में दिखती है। यही तो नदी का सौभाग्य है और यही बादल का भी। विद्यानिवास मिश्र इसी कारण से सौन्दर्य–दृष्टि की जगह माधुर्य–दृष्टि या 'रमणीय–बोध' शब्द के प्रयोग को ठीक समझते हैं। उनके अनुसार मधुर में एक साथ कई व्यंजनाएँ हैं, नयेपन की व्यंजना है, वसन्त के आविर्भाव की व्यंजना है, जो भीतर छिपे हुए सौभाग्य–गुण एकाएक उन्मीलित कर देता है। उनके अनुसार कालिदास की माधुर्य–दृष्टि के तीन मुख्य आयाम हैं। पहला आयाम है–अन्योन्यता अर्थात् एक–दूसरे के लिए पूरक होना। दूसरा आयाम है– समग्र के लिए पर्युत्सुक भाव अर्थात् वह चित्त जो बिना किसी पूर्व अनुभव के भी स्मरण कर लेता है कि कहीं इस रम्य और इस मधुर ने मेरे बिछुड़े हुए चिदंश की सुधि जगायी है, किसी ऐसे सम्बन्ध को उद्बोधित किया है जो जाने कब से चला आ रहा है। जीवन की निरंतरता की यह आकांक्षा ही पर्युत्सुकीभाव है जो रम्यता और मधुरता की कसौटी है। सुन्दर वस्तु को हथियाने का मन करता है परन्तु रम्य और मधुर को देखने और सुनने पर आदमी स्वयं हथिया लिया जाता है किसी ऐसे भाव के द्वारा जो उसको अतिक्रान्त कर के आता है। माधुर्य का तीसरा आयाम है– दूसरे के सुख की, उल्लास की, दूसरे की पीड़ा की चिन्ता में ही परिणति होना। जिस प्रकार नारी–देह में मातृत्व आता है, इसी लिए नारी–देह में और नारी–मन में ही कालिदास ने माधुर्य का उत्कर्ष दिखलाया है और मातृत्व के पूर्व जो एक आपूरित होने का भाव आता है उसके माध्यम से कालिदास ने बताया है कि माधुर्य का चरम अर्थ है सम्पूर्णता।

अगले अध्याय में लेखक ने 'कालिदास की शाप की अवधारणा' की विवेचना की है। उनका कहना है कालिदास ने केवल इस देश की अलौकिकवादी रूढ़ियों के आकर्षण में शाप के प्रसंग नहीं सिरजे हैं बल्कि उसका एक गूढ़ार्थ है। कालिदास के यहाँ शाप किसी आरोपित अभिप्राय के रूप में नहीं आता बल्कि वह सत्य को पाने की प्रक्रिया के रूप में आता है।

इसके बाद के अध्याय में लेखक ने 'कालिदास की तपस् की अवधारणा' पर विचार किया है। उनके अनुसार एक प्रबल आकांक्षा, प्रबल इच्छा, समष्टि इच्छा– यही तपस् है। इसे स्पष्ट करते हुए विद्यानिवास मिश्र ने बताया है कि हम प्रायः तपोवन के सौन्दर्य की बात करते हैं किन्तु तपोवन के लक्षण पर ध्यान नहीं देते। उनके अनुसार तपोवन के जो भी वर्णन मिलते हैं उनमें दो बातें मिलती हैं। एक तो यह कि जिनमें परस्पर विरोध है, उनका विरोध तपोवन में परिश्रान्त हो जाता है। एक तो तप का प्रभाव होता है और

फिर भयंकर आतप का प्रभाव ऐसा होता है कि मोर के फैले हुए पंख के नीचे सांप विश्वस्त भाव से पड़ा रहता है, उसे भय नहीं लगता। उस आतप के अतिशय के कारण मोर भी निढाल है, सांप भी निढाल है और दोनों को भय नहीं रह गया है। उस आतप में विरोधी का सत्त्व उपशम, उपशान्त हो जाता है। दूसरी बात तपोवन में यह होती है कि पूर्व मत्सर का त्याग होता है। किसी से किसी की जलन नहीं होती। किसी का न कोई सुख छीनने वाला दिखता है और न कोई सुविधा छीनने वाला दिखता है। तप की इस धारणा के साथ कालिदास के तपस् पर विचार करते हुए लेखक ने बताया है कि कालिदास के सत्य को पाने के लिए तप का अनुभव और तप के प्रमाद के कारण शाप के दुःख का अनुभव और शाप से मुक्ति के लिए पुनः तपोवन की शान्ति का अनुभव, इन तीनों के भीतर से गुजरना और अच्छी तरह गुजरना जरूरी है।

पुस्तक का अगला अध्याय है 'कालिदास की शिव–दृष्टि'। इसमें लेखक ने बताया है कि कालिदास सौन्दर्य और प्रेम के कवि तो हैं पर केवल इतने ही नहीं हैं। कालिदास प्राचीन और नवीन भारत के कवियों में जो अपना मूर्धन्य स्थान रखते हैं, उसका कारण कालिदास की वह समग्र शिव–दृष्टि ही है।

अन्तिम अध्याय 'कवि कालिदास से साक्षात्कार' में विद्यानिवास मिश्र ने बताया है कि कालिदास पर्याप्तता के कवि हैं। वे छिछले सौन्दर्यबोध के कवि नहीं, भरी–पूरी रमणीयता के कवि हैं। उस रमणीयता की शोभा नये जौ के अंखुआ होते हैं या फिर हाथ में लिया कमल होता है, या फिर सीसफूल बना कदम्ब होता है या फिर कानों में खुंसा शिरीश होता है, स्वर्ण या रत्न नहीं होते। ऐसी शोभा से बिछुड़कर जड़ दिखने वाला पैरों में मुखर नूपुर मौन हो जाता है, और वह जगह जहाँ वह नूपुर गिरा मिलता है, मुखर हो जाती है। सीता के नूपुर जहाँ मिले थे, वह जगह राम को ऐसे छू रही है कि जब सीता मिलती हैं तो उस जगह के साथ जुड़ी हुई राग–वृत्ति को जगाते हुए राम कहते हैं कि यही जगह है जहाँ तुम्हारे लिए आशा जगी कि खोज जारी रखो। कालिदास उस आशा–भरी प्रतीक्षा के कवि हैं और इसीलिए भारत के हृदय हैं। उनसे भेंट करना सनातन भारत से भेंट करने का रोमांच देता है।

आकांक्षा और रस : कालिदास का संदर्भ-विद्यानिवास मिश्र

यह आलेख कालिदास और उनके काव्य पर बिल्कुल अभिनव दृष्टिकोण

से लिखा गया है। यह वाणी प्रकाशन, नई दिल्ली से 2003 में प्रकाशित उनकी पुस्तक 'रागबोध और रस' में संकलित है। इसमें संस्कृत विद्वान विद्यानिवास मिश्र ने एक साथ गहन पांडित्य और सहज लालित्य का परिचय दिया है। ललित निबन्ध की शैली में लिखे गये इस निबन्ध में कालिदास के कतिपय अनावृत पक्षों पर रोशनी डाली गयी है। इसमें कालिदास की रसमयता, कालिदास में एक ओर उत्तान शृंगार तो दूसरी ओर गहन भक्ति, तप प्रधान प्रबंध 'कुमारसंभव', कालिदास का देश आदि विषयों की चर्चा की गई है।

लेखक का कहना है कि कालिदास भूगोल के कवि थे नहीं, राष्ट्र के कवि नहीं थे, हमारे यहाँ तो देश शब्द प्रचलित था, वे देश के भाव के कवि थे। राष्ट्रीय चेतना की बात तो आज के खामख्याली कालिदास पर लाद देते हैं। जीवन के जितने पक्ष हो सकते हैं, उन सारे पक्षों को लेते हुए देश बनता है। मेघदूत में यह विविधता बराबर चलती है और विविधता की पहचान, विविधता की स्वीकृति, विविधता की रमणीयता देख सकना इस देश का स्वभाव है। 'मेघदूत' में यही मिलता है। लेखक के अनुसार कालिदास शरीर का तिरस्कार नहीं करते, क्योंकि 'आद्यं धर्मसाधनम्' है वह। वह मुख्य धर्मसाधन है, तिरस्कार नहीं है। लेकिन धर्म साधन समझो, साध्य न समझो। साध्यता के रूप में जब परिणत होता है वही प्रमाद होता है, जो यक्ष से हुआ, जिसका उसने प्रायश्चित किया। वही प्रमाद पुरूरवा से होता है जिसका उसने प्रायश्चित किया। वही प्रमाद अग्निवर्ण से हुआ।

इसके बाद 'कुमारसंभव' में कालिदास ने राजतंत्र के पतन की स्थिति का प्रायश्चित किया है। लेखक के अनुसार इस रचना में तप का वातावरण है, तप के परिणाम के रूप में ही सारी सृष्टि को उद्वेलित करने वाला ऐसा प्यार है, ऐसा राग है जिसमें चंद्र, सूर्य, चांदनी, आतप सबकी सब चीजें मिल गई हैं। प्रकृति में पूरा एक तालमेल हो गया है। सबको बांधने वाला है यह। जो वर्णन इसमें कालिदास ने संध्या का किया है– सायंकाल जो बादल दिखते हैं तो ऐसा लगता है जैसे सोने का पुल बन गया है। पृथ्वी और आकाश के बीच में एक सोने का पुल बन गया है। यह सबको जोड़ने वाली विराट् कल्पना है।

लेखक ने 'कुमारसंभव' के आठवें सर्ग को अपभ्रष्ट कहने वालों को अरसिक और अविवेकपूर्ण पंडित कहते हुए कहा है कि यह ऐसे ही लोग कहते हैं जो बिल्कुल ठूंठ होते हैं और जिन्हें साहित्य की पूर्णता का ज्ञान

नहीं होता। लेखक के अनुसार संध्या का वर्णन, अंधेरे का ऐसा वर्णन सारे साहित्य में नहीं मिलता। सूर्यास्त का वर्णन तो ऐसा विचित्र है जो अंतिम धूप की चिनगी है, धूप का जैसे अंतिम कण है, उसका वर्णन करते हुए कालिदास कहते हैं कि पेड़ों की फुनगियों पर धूप थोड़ी सी सिमटी हुई है और उसको मोर पानी की बूंद समझकर पी रहा है।

लेखक ने जोर देकर कहा है कि धूप को रस में परिवर्तित करना, प्रकाश को रस में परिवर्तित करना कालिदास ही जानते हैं, और कोई जानता नहीं।

लेखक के अनुसार कालिदास यह तो कहते हैं कि अगर कोई उम्र है तो केवल यौवन है, किन्तु उस यौवन का प्रयोजन भी बताते चलते हैं। आम्रकूट के वर्णन के प्रसंग में कालिदास ने इसका संकेत किया है कि 'वृक्षस्य अमरमिथुनप्रेक्षणीयामवस्थाम्'। कहा कि वहाँ पर आम के फलों का बगीचा दिखेगा जो गर्भधारण करने वाली पृथ्वी के स्तन के रूप में रहेगा। ऐसी उपमा कालिदास ने कई जगह की है। मातृत्व स्त्री जीवन की पूर्णता है, यह आकांक्षा है। यह अमर मिथुनों को सुलभ नहीं है, यह धनेश्वरों की पुरी में संभव नहीं है, मनुष्य लोक में रहने पर ही संभव है। कवि ऐसे यौवन की बात नहीं करता है, ऐसे काम की बात नहीं करता है जो भोगान्त हो।

उपमा कालिदासस्य-शशिभूषण दासगुप्त

नेशनल पब्लिशिंग हाउस, दिल्ली से 1992 में प्रकाशित इस पुस्तक में विद्वान लेखक ने उपमा अलंकार की शास्त्रीय पीठिका पर कालिदास के साहित्य में उपमा के प्रयोग की प्रकृति और वैशिष्ट्य का विश्लेषण किया है। पुस्तक में विषय को निम्नलिखित अध्यायों में विभक्त कर इस सर्वविदित उक्ति कि 'उपमा कालिदासस्य' की समीक्षा की गई है–

- काव्य में उपमा प्रयोग एवं साधारण रूप से अलंकार प्रयोग का तात्पर्य
- शब्दालंकार और अर्थालंकार का मूल रहस्य
- कालिदास की सालंकार भाषा ही यथार्थ काव्यभाषा है
- उपमा का मूल रहस्य –वासनालोक
- कालिदास की उपमाओं में प्रकृति और मनुष्य का नैकट्य
- कालिदास की उपमाओं में आनुपातिक सम्बन्ध
- कालिदास की उपमाओं में औचित्य

- कालिदास की उपमाओं में वैचित्र्य और विराट्तत्त्व
- कालिदास की उपमाओं में तुलनात्मक चित्र
- कालिदास की उपमाओं में चेतन–अचेतन का अद्वयत्त्व
- अमूर्त मानसिक अवस्था–प्रकाशन और कालिदास की उपमा
- अलंकारों में सामान्य से विशेष और विशेष से सामान्य का विवेचन
- कालिदास की उपमा में मौलिकता और शुचिता
- उपसंहार

लेखक ने इन अध्यायों में अपनी विद्वता और गहन दृष्टि का परिचय दिया है। उन्होंने स्थान–स्थान पर कालिदास के साहित्य के उदाहरणों द्वारा अपनी मान्यताओं की समुचित पुष्टि भी की है जिससे कालिदास के साहित्य के विभिन्न आयामों पर पर्याप्त रोशनी पड़ती है। उनका कहना है कि कालिदास का समग्र काव्य पढ़ने से लगता है कि पृथ्वी में जहाँ जितना सौन्दर्य है, उसे व्याकुल आग्रह से उन्होंने भर–आँख पिया है। इसीलिए आँखों द्वारा रूप–पान, यह कालिदास की प्रिय वचन–भंगिमा है। कालिदास का आधार लेते हुए लेखक ने उपमा के मूल रहस्य वासनालोक पर भी गहनता से विचार किया है। उनका कहना है कि कालिदास ने स्वयं इस सम्बन्ध में कहा है –

रम्याणि वीक्ष्य मधुरांश्च निशम्य शब्दान्
पर्युत्सुकी भवति यत् सुखिनोऽपि जन्तुः।
तच्चेतसा स्मरति नूनमबोधपूर्वं
भावस्थिराणि जननान्तरसौहृदानि।।

'रम्य दृश्य देखकर अथवा मधुर शब्द सुनकर सुखी प्राणी का भी जो चित्त व्याकुल हो उठता है, उसका कारण यह है कि जीवगण शायद तब जन्मान्तर की वासना में स्थिरबद्ध किसी सौहार्द्र को ही अनजाने स्मरण करते हैं'। यह अबोधपूर्व स्मरण ही वासना का स्पन्दन है। बाहर की तन्त्री में आघात पड़ते ही वायुमण्डल का स्पन्दन हमारे हृदय की वासना तन्त्री में स्पन्दन जगा देता है।

कालिदास की उपमाओं की एक खास विशेषता की तरफ ध्यान आकृष्ट कराते हुए लेखक ने लिखा है कि मनुष्य के रूप और गुण का वर्णन करते समय कालिदास ने, जहाँ तक हो सका है, प्रकृति के साथ उसकी तुंलना कर उसे प्रकृति के निकटवर्ती करने की चेष्टा की है। दूसरी तरफ यह भी लक्ष्य कर सकते हैं कि प्रकृति के नदी–नद, पहाड़–पर्वत, वन–उपवन,

वृक्ष–लता आदि का वर्णन करते समय कवि ने चेतन मनुष्य के रूप–गुण और जीवन–यात्रा के सदृश उनका वर्णन कर करके, जहाँ तक संभव हुआ है, प्रकृति को भी मनुष्य के निकटवर्ती किया है।

लेखक ने यह बताया है कि कालिदास की प्रायः प्रत्येक उपमा की विशेषता यही है कि उसके भीतर एक आश्चर्यजनक स्थिति–स्थापकता का गुण है। उसे दायें–बायें, ऊपर–नीचे जितना भी खींचा जाए, वह उतना ही बढ़ती है, सहसा टूट नहीं जाती; और छोड़ देने पर फिर आकर संकुचित होती है एक चित्र के रूप में। उपमाओं में जैसे एक आपात–माधुर्य अर्थ का चमत्कारित्व है, वैसे ही इनमें अत्यधिक सम्भावना भी गर्भित है। उस गर्भित सम्भावना का अस्फुट आभास स्पष्ट अर्थ को और भी गम्भीरता, और भी रहस्य, प्रदान करता है। इसके साथ ही कालिदास की उपमाओं का औचित्य भी लक्षणीय है। देश–काल–पात्र के समस्त अवस्थानों के अनुरूप श्लोक के शब्द–शब्द में अर्थ भर देने में कालिदास अद्वितीय हैं। कालिदास की कुछ उपमाओं में ऐसा लगता है कि मानो कवि ने बगल–बगल में दो चित्र अंकित किये हैं– ये दोनों चित्र मानो एक साथ ही हमारे चित्त को प्रभावित कर एक ही फल उत्पन्न करते हैं।

विषय का समाहार करते हुए लेखक ने बताया है कि कालिदास के काव्य में उपमाओं को विशेष यत्नपूर्वक खोजकर नहीं निकालना पड़ता– काव्य–ग्रन्थ खोलने से ही दो–एक उपमा अपने–आप दृष्टि में पड़ जाती हैं। 'रघुवंश' लिखना आरम्भ करने पर कुछ समय तक केवल उपमा के द्वारा ही कवि ने काव्य आगे बढ़ाया है। सर्वप्रथम उन्होंने वागर्थ के सदृश नित्य–संयुक्त–परमेश्वर को प्रणाम किया। क्षुद्र शक्ति लेकर विशाल सूर्यवंश की कहानी के रचना–प्रयास की तुलना बेड़े से सागर पार करने की चेष्टा के साथ की; मन्द कवियशःप्रार्थी स्वयं को चन्द्रलोभ के निमित्त उदबाहु वामन की तरह उपहास–योग्य बताया। वाल्मीकि–प्रभृति पूर्ववर्ती ऋषियों द्वारा प्रदर्शित पथ पर काव्य–रचना के सम्बन्ध में कहा 'मणौ वज्रसमुत्कीर्णे सूत्रस्येवास्ति मे गतिः' अर्थात् 'वज्र द्वारा विद्ध कठिन मणि के भीतर जैसे सूत्र की गति हो'। बाह्य जगत के समस्त दृश्य, गन्ध, गान आदि सब समय ही इस तरह कवि के मन में भीड़ किए रहते हैं कि 'इव' एवं 'एव' के बिना कवि कोई बात ही नहीं कर सकता। किन्तु यह जो उनके समस्त काव्य में सर्वत्र 'इव' एवं 'एव' की भरमार है, उससे कभी भी ऐसा नहीं लगता कि कहीं भी ज्यादती की गई है अथवा कृत्रिम अलंकार–प्रयोग के

आप्राण परिश्रम द्वारा कवि स्वयं ही हांफ गया है एवं काव्य को भी अतिरिक्त अलंकार–भार से एकदम लाद दिया गया है। उपमा–प्रयोग तो कालिदास की स्वाभाविक वचनभंगी है।

मेघदूत एक अंतर्यात्रा-प्रभाकर श्रोत्रिय

'मेघदूत' एक कालजयी कृति ही नहीं, प्रेम, प्रकृति और निसर्ग के प्रति कालिदास की अनन्य प्रपत्ति भी है। अपने विशिष्ट स्वर, स्वरूप और न्यास में यह काव्य एक अप्रतिम एवं इन्द्रधनुषी भाव–वितान है, जिसमें कृतिकार की अपूर्व परिकल्पना, मौलिक उद्भावना तथा बिम्बों और वर्णों की जीवन्त छवियाँ सहज ही देखी जा सकती हैं।

कालिदास ने अपनी यशस्वी कृति 'मेघदूत' के द्वारा जिस रूपक–राज्य का निर्माण किया था –पिछली दो सहस्त्राब्दियों से उसका निरंतर विकास और विस्तार होता रहा है। विरही यक्ष के मनोजगत में विद्यमान एक आर्तप्रेमी के प्रणयोत्सुक प्रार्थी भाव को अनुशंग बनाकर–अपनी प्राण–प्रियतमा को भेजे जानेवाले विरहातुर संदेश को कई रचनाकारों, भाष्यकारों, रूपान्तरकारों और चित्रकारों ने अपने–अपने ढंग से, अलग–अलग शैलियों में निरूपित किया है।

प्रसंगानुरूप और प्रसंगान्तर परिदृश्य को अपने विरहकातर निवेदन से मुखर करनेवाली इस कालातीत रचना का अनुगायन और अनुकीर्तन न केवल सदियों से होता रहा है बल्कि आधुनिक और समकालीन पीढियाँ भी इसमें अपनी रचनात्मक भावांजलि लिए खड़ी रही हैं।

अपनी सर्जनात्मक समग्रता के नाते और 'क्लासिकी' के गुणों से समृद्ध एवं समादृत 'मेघदूत' ने काव्य और काव्येतर माध्यमों के द्वारा सहृदय पाठकों, प्रेक्षकों, गायकों और समीक्षकों की क्षमता और आकांक्षाओं के अनुरूप सुदीर्घ रचना–प्रक्रिया एवं परम्परा को जीवित रखा है।

इसी अनुक्रम में हिन्दी के सुपरिचित विद्वान, आलोचक, कवि एवं रचनाकार प्रभाकर श्रोत्रिय ने 'मेघदूत' के मार्मिक प्रसंगों, अछूते अनुषंगों –और सबसे बढ़कर– रचनाकार की विराट मनोभूमि का स्पर्श एवं अनुभावन अपनी विदग्ध रचना मनीषा के द्वारा किया है।

'मेघदूत : एक अन्तर्यात्रा' पुस्तक से प्रेम और प्रकृति के शाश्वत एवं चिरन्तन आधान को सुललित और सर्जनात्मक आयाम मिला है–इसमें संदेह नहीं। यह पुस्तक राधाकृष्ण प्रकाशन, नई दिल्ली से 1996 में प्रकाशित हुई है।

मेघदूत-प्रभाकर श्रोत्रिय

प्रभाकर श्रोत्रिय ने साहित्य अकादमी, नई दिल्ली की पत्रिका 'समकालीन भारतीय साहित्य' के मार्च–अप्रैल, 1996 के अंक में प्रकाशित अपने इस आलेख में यह बताना चाहा है कि यह मानकर चलना उचित नहीं है कि 'मेघदूत' एक सामन्ती रचना है, या कि एक आत्मनिष्ठ प्रेमी का एकालाप है, या कि एक ऐसी फैंटेसी या कि अतिकल्पना है जो कि केवल स्वप्न में ही घटित हो सकती है और उसका वास्तविकता और प्रकृत यथार्थ से कोई लेना–देना नहीं है। इस सम्बन्ध में लेखक की स्पष्ट धारणा है कि '''मेघदूत' जैसी ललित–करुण प्रेम–कृति द्वारा कालिदास ने जिस विद्रोह और क्रांतिकारी विचार की व्यंजना की है; उन्होंने जितने शास्त्रीय और सामंती मानक तोड़े हैं, उससे प्रतीत होता है कि वे समूचे भद्रलोक की सत्ता पर आघात कर रहे थे– एक बड़े कवि के सार्थक हस्तक्षेप की तरह।''

लेखक ने अपनी इस धारणा के समर्थन में बहुत से विचारणीय तर्क रखे हैं। उनका कहना है कि यक्ष धनपति और सत्ताधीश कुबेर का प्रताड़ित दास है। आरंभिक हिस्से में ही यक्ष 'चिरमनुचरो राजराजस्य' कहकर अपना परिचय देता है। यक्ष की ऐसी अवस्था से कुबेर का जो नक्शा उभरता है वह एक संवेदनहीन शासक और शोषक पूंजीपति का ही हो सकता है। जिसे अपराध और दण्ड के न्यायोचित सम्बन्ध की तमीज न हो वह कैसा राजा? यह यक्ष के दासत्व–बोध का अप्रत्यक्ष किन्तु प्रबल प्रतिरोध है कि उसने 'भुवनविदित' पुष्करावर्तक वंश के इंद्र–दूत, आकाशचारी और आजाद 'मेघ' को अपना दूत चुना है। मेघ को 'मा विप्रयोग' की शुभकामना देते हुए, अपनी सदाशयता और संवेदनशीलता प्रकट करता हुआ यक्ष बारबार कुबेर से ठीक उल्टे व्यवहार को रेखांकित कर रहा है। जब कोई बेसहारा व्यक्ति सहायता के लिए किसी आकाशचारी को बुलाता है तो अप्रत्यक्ष रूप से वह धरती की व्यवस्था पर कटाक्ष करता है, और यहाँ इस 'व्यवस्था' का अर्थ कुबेर की सत्ता है।

'मेघदूत' में कहीं भी यक्ष द्वारा कुबेर से क्षमायाचना या अपने अपराध की स्वीकृति से उसके शाप का औचित्य सिद्ध करने का इशारा तक नहीं है। कहीं भी कुबेर से शापावधि घटाने की प्रार्थना नहीं है। यक्ष की ठसक और अकड़, वियोग में टूट जाने पर भी बरकरार है। यक्ष ने मेघ से याचना की है, कुबेर से नहीं। धन–मद और सत्ता–मद की क्षुद्रता पर यह परोक्ष किन्तु सटीक चोट है।

यक्ष एक प्रकार से कुबेर की पूरी 'भुजंग–व्यवस्था' के प्रति सत्याग्रह करता है। 'शापांते मे भुजंगशयना दुत्थिते शार्ङ्गपाणौ' कहकर यक्ष यक्षिणी से यह नहीं कहता कि देवोत्थानी एकादशी को शापमुक्त होने पर मैं तुमसे मिलूंगा। वह कहता है कि जब भुजंग पर सोए विष्णु उठेंगे तब शापांत होगा। कितनी तीखी और द्विआयामी अभिव्यक्ति है। यहाँ भी कोमल–कोमल और दयनीय सा दिखने वाला यक्ष आत्म–पराजय स्वीकार नहीं करता, घिघियाता नहीं।

सामंती समाज, शास्त्र, दर्शन आदि में प्रायः स्त्री को ही कामार्त कहा जाता है। कालिदास ने एक पुरुष द्वारा अपनी पत्नी–प्रेयसी के प्रति प्रणय निवेदन करा कर तमाम सामंती रूढ़ियों को तोड़ा है। यक्ष ने यक्षिणी का जो चित्र खींचा है उसमें वह उदास, खिन्न, अकेली, प्रतीक्षातुर है और संगीत द्वारा मार्गांतरण की कोशिश करती है। उसके व्यक्तित्व की प्रतीति एक सात्विक प्रेमिका के रूप में होती है, किसी कामुक स्त्री की तरह नहीं। 'मेघदूत' का एक रेखांकित करने वाला पक्ष यह भी है कि यहाँ परकीया प्रेम की सामंती अवधारणा के विरूद्ध पत्नी के प्रेम की उसी स्तर पर व्यंजना है। वह इस धारणा का प्रत्याख्यान करता है कि प्रेम की सबसे सघन और मार्मिक अभिव्यक्ति परकीया प्रेम में ही होती है। 'मेघदूत' में एक सामान्य सद्गृहस्थ की सघन और मार्मिक प्रेम–वृत्ति है, किसी विलासी की कामासक्ति नहीं।

लेखक ने 'मेघदूत' के अनेक प्रसंगों के माध्यम से यह बताना चाहा है कि कालिदास ने 'कोविद ग्रामवृद्धाः' कहकर गांव के बुजुर्गों को पंडितोचित सम्मान दिया है। यह ग्रामीणों के बारे में भद्रलोक की सामान्य धारणा का खंडन है क्योंकि नागरिक सभ्यता ग्रामीणों को गंवार ही समझती है।

प्रभाकर श्रोत्रिय ने समाहार करते हुए यह कहा है कि 'मेघदूत' एक ऐसी रचना है जिसके पद–पद में गूढार्थ है, कटाक्ष है, अर्थ विच्छितियाँ और प्रयोजनमूलक भीतरी बुनावटें हैं। परन्तु इसके बारीक धागे अग्नितंतुओं की तरह हैं। यदि परखा जा सके तो महीनता के भीतर छिपी आग परखिए, कवि के उन संघर्षों को देखिए और हस्तक्षेप की कला को भी जो युगधारा के बीचोबीच उल्टी या तिरछी नाव खे रहा है। इसलिए 'मेघदूत' को केवल परम श्रेष्ठता के परे (पार एक्सेलेंस) या शानदार भव्य चरण (मेग्नेफिशिएँट फीट) कहकर प्रशंसित करने से ही काम नहीं चलेगा, उसके भीतर की धक–धक करती अग्नि को भी देखना पड़ेगा।

कालिदास में भारतीय संस्कृति-प्रभाकर श्रोत्रिय

प्रभाकर श्रोत्रिय ने साहित्य अकादमी, नई दिल्ली की पत्रिका 'समकालीन भारतीय साहित्य' के मार्च–अप्रैल, 2010 के अंक में प्रकाशित इस आलेख में कालिदास के साहित्य में भारतीय संस्कृति के स्वरूप की विवेचना संस्कृति की इस धारणा के साथ की है कि "मनुष्य ज्ञान के क्षेत्र में जो अर्जित करता है; कर्म के क्षेत्र में जो घटित करता है; भाव के क्षेत्र में जो सृजित करता है; जीवन को संवारने और उदात्त बनाने के लिए जिस आचार संहिता और मूल्य प्रणाली का विकास करता है; परिवेश और प्रकृति से जो सम्बन्ध स्थापित करता है; जो शील रचता है– सब संस्कृति में आते हैं। यह संस्कृति किसी देश, समाज, जाति या नस्ल के अन्तरंग जीवन का महाकाव्य है।" लेखक ने विस्तार से यह बताया है कि भारतीय संस्कृति की सर्वांगता को राज्य, समाज, धर्म, दर्शन, नीति, ज्ञान–विज्ञान, साहित्य, कला, विश्वदृष्टि, जीवन–मूल्य, आचार, परम्परा, अपनी वसुन्धरा, अपने आकाश, आत्मा और प्राण के समवेत ने रचा है। इस आधार पर लेखक ने कालिदास के साहित्य में इन तत्त्वों की उपस्थिति और उनकी प्रकृति की गहरी पड़ताल की है।

लेखक ने यह रेखांकित किया है कि यह मात्र संयोग नहीं है कि कालिदास अपने महाकाव्य 'रघुवंश' का प्रारम्भ करते हुए शब्दार्थ की तरह पार्वती और परमेश्वर की संपृक्त मूर्ति का अभिवादन करते हैं और विवेकानन्द अमेरिका में आयोजित 'विश्वधर्म सभा' में अपने भाषण में तमाम प्रकार के संगम और सामंजस्य को प्रतीकीकृत करने के लिए 'शिव महिम्न स्त्रोत' का श्लोक उद्धृत करते हैं। दोनों धर्म के माध्यम से समष्टि–बोध, सहिष्णुता और संतुलन का पैगाम देते हैं, जो भारतीय संस्कृति का अपना चरित्र है।

लेखक ने बताया है कि 'रघुवंश' के शासकों में स्वतन्त्रता की आत्मा के दर्शन करते हुए कालिदास ने परोक्ष रूप से राजा मात्र को शासन की समुचित प्रणाली का संकेत दिया है। अज ऐसे राजा थे, जिनके बारे में प्रजावर्ग के सभी लोग यह सोचने लगे थे कि राजा मुझे ही सबसे अधिक मानते हैं। जैसे सैकड़ों नदियों में से किसी का समुद्र तिरस्कार नहीं करता है, वैसे ही अज के द्वारा किसी का भी तिरस्कार नहीं हुआ–

अहमेवमतो महीपतेरिति सर्वः प्रकृतिश्वचिंतयत्।
उद्धेरिव निम्रगाशतेश्वभवन्नास्य विमानना क्वचित्।।

कालिदास के लिए अहिंसा वह है जिसकी कसौटी है– आत्म बलिदान। 'रघुवंश' में जब नंदिनी पर सिंह आक्रमण करता है, तब उसकी रक्षा के लिए

दिलीप स्वयं उसका भक्ष्य बनने को तत्पर होते हैं। सिंह यहाँ एक राजा के निधन से असंख्य प्रजा की रक्षा न होने का तर्क देता है। प्रभाकर श्रोत्रिय का मानना है कि इससे अहिंसा के वैकल्पिक रूप और कसौटी निर्धारित होती है। दुष्यन्त भी शिकारी है, परन्तु वह ऋषि–परिसर की पवित्रता, मर्यादा आदि का सम्मान करते हुए हिंसा के लिए चढ़ाया बाण उतारने का शील बरतता है। ऋषि कुमार वर्जना करते हैं 'आश्रम मृगोऽयं न हंतव्यो न हंतव्य' अर्थात् आश्रम मृग को मत मारो क्योंकि यह रक्षणीय है। अगर वह आश्रम मृग न होता तो निश्चय ही दुष्यन्त के तीर से मारा जाता। इसलिए यह शील और मर्यादा की रक्षा के लिए सीमित और 'तात्कालिक' अहिंसा हुई; अहिंसा वृत्ति का अस्वीकार नहीं। लेखक ने इसे महात्मा गांधी की अहिंसा की धारणा से जोड़ा है जिनके अनुसार स्त्रियों और पूजास्थलों की रक्षा के लिए लड़ाई में पुरुषों को समर्थ होना चाहिए।

लेखक ने यह बताया है कि कवि ने सांस्कृतिक व्यवहार को संस्कृति के सौन्दर्य में बदल दिया है, जो कला में संस्कृति का रूप होता है। उनकी विशेषता ही यह है कि उन्होंने अपनी कृतियों में संस्कृति का ढांचा नहीं, उसकी आत्मा को उतारा है। वे संस्कृति के कोमल पदचापों को सहेजना जानते हैं। 'रघुवंश' में जब दिलीप अपनी परमप्रिय रानी सुदक्षिणा के साथ पुत्र की कामना से ऋषि वशिष्ठ का आशीर्वाद लेने जाते हैं तो आश्रम में पहुँचने पर पहले पत्नी को रथ से उतारते हैं, फिर स्वयं उतरते हैं। इस बात का ध्यान रखते हुए कि गुरु को कोई क्लेश न हो, अपनी सेना को बाहर छोड़कर गिने–चुने परिचारकों के साथ आश्रम में प्रवेश करते हैं। आशय यह कि कालिदास ने 'रघुवंश' के राजाओं का चरित्र प्रकट करने में भारतीय संस्कृति का एक समेकित रूप रखा है, जहाँ राजत्व के साथ ही एक साधारण मनुष्य का अंतःसौन्दर्य छलकता है, अर्थात् इससे हम राजा की ही नहीं मनुष्य की श्रेष्ठ वृत्तियों का साक्षात्कार करते हैं।

लेखक के अनुसार कालिदास के काव्य की और काव्य में संस्कृति की बात की जाए और प्रकृति की चर्चा न हो, यह संभव नहीं। कालिदास का तीन चौथाई काव्य प्रकृति से आप्लावित है। उनकी दोनों विश्वविख्यात रचनाएँ– 'मेघदूत' और 'अभिज्ञानशाकुन्तलम्' के अतिरिक्त 'कुमारसंभव' और 'ऋतुसंहार' काव्य प्रकृति में ही आँखें खोलते हैं। कालिदास की प्रकृति से मनुष्य का जीवन इस तरह संश्लिष्ट है, जैसे वे दो न हों। प्रकृति में आत्मीय संवेदना है। शकुन्तला की विदाई का मार्मिक प्रसंग है। उसके

विछोह में मृग मुँह में रखे दर्भ उगल देते हैं, मयूर नृत्य छोड़ देते हैं, पीले पत्ते लताओं के आँसू बनकर झरने लगते हैं, लेकिन दूसरी ओर कवि प्रकृति द्वारा भविष्य का संकेत देना भी नहीं भूलते। शकुन्तला का पालित मृगछौना उसका पल्लू पीछे खींचता है, कांटा उसके आंचल में उलझ जाता है मानो प्रकृति उसे किसी भारी संकट से बचाना चाहती हो और जानती हो कि दुर्घटना घटने वाली है। प्रकृति–बाला शकुन्तला इस संकेत को समझ जाती है और मन–ही–मन सोचती है 'दुश्कर महं करोमि?' क्या मैं कुछ अनुचित कर रही हूँ? परन्तु यह अवसर सौन्दर्य– श्रृंगार और मंगल का भी है जो अंततः इस यात्रा की फलश्रुति होगा। इसलिए वृक्ष भांति–भांति के श्रृंगार प्रसाधन बरसाकर मंगल सूचित करते हैं और परिवार के बड़े होने का कर्त्तव्य तो निभाते ही हैं।

प्रभाकर श्रोत्रिय ने बताया है कि कालिदास अपने देश को प्यार ही नहीं करते, उसकी 'प्रकृति' को पहचानते भी हैं। प्रसंग 'अभिज्ञानशाकुन्तलम्' में वियोगी दुष्यन्त द्वारा शकुन्तला का चित्र बनाने का है। इस चित्र की कलात्मक बारीकी और भावात्मक अभिव्यक्ति तो विशिष्ट है ही, परन्तु चित्र बनाने के बाद विदूषक से दुष्यन्त वर्तिका मांगता है तो वह पूछता है कि चित्र तो बन चुका है, अब क्या रह गया? तो दुष्यन्त कहता है कि शकुन्तला तो आ गई, पर उसका संसार छूट गया है– इसमें कहाँ आई मालिनी नदी, विचरते हंसों के जोड़े, हिमालय के श्रृंग, श्रृंगों पर हरिण, वे वृक्ष जिनपर वल्कल सूखते हों और जिनकी छाया में मृग–मृगी बैठे हों और मृग के नुकीले सींग की नोक से मृगी आँखें खुजला रही हो। कालिदास हमें यह बताते चलते हैं कि हम सोचें कि प्रकृति के बिना हमारे जीवन–चित्र कितने अधूरे, सूने, इकहरे और मृत हैं।

'मेघदूत : एक और नई कहानी-सुरेश द्विवेदी

साहित्य अकादमी, नई दिल्ली की पत्रिका 'समकालीन भारतीय साहित्य' के जुलाई–अगस्त, 1996 के अंक में छपे अपने इस आलेख में सुरेश द्विवेदी ने इससे पहले के मार्च–अप्रैल, 1996 के अंक में छपे प्रभाकर श्रोत्रिय के आलेख 'मेघदूत' पर गंभीरतापूर्वक पुनर्विचार किया है।

प्रभाकर श्रोत्रिय ने विभिन्न तर्कों से कुबेर को एक संवेदनहीन–पूंजीपति ठहराया था। यहाँ लेखक प्रभाकर श्रोत्रिय से अपनी असहमति जाहिर करते हुए कहता है कि ठीक है कि यक्ष 'चिरमनुचरो राजराजस्य' तो है किन्तु उसे

निकाला गया है इसलिए नहीं कि कुबेर संवेदनहीन स्वामी है बल्कि इसलिए कि वह स्वयं 'स्वाधिकारप्रमत्तः' है अर्थात् कामचोर है। यक्ष मेघ से कुबेर के क्रोधी होने की बात तो करता है लेकिन उसके कारण के विषय में कुछ नहीं बताता। अपने कृत्य को लेकर उसमें अनुताप का कोई संकेत नहीं है। इसीलिए उसने कुबेर से याचना भी नहीं की है।

लेखक के अनुसार यक्ष का प्रताड़ित दास होना प्रभाकर जी के लिए स्वयंसिद्ध है और इसी भित्ति पर वे उसकी क्रांतिकारिता का किला खड़ा करते हैं। लेकिन 'मेघदूत' में यक्ष के प्रताड़ित होने का सबूत ही नहीं है। रही बात 'भुजंग–व्यवस्था' की तो ऐसा कौन शासन है जो गलती करने पर पुरस्कृत करता हो? कुबेर से प्रतिवाद का एक शब्द भी कहने में असमर्थ यक्ष के हाथ में प्रभाकरजी 'प्रतिरोध' के बड़े–बड़े शस्त्र थमा देते हैं। लेखक ने उचित ही यह प्रश्न किया है कि तमाम बातें प्रत्यक्ष और उन्मुक्त भाव से करने के बावजूद कालिदास यक्ष की ही 'क्रांतिकारिता' को ही 'प्रकारांतर' से या 'अप्रत्यक्ष' रूप से क्यों कहता है?

लेखक के अनुसार 'मेघदूत' का महत्त्व निहित है उसके लालित्य में। नाद–सौन्दर्य, विलक्षण उपमाएँ और भाषिक सामर्थ्य उसके कथ्य को विश्वसनीय बनाते हैं। यदि 'मेघदूत' सर्वसम्मति से 'साहित्य' माना जाता है तो उसका कारण है 'मेघदूत' की कलात्मकता। यानि साहित्य के एक अनिवार्य पक्ष की पकड़ उसकी बहुत मजबूत है।

कालिदास और उसकी काव्य-कला-वागीश्वर विद्यालंकार

'अभिज्ञानशाकुंतलम्' का हिन्दी अनुवाद करने के साथ–साथ वागीश्वर विद्यालंकार ने 'कालिदास की नाट्यकला' नामक एक स्वतन्त्र पुस्तक भी लिखी है। मोतीलाल बनारसीदास, नई दिल्ली से 1998 में प्रकाशित अपनी इस 'कालिदास और उसकी काव्य–कला' पुस्तक के सम्बन्ध में बताते हुए वागीश्वर विद्यालंकार ने भूमिका में लिखा है कि "गुरुकुल कांगड़ी विश्वविद्यालय में चालीस वर्ष तक संस्कृत साहित्य का प्राध्यापक रहते हुए, मुझे, समय–समय पर कालिदास, भवभूति आदि महाकवियों के सम्बन्ध में अनेक व्याख्यान देने पड़े।...सन् 1959 में, जब मैं वहाँ से कार्यमुक्त होकर अपने घर आ गया, तब प्राच्य साहित्य के सुप्रसिद्ध तथा उत्साही प्रकाशक अपने मित्र श्रीसुन्दरलाल मलिक, मोतीलाल बनारसीदास फर्म ने आग्रह किया कि मैं उन्हें शकुन्तला नाटक का हिन्दी–अनुवाद तथा उसकी विस्तृत भूमिका लिखकर दूँ। मैं

स्वयं इस कार्य को करना चाहता था और अब मुझे इसके लिए अवकाश भी था। अनुवाद तो शीघ्र ही तैयार हो गया और भूमिका का कार्य आरम्भ हुआ। मेरी इच्छा थी कि मैं कालिदास के सम्बन्ध में अपने सब विचार इसमें संग्रहीत कर दूँ। परिणाम यह हुआ कि भूमिका का कलेवर बहुत बढ़ गया। यह देखकर, एक दिन, लालाजी ने मुझसे पूछा इस भूमिका को 'कालिदास और उसकी काव्यकला' के नाम से पृथक् ग्रन्थ के रूप में क्यों न प्रकाशित कर दिया जाए। मुझे उनका यह विचार बहुत पसन्द आया और ऐसा करने के लिए मैंने उन्हें अपनी स्वीकृति दे दी।''

यह मानते हुए भी कि कालिदास भारत के मूर्धन्य कवि हैं और उनके विषय में देशी तथा विदेशी विद्वान इतना अधिक लिख चुके हैं कि अब तत्सम्बन्धी किसी विचार को नवीन कहना दुस्साहस मात्र प्रतीत होता है, लेखक ने इस पुस्तक में कालिदास का काल–निर्णय, कालिदास के जन्मस्थान, कालिदास के शृंगार का वैशिष्ट्य आदि विषयों पर मौलिक स्थापनाएँ रखी हैं। लेखक के अनुसार यद्यपि मेरा झुकाव उस पक्ष की ओर अधिक है, जो उसका जन्म विक्रमीय संवत् के आरम्भ के आसपास मानता है, और उसके लिए लेखक ने अनेक कारण भी पुस्तक में प्रस्तुत किए हैं, फिर भी लेखक का कहना है कि उसके लिए उसका उत्कट आग्रह नहीं है। कालिदास के जन्मस्थान के सम्बन्ध में लेखक का सुझाव है कि कवि का जन्म हिमालय के किसी ऐसे प्रदेश में हुआ था, जहाँ भगवती भागीरथी भी साथ–साथ बहती है और वह प्रदेश गढ़वाल ही है, अतः कालिदास गढ़वाल का निवासी था। मगध तथा उज्जयिनी के प्रति उसका विशेष लगाव अवश्य है, किन्तु वे लेखक को कालिदास के जन्मस्थान नहीं प्रतीत होते।

लेखक ने बताया है कि प्रसिद्ध है कि कालिदास शृंगार रस का कवि है, किन्तु उसका शृंगार सुसंयत तथा शालीन है। इस पुस्तक में उन्होंने विभिन्न प्रकार से यह दिखाने की चेष्टा भी की है कि कालिदास की सौन्दर्य–भावना कितनी सूक्ष्म, सरल तथा मधुर है।

नाटककार कालिदास और काव्यकार कालिदास-रामशंकर तिवारी

अपनी पुस्तक 'महाकवि कालिदास' के कारण रामशंकर तिवारी कालिदास साहित्य के एक गम्भीर अध्येता के रूप में जाने जाते हैं। परिमल पब्लिकेशन्स, दिल्ली द्वारा 2001 में प्रकाशित इस पुस्तक में उन्होंने विभिन्न समयों में अलग–अलग प्रयोजनों के निमित्त लिखे गये अपने शोध–निबन्धों को

संकलित किया है। हिन्दी के साथ–साथ यहाँ संकलित कुछ निबन्ध संस्कृत एवं अंग्रेजी भाषा में भी लिखे गये हैं।

इस पुस्तक में अपनी पूर्वमान्यता से अलग उन्होंने यह धारणा सामने रखी है कि नाटकों के रचनेवाले कालिदास और काव्यकार कालिदास भिन्न व्यक्ति हैं। इस सम्बन्ध में स्वयं उनका कहना है कि "मैंने अपनी पूर्वप्रकाशित पुस्तक 'महाकवि कालिदास' में परम्परा का सम्मान करते हुए, रघुवंशादि चार काव्यों तथा शाकुन्तलादि तीन नाटकों को एक ही कालिदास की रचनाएँ माना था। किन्तु, बाद में लगभग दो दशकों से मेरी मान्यता बदलने लगी थी और इन कृतियों के अधिक गहन अनुशीलन के आलोक में, मुझे इनके रचयिताओं की काव्य–चेतनाओं में स्पष्ट अन्तर की प्रतीति हुई और मेरी यह धारणा बनने लगी कि नाटकों के रचयिता कालिदास तथा काव्यों के रचयिता कालिदास दो भिन्न–भिन्न व्यक्ति हैं।"

अपनी इसी धारणा की पुष्टि के लिए रामशंकर तिवारी ने इस पुस्तक में संकलित निम्नलिखित निबन्धों में अनेक कोणों से विचार किया है –

- कालिदास एक या दो ?
- कालिदास एक नहीं, दो
- नाटककार कालिदास और काव्यकार कालिदास
- कालिदास–द्वैत, कतिपय विचारणीय बिन्दु
- नाटककार कालिदास की सौन्दर्य–व्यंजना
- कालिदास का तिथि–संशोधन : कतिपय भ्रांतियां
- 'मेघदूत' में वृष्टि–विज्ञान
- नाटककार कालिदास तथा काव्यकार कालिदास की सौन्दर्यशास्त्रीय मान्यताएँ
- 'रम्याणि वीक्ष्य' इत्यादि में स्मृति–संदर्भ
- **परिशिष्ट :** अश्वघोष और कालिदास, 'मेघदूत' का माधुर्य, नाटककार कालिदास की समकालीनता, रामायण में कुमारसंभव की कथा, रामायण में उवर्शी की कथा, ऋग्वेद में उवर्शी की कथा, तथा Ramgiri In The 'Meghadutam'

रामशंकर तिवारी ने राजशेखर के इस प्रसिद्ध श्लोक –

एको न जीयते हन्त कालिदासो न केनचित्।
श्रृंगारे ललितोद्गारे कालिदासत्रयी किमु।

को अपनी धारणा का प्रस्थान बनाया है। उनका कहना है कि 'कालिदासत्रयी' से राजशेखर का स्पष्ट अभिप्राय तीन कालिदासों से है। इनमें से लेखक ने उज्जैन के राजा हर्ष विक्रमादित्य की सभा के कालिदास जिनका उपनाम मातृगुप्त था और जिन्होंने तीनों प्रसिद्ध नाटकों तथा 'सेतुबन्ध' नामक महाकाव्य का प्रणयन किया को पहला कालिदास माना, और मालव संवत् के संस्थापक मालव नरेश विक्रमार्क की सभा के मेघारुद्र उपनाम वाले कालिदास जिन्होंने 'कुमारसम्भव', 'रघुवंश' तथा 'मेघदूत' का प्रणयन किया को दूसरा कालिदास माना है। तीसरे कालिदास हैं कामकोटि पातन के मूकशंकर के शिष्य कोटिजीत उपनाम वाले कालिदास जिन्होंने 'ऋतुसंहार', 'श्यामलादण्डक', 'नवरत्नमाला' इत्यादि ग्रन्थों की रचना की। इस पुस्तक में लेखक ने केवल दो कालिदासों की विवेचना की है। इसका कारण बताते हुए उन्होंने कहा कि 'ऋतुसंहार' वाली ऋतुचक्र पर स्वतन्त्र रीति से रचना करने की परम्परा परवर्ती संस्कृत साहित्य में चली नहीं। इसका कारण यही प्रतीत होता है कि 'ऋतुसंहार' सामान्यकोटीय रचना थी जिसका प्रणेता भी अन्य प्रश्नगत रचनाओं के रचनाकारों से हीन प्रतिभा वाला था।

लेखक ने नाटककार कालिदास की कवि–चेतना और काव्यकार कालिदास की कवि–चेतना में अंतर स्पष्ट करते हुए बताया है कि यद्यपि दोनों श्रृंगार की कमनीयता का समादर करते हैं किन्तु पहले की कारयित्री प्रतिभा मूलतः 'रोमांटिक' है जबकि दूसरे की मूलतः 'क्लैसिकल' है। एक की चेतना कल्पना के कोमल प्रणय–संसार में विचरण करती है जबकि दूसरे की चेतना हमारी संस्कृति की परिनिष्ठित संयमशील धारा में प्रवाहित होती है। नाटककार कालिदास ह्रदय की सुकुमार वृत्तियों का शासन स्वीकार करता है तो काव्यकार उनपर संयम का अंकुश लगाता है। एक प्रणय के प्रति समर्पित है तो दूसरा मर्यादा में प्रणय की स्वच्छन्दता को बांधना चाहता है। एक की जिजीविषा राग को महत्त्व देती है तो दूसरे की जिजीविषा सांस्कृतिक मूल्यों से प्रतिबद्ध है। नाटककार कालिदास की सौन्दर्य–भावना में सूक्ष्मता एवं वायव्यता अधिक है जबकि काव्यकार कालिदास की सौन्दर्य–भावना में विलास–सुलभ समृद्धि तथा स्थूलता की झंकृतियाँ श्रूयमाण हैं। 'कुमारसंभव' में पार्वती का नखशिख तथा 'मेघदूत' में यक्षिणी का सौन्दर्य–वर्णन यहाँ प्रमाणभूत है।

लेखक के अनुसार शिल्प पर विचार करने से भी ऐसे अनेक तथ्य मिलते हैं जो नाटककार कालिदास को काव्यप्रणेता कालिदास से भिन्न

सिद्ध करते हैं। पहला बिन्दु यह लक्षित होता है कि नाटकों का रचयिता रसव्यंजना के प्रति समर्पित सा है, वह मानता है कि काव्य वा नाटक रसगर्भित होना चाहिए। तीनों नाटकों में श्रृंगार रस की स्रोतस्विनी आद्यन्त प्रवाहित है। इसके विपरीत, प्रबन्धकार कालिदास की कविदृष्टि रसव्यंजना पर उतनी नहीं जितनी इतर काव्यांगों पर टिकी है– यहाँ तक कि 'मेघदूत' में भी तथोक्त विप्रलम्भ श्रृंगार का मार्दव अधिक प्रस्फुट नहीं हो सका है।

कालिदास की साहित्य साधना-कृपाकांत झा मठपति

महाकवि कालिदास की कृतियों का अध्ययन, मनन, चिंतन कर लेखक डॉ. मठपति ने 2001 में अखिल भारती, दिल्ली द्वारा प्रकाशित इस पुस्तक में साहित्य के नौ रसों का यथासम्भव परिपाक किया है। लेखक ने महाकवि कालिदास जैसे विश्व–वांङ्मय के महान् स्रष्टा और द्रष्टा के सृजन और दर्शन को इस पुस्तक में विवेचित किया है। इस पुस्तक में कुल चौदह अध्याय हैं। इन अध्यायों में कालिदास के जीवन–काल और रचनाएँ, जीवन चरित्र, मेघदूत की काव्यगत विशेषताएँ, कुमारसंभव, रघुवंश महाकाव्य की विशेषताएँ, रघुवंश महाकाव्य में चक्रवर्ती दिलीप का चरित्र–चित्रण, मालविकाग्निमित्र नाटक, मालविकाग्निमित्र की कथा–वस्तु, अभिज्ञानशाकुंतल में दुष्यन्त का चरित्रांकन, अभिज्ञानशाकुंतल की कथा–वस्तु, शकुंतला का चरित्र–चित्रण, कालिदास का प्रकृति–चित्रण, विक्रमोर्वशीय नाटक, एवं महाकवि कालिदास की राष्ट्रीयता और संस्कृति आदि विषयों की विवेचना की गई है।

लेखक ने 'अभिज्ञानशाकुंतलम् में दुष्यन्त का चरित्र–चित्रण' अध्याय में लिखा है कि महाकवि कालिदास ने अपने इस नाटक में राजा दुष्यन्त को महाभारत से लिया है, लेकिन दुष्यन्त का चरित्र–चित्रण उन्होंने उच्च–दृष्टि से किया है। महाभारत का दुष्यन्त डरपोक, झूठा, आलसी और विलासी है। उसमें राज्यशासन करने की कोई क्षमता नहीं है। इसकी अपेक्षा महाकवि कालिदास का दुष्यन्त माता–पिता का भक्त, तपस्वियों, पूज्यों, ऋषियों के प्रति विनम्र है। राजधर्म का सच्चा पालक होने के साथ प्रेमी पति, राजा भी है। एक नायक में जिन–जिन विशेषताओं का होना आवश्यक है, उन–उन विशेषताओं से दुष्यन्त का चरित्र सुन्दर बन पड़ा है। संस्कृत नाट्याचार्यों ने नायक का सबसे ऊँचा दर्जा धीरोदात्त नायक को दिया है। धीरोदात्त नायक को क्षमाशील, विनम्र, आस्थावान, वीर, गंभीर होना चाहिए। ये सब गुण

दुष्यन्त में भरे पड़े हैं।...शेक्सपीयर के पात्र मैकबेथ, एन्थोनी, जूलियस सीजर में क्षुद्र प्रवृत्तियाँ भरी पड़ी हैं, लेकिन दुष्यन्त में विशुद्ध और परिष्कृत गुण है। शेक्सपीयर के एन्थोनी की तरह दुष्यन्त विषय–वासना से अंधा होकर भटका नहीं है, वह प्रणय–धर्म तो निभाता है। जुलियस सीजर की तरह वह न तो अहंकारी है और न मैकबेथ की तरह कृतघ्न ही।

शकुन्तला के सम्बन्ध में लेखक का मत है कि शकुन्तला संपूर्ण जाति की स्वाभिमानी नारी है। स्त्री जाति पर कलंक का टीका वह देख नहीं सकती। स्वयं उपेक्षित और अपमानित हो सकती है। राजदरबार में उसके चरित्र का अवलोकन करते हैं तो वह और उसके साथ आये हुए दो ऋषि और एक कन्या ही उसके सम्बन्ध में राजा से बातचीत करते हैं। वह पहले मौन रहती है, लेकिन जब राजा संपूर्ण स्त्री जाति को उपेक्षित कर देते हैं तो वह अपनी सहनशीलता की सीमा से बाहर होकर एक क्रान्तिकारी बन जाती है।

कालिदास : एक साहित्यिक मूल्यांकन–डॉ. मंजुल गुप्ता

यह पुस्तक कालिदास के ऊपर लिखे गये विविध समीक्षात्मक निबन्धों का संकलन है। इस पुस्तक का प्रकाशन नई दिल्ली के अभिषेक प्रकाशन ने 2009 में किया है। इसमें संकलित निबन्धों में कालिदास की रचनाओं के विविध पक्षों को लिया गया है।

'कालिदास के नाटकों में पताका' तथा 'अभिज्ञानशाकुन्तल में पताका' में नाट्यशास्त्रीय दृष्टि से विचार किया गया है कि क्या कालिदास के नाटकों में पताका है और यदि हो तो किसे पताका माना जा सकता है। 'कालिदास के रघुवंश में नाम सार्थक्य' में कालिदास ने स्वयं कई स्थलों पर नामों की सार्थकता प्रतिपादित की है, इसी को विषय बनाया गया है। 'कालिदास रचित मालविकाग्निमित्रम् नाटिका के रूप में' शीर्षक अध्याय में यह विचार किया गया है कि मालविकाग्निमित्रम् में नाटिका के पर्याप्त तत्त्व मिलते हैं और इसे नाटिका माना जा सकता है, केवल अंकों को छोड़कर। यह नाटिका का पूर्ववाहक कहा जा सकता है। 'कालिदास के काव्यों में आध्यात्मिकता' में कालिदास के काव्य में उपलब्ध आध्यात्मिक पक्ष पर विचार किया गया है। 'कालिदास के काव्यों में सन्तति वा पुत्र महत्त्व' में इस पक्ष पर विचार किया गया है कि कालिदास के नायक पुत्र या सन्तान न होने से दुःखी हैं, पुत्र पाकर प्रसन्न होते हैं, उनके यथोचित संस्कार करते

हैं। पुत्र उनके लिए पितृऋण से उऋण होने का साधन, उनके उत्तरदायित्व को संभालनेवाला, उनकी वंश परम्परा को आगे बढ़ानेवाला है। 'कालिदास के काव्यों में यज्ञ मीमांसा' में कालिदास की रचनाओं में जो यज्ञों का महत्त्व है और वर्णन है उस पर विचार किया गया है। 'कालिदास के नाटकों के विलासी नायक' में कालिदास के नाटकों के नायकों पर विचार किया गया है कि वे किस प्रकार विलासी और श्रृंगारी हैं।

अध्याय छह
शोध-अनुसंधान

कालिदास का प्रकृति चित्रण-निर्मला उपाध्याय

कालिदास संस्कृत साहित्य के महानतम रचयिताओं में से हैं, जिन्होंने अपने अप्रतिम सौन्दर्य–बोध, जीवन के विविध अनुभवों और प्रकृति की सूक्ष्म पकड़ द्वारा एक से एक बढ़कर कृतियाँ सिरजीं। निर्मला उपाध्याय ने नीलाभ प्रकाशन, इलाहाबाद से 1968 में प्रकाशित अपनी इस किताब में कालिदास के प्रकृति–चित्रण पर अपना अध्ययन प्रस्तुत किया है।

लेखिका के अनुसार वैदिक काल से ही भारतीय काव्य में प्रकृति का बहुविध स्थान रहा है। ऋग्वेदादि में प्रकृति प्रायशः देवता के रूप में प्रतिष्ठित रही है। महाभारत और रामायण में प्रकृति का लोक–रंजक स्वरूप चित्रित किया गया है। उत्तर काल में कवियों ने मानव को प्रकृति के अतिशय निकट ला दिया है। जैसे चित्रकार के लिए चित्रित वस्तु के पीछे अनुकूल भूमिका होनी चाहिए; उसी प्रकार काव्य के लिए सामंजस्यपूर्ण प्रकृति की गतिविधि अपेक्षित मानी गयी है। लेखिका का मानना है कि इस दिशा में कालिदास का सर्वप्रथम एवं सर्वोत्तम प्रयास है और इस दृष्टि से 'मेघदूत' उनकी अनन्य रचना है।

प्रतिष्ठित संस्कृत विद्वान विश्वनाथ भट्टाचार्य ने इस पुस्तक की भूमिका के बतौर 'काव्य और प्रकृति' शीर्षक एक सुदीर्घ निबन्ध लिखा है। इसमें उन्होंने बताया है कि प्राकृतिक शोभा के वर्णन के द्वारा काव्य कितना रमणीय हो सकता है इसका श्रेष्ठ निदर्शन कालिदास के काव्य ही हैं। प्रकृति में भी उन्होंने उन तत्त्वों को देखा, जिनके प्रति मानव हृदय स्वतः आकृष्ट होता है, जो सुन्दर होने के ही कारण उदात्तता से युक्त हैं, जो अपनी व्यवस्थित श्रृंखला और सुषमा से मानव जीवन को सौषम्य की ओर उत्प्रेरित करते हैं, ऊर्ध्वमुखी बनाते हैं। प्रकृति में वैदिक कवियों ने जिस

देवत्व का साक्षात्कार किया था, उसी देवत्व को मानव जीवन में संचारित करने के कार्य में कालिदास का प्रकृति वर्णन सफल हुआ है।

पुस्तक में निम्नलिखित पांच अध्याय हैं –

- कवि और काव्य : कवि परिचय, प्रकृति की अभिव्यक्ति, प्रकृति और मानव, प्रकृति और काव्य, प्रकृति और कवि, कालिदास और प्रकृति
- ऋतु वर्णन : वसन्त, ग्रीष्म, वर्षा, शरद, हेमन्त, शिशिर
- दृश्य वर्णन : नदी, मेघ, पर्वत, वन वृक्ष, पशु पक्षी, समुद्र, पवन, संध्या, चन्द्रोदय
- उपमान के रूप में प्रकृति
- उपसंहार

पहले अध्याय में प्रकृति की परिभाषा, प्रकृति एवं मानव, प्रकृति और काव्य, प्रकृति तथा कवि आदि के सम्बन्धों की विवेचना की गयी है। शेष अध्यायों में कालिदास की रचनाओं के आधार पर प्रकृति के विविध उपकरणों का वर्णन किया गया है। हां, एक अध्याय में प्रकृति के अर्थालंकार के सन्दर्भ में प्रयोग का भी विवेचन किया गया है। अन्तिम अध्याय में प्रकृति चित्रण करने में कालिदास के दृष्टिकोण तथा उनकी सफलता की आलोचनात्मक व्याख्या प्रस्तुत की गयी है।

कालिदास की कृतियों में भौगोलिक स्थलों का प्रत्यभिज्ञान-कैलाशनाथ द्विवेदी

आगरा विश्वविद्यालय की शोधोपाधि के लिए प्रस्तुत यह शोध–प्रबन्ध लेखक के गहन अध्ययन और परिश्रम का परिणाम है। साहित्य निकेतन, कानपुर से 1970 में प्रकाशित इस पुस्तक में लेखक ने भूमिका में विषय का प्रवेश कराने के पश्चात् मूल विषय को कुल पांच अध्यायों में विभक्त किया है। प्रथम अध्याय में कालिदास साहित्य में उल्लिखित पर्वतों, पठारों और वनों का तथा द्वितीय अध्याय में नदियों, नदों, संगमों, सरोवरों एवं सागरों का समीक्षात्मक विवेचन प्रस्तुत किया है। लेखक ने रामायण, महाभारत तथा पुराणों के साक्ष्य के साथ अनेक प्राचीन तथा अर्वाचीन मतों की वैदुष्यपूर्ण समीक्षा भी प्रस्तुत की है। अन्तिम तीन अध्यायों में लेखक ने कालिदास द्वारा वर्णित जनपदों, प्रदेशों, नगरों, आश्रमों, मन्दिरों एवं मार्गों आदि का विवेचन किया है। पुस्तक की रूपरेखा इस प्रकार है–

विषय–प्रवेश
प्रथम अध्याय : स्थलीय प्राकृतिक रूपों का प्रत्यभिज्ञान
द्वितीय अध्याय : स्थल के जलीय प्राकृतिक रूपों का प्रत्यभिज्ञान
तृतीय अध्याय : राजनैतिक प्रदेश, संघराज्य, कबीलों आदि का प्रत्यभिज्ञान
चतुर्थ अध्याय : शासन और अर्थकेंन्द्र नगरों तथा तीर्थस्थानों का प्रत्यभिज्ञान
पंचम अध्याय : आश्रम, तपोवन, घाट, मन्दिर, मार्ग सेतु आदि
उपसंहार
परिशिष्ट : कालिदास का भौगोलिक ज्ञान
मानचित्र एवं चित्र

शकुन्तला उपाख्यान-सुशीला खार

शकुन्तला विषय कों लेकर संसार की सभी प्रमुख भाषाओं में चर्चा होती रही है, इसके अनुवाद होते रहे हैं। स्वाभाविक रूप से प्रश्न यह उठता है कि कालिदास के 'अभिज्ञानशाकुन्तलम्' में वे कौन से तत्त्व हैं जिनके कारण यह नाटक इतना बहुचर्चित विषय बना, यह भी कि आखिर एक रचना को लेकर इतने अधिक अनुवाद और रूपांतरण किस कारण किए गए। इस पुस्तक में लेखिका ने इन प्रश्नों का सम्यक् उत्तर पाने की दृष्टि से ही इस विषय की प्राचीनता, उसके मूल स्रोत और उनका तुलनात्मक अध्ययन, उसके अनुवाद, उस विषय की मौलिक रचनाएँ, अन्य विधाओं में इस विषय का चित्रण, उसका साहित्य सौष्ठव, उस युग की धर्म और संस्कृति तथा अन्य भाषाओं में उसका प्रभाव आदि की विवेचना की है। इसे 1982 में देवनागर प्रकाशन, जयपुर ने प्रकाशित किया है।

हिन्दी में 'अभिज्ञानशाकुन्तलम्' के इतने अधिक अनुवाद होने के पीछे के कारणों की पड़ताल करते हुए लेखिका ने पाया है कि इसके पीछे मुख्य कारण आधुनिक ग्रंथकारों की मौलिक रचना शक्ति का अभाव नहीं वरन् एक महान कृतित्त्व को अक्षुण्ण बनाये रखने का प्रयास तथा सामयिक भाषा को समृद्ध करने की चेष्टा है। अपनी बात को पुष्ट करने के लिए लेखिका ने मोहन राकेश की इस धारणा का सहारा लिया है कि हर दूसरी–तीसरी पीढ़ी के बाद और नहीं तो भाषा की दृष्टि से ही इन रचनाओं के नये–नये अनुवादों की आवश्यकता पड़ती रहेगी।

पहले अध्याय में 'शकुन्तला उपाख्यान के मूल स्रोत' की विवेचना की गई है। इसके अन्तर्गत इस उपाख्यान की प्राचीनता के साथ–साथ मूल स्रोतों विशेषतः महाभारत, पद्मपुराण एवं कट्ठहरि जातक में मिलने वाले

शकुन्तला की कथाओं पर विचार किया गया है। लेखिका ने महाभारत को शकुन्तला उपाख्यान की परम्परा में एक महत्त्वपूर्ण कड़ी माना है और यह बताया है कि महाभारत से पूर्व शकुन्तला उपाख्यान विषयक जो अंश उपलब्ध हैं उनमें सबसे अधिक महत्त्वपूर्ण निष्कर्ष हैं–

1. दुष्यन्त, शकुन्तला और भरत का ऐतिहासिक व्यक्तित्व था।
2. भरत का जन्म विवादास्पद परिस्थितियों में हुआ था जिसके निराकरण के लिए अलौकिक तत्त्वों की सहायता ली गई।
3. भरत प्रबल पराक्रमी तथा दानवीर थे जिसके फलस्वरूप उन्हें आदि वैदिक साहित्य में स्थान मिला।
4. महाभारत काल से पूर्व लिपिबद्ध रूप में आख्यान नहीं मिलता है।

दूसरे अध्याय में 'संस्कृत साहित्य में कालिदासकृत अभिज्ञानशाकुन्तलम्' पर विचार किया गया है। तीसरे अध्याय में 'हिन्दी साहित्य और शकुन्तला उपाख्यान' की विवेचना की गई है। इस अध्याय को अनुवाद, मौलिक नाटक, शकुन्तला उपाख्यान का कहानीकरण, शकुन्तला उपाख्यान पर आधारित हिन्दी एकांकी, तथा शकुन्तला उपाख्यान पर आधारित रेडियो नाटक आदि उपखण्डों में बांटा गया है। लेखिका ने राजा लक्ष्मणसिंह, ज्वालाप्रसाद मिश्र, बलदेव शास्त्री, विराज, इन्दु शेखर, वागीश्वर विद्यालंकार, मोहन राकेश, एवं मंजुला गुप्ता आदि के किए हिन्दी अनुवादों के अतिरिक्त गिरधारीलाल व्यास शास्त्री के किए मेवाड़ी अनुवाद के साथ–साथ कुछ ऐसे अनुवाद जो यद्यपि अनुपलब्ध हैं किन्तु जिनका उल्लेख अन्य स्थानों पर मिलता है, की विवेचना की है। इसके बाद लेखिका ने प्रताप नारायण मिश्र के 'संगीत शाकुन्तल', रामवृक्ष बेनीपुरी के 'शकुन्तला नाटक', नारायण प्रसाद 'बेताब' के 'शकुन्तला नाटक', अजीजुल रहमान के 'शकुन्तला नाटक' आदि की चर्चा की है। इस अध्याय के अन्त में शकुन्तला उपाख्यान पर आधारित चन्द्र शेखर शर्मा की कहानी 'शकुन्तला की कहानी' और कैलाश नाथ भटनागर, सद्गुरूशरण अवस्थी, प्रभाकर माचवे आदि द्वारा रचित एकांकियों पर विचार किया है। लेखिका ने इसी क्रम में विंध्याचल प्रसाद गुप्त और गिरिजा कुमार माथुर द्वारा रचित शकुन्तला उपाख्यान आधारित रेडियो नाटकों की भी चर्चा की है।

चौथे अध्याय में हिन्दी काव्य में शकुन्तला उपाख्यान की उपस्थापना की गई है। इसके अंतर्गत लेखिका ने धर्म समुद्र के 'शकुन्तला रास', मैथिलीशरण गुप्त रचित 'शकुन्तला', करणीदान बारहठ के 'शकुन्तला

महाकाव्य', भगवान शास्त्री के 'अन्य शकुन्तला' के साथ–साथ शकुन्तला आख्यान से प्रेरित ग्रन्थों श्रीनिवास दास के 'तप्ता संवरण' और रंगबहादुर मल्ल के 'रति कुसुमायुध' की चर्चा की है। पांचवें अध्याय के अन्तर्गत हिन्दी की शकुन्तलापरक रचनाओं के साहित्य–सौष्ठव पर विचार किया गया है तथा शकुन्तला उपाख्यान की लोकप्रियता की कुछ खोज–बीन भी इसमें है। छठे अध्याय में शकुन्तला नाटक के मंचीकरण की चर्चा है और सातवां अध्याय शकुन्तला उपाख्यान के हिन्दी इतर भाषाओं में अनुवाद और रूपान्तर से सम्बन्धित है।

इसके अतिरिक्त पुस्तक में कुछ परिशिष्ट भी शामिल हैं जिनमें आख्यान, उपाख्यान एवं गाथा का संक्षिप्त परिचय, कालिदास का जीवन काल, शकुन्तला के प्रचलित चार संस्करणों का विवेचन और अध्ययन, पद्म पुराण का शकुन्तलोपाख्यान, धर्मसमुद्र कृत शकुन्तलारास, खेमकलश लिखित शकुन्तलारास आदि की विस्तृत विवेचना की गई है।

कालिदास-साहित्य एवं संगीत-कला -डॉ. सुषमा कुलश्रेष्ठ

यद्यपि इस पुस्तक के प्रकाशन से पूर्व भी 'कालिदास साहित्य एवं वादन कला' नामक एक स्वतंत्र पुस्तक लेखिका ने 1986 में प्रकाशित कराया था, और इसके बाद के वर्षों में भी 'कालिदास साहित्य एवं पशु–पक्षी संगीत' (1989), 'मेघदूत संगीत पल्लवी' (1990) तथा 'ऋतुसंहार संगीत सुरभि' (1992) शीर्षक पुस्तकें प्रकाशित हुईं, किन्तु इस विषय का सम्पूर्ण और सांगोपांग विवेचन ईस्टर्न बुक लिंकर्स, दिल्ली द्वारा 1988 में प्रकाशित 'कालिदास–साहित्य एवं संगीत–कला' में ही मिलता है।

गायन, वादन और नृत्य की त्रयी 'संगीत' कहलाती है। कालिदास–साहित्य में गायन, वादन और नृत्य –तीनों के ही प्रभूत उल्लेख उपलब्ध हैं। महाकवि कालिदास अन्य शास्त्रों की ही भांति संगीत की इन विधाओं से सुपरिचित थे। तीनों के यथावसर प्रयोग ने कालिदास के साहित्य को एक अपूर्व रमणीयता एवं मधुरता प्रदान की है। कालिदास–साहित्य में गायन, वादन एवं नृत्य –तीनों की एकत्र प्रस्तुति न करते हुए केवल गायन–कला एवं वादन–कला की दृष्टि से कालिदास–साहित्य के अनुशीलन का प्रयास यहाँ किया गया है।

पुस्तक का 'पुरोवाक्' लिखते हुए संस्कृत विद्वान प्रभुदयाल अग्निहोत्री ने लिखा है कि कालिदास संगीत–शास्त्र के कितने बड़े मर्मज्ञ थे, यह डॉ. सुषमा की प्रस्तुत कृति से स्पष्ट है। यह कृति स्वयम् एक शास्त्र है। इसके

प्रथम छः अध्यायों में उन सारी बातों को स्पष्ट किया गया है जो समझ में न आने के कारण साहित्य के श्रद्धालुओं को रस–व्याघात से पीड़ित करती रही हैं। प्रायः टीकाकार कालिदास के सन्दर्भों को स्पष्ट करने में असफल रहे हैं। कालिदास द्वारा वर्णित वृक्षों, वनस्पतियों, पुष्पों और पशु–पक्षियों की टीका वे 'वृक्षविशेषः, पुष्पविशेषः या पक्षिविशेषः' लिखकर पाठकों को बहकाते रहे हैं, जैसे वे सब एक ही हों। यही बात संगीत–सम्बन्धी सन्दर्भों के विषय में है। इन टीकाकारों को गायन, वादन और नृत्य का अनुभव न होने से वे इनके पारिभाषिक शब्दों को स्पष्ट नहीं कर सके। तान और ताल में क्या अन्तर है? नाद, श्रुति, स्वर, ग्राम, मूर्च्छना, जाति और राग जैसे शब्दों का, जिनका प्रयोग कालिदास की कृतियों में अनेकशः हुआ है क्या महत्त्व है? इनमें प्रत्येक के कितने भेद–प्रभेद हैं? ध्रुवा, उपगान, वर्णपरिचय, स्वर–संयोग, रागपरिवाहिणी गीति जैसे शब्द जो कभी सामान्यजनबोध्य थे और आज दुरवबोध बन गए हैं, उनकी कुंजी क्या है? ऐसी अनेक संगीत–सम्बन्धी समस्याएँ हैं जिनका उत्तर किसी एक ग्रन्थ में उपलब्ध न होने से पाठक इन स्थलों में रस से वंचित रह जाता था।

इस पुस्तक में विषयावतरण के पश्चात विभिन्न अध्यायों में पहले तो संगीत कला एवं वादन–कला का शास्त्रीय विवेचन किया गया है। वादन–कला के अन्तर्गत तत वाद्य, अवनद्ध वाद्य, सुशिर वाद्य, एवं घन वाद्य की चर्चा की गई है। इसके बाद कालिदास के काव्यों में सांगीतिक तत्व (गायन–कला) तथा कालिदास की नाट्य कृतियों में सांगीतिक तत्व (गायन–कला) जैसे विषयों पर विस्तार से विचार किया गया है। इसके बाद क्रमशः कालिदास–कृतियों में तत वाद्य, कालिदास–कृतियों में अवनद्ध वाद्य, कालिदास–कृतियों में सुशिर वाद्य, तथा कालिदास–कृतियों में घन वाद्य शीर्षक अध्याय हैं। अन्त में विभिन्न परिशिष्टों में कालिदास के ग्रन्थों में संगीत संबंधित पद्य, कालिदास के रूपकों में गीत, सन्दर्भ ग्रन्थ, शब्दानुक्रम, चित्र–सूची तथा चित्र–वीथि आदि शामिल किए गए हैं।

डॉ. सुषमा ने संगीत–शास्त्र के प्राचीन–नवीन प्रायः सभी ग्रन्थों का गम्भीर अनुशीलन कर उन पर आधुनिक दृष्टि से प्रकाश डाला है। उदाहरणार्थ उन्होंने बाईस श्रुतियों, सात स्वरों, ग्रामों और उनकी मूर्च्छनाओं, जातियों और रागों पर व्यापक प्रकाश डालने के साथ तत वाद्यों में अड़तीस प्रकार की वीणाओं, पचीस प्रकार के अवरूद्ध वाद्यों, इकतीस प्रकार के सुशिर वाद्यों और बारह प्रकार के घन वाद्यों का उल्लेख करते हुए उनके प्रमुख भेदों का

ब्यौरेवार परिचय दिया है और एतद्विषयक इक्यावन चित्र देकर विषय को और हृदयंगम बना दिया है। लम्बी भूमिका के पश्चात् अग्रिम छः अध्यायों में विदुषी लेखिका ने कालिदास की कृतियों के उन अंशों का स्पर्श किया है जो संगीत के किसी अंग से अनुप्राणित हैं। उन्होंने इन अंशों की आधिकारिक सांगीतिक व्याख्या की है। इन अध्यायों में पद–पद पर लेखिका का पाण्डित्य झलकता है। पाठक को यह देखकर आश्चर्य होगा कि जिन अंशों को वह सामान्य मान कर आगे बढ़ जाता था, उनमें कितना रस–सार निहित है। इस कृति को पढ़ने के पश्चात् कालिदास–साहित्य के प्रति पाठक की दृष्टि बदल जायेगी और कालिदास के प्रति उसकी श्रद्धा द्विगुणित हो जायेगी।

कालिदास-साहित्य एवं कामकला, भाग एक एवं भाग दो- डॉ. सुषमा कुलश्रेष्ठ

पुस्तक के ये दोनों ही खण्ड वस्तुतः डॉ. सुषमा कुलश्रेष्ठ की एक महत्त्वाकांक्षी शोध परियोजना का परिणाम है। उनकी योजना इस विषय के विविध पक्षों पर दस खण्डों के प्रकाशन की थी। इन दो खण्डों को उन्होंने अपने अन्य सहयोगी विद्वानों प्रो. चन्द्रकान्त शुक्ल, डॉ. आनन्द कुमार एवं डॉ. उर्मिला श्रीवास्तव के सहयोग से सम्पन्न किया है। इनका प्रकाशन नई दिल्ली के ईस्टर्न बुक लिंकर्स ने क्रमशः 1995 एवं 1998 में किया है।

डॉ. कुलश्रेष्ठ के अनुसार कविकुलगुरु कालिदास की रचनाओं का हम जिस किसी शास्त्रीय सिद्धान्त के आधार पर अध्ययन करें, उनकी रचनाओं को हम उन सिद्धान्तों पर खरा पाते हैं। वस्तुतः कालिदास ऐसे कवि हैं जिन्होंने अपने काव्यों को पूरी तरह समाज के साथ जोड़कर उन्हें तदनुरूप व्यवस्थित किया है। परन्तु इसका अभिप्राय नहीं है कि वे समाजशास्त्रीय ग्रन्थों के रचयिता हैं, अपितु वे पूरी तरह कवि हैं और उसमें भी शृंगारी कवि हैं। फिर भी उनका शृंगार समाज के मानवों को प्रत्यक्षतः अथवा परोक्षतः व्यवस्थित जीवन–शैली का उपदेश देता है।

'कालिदास साहित्य एवं कामकला' के पहले खण्ड का उपशीर्षक है 'नायकनायिकागुणालंकार'। इसमें इतने विषद रूप में पहली बार किसी कवि को दृष्टिपथ में रखकर नायकनायिकागुणालंकारों की विवचेना की गई है। इसे दो प्रमुख स्तबकों में बांटा गया है। चार पुष्पों में विभाजित पहले स्तबक में आठ सात्विक गुणों (शोभा, विलास, माधुर्य, गाम्भीर्य, स्थैर्य,

ललित, औदार्य तथा तेज), तैंतीस नायिकालंकारों (भाव, हाव, हेला, शोभा, कान्ति, दीप्ति, माधुर्य, प्रागल्भ्य, औदार्य, धैर्य, लीला, विलास, विच्छिति, विभ्रम, कीलकिंचित, मोट्टयित, कुट्टमित, विव्वोक, ललित, विहर्त, मद, तपन, मौग्ध्य, विक्षेप, कुतूहल, हसित, चकित, केलि, कृदित, व्याज, विश्रंभन, चतु, प्रेमाभिसंधान), तथा सत्रह नायकालंकारों (भाव, हाव, हेला, शोभा, कान्ति, दीप्ति, माधुर्य, प्रागल्भ्य, औदार्य, धैर्य, कुतूहल, हसित, चकित, व्याज, विश्रंभन, चतु, प्रेमाभिसन्धान) की कालिदास के साहित्य में अवस्थिति एवं उनके स्वरूप पर विचार किया गया है।

'कालिदास साहित्य एवं कामकला' के द्वितीय खण्ड में शास्त्रानुरूप काम–दशाओं, रतिभेदों अथवा रतिकारणों तथा प्रेमविलासों अथवा रत्यवस्थाओं का विवेचन किया गया है और उन्हीं के अनुरूप कालिदास की रचनाओं का अनुशीलन किया गया है। इसमें विस्तार से चौदह काम–दशाओं (चक्षुःप्रीति, मनःसंग, अभिलाश, चिन्ता, अनुस्मृति एवं निद्राच्छेद, गुणकीर्तन, उद्वेग, विलाप, उन्माद, तनुता, लज्जात्याग, व्याधि एवं संज्वर, जड़ता एवं मूर्च्छा, और मरण आदि), दस ख्यात रतिभेदों – अभियोगिकी (स्वेन अभियोगिकी, परेण अभियोगिकी), वैषायिकी (शब्दोत्पन्न, स्पर्शोत्पन्न, रूपोत्पन्न, रसोत्पन्न, गंधोत्पन्न आदि), सम्बन्धजा, अभिमानिकी, तदीयविशेषयुक्त (प्रियपदोत्पन्न, गोष्ठोत्पन्न, प्रियज्ञानोत्पन्न आदि), औपमानिकी, नैसर्गिकी, स्वरूपजा (नायकनिष्ठ, ललनानिष्ठ, उभयनिष्ठ आदि), आध्यात्मिकी रति, तथा सम्प्रयोगिकी रति आदि के आलावा छह प्रेमविलास की अवस्थाओं प्रेम, मान (ईर्ष्या मान, प्रणय मान), प्रणय, स्नेह (दर्शनजा, स्पर्शजा, प्रौढ़, मध्य, मन्द), राग (नील, श्यामा, कुसुम्भ, मंजीष्ठ) और अनुराग की कालिदास की साहित्य में उपस्थिति की विवेचना की गई है।

महाकवि कालिदास एवं उनका उपमाशिल्प–डॉ. पशुपतिनाथ मिश्र

इस पुस्तक में उपमा अलंकार के प्रयोग की दृष्टि से कालिदास के साहित्य की विवेचना की गई है। इसका प्रकाशन 1992 में सबौर महाविद्यालय, भागलपुर के डॉ. शंकरनाथ मिश्र ने किया है। लेखक पशुपतिनाथ मिश्र ने निम्नलिखित अध्यायों में विभक्त कर विषय की सांगोपांग चर्चा की है–

- महाकवि कालिदास – महत्त्व, समय एवं स्थान, कालिदास की उपमा, अलंकार और उपमा, उपमा अलंकार का महत्त्व
- उपमा और उनके घटक तत्त्व

- कालिदास के उपमान के क्षेत्र
- कालिदास की उपमाओं की विशेषताएँ
- ऋतुसंहार, मेघदूत एवं कुमारसंभव में प्रयुक्त उपमान एवं उपमेय की योजना का विश्लेषण
- रघुवंश महाकाव्य में प्रयुक्त उपमान एवं उपमेय की योजना का विश्लेषण
- मालतिकाग्निमित्रम्, तिक्रमोर्तशीरम् एतं अभिज्ञान शाकुन्तलम् में प्रयुक्त उपमान एवं उपमेय की योजना का विश्लेषण

लेखक का मानना है कि कालिदास की काव्यभाषा में तथा शिल्प–सौष्ठव में उपमा का योगदान नितान्त महत्त्वपूर्ण है। 'उपमा कालिदासस्य' की लोकोक्ति कालिदास के नाम की ही भांति सुविश्रुत हो चुकी है। इनकी उपमाएँ केवल कटक–कुण्डल की भांति, संयोगधर्मी न होकर इनकी काव्यभाषा के साथ सर्वथा ओत–प्रोत भाव से विराजमान है जिनसे कवि के मानस में परिस्फुरित मनोरम रसमय लोक सहृदय–मानस में अनायास ही संक्रान्त हो जाता है। चित्रात्मकता, अर्थ–सम्पर्कता तथा सबसे बढ़कर अपनी सौन्दर्यधर्मिता के कारण कालिदास की उपमाएँ साहित्य–जगत् की अक्षयनिधि बन गई हैं। इन उपमाओं में प्रयुक्त अधिकांश उपमान प्रकृति के क्षेत्र में समाहृत किए गए हैं जो प्रकृति के प्रति कवि के जन्मान्तरीण सौहृद का सबल साक्ष्य उपस्थित करते हैं। महाकवि ने अपनी कृतियों में मानव–प्रकृति और बाह्य–प्रकृति के मध्य एक दुर्निवार संवेगात्मक आकर्षण एवं अन्तर्लीन सामंजस्य का यथावसर औचित्यपूर्ण निबन्धन किया है जो उपनिषदों में प्रतिपादित अद्वैतवाद की पट–भूमिका पर प्रतिष्ठित है। प्रकृति में मानवीय सौन्दर्य एवं मानव में प्राकृतिक सौन्दर्य के साम्य का महाकवि ने बहुधा वर्णन किया है, जो उपर्युक्त अद्वैतवाद के प्रति इनकी बलवती आस्था को व्यक्त करता है।

लेखक के अनुसार ऋग्वेद में जहाँ शुभ्र आलोक से मण्डित उषा की उपमा नर्तकी से दी गई है, वहीं फिर कभी पुरूरवा के पास लौटकर न आनेवाली उर्वशी के लिए अतीत उषा की उपमा प्रदान की गई है; किन्तु कालिदास ने उर्वशी के लता में रूपान्तरित हो जाने की घटना के द्वारा मानव–जीवन एवं मानवेतर जीवन के बीच एक सम्बन्ध–सूत्र के अस्तित्व की ओर हमारा ध्यान आकृष्ट किया है और वे मानव के सुख–दुःख में प्रकृति द्वारा सहानुभूति प्रदर्शन के वर्णन की बारम्बारता के द्वारा जड़ एवं चेतन के बीच एक ही तत्त्व के हो रहे परिस्पन्दन की निरन्तरता पर सदा

बल देते हैं। यही कारण है कि उनके उपमानों में प्रकृति–जगत् के उपमान सर्वाधिक प्रयुक्त हुए हैं। उनके प्रयोग में महाकवि ने किसी भी प्राकृतिक पदार्थ के सौन्दर्य को उसकी बाह्य एवं आन्तरिक विशेषताओं के साथ समग्र रूप में देखा है। उनकी उपमाओं में चिरन्तन भारतीय जीवन अपनी सुरुचि, वर्ण वैविध्य एवं समग्र सौन्दर्य के साथ प्रस्फुटित हो उठा है।

लेखक ने बताया है कि महाकवि कालिदास ने अपनी उपमाओं के माध्यम से समसामयिक जीवन–दर्शन, सभ्यता, संस्कृति एवं विविध विषयक मान्यताओं को जहाँ एक ओर स्पष्टता प्रदान की है, वहीं दूसरी ओर वाणी की अभिव्यक्ति–भंगिमा में उपमा के प्रयोग से उत्पन्न होने वाले वैविध्यपूर्ण चमत्कार को भी हमारे समक्ष उपस्थापित किया है।

कालिदास और जयशंकर प्रसाद की महाकाव्य सृष्टि–महेश विद्यालंकार

कालिदास और जयशंकर प्रसाद के काव्यों में भारतीया प्रज्ञा का सर्वोत्कृष्ट रूप मुखरित हुआ है। दोनों ही कवियों ने साहित्य के प्राचीनतम मूल्यों की रक्षा करते हुए भी नवीनतम प्रतिमानों को अस्तित्व प्रदान किया है और अपनी वाणी से अनेकानेक परवर्तियों को प्रेरणा दी है। दोनों कवियों के साहित्य में निहित एवं व्यंजित दर्शन समान है। दोनों का सौन्दर्य–दर्शन अभिजात और चेतना–भूमि मानवीय है। दोनों भावात्मक तथा भाषिक दृष्टि से परिष्कार और सम्मार्जन के पक्षधर हैं। दोनों कवियों की अन्तरचेतना का मूल उत्स समानान्तर है।

विद्वान लेखक महेश विद्यालंकार ने भारतीय विद्या प्रकाशन, दिल्ली से 1994 में प्रकाशित इस पुस्तक में उपरोक्त प्रस्थान के साथ दोनों कवियों के काव्य–पक्ष पर विचार किया है। कालिदास के 'कुमारसंभव' तथा 'रघुवंश' और जयशंकर प्रसाद की 'कामायनी' पर मुख्यतः आधारित इस पुस्तक में लेखक ने अपनी रचनात्मक–वृत्ति का सहज प्रकाशन भी किया है और शोध व अनुसंधान की अनिवार्य अपेक्षाओं की यथासंभव सुरक्षा भी की है। लेखक ने यह स्थापना की है कि इन दोनों कवियों में देश, काल, वातावरण आदि की भिन्नता होते हुए भी पर्याप्त समानता है।

जयशंकर प्रसाद के काव्य 'कामायनी' की विवेचना करने से यह स्पष्ट होता है कि प्रसाद कालिदास से सर्वथा प्रभावित रहे हैं। इसलिए कुछ ऐसे वर्णन हैं जो रमणीयता, सरसता, भव्यता, स्वाभाविकता आदि तत्त्वों में समानता रखते हैं। दोनों कवियों के प्रकृति–वर्णन में भी बहुत–कुछ साम्य

लक्षित होता है। दोनों के महाकाव्यों में हिमालय का मोहक व आकर्षक चित्रण किया गया है। 'कुमारसंभव' का आरंभ ही हिमालय के भव्य दर्शन से होता है और 'कामायनी' का आरम्भ भी हिमगिरि के उत्तुंग शिखर पर बैठे हुए उदास मनु की मनोदशा से होता है।

इस पुस्तक के आरम्भ में अपनी शुभाशंसा प्रकट करते हुए विजयेन्द्र स्नातक ने लिखा है कि इन दोनों कवियों के साहित्य का मूल प्रेरक तत्त्व प्रेम है। प्रेम अर्थात् प्रणय, दाम्पत्य–जीवन, संयोग एवं विप्रलम्भ शृंगार, वात्सल्य, पुत्र–जन्म, पशुपालन, मृगया, युद्ध आदि का सजीव वर्णन दोनों कवियों ने बड़े मनोयोग से किया है। वर्णनों में भी पर्याप्त भाव–साम्य है। इन्होंने प्रेम को जन्मान्तरीय सम्बन्ध स्वीकार किया है। 'कामायनी' में मनु श्रद्धा को देखते ही पूर्वजन्म के प्रेम की भावना से आन्दोलित हो उठते हैं। इसी प्रकार 'कुमारसंभव' में भी शिव और पार्वती का सम्बन्ध जन्मान्तर के रूप में ही वर्णित है। दोनों कवियों की प्रेम–भावना में नैतिकता का उदात्त आदर्श मिलता है। 'रघुवंश' में अज और इन्दुमती के प्रेम–सम्बन्धों में संयम और चरित्र की उदात्त भूमिका लक्षित होती है। नारी के सम्बन्ध में भी दोनों कवियों के भाव समान रूप से वर्णित हुए हैं। इन्दुमती, पार्वती, शकुन्तला आदि नारियाँ अपनी कर्त्तव्यपरायणता के कारण वन्दनीय हैं। 'कामायनी' में श्रद्धा का चरित्र समस्त नारी जाति का उच्चादर्श प्रस्तुत करने वाला रखा गया है।

यह पुस्तक मूलतः दिल्ली विश्वविद्यालय की शोधोपाधि हेतु प्रस्तुत एक शोध–प्रबन्ध का प्रतिफल है। स्वाभाविक है कि अध्यायों के विभाजन से जुड़ी इसकी अपनी शोधापेक्षित सीमाएँ भी हैं, फिर भी पुस्तक में शामिल निम्न अध्यायों के अन्तर्गत विषय का निदर्शन उचित ढंग से संभव हो सका है–

- विषय–प्रवेश
- जयशंकर प्रसाद तथा कालिदास के महाकाव्य
- 'कामायनी' की 'रघुवंश' और 'कुमारसंभव' से तुलना
- चरित्र विधान
- उपसंहार
- परिशिष्ट, सन्दर्भ एवं सहायक ग्रंथ–सूची

प्रथम अध्याय भूमिका–रूप में सिद्धान्त पक्ष से सम्बद्ध है। आरम्भ में विषय–प्रवेश करते हुए दोनों कवियों की समन्वयात्मक अन्तश्चेतना का

आकलन किया गया है और फिर भामह से लेकर विश्वनाथ तक के संस्कृत आचार्यों द्वारा बताए गए महाकाव्य के स्वरूप, उसकी परिभाषा एवं परम्परा का विस्तृत विवेचन किया गया है। द्वितीय अध्याय में प्रसाद और कालिदास के महाकाव्यों का विवेचन करते हुए उनमें प्राप्य तुलना के आधारों का स्पष्ट उल्लेख है। साथ ही दोनों कवियों की मूल चेतना का आधार स्पष्ट करते हुए उनकी काव्य–प्रतिभा का विवेचन–विश्लेषण किया गया है। इसके उपरान्त आलोच्य महाकाव्यों के मूल प्रतिपाद्य एवं उनके वैशिष्ट्य को स्थान दिया गया है। तृतीय अध्याय में 'कामायनी' की 'कुमारसंभव' एवं 'रघुवंश' से विविध दृष्टियों से तुलना की गई है। कथानक, चरित्र–योजना, प्रकृति एवं अन्य विविध वर्णनों में परस्पर साम्य–वैषम्यों का अनुसंधान एवं साम्यमूलक प्रभावों की गवेषणापूर्ण समीक्षा इस अध्याय का प्रमुख लक्ष्य है। साथ ही दोनों कवियों में प्राप्य काम, प्रेम, एवं सौन्दर्य–सम्बन्धी स्थलों की चिन्तना भी तुलनात्मक दृष्टि से की गई है और बताया गया है कि इनमें अनेक दृष्टियों से पर्याप्त साम्य दृष्टिगत होता है। इसके उपरान्त दोनों कवियों की रस–योजना एवं उनके अभिव्यंजना–कौशल पर दृष्टि स्थिर करते हुए इस बात पर विशेष विचार किया गया है कि किस रूप में दोनों कवि रससिद्ध कहे जा सकते हैं और भावाभिव्यंजना में दोनों की समान भंगिमाओं के मूल कारण क्या हैं?

इसके बाद चतुर्थ अध्याय में चरित्र–विधान सम्बन्धी विवेचन है। पुरुष–पात्रों में मनु के चरित्र की रघुवंशी राजाओं से और शिव के चरित्र से तुलना की गई है। पुरुष पात्रों के पश्चात् नारी–पात्रों में श्रद्धा और पार्वती के चरित्रों का तुलनात्मक अध्ययन किया गया है। यह निष्कर्ष दिया गया है कि रूप–सौन्दर्य, यौवन आदि में कई दृष्टियों से निकटता है। अशरीरी पात्रों में काम, रति एवं लज्जा विवेचित किए गए हैं और सर्वत्र साम्य और वैषम्य की रेखाओं को विशेष रूप से स्पष्ट किया गया है। पांचवें अध्याय में समस्त विकीर्ण सूत्रों को एकत्र एवं समायोजित किया गया है।

कालिदास और शैलीविज्ञान-कर्तार चन्द शर्मा

इस पुस्तक में मुख्य रूप से लेखक ने यह दिखाना चाहा है कि दुनियाभर में आज शैलीविज्ञान के जो तत्त्व विद्वानों के बीच चर्चा के विषय बने हुए हैं, वे सभी तत्त्व संस्कृत कवियों की रचनाओं में किसी–न–किसी रूप में पहले से ही विद्यमान हैं। इस प्रस्थान के साथ लेखक ने इसमें शैली

को आधार बनाकर कालिदास की काव्यभाषा को परखने का प्रयास किया है। यह पुस्तक मूलरूप से जम्मू विश्वविद्यालय के संस्कृत विभाग में शोधोपाधि हेतु प्रस्तुत प्रबन्ध का ही किंचित संशोधित रूप है। इसे दिल्ली के ईस्टर्न बुक लिंकर्स ने 2005 में प्रकाशित किया है।

'शैली और शैलीविज्ञान' शीर्षक इसके पहले अध्याय में पृष्ठभूमि के रूप में शैली और शैलीविज्ञान का अर्थ, परिभाषा, एवं शैलीविज्ञान का अन्य शास्त्रों से सम्बन्ध और इसके महत्त्व पर विचार किया गया है। दूसरे अध्याय 'कालिदास की काव्यभाषा और समानान्तरता' में भाषिक समानान्तरता के विषय में वर्णन किया गया है। इस अध्याय में समान ध्वनियों, शब्दों एवं वाक्यों के उदाहरण दर्शाए गये हैं। संस्कृत काव्यशास्त्र के अनुप्रास और यमक आदि अलंकारों का प्रयोग लेखक के अनुसार समानान्तरता के ही अन्तर्गत आता है। तीसरे अध्याय 'कालिदास की भाषा में 'अप्रस्तुत विधान' की विद्यमानता' के अन्तर्गत अप्रस्तुत विधान के रूप में लेखक ने संस्कृत काव्यशास्त्र के उपमा, रूपक, उत्प्रेक्षा आदि अलंकारों की चर्चा की है और इस अध्याय में कालिदास की काव्यभाषा में इन अलंकारों के कुछ उदाहरण भी प्रस्तुत किए गए हैं।

'कालिदास की काव्यभाषा में 'चयन'' शीर्षक चौथे अध्याय में चयन नामक शैली के तत्त्व का वर्णन किया गया है। जब किसी व्यक्ति या वस्तु का बोध करवानेवाले एक से अधिक शब्द हों तो उनमें से उपयुक्त शब्द का चयन ही अच्छे कवि की पहचान है। इसी प्रकार के उदाहरण कालिदास की कृतियों से इस अध्याय में प्रस्तुत किये गये हैं। पांचवें अध्याय 'कालिदास की रचनाओं में 'भाषिक संरचना में विभिन्नता'' में कालिदास की काव्यभाषा को शैली के ही एक अन्य तत्त्व भाषिक संरचना में विभिन्नता के आधार पर परखा गया है। इसका तात्पर्य है कि एक ही कथ्य को भाषा के आधार पर दो प्रकारों से कहना।

''संरचनात्मक–संक्षिप्तता' और कालिदास की काव्यकला' शीर्षक छठे अध्याय में यह दर्शाया गया है कि किस प्रकार कवि कम–से–कम शब्दों से ही बड़े–से–बड़े कथ्य को कह देता है। इससे उसका कथ्य व्याख्यात्मक तो बन जाता है किन्तु उससे भी काव्य–सौन्दर्य में वृद्धि ही होती है। सातवें अध्याय 'कालिदास की काव्यभाषा में 'अस्पष्टता'' में अस्पष्टता नामक शैली के तत्त्व का वर्णन किया गया है। इसका तात्पर्य यह है कि कई बार हमें कवि की भाषा उपयुक्त नहीं लगती और अस्पष्ट सी प्रतीत होती है, लेकिन

उससे भी काव्य–सौन्दर्य बढ़ता है। 'कालिदास की काव्यभाषा में 'अर्थद्योतक ध्वनि प्रयोग, गति, यति और तुक'' आठवां अध्याय है जिसमें काव्यभाषा में गति, यति और तुक आदि के महत्त्व का वर्णन किया गया है। 'कालिदास की काव्यभाषा और 'विपथन'(विचलन)' शीर्षक नवें अध्याय में काव्यभाषा में विपथन सम्बन्धी वर्णन किया गया है और कालिदास के विभिन्न उदाहरणों से यह स्पष्ट किया गया है कि किस प्रकार कवि अपनी कविता का काव्य–सौन्दर्य बढ़ाने के लिए सामान्य भाषा से हटकर विपथित भाषा का प्रयोग करता है।

कालिदास का दाम्पत्य चित्रण : एक अध्ययन-डॉ. ममता पाण्डेय

यह पुस्तक मूल रूप से एक शोध–प्रबन्ध है। इसे दिल्ली के आविश्कार प्रकाशन ने 2009 में प्रकाशित किया है। शोध–प्रबन्ध से जुड़ी अनेक सीमाओं के बावजूद एक अपेक्षाकृत उपेक्षित विषय पर सांगोपांग चर्चा करने की दृष्टि से इसका महत्त्व असंदिग्ध है। पुस्तक की भूमिका में यह स्पष्ट किया गया है कि यद्यपि कालिदास को 'श्रृंगार' का रससिद्ध कवि कहा जाता है और इसके दोनों पक्षों संभोग और विप्रलंभ का वर्णन करने में कवि को अभूतपूर्व सफलता प्राप्त हुई है तथापि अभी तक विद्वानों द्वारा कालिदास की कृतियों में चित्रित दाम्पत्य–प्रणय की गहराइयों में जाकर उसका समीक्षात्मक अध्ययन नहीं के बराबर किया गया है। लेखिका का मत है कि कालिदास के ह्वदय में सौंदर्य और प्रेम के प्रति एक विशेष आकर्षण है, जिसकी अभिव्यक्ति अंतः प्रकृति और बाह्य प्रकृति के संश्लिष्ट चित्र प्रस्तुत करने में हुई है और इसी प्रेमाभिव्यक्ति के क्रम में कवि ने प्रायः अपनी विभिन्न रचनाओं में दाम्पत्य–प्रणय के विविध पक्षों को उद्घाटित करने का प्रयास किया है। पुस्तक में शामिल इन अध्यायों में लेखिका ने कालिदास के साहित्य में दाम्पत्य–प्रणय के विविध पक्षों की विवेचना की है–

- कालिदास के काव्य में प्रेम
- कालिदास की कृतियों में दाम्पत्य–जीवन के संदर्भ और उनकी प्रासंगिकता
- दाम्पत्य–चित्रण में परंपरागत संस्कार
- कालिदास और भवभूति की दाम्पत्य सम्बन्धी अवधारणाओं का तुलनात्मक समीक्षण
- दाम्पत्य–जीवन की धार्मिक, सांस्कृतिक एवं सामाजिक मर्यादाएँ
- उपसंहार

- सन्दर्भ ग्रन्थ सूची

पहले अध्याय में दाम्पत्य की अवधारणा पर विचार करने के पश्चात लेखिका ने दूसरे अध्याय में कालिदास के नाटकों एवं काव्यों में दाम्पत्य–जीवन के विभिन्न संदर्भों और आज के समय में उनकी प्रासंगिकता की चर्चा की है। लेखिका के अनुसार 'अभिज्ञानशाकुन्तलम्' में महाराज दुष्यन्त एवं शकुन्तला के प्रेम प्रसंगों तथा उनके दाम्पत्य–जीवन का बड़ा ही सजीव चित्रण है जिसमें सुखमय दाम्पत्य–जीवन के आवश्यक तत्वों का बड़ा सूक्ष्म विवेचन किया गया है।

दुष्यन्त के राजप्रासाद में शकुन्तला को स्वीकार किये जाने के पक्ष में अपने तर्क प्रस्तुत करते हुए शारद्धत के इस कथन कि *"आप तो लोकाचार की सभी बातें जानते हैं फिर ऐसा क्यों कह रहे हैं। जो सुहागिन स्त्री अपने पिता के घर रहती है वह चाहे जितनी भी पतिव्रता हो फिर भी उसके सम्बन्ध में लोग बड़ी उल्टी–सीधी बातें उड़ा दिया करते हैं। इसलिए वह युवती चाहे सबकी दुलारी ही क्यों न हो, पर उसके भाई–बंधु लोग तो यही चाहते हैं कि यह अपने पति के ही पास रहे"* के आधार पर लेखिका का कहना है कि वस्तुतः वैवाहिक सम्बन्ध हमारी सामाजिक संरचना में मात्र वैयक्तिक विषय ही नहीं है बल्कि एक सामाजिक कृत्य भी है जिसे समाज की स्वीकृति की भी आवश्यकता होती है। इसके अतिरिक्त महाकवि कालिदास शकुन्तला की विदाई के अवसर पर उसे कण्व के द्वारा जो उपदेश दिलाते हैं वह किसी भी कुलवधू के लिए परम आवश्यक प्रतीत होता है। 'विक्रमोर्वशीयम्' के आधार पर लेखिका ने यह विचार प्रकट किया है कि दाम्पत्य–जीवन को सार्थक एवं सुखी बनाने में संतान प्राप्ति का अत्यधिक महत्त्व है। पति हो या पत्नी, दोनों के हृदय में वात्सल्य सुख प्राप्त करने की लालसा बनी रहती है। पुत्र प्राप्ति के पश्चात् ही कोई पति पितृ–ऋण से उऋण हो पाता है और पत्नी भी पुत्र रत्न को पाकर ही मातृत्व के गौरव को प्राप्त करती है।

'मालविकाग्निमित्रम्' की कथावस्तु के आलोक में लेखिका ने बताया है कि तत्कालीन समाज में बहुविवाह की प्रथा प्रचलित थी, विशेषतः सम्पन्न वर्ग में। इसकी पुष्टि नाटक के पंचम अंक में परिव्राजिका द्वारा महारानी धारिणी को संबोधित इस उक्ति से हो जाती है कि "आपकी यह उदारता देखकर मुझे तनिक भी आश्चर्य नहीं हुआ; क्योंकि पति को प्यार करने वाली स्त्रियाँ अपने लिए सौत लाकर भी पति का मन रखा करती हैं ठीक उसी

प्रकार जिस प्रकार समुद्र में जाने वाली नदियाँ अपने साथ–साथ दूसरी नदियों का जल भी समुद्र में पहुँचा देती हैं।" लेखिका ने कुमारसंभव, रघुवंश तथा मेघदूत महाकाव्यों के भी कतिपय उदाहरणों से कालिदास की दाम्पत्य सम्बन्धी मान्यताओं पर रोशनी डाली है।

'दाम्पत्य–चित्रण में परम्परागत संस्कार' शीर्षक अध्याय में लेखिका ने कालिदास के साहित्य में मौजूद तत्कालीन प्रचलित संस्कारों का विषद् वर्णन किया है। इसके अंतर्गत वैवाहिक संस्कार जन्य विभिन्न कृत्य यथा समंजन, कन्यादान, समीक्षण, निष्क्रमण, होम, अग्नि साक्षित्व, अग्नि प्रदक्षिणा, पाणिग्रहण, अश्मारोहण, सप्तपदी, हृदयालभन, ध्रुव–दर्शन, प्रेक्षकानुमन्त्रण, चतुर्थी–कर्म एवं समशन आदि की चर्चा की गई है। इसके बाद के हिस्से में कालिदास की कृतियों के साक्ष्य से वैवाहिक कृत्यों के दाम्पत्य–जीवन पर पड़ने वाले प्रभावों का अंकन किया गया है।

इसमें विवाह में मांगलिक सज्जा, विवाह–पूर्व कन्या का श्रृंगार एवं उपहार, सुहागरात की औपचारिकताएँ एवं वधू का पति–गृह के लिए प्रस्थान का वर्णन किया गया है। लेखिका ने दाम्पत्य सम्बन्धी कालिदास के कतिपय वैयक्तिक दृष्टिकोणों पर भी प्रकाश डाला है। लेखिका ने निष्कर्ष निकाला है कि कालिदास की दृष्टि में दाम्पत्य–प्रेम की प्रगाढ़ता के लिए पत्नी को सुंदर, सच्चरित्र होने के साथ ही साथ उसके पति का चरित्र भी उदात्त एवं आकर्षक होना चाहिए। उसमें पत्नी की रक्षा करने का सामर्थ्य भी होना चाहिए। लेखिका ने इसके बाद 'रघुवंश' के स्वयंवर, 'कुमारसंभव' के प्राजापत्य, तथा 'शाकुन्तल' के गान्धर्व विवाहों की चर्चा करते हुए इन विवाहों के सम्बन्ध में कालिदास की धारणा पर विचार किया है।

अगले अध्याय 'कालिदास और भवभूति की दाम्पत्य सम्बन्धी अवधारणाओं का तुलनात्मक समीक्षण' में लेखिका ने दोनों महाकवियों द्वारा प्रस्तुत दाम्पत्य प्रणय के चित्रों की तुलनात्मक समीक्षा की है। लेखिका के अनुसार कालिदास व्यवहार की भूमि पर खड़े उतरते दिखाई पड़ते हैं तो भवभूति आदर्श के धरातल पर। जहाँ कालिदास की कृतियों में स्वच्छन्द प्रेम एवं उन्मुक्त प्रणय के चित्र अधिक हैं, तो भवभूति में सुनियंत्रित एवं मर्यादित प्रणय प्रसंग की प्रधानता है। कालिदास ने अपने काव्यों में अधिकतर सांसारिक वासनामय स्वाभाविक प्रेम का चित्रण किया है। सर्वत्र उन्होंने प्रेम को उन्मुक्त रूप में फूलने–फलने दिया है। दुष्यन्त और शकुन्तला का प्रारंभिक प्रेम वासना मिश्रित उन्मुक्त प्रेम का निदर्शन है। यही स्थिति

पुरूरवा और उर्वशी की भी है; किन्तु भवभूति ने सर्वत्र अपने 'उत्तररामचरितम्' में उज्जवल दाम्पत्य प्रेम का चित्रण किया है। उन्होंने विशुद्ध दाम्पत्य प्रेम को प्रमुखता प्रदान की है।

इसके पश्चात लेखिका ने कालिदास की कृतियों के आधार पर 'दाम्पत्य–जीवन की धार्मिक, सांस्कृतिक एवं सामाजिक मर्यादाएँ' की चर्चा की है। लेखिका ने बताया है कि महाकवि की अनेक कृतियों में इस तथ्य पर प्रकाश डाला गया है कि दाम्पत्य जीवन का प्रमुख उद्देश्य मात्र भोग–विलास ही नहीं है, बल्कि वंश–वृद्धि की कामना उसका प्रमुख लक्ष्य है। 'रघुवंश' के प्रथम सर्ग में ही यह बताया गया है कि वंश चलाना भी मनुष्य का एक धर्म है इसलिए संतान उत्पन्न करके वंश चलाने की इच्छा से ही महाराज दिलीप ने विवाह किया था।

लेखिका के अनुसार कालिदास की यह धारणा बार–बार उनकी कृतियों में 'सहधर्माचरण' के रूप में अभिव्यक्त हुई है। दाम्पत्य जीवन को धार्मिक दृष्टि से मर्यादित करने के लिए ही सहधर्माचरण की भावना का विकास हुआ। 'अभिज्ञानशाकुंतलम्' में शकुन्तला को दुष्यन्त की सहधर्मचारिणी कहा गया है। नाटक के सातवें अंक में महर्षि मारीच दुष्यन्त से कहते हैं कि मैंने अपने ध्यान बल से जान लिया था कि दुर्वासा के शाप से ही तुमने अपनी इस तपस्विनी एवं सहधर्मचारिणी पत्नी को छोड़ दिया है। 'रघुवंश' में महाराज दिलीप जब गो–सेवा व्रत का अनुष्ठान कर रहे थे तब उनकी पत्नी सुदक्षिणा भी पूरे मनोयोग से उनके इस धार्मिक अनुष्ठान में सहभागिता का निर्वाह कर रही थी।

महाकवि कालिदास की नाट्य रचनाओं का शास्त्रीय अध्ययन-डॉ. जयकृष्ण प्रसाद खंडेलवाल

कालिदास नाटककार और महाकवि दोनों ही रूपों में संस्कृत साहित्य में अप्रतिम हैं और वे संस्कृत नाट्य साहित्य में शीर्षस्थान के अधिकारी हैं। कालिदास को भारत का शेक्सपीयर कहकर भी उनके वैशिष्ट्य का निरूपण नहीं किया जा सकता। उनकी पात्रों की परिकल्पना में उनका जीवन दर्शन स्पष्ट झलकता है। यद्यपि उनके पात्र प्रख्यात इतिवृत्त से लिए गए हैं फिर भी उनमें उदात्त गुणों के साथ मानवीय दुर्बलताएँ भी होने से वे हमें अत्यधिक प्रभावित करते हैं। मेघ प्रकाशन, दिल्ली से प्रकाशित इस पुस्तक में विद्वान लेखक ने अपनी इस धारणा के साथ ही नाट्य के हर अंग के परिप्रेक्ष्य में कालिदास के नाटकों का विस्तृत अध्ययन प्रस्तुत किया है।

कालिदास के रूपकों में प्रेम और सौन्दर्यबोध-डॉ. श्याम कुमार झा

यह पुस्तक मूलतः बिहार विश्वविद्यालय, मुजफ्फरपुर की शोधोपाधि हेतु प्रस्तुत शोध–प्रबन्ध का परिवर्धित रूप है। सृजन समिति प्रकाशन, वाराणसी से 2012 में प्रकाशित हुई इस पुस्तक में लेखक ने कालिदास के तीनों रूपकों –मालविकाग्निमित्रम्, विक्रमोर्वशीयम् और अभिज्ञानशाकुन्तलम् में वर्णित प्रेम और सौन्दर्य के स्थलों का सूक्ष्म विवेचन करते हुए महाकवि कालिदास के काव्यत्व पर प्रकाश डाला है। इस पुस्तक में कालिदास के प्रेम और सौन्दर्य जैसे चिरन्तन विषयों को बड़े ही सुन्दर ढंग से उपस्थापित किया गया है। इस सन्दर्भ में विशेष यह है कि यहाँ प्रेम और सौन्दर्यपक्ष दोनों ही विषयों को पृथक् दृष्टि से देखने का प्रयास किया गया है।

पुस्तक का महत्त्व प्रतिष्ठित संस्कृत विद्वान–कवि अभिराज राजेन्द्र मिश्र लिखित 'राग और सौन्दर्य के कवि : कालिदास' शीर्षक भूमिका के कारण और भी बढ़ जाता है। राजेन्द्र मिश्र ने लिखा है कि सौन्दर्य तथा राग में आधाराधेय–सम्बन्ध है। यदि सौन्दर्य एक सरोवर है, तो राग उसमें खिला हुआ कमल। यदि सौन्दर्य निरभ्र शारदीय आकाश है तो राग, उसमें द्युतिमान, पार्वण, चन्द्र। यदि सौन्दर्य बीज है, तो राग उस बीज का अंकुर है। ऐसे ही राग एवं सौन्दर्य के कवि हैं कालिदास। अन्यान्य पूर्ववर्ती कवियों, विशेषतः वाल्मीकि एवं व्यास के ही समान कालिदास का भी सौन्दर्य वर्णन दो प्रकार का है– लोकधर्मी तथा नाट्यधर्मी। प्रकृति का परिवेश ही लोक कहा जाता है और प्रकृति का धर्म ही काव्य–नाट्य में लोकधर्मी कहा जाता है। नाट्यधर्मी का अर्थ है वह धर्म जो मात्र नाट्य अथवा काव्य में दृष्टिगोचर हो, जैसे सौभाग्यवती रमणी के आलिंगन मात्र से आम में बौर आ जाना आदि। कालिदास इसी लोकधर्मी कविता के अप्रतिम प्रतिनिधि हैं। वर्णन चाहे मानवी नारी का हो, चाहे देवी (उमा), अप्सरा (उर्वशी), यक्षिणी अथवा तापसी का कालिदास उसका सौन्दर्य लौकिक धरातल पर ही वर्णित करते हैं।

इस भूमिका के पश्चात लेखक का सुदीर्घ प्राक्कथन है। इसमें उन्होंने बताया है कि ऐसे तो माघ, भारवि, कुमारदास, श्रीहर्ष, अमरूक, भर्तृहरि, जयदेव प्रभृति संस्कृत–साहित्य के प्रायः सभी महाकवियों ने अपने काव्य में प्रणय–भावना का चित्रण किया है, किन्तु महाकवि कालिदास के काव्य पर जब हमारी दृष्टि जाती है, तो उसमें प्रणय का दिव्य स्वरूप देखने को

मिलता है। महाकवि कालिदास की सभी रचनाओं की पृष्ठभूमि कहीं–न–कहीं प्रेम पर आधारित दिखाई पड़ती है। 'मेघदूत' में जहाँ अपनी प्रिया यक्षिणी के विरह में यक्ष के विरही मन की झलक मिलती है, वहीं 'कुमारसंभवम्' महाकाव्य में भगवान् शिव एवं माता पार्वती के प्रणय–प्रसंग में कवि ने पार्वती एवं शंकर की काम–केलि वर्णन में उनकी दैवी मर्यादा का भी ध्यान नहीं रखा है। 'रघुवंश' महाकवि कालिदास का ही नहीं, अपितु सम्पूर्ण संस्कृत साहित्य का सर्वश्रेष्ठ महाकाव्य माना जाता है, इस नाते इसमें प्रणय का आदर्श चित्र देखने को मिलता है।

पुस्तक में संस्कृत साहित्य में प्रेमतत्त्व, 'मालविकाग्निमित्रम्' में प्रेमतत्त्व, 'विक्रमोर्वशीयम्' में प्रेमतत्त्व, 'अभिज्ञानशाकुन्तलम्' में प्रेमतत्त्व, एवं कालिदास के रूपकों में सौन्दर्यबोध आदि पांच अध्याय हैं। लेखक ने गवेषणापूर्वक यह बताया है कि महाकवि कालिदास ने 'विक्रमोर्वशीयम्' के चतुर्थ अंक में प्रेम में निमग्न नायक पुरूरवा का नायिका उर्वशी के प्रति समर्पण का ऐसा प्रतिमान स्थापित किया है, जिसे लांघना परवर्ती साहित्यकारों के लिए दुष्कर सिद्ध हुआ है। प्रातःकाल से ही अपनी प्रिया कोई समाचार नहीं मिलने पर, ग्रीष्म ऋतु के समाप्त होने के बाद एवं वर्षा के आगमन से जामुन की डाल पर बैठे हुए विहगों में पण्डिता कोयल के समक्ष पुरूरवा अपनी प्रार्थना लेकर जाता है। पहले तो जिस प्रकार 'मेघदूत' में यक्ष सन्देश–प्रेषण के पूर्व मेघ की प्रशंसा कर उसे खुश करता है, उसी प्रकार वह कोयल की प्रशंसा करते नहीं थकता। उर्वशी को सामने नहीं देखकर उसकी स्मृतियों में निमग्न पुरूरवा की दृष्टि में सृष्टि के सभी पदार्थ उर्वशी में समाहित हैं, अथवा उर्वशी ही सृष्टि में व्याप्त हो चुकी है। अपने भाग्य की विपरीत दशा को वह अपने इस पराभव के लिए दोष दे ही रहे थे कि इसी बीच उन्हें जंगल में पत्थर की शिला पर पद्मराग मणि प्राप्त होती है, जिसके प्रभाव से लता के रूप में परिणत उर्वशी को वह पुनः प्राप्त करते हैं। अपनी अन्तः इन्द्रियों के द्वारा महाराज पुरूरवा की व्यथा को प्रत्यक्षतः देख रही उर्वशी उनकी इस सोचनीय दशा का कारण अपने को मानती है। उर्वशी की यह स्वीकारोक्ति ही उसके मन में प्रियतम के प्रति तदनुरूप स्नेह का परिचायक है।

अध्याय सात
व्याख्या, टीका एवं भाष्य आदि

मेघदूतम्- डॉ. संसारचन्द्र एवं पं. मोहनदेव पंत

मोतीलाल बनारसीदास, नई दिल्ली से 1952 में प्रकाशित इस पुस्तक के सम्बन्ध में स्वयं व्याख्याकारों की टिप्पणी है कि "मेघदूत जैसी भव्य कृति के लिए जैसे सुसंपादन की आवश्यकता है, उसमें यथासम्भव कमी नहीं आने दी। कोई भी सम्बन्धित विषय, जो पाठकों के लिए उपादेय समझा गया है, इस संस्करण में अछूता नहीं रहा। एक विस्तृत भूमिका में कालिदास के जीवनकाल, स्थान, रचना आदि सभी विषयों पर, क्या देशी और क्या विदेशी– सभी विद्वानों के विचार बतलाकर साथ ही उनका विवेचन भी कर दिया है और कालिदास के सम्बन्ध में किये गए आधुनिकतम अनुसन्धानों से पाठकों को अवगत करा दिया है।

इसके अतिरिक्त काव्य, महाकाव्य और खण्डकाव्य का भी स्वरूप स्पष्ट करके मेघदूत पर एक स्वतन्त्र निबन्ध भी जोड़ दिया है। पद्यों की व्याख्या करते हुए प्रत्येक का अन्वय, पदार्थ, हिन्दी अनुवाद और व्याकरण देते हुए अन्त में 'विशेष' स्तम्भ में भूगोल, पाठभेद, व्याख्या–भेद आदि सभी अपेक्षित बातों की आलोचना भी कर दी है। अनुवाद –जैसा कि नियम है– हमने यथासम्भव शाब्दिक ही रखना उचित समझा।"

अभिज्ञानशाकुन्तलम्-सुबोधचन्द्र पंत

वैसे तो मोतीलाल बनारसीदास, नई दिल्ली द्वारा 1970 में प्रकाशित यह पुस्तक टीका परम्परा में छात्रोपयोगी बनाने के उद्देश्य से लिखी गयी है। इसीलिए लेखक ने इसे 'अभिज्ञानशाकुंतलम्' की संस्कृत–हिन्दी व्याख्या एवं छात्रोपयोगी टिप्पण तक ही सीमित रखा है। यह और बात है कि अपनी विद्वतापूर्ण भूमिका के चलते यह पुस्तक न केवल छात्रों के बीच बल्कि

कालिदास में रूचि रखने वाले विभिन्न कोटि के लोगों के बीच भी बहुत लोकप्रिय है। इस भूमिका में लेखक ने विस्तार से कालिदास का परिचय कराते हुए उनके जन्मस्थान, उनकी विद्वता, उनका समय, उनकी शैली आदि की तार्किक विवेचना की है। इतना ही नहीं कालिदास की विभिन्न रचनाओं के सम्बन्ध में भी भूमिका के अन्त में विचार किया गया है। इसके बाद लेखक ने शाकुंतल की कथा के विविध स्त्रोतों की तुलनात्मक चर्चा भी की है और 'अभिज्ञानशाकुंतलम्' की व्याख्या पर आने से पहले उसके कथासार पर भी संक्षेप में विचार किया है। इन विशेषताओं के फलस्वरूप कालिदास के अध्येताओं के बीच इस पुस्तक की व्याप्ति बनी हुई है।

मेघदूत : एक पुरानी कहानी–हजारीप्रसाद द्विवेदी

महाकवि कालिदासकृत 'मेघदूत' के अनुवादों और टीकाओं की हिन्दी में कमी नहीं, पर यह पुस्तक न तो उसका अनुवाद मात्र है और न महज टीका। इसका प्रकाशन नई दिल्ली के राजकमल प्रकाशन से 1980 में हुआ। आचार्य हजारीप्रसाद द्विवेदी हिन्दी के ऐसे वाङ्मय–पुरुष हुए हैं जिन्होंने न केवल समूचे मध्यकालीन साहित्येतिहास को अपनी शोधालोचना का विषय बनाया, बल्कि संस्कृत, प्राकृत और अपभ्रंश–साहित्य की कुछ कालजयी कृतियों का पुनःसृजन भी किया। 'मेघदूत : एक पुरानी कहानी' महाकवि कालिदास की अमर काव्य–कृति का ऐसा ही पुनःसृजन है।

द्विवेदी जी ने इसमें 'मेघदूत' के कथा–प्रसंगों की व्याख्या के बहाने उन अछूते सन्दर्भों का भी उद्घाटन किया है जो इसकी रचना–प्रक्रिया के दौरान कालिदास के मन में रहे होंगे। तत्कालीन राजनीतिक–सामाजिक वातावरण, जनसमाज की आर्थिक स्थिति, विद्वत्जनों के वैचारिक अन्तर्विरोध और मन–प्राण को आह्लादित कर देनेवाली वे रससिक्त उद्भावनाएँ जो रसज्ञ पाठक को कल्पनातीत स्पर्शानुभूति तक ले जा सकें–सभी कुछ इसमें छविमान है। लगता है, वह सब अनकहा जिसे कालिदास कहना चाहते थे, यहाँ स्पष्टतः कह दिया गया है। आचार्य द्विवेदी की प्रकाण्ड मेधा, विनोदवृत्ति और विलक्षण सृजनात्मक क्षमता से स्पृश्य 'मेघदूत' की यह कहानी निस्सन्देह एक अविस्मरणीय कृति है।

'मेघदूत' : एक पुरानी कहानी' का रचनाकाल 1957 का है। आरम्भ में ही द्विवेदी जी ने एक महत्त्वपूर्ण संकेत इस रचना की शैली को लेकर किया है कि ''...जब आँखें खराब हों, लिखने–पढ़ने पर सख्त पाबंदी हो, और

पुस्तक मांगने पर मित्रों की ओर से भी डांट पड़ने की ही आशंका हो तब उपाय ही क्या है ? इसीलिए कोई टीका या व्याख्या लिखना तो संभव नहीं था, जो कुछ लिखा या लिखाया गया वह 'गप्प' से अधिक की मर्यादा नहीं रखता। इसीलिए मैंने इसका नाम भी दिया 'मेघदूत : एक पुरानी कहानी'।'' आगे उन्होंने लिखा है कि '' 'मेघदूत' एक अद्‌भुत काव्य है। अब तक इस पर सैकड़ों व्याख्याएँ लिखीं जा चुकी हैं। आधुनिक युग में यह और भी लोकप्रिय हुआ। भारतीय भाषाओं में इसके कई समश्लोकी और पद्यात्मक अनुवाद हुए हैं। आधुनिक हिन्दी के अन्यतम प्रवर्तक राजा लक्ष्मणसिंह से लेकर इस युग के नवीन विचारवाले युवक कवियों तक ने इसे अपने ढंग से कहने का प्रयत्न किया है। जो भी इसे पढ़ता है, उसे अपने ढंग से इसमें ताजगी दिखायी पड़ती है। क्या कारण है? सम्भवतः 'मेघदूत' मनुष्य की चिरनवीन विरह–वेदना और मिलनाकांक्षा का सर्वोत्तम काव्य है। शायद ही कोई काव्य हो जो मनुष्य को इतनी गहराई में आन्दोलित और प्रभावित कर सका हो। ऐसे अद्‌भुत काव्य का इतना लोकप्रिय होना आश्चर्य की बात नहीं है।''

नामवर सिंह ने 'दूसरी परम्परा की खोज' में लिखा है कि ''आत्म–समीक्षा के रूप में द्विवेदीजी की जिस कृति दृष्टि का परिचय मिलता है उसमें विशेष रूप से उल्लेखनीय है उनकी क्रीड़ाशीलता। वे साहित्य के बारे में बात करते हुए साहित्य की रचना करते हैं। उनके हाथों शास्त्र भी साहित्य बन जाता है और समीक्षा भी सर्जना। इस प्रक्रिया में भी अक्सर उनका फक्कड़ रूप प्रकट हो जाता है। किसी छन्द के साथ वे इस तरह खेलते हैं जैसे अर्थक्रीड़ा में उन्हें एक मजा मिल रहा हो। यह अर्थक्रीड़ा पण्डितों की नजर में उन्हें कभी–कभी गैर–जिम्मेदार भी बना देती है। फिर भी इसकी परवा किये बिना वे उस कृति के साथ खेलना छोड़ नहीं देते। इस वृत्ति का सर्वोत्तम रूप 'मेघदूत –एक पुरानी कहानी' में मिलता है। टीका भी कितनी सर्जनात्मक और रोचक हो सकती है उसका आदर्श है 'मेघदूत –एक पुरानी कहानी'। वस्तुतः यह एक पुनःसृष्टि है –कालिदास के मेघदूत के आधार पर अपने मेघदूत की रचना। प्रकृति में यह 'पुरानी कहानी' भी उनके ऐतिहासिक उपन्यासों से भिन्न नहीं है। इसे सहज ही उपन्यास के रूप में पढ़ा जा सकता है। गप्प मारने की चिर–परिचित कला यहाँ भी सक्रिय है।''

मेघदूत की अपनी इस नूतन व्याख्या के माध्यम से द्विवेदी जी ने एक नया सौन्दर्यबोध सामने रखा है। यह सौन्दर्यबोध सामन्ती सौन्दर्यबोध नहीं

है। इस सौन्दर्यबोध का सम्बन्ध विलासिता से न होकर कलात्मक विलासिता से है। नामवर सिंह ने इस प्रसंग में पूर्वमेघ के 'पुष्पलावी मुखानाम्' वाले एक छन्द की द्विवेदी जी की व्याख्या की तरफ ध्यान दिलाया है "जो सम्पत्ति परिश्रम से नहीं अर्जित की जाती, और जिसके संरक्षण के लिए मनुष्य का रक्त पसीने में नहीं बदलता, वह केवल कुत्सित रूचि को प्रश्रय देती है। सात्विक सौन्दर्य वहाँ है, जहाँ चोटी का पसीना एड़ी तक आता है और नित्य समस्त विकारों को धोता रहता है। पसीना बड़ा पावक तत्त्व है मित्र, जहाँ इसकी धारा रूद्ध हो जाती है वहाँ कलुश और विकार जमकर खड़े हो जाते हैं। विदिशा के प्रच्छन्न विलासियों में यह पावनकारी तत्त्व नहीं है। उनके चेहरों पर सात्विक तेज और उल्लसित करनेवाली दीप्ति नहीं रह गयी है। इसलिए मैं सलाह देता हूँ कि विश्राम करके आगे बढ़ना; क्योंकि प्रातःकाल निचली पहाड़ी के इर्दगिर्द तुमको मनुष्य की सात्विक शोभा दिखायी देगी। वहाँ सवेरे सूर्योदय के साथ ही साथ तुम श्रमजल स्नात नारियों की दिव्य शोभा देख सकोगे। नागरिक लोगों के आनन्द और विलास के लिए कृषकों ने फूलों के अनेक बगीचे लगा रखे हैं। प्रातःकाल कृषक–वधुएं फूल चुनने के लिए इन पुष्पोद्यानों में आ जाती हैं। उस प्रदेश में इन्हें 'पुष्पलावी' कहते हैं। 'पुष्पलावी' अर्थात् फूल चुननेवाली। ये पुष्पलावियाँ घर का कामकाज समाप्त करके उद्यानों में आ जाती हैं और मध्याह्न तक फूल चुनती रहती हैं। सूर्य के ताप से इनका मुखमण्डल म्लान हो उठता है, गण्डस्थल से पसीने की धारा बह चलती है और इस स्वेदधारा के निरन्तर संस्पर्श से उनके कानों के आभरण रूप में विराजमान नीलकमल मलिन हो उठते हैं। दिन भर की तपस्या के बाद वे इतना कमा लेती हैं कि किसी प्रकार उनकी जीवन–यात्रा चल सके। परन्तु तुमको यहीं सात्विक सौन्दर्य के दर्शन होंगे। उनके दीप्त मुखमण्डल पर शालीनता का तेज देखोगे; उनकी भ्रू–भंग विलास से अपरिचित आँखों में सच्ची लज्जा के भाव का दर्शन पाओगे और उनके उत्फुल्ल अधरों पर स्थिर भाव से विराजमान पवित्र स्मित–रेखा को देखकर तुम समझ सकोगे कि 'शुचि–स्मिता' किसे कहते हैं। इस पवित्र सौन्दर्य को देखकर तुम निचली पहाड़ी की उद्दाम और उन्मत्त्सा विलास–लीला को भूल जाओगे। वहाँ तुम संचय का विकार देखोगे और यहाँ आत्मदान का सहज रूप।"

रवीन्द्र भ्रमर ने (शिवप्रसाद सिंह द्वारा संपादित पुस्तक 'शांतिनिकेतन से शिवालिक' में संकलित आलेख में) लिखा है कि '''मेघदूत : एक पुरानी

कहानी' सचमुच की कोई 'कहानी' नहीं है। इसमें न तो किसी घटना का प्राधान्य है और न उसके माध्यम से पाठकों के कौतुहल को जागृत रखने का कौशल। चरित्र के नाम पर ले–देकर यक्ष का चरित्र है किन्तु उसमें भी कोई उतार–चढ़ाव नहीं है। बस उसका प्रेमोन्मत्त विरहीवाला स्वरूप ही आद्यन्त सम्मुख रहता है। तब इस कृति को 'कहानी' कहने की सार्थकता? इसमें एक ओर तो 'मेघदूत' की संक्षिप्त सी प्रेमकथा, उसके स्वरूप तथा शैली का निर्वाह किया गया है और दूसरी ओर 'मेघदूत' के खंडकाव्यात्मक परिधान में जिन पूर्वापर सम्बन्धों की संगति नहीं बैठायी जा सकती थी उन्हें भी सुगठित कर दिया गया है। लेखकीय टिप्पणियों को छोड़कर संपूर्ण कृति आत्म–चरितात्मक शैली में प्रस्तुत की गयी है। कथा–नायक यक्ष विगत घटनाओं एवं स्मृतियों के आधार पर अपने मनोभावों को बादलों के सम्मुख व्यक्त करता जाता है। इस दृष्टि से यक्ष की प्रेमकातर वाणी के साथ अद्भुत तादात्म्य स्थापित किया गया है। इतिहास, पुराण, धर्म, दर्शन या प्रणय संदेश जो कुछ भी कहना हुआ है वह सब प्रायः यक्ष के मुख से ही कहलवाया गया है। इस रूप में प्रस्तुत कृति को आत्मालाप या एकालाप कह सकते हैं।''

मेघदूतम्- डॉ. रामशंकर त्रिपाठी

संस्कृत विद्वान रामशंकर त्रिपाठी ने इस पुस्तक को टीका परम्परा के अन्तर्गत तैयार किया है। इसका प्रकाशन वाराणसी के विश्वविद्यालय प्रकाशन ने 2010 में किया है। इस पुस्तक के सम्बन्ध में उनका कथन है कि कोई भी व्यक्ति इस संस्करण की सहायता से बिना किसी की सहायता लिए हुए भी कविता–कामिनी–विलास महाकवि कालिदास के अतिगम्भीर भावों के तल का स्पर्श अनायास कर सकता है।

मूल पाठ पर आने से पहले लेखक ने इसके प्रारम्भ में अनुसन्धानात्मक भूमिका के साथ इस संस्करण को अन्वय, शब्दार्थ, अर्थ, टिप्पणी तथा व्युतपत्ति आदि से सजाने का भरपूर प्रयास किया है। इस संस्करण को, इसके अतिरिक्त, दो अन्य अलंकरणों से अलंकृत किया गया है। इनमें एक है मल्लिनाथ का संजीवनी–व्याख्यान तथा दूसरा है आचार्य केशवप्रसाद मिश्र का पद्यानुवाद। इस तरह यह संस्करण तीन व्यक्तियों की त्रिधा ज्ञान–धाराओं का संगमस्थल बन गया है। इस वैशिष्ट्य के कारण यह संस्करण अध्यापकों, आलोचकों तथा नई एवं पुरानी विचारधाराओं के विद्वानों के लिए भी उपयोगी सिद्ध हुआ है।

प्रायः विद्वानों ने शाकुन्तल की कथा के स्रोतों पर विचार किया है किन्तु इस संस्करण की एक बड़ी विशेषता यह भी है कि यहाँ लेखक ने 'मेघदूत' की कथा के प्रेरणा–स्रोत पर गंभीरतापूर्वक विचार किया है। लेखक का कहना है कि कालिदास के ग्रन्थों को देखने से पता चलता है कि वाल्मीकिरामायण तथा पुराणों का उन पर प्रबल प्रभाव पड़ा है। अतः महामहोपाध्याय मल्लिनाथ का यह कथन पूर्ण सत्य है कि रामचन्द्र जी ने सीता के लिए हनुमान् को दूत बनाकर जो सन्देश दिया था उसी से प्रेरणा पाकर महाकवि कालिदास ने 'मेघदूत' की रचना की है। इस तथ्य का समर्थन स्वयं 'मेघदूत' के कतिपय स्थलों से होता है। उत्तरमेघ के सैंतीसवें श्लोक से तो ऐसा प्रतीत होता है जैसे स्वयं महाकवि कह रहे हों कि मेघ को दूत बनाकर सन्देश भेजने की यह प्रेरणा मैंने सीता को कहे गये हनुमत्संदेश से ली है :

इत्याख्याते पवनतनयं मैथिलीवोन्मुखी सा
त्वामुत्कठोच्छ्वसितहृदया वीक्ष्य संभाव्य चैव।
श्रोश्यत्यस्मात्परमवहिता ! सौम्य सीमन्तिनीनां
कान्तोदन्तः सुहृदुपगतः संगमात्किंचिदूनः ।।

इसी प्रकार रामायण में वर्णित हनुमान का हाथी और पर्वत की चोटी से सादृश्य एवं कामरूप होना (अर्थात् इच्छानुसार रूप धारण करना) 'मेघदूत' में भी मेघ के लिए बतलाया गया है। सुवेल पर्वत पर स्थित, लंका के समान कैलास पर्वत की चोटियों के मध्य में बसी हुई अलका का वर्णन, लंका में हनुमान की तरह अलका में मेघ का सायंकाल की बेला में प्रवेश, लंका–प्रवेश के समय हनुमान के द्वारा अपना शरीर छोटा करने के समान यक्ष का सन्देश कहने के लिए मेघ का लघुरूप धारण करना, राम के वियोग में अशोक वाटिका में स्थित सीता की करुण–दशा की भांति यक्ष–पत्नी की मार्मिक अवस्था का वर्णन, एवं हनुमान के द्वारा सन्देश कहने के समय अभिज्ञान देने तथा कहने के समान मेघदूत में भी मेघ के द्वारा अभिज्ञान कहने से तथा अन्य कतिपय समानताओं के आधार पर कहा जा सकता है कि कालिदास ने अपनी कृति मेघदूत में रामायण से ही पर्याप्त प्रेरणा ली है। इतनी प्रचुर समानताओं को आकस्मिक कहना समीचीन न होगा। किसी व्यक्ति को दूत बनाकर सन्देश भेजने की भारतीय प्रथा अति प्राचीन है, किन्तु स्वतन्त्ररूप से दूतकाव्य का प्रणयन सर्वप्रथम महाकवि कालिदास ने ही किया है। मेघ को दूत बनाने की कल्पना महाकवि की अपनी है।

अभिज्ञानशाकुन्तलम्-डॉ. शिवशंकर गुप्त

विद्यार्थियों के लिए एक शुद्ध, विषद एवं समीचीन तत्त्वबोधिनी टीका की आवश्यकता को ध्यान में रखकर तैयार किए गए इस ग्रन्थ के सम्बन्ध में लेखक ने बताया है कि 'अभिज्ञानशाकुंतलम्' के अनेक संस्करणों में केवल शब्दार्थ है, किन्तु इस ग्रन्थ में अन्वय, भाषानुवाद, संस्कृत व्याख्या, व्याकरण, समास, कोश, व्युतपत्ति, गुण, रीति, रस, अलंकार, छन्द एवं नाट्यशास्त्रीय सौन्दर्य आदि का भी समावेश है। ग्रन्थ के प्रारम्भ में कालिदास का परिचय, समय, पात्र–परिचय आदि दिया गया है एवं परिशिष्ट में नाट्यशास्त्रीय टिप्पणियां, अलंकार, छन्द, कालिदास की सूक्तियां, नाटक में प्रयुक्त प्राकृत भाषा का व्याकरण नियम आदि उपयोगी सामग्री दी गई है। इस ग्रन्थ में विख्यात टीकाकार राघव भट्ट, शारदा तनय राम, गदकर आदि के मत भी हैं एवं आधुनिक टीकाकार काले महोदय का भी मत है। ग्रन्थ के महत्त्ववर्धन के लिए अंग्रेजी टीका भी दी गई है। इसे वाराणसी के विश्वविद्यालय प्रकाशन ने 2013 में प्रकाशित किया है।

भूमिका के उपरान्त लेखक ने एक पूरे अध्याय में 'भारतीय परम्परा में रूपक की उत्पत्ति' विषय पर विचार किया है। इसके बाद 'महाकवि कालिदास' शीर्षक विस्तृत अध्याय में कालिदास का जीवन–वृत्त, कालिदास की जन्मभूमि एवं निवासस्थान, कालिदास का व्यक्तित्व, कालिदास का समय, कालिदास द्वारा रचित ग्रन्थ, महाभारत में शकुन्तला की कथा, पद्मपुराण में शकुन्तला कथा, मूलकथा में परिवर्तन, शाकुन्तल की कथावस्तु का स्रोत, कालिदास की नाट्य–कला, शाकुन्तल नाटक का चतुर्थ अंक, चतुर्थ अंक की विशेषताएँ, कालिदास की शैली, एवं मुख्य पात्रों का चरित्र–चित्रण आदि विषयों का विवेचन किया गया है। तीसरा अध्याय 'नाटकीय पात्र–परिचय' का है तथा चौथे अध्याय में शाकुन्तल के सातों अंकों की टीका की गई है। अन्त में सुदीर्घ परिशिष्ट के अन्तर्गत वर्णानुसार श्लोकानुक्रमणिका, नाट्य–शास्त्रीय पारिभाषिक शब्द, छन्द परिचय, शाकुन्तल में सुभाषित संग्रह, सुभाषित श्लोक, महाकवि कालिदास विषयक प्रशस्तियां, शाकुन्तल में प्रयुक्त प्राकृत भाषा एवं व्याकरण नियम, और शाकुन्तल से साम्य वाले कालिदास के अन्य श्लोक आदि प्रकरण हैं।

अन्ततः...

कालिदारा की रचनाओं को संसार में प्रसिद्धि मिली है और अगाध प्रेम मिला है। एक ओर तो बारहवीं सदी में बंगाल के प्रतापी सेनवंशी राजा लक्ष्मणसेन के दरबार के कवि धोयी 'मेघदूत' का आधार लेकर 'पवनदूत' काव्य लिखता है जिसमें एक गंधर्व कन्या का प्रणय–संदेश लेकर पवन राजा लक्ष्मणसेन के पास पहुँचता है, तो दूसरी ओर जर्मन कवि शिलर ने 'मेघदूत' से प्रेरित–प्रभावित हो 'मरिया स्टुअर्ट' नामक एक गीतिकाव्य लिखा जिसमें एक बंदिनी रानी ने मेघ को यह संदेश देने के लिए कहा कि वह फ्रांस की उस भूमि पर बधाई का संदेश पहुँचाए जहाँ उसकी तरुणाई बीती थी। यह एक रम्य रचना का चमत्कार ही है कि स्वामी से अभिशप्त उस प्रेमी–सेवक यक्ष का दुःख अब सेवक–स्वामी सबको अपना लगता है। चाकर और मालिक सब उसे अपने हृदय के निकट पाते हैं।

कालिदास का साहित्य जितना मधुर है, गहन है, स्पंदित है और संवेदनपूर्ण है आधुनिक हिन्दी साहित्य में कालिदास की उपस्थिति भी उतनी ही गहन और विस्तृत है। आधुनिक हिन्दी साहित्य में कालिदास की मौजूदगी के इतने आयाम हैं कि सबको समेटना, सबको छान लेना सहज नहीं है। उसकी व्याप्ति इतनी गहरी है कि उसमें हर नये गोते के साथ नये–चमकीले मोतियों का मिलना तय है। आधुनिक हिन्दी साहित्य में निहित इस कालिदासीय 'अनहद नाद' का अनुमान हम हजारीप्रसाद द्विवेदी को सामने रखकर कर सकते हैं। कहा गया कि *"'पुनर्नवा' हजारीप्रसाद द्विवेदी के एक उपन्यास का ही नाम नहीं, उनके समस्त रचनाकर्म का बीज शब्द है। वस्तुतः कालिदास के 'क्लेशः फलेन हि पुनर्नवतां विद्यते' को द्विवेदी जी ने एक नए अर्थ के साथ पुनर्जीवित किया। कालिदास की अनुगूंज वैसे भी उनके रचना–कर्म में अक्सर सुनाई पड़ती है।"*

इसलिए यह कहना अधिक कतई नहीं होगा कि कालिदास की यह अनुगूंज हिन्दी के आधुनिक साहित्य में भी दूर तक सुनाई पड़ती है...।

●●●

www.ingramcontent.com/pod-product-compliance
Lightning Source LLC
LaVergne TN
LVHW090320051026
849518LV00005B/1829
* 9 7 8 9 3 5 8 6 9 0 2 0 0 *